Du même auteur, chez le même éditeur

Sous la surface
S.A.S.H.A. (2016)

Victor Lessard

Il ne faut pas parler dans l'ascenseur
La chorale du diable
Je me souviens (octobre 2015)
Violence à l'origine (2016)

www.kenneseditions.com

Dépôt légal : mai 2015 | D/2015/13.105/18 | R1/2015

ISBN 978-2-8758-0110-4 | NUART 68-1126-8

Publié avec les autorisations des Éditions Goélette,
St-Bruno-de-Montarville, Québec, Canada et de Martin Michaud

Imprimé en Belgique par Snel

LA CHORALE DU DIABLE

Kennes

Avant-propos

Après *Il ne faut pas parler dans l'ascenseur*, *La chorale du diable* est le deuxième roman de la série consacrée au sergent-détective Victor Lessard.

Dans le premier opus, on assistait à la naissance de Lessard comme personnage. Dans celui-ci, on en apprend davantage sur son passé et sur les failles – à la fois personnelles et professionnelles – qui le composent.

Un autre personnage clé de la série y fait sa première apparition. Je vous laisse le soin de découvrir lequel, mais je dirai ceci : c'est un personnage haut en couleur !

Si le premier tome vous avait permis de découvrir des endroits – parfois sombres – de Montréal et du Québec, celui-ci vous entraînera dans d'autres quartiers de la ville et d'autres coins de la province. Et même au-delà…

Je le répète dans l'avant-propos de chacun de mes romans parce que ça m'apparaît essentiel : au Québec, je vis, j'aime et je pense le monde en français, dans une langue aux accents d'Amérique, une langue toujours si vivante au cœur de cet immense continent. Que cette langue qui nous unit dans un espace francophone prenne parfois des tournures différentes est une richesse. Je souhaite que vous preniez plaisir à découvrir la réalité et la culture d'ici à travers les québécismes qui ponctuent le texte.

Bonne lecture !

Amitiés,
M

À Geneviève

À ma famille

Et à ces personnes qui me sont si chères,
qui combattent la maladie en silence et avec courage,
sans jamais s'apitoyer sur leur sort

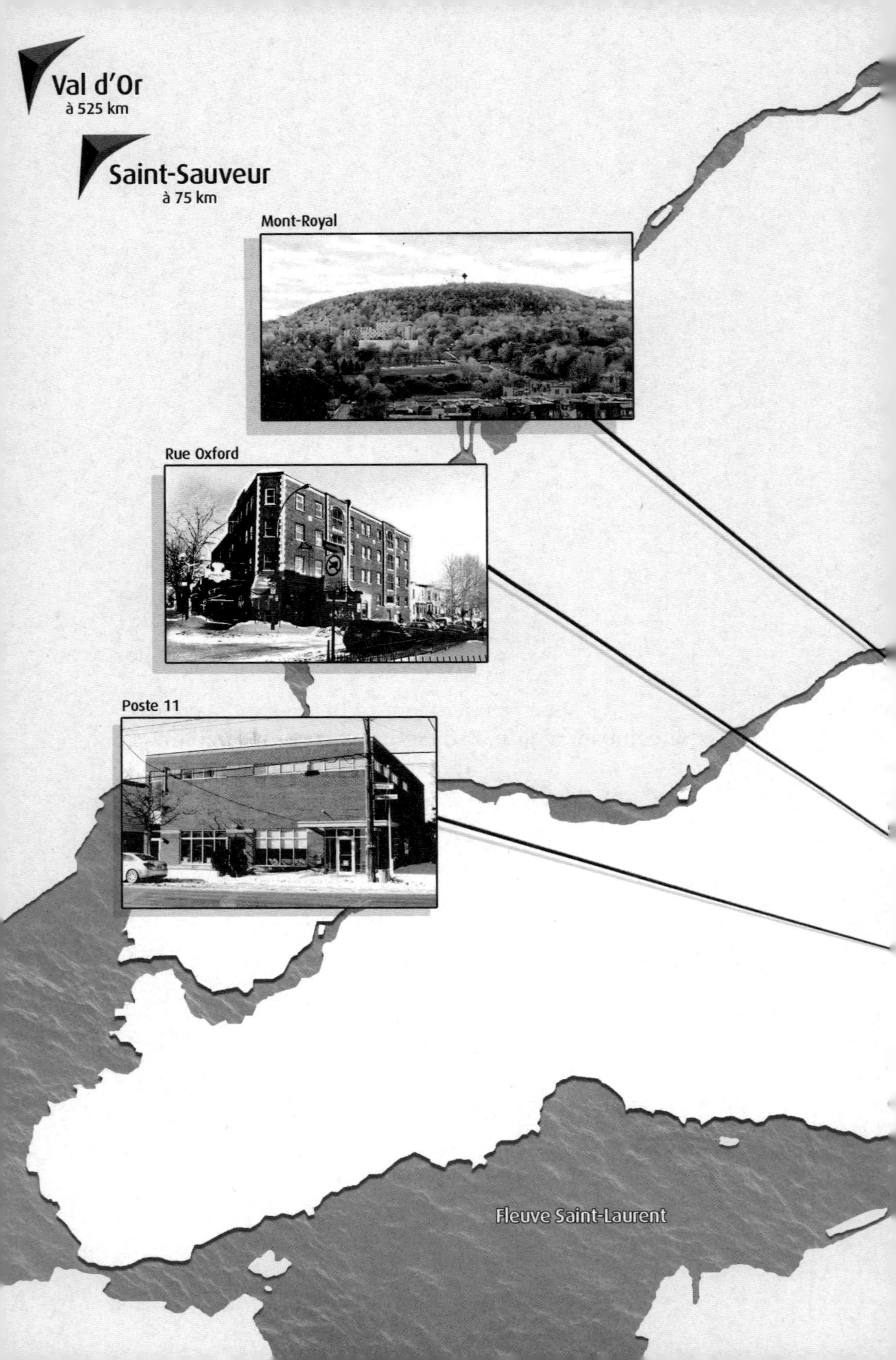
Val d'Or
à 525 km
Saint-Sauveur
à 75 km
Mont-Royal
Rue Oxford
Poste 11
Fleuve Saint-Laurent

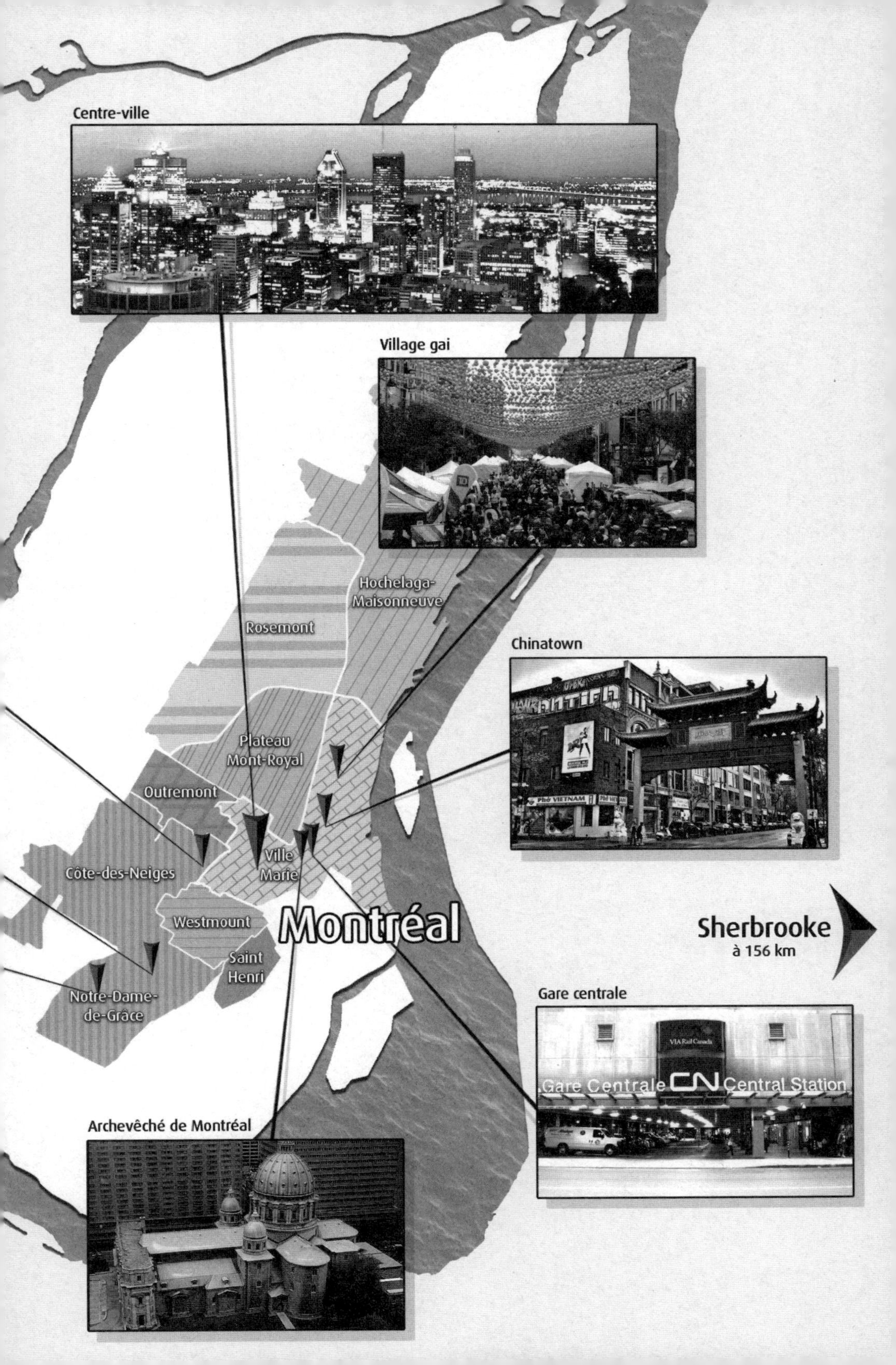
Centre-ville
Village gai
Hochelaga-
Maisonneuve
Rosemont
Chinatown
Plateau
Mont-Royal
Outremont
Ville
Marie
Côte-des-Neiges
Westmount
Montréal
Saint
Henri
Notre-Dame-
de-Grâce
Sherbrooke
à 156 km
Gare centrale
Gare Centrale CN Central Station
Archevêché de Montréal

Soyez sobres, veillez.
Votre adversaire, Le Diable,
comme un lion rugissant,
rôde, cherchant qui dévorer.

Saint Pierre

Le fanatisme est une peste
qui reproduit de temps en temps
des germes capables d'infester la terre.

Denis Diderot

Val-d'Or
Mars 1985

La baïonnette s'enfonce dans un marécage de viscères.

Sourde, la douleur arrive à retardement, le sang patine sur sa peau.

Les mains soudées au manche, le petit Carbonneau fixe son abdomen comme une curiosité et prend soudain la mesure de ce qu'il vient de faire.

Seppuku.

Le garçon qui a fouillé ses pensées l'examine du regard, l'autre, avec les yeux en amande, se tient en retrait. Les cris du petit Carbonneau ricochent sur les murs de la chambre, glissent sur les astronautes du papier peint.

Comment a-t-il pu se laisser convaincre de poser un tel geste?

Val-d'Or
Avril 1985

Le garçon a sept ans et regarde par la fenêtre le vent bousculer les branches hautes, les cristaux de glace tourbillonner dans l'air et retomber sur le sol en un tapis de givre.

Puis il enfile sa canadienne, sa tuque de laine et range ses partitions dans son sac.

En descendant l'escalier, pour rejoindre la sortie principale, il jette un œil sur la nef. L'endroit est presque vide, seuls quelques fidèles sont encore agenouillés, comme cette femme en manteau de fourrure qui semble prier avec ferveur.

Ses lèvres remuent en silence.

Il ne l'entend pas, il ne la connaît pas, mais il sait qu'elle demande pardon à Dieu pour ses péchés et qu'elle le supplie de veiller sur son mari, qui est gravement malade. Il sait aussi que l'homme mourra dans les prochaines heures.

Comme tous les dimanches, la messe a été grandiose ; le sermon, émouvant.

Il adore chanter dans le chœur.

Malgré son jeune âge, il a appris toutes les pièces avec aisance. Le curé de la paroisse, qui dirige la chorale lors des répétitions, n'hésite pas à l'utiliser comme soliste.

Il est sur le point de sortir lorsqu'on l'interpelle :

– Une minute, mon garçon, j'aimerais te présenter quelqu'un.

Cette voix, celle du curé, il la reconnaît sans même voir l'homme qui a prononcé ces mots.

Le garçon ne répond pas et se contente de le suivre jusqu'à la sacristie.

Un autre homme en soutane les attend.

Le curé fait les présentations, mais le garçon ne se préoccupe pas de ce genre de détails.

Il plante plutôt ses yeux dans ceux du nouveau venu, comme il le fait chaque fois qu'il rencontre quelqu'un pour la première fois.

Dans ce cas, il ne voit rien.

L'entretien s'éternise, le garçon est fatigué.

Il a envie de rentrer.

Ce n'est pas qu'il craint que sa mère s'inquiète – si elle était encore en vie, elle serait de toute façon déjà soûle et affalée sur le zinc d'un des trop nombreux bars de la 3e Avenue –, mais l'homme en soutane est insistant, il ne cesse de le mitrailler de questions.

Enfin, l'entrevue arrive à son terme.

L'ecclésiastique lui remet un sac de papier Kraft contenant des friandises.

Malgré la morsure du froid, il se dirige d'un pas lent vers le centre jeunesse.

À la fenêtre, l'homme en soutane le regarde s'éloigner dans la neige.

C'est lui.

Un poids immense sur des épaules aussi frêles.

Montréal
12 mai, de nos jours

La mort mérite d'être vécue.

J'ai entendu cette phrase il y a quelques heures et, je vous prie de me croire, c'est le genre d'affirmation qui vous fige et s'incruste dans votre cerveau.

L'homme qui a prononcé cette sentence s'est évanoui dans la nature, à l'heure qu'il est, et c'est tant mieux pour lui ! Parce que si je l'avais sous la main, je serais capable du pire : d'abord un bon coup de crosse sur la bouche pour lui éclater les dents ; ensuite, le canon de mon Glock lui chatouillant la luette, j'appuierais froidement sur la détente.

En regardant sa cervelle virevolter dans la pièce et son âme noire se glisser par la fenêtre, je lui dirais d'un ton badin :

– La mort mérite d'être vécue.

Fin de la citation.

J'ai repris connaissance…

Je sais exactement ce qui se passe, je vois les fourmis s'activer autour de moi. Soluté, cathéter, masque à oxygène, ils ont tout mis en œuvre pour me sauver. Déjà, la pâleur de mon visage a quelque chose de cadavérique.

Je suis incapable de parler.

Dans le jargon médical, on dit « être en état de choc ».

Du moins, c'est ce que vient de déclarer l'un des infirmiers à mon propos, en discutant au téléphone avec un interlocuteur anonyme.

Sirène hurlante, l'ambulance d'Urgences-santé fend l'air de la nuit. Le faisceau des phares est hachuré par la pluie.

La pluie…

Ces sales averses qui tombent sur Montréal depuis huit jours font déborder les vases et rendent nos vies poisseuses.

Quand cesseront-elles?

Ma jambe est mal en point…

Je le sais, car un os distordu pointe à travers mes chairs sanguinolentes.

Les ambulanciers ont réussi à stopper l'hémorragie, mais le plus petit a dit à l'autre qu'ils allaient peut-être devoir m'amputer. Ils pensent sans doute que je n'ai pas saisi, ils me croient dans les vapes. Il est vrai que je garde les yeux fermés pour supporter la douleur fulgurante qui me scie en deux.

Je vais avoir besoin de toutes mes forces plus tard.

Et personne ne va m'amputer la jambe. Le premier qui essaie, je le tue.

Compris?

Je n'éprouve plus aucune sensation.

Ni la douleur, ni mon corps, ni l'odeur d'ammoniaque qui plane dans l'ambulance.

J'ouvre les yeux et je vois ma jambe… Le sang a traversé le bandage.

Pas bon signe, ça…

Est-ce qu'on sait quand on va mourir?

Est-ce qu'on abandonne son enveloppe corporelle peu à peu, est-ce qu'on glisse lentement dans les abysses insondables de la Grande Faucheuse?

Les ambulanciers me regardent.

– On va le perdre, dit le plus petit.

Je sens les battements de mon cœur ralentir.

– Accrochez-vous, Lessard. On sera à l'hôpital dans quelques minutes, enchaîne l'autre.

Je sais, je sais...

Vous voulez comprendre comment j'en suis arrivé là. Tout a débuté avec la pluie, huit jours plus tôt…

L'EXODE DES MOUCHES

Faits d'armes. Naissances des légendes : les mouches, bavardes, vont et viennent dans la bouche des morts.

Claude-Michel Cluny

1.

Montréal
Une semaine plus tôt, le 5 mai

Simone Fortin pose la tête sur l'épaule de Victor Lessard.

Le policier tient le parapluie en biais, pour essayer de la protéger de la pluie torrentielle. Après un moment, il baisse le parapluie, puis il le laisse carrément tomber sur le sol.

C'est peine perdue, ils sont trempés.

Le sergent-détective resserre l'étreinte du bras qu'il a passé autour des épaules de la jeune femme. Celle-ci le tient par la taille.

Simone pleure, Lessard aussi…

Bien que la pluie lui offre le couvert de son camouflage, il ne cherche aucunement à cacher ses émotions.

À quelques semaines près, ils célèbrent, cette année encore, un triste anniversaire.

Au cimetière Notre-Dame-des-Neiges, le temps s'est arrêté pour permettre à Simone Fortin de se souvenir d'une presque sœur et rappeler à Victor Lessard les prémices d'une passion naissante.

L'horloge s'est figée à trente tours de cadran pour Ariane Bélanger, fauchée en plein élan par la lame d'un tueur dément.

Du cimetière, ils marchent bras dessus, bras dessous dans Côte-des-Neiges, jusqu'au café où le policier avait rencontré Ariane pour la première fois.

Une seule phrase a été prononcée.

Simone n'a pu s'empêcher de le reluquer des pieds à la tête. Il porte un jean Diesel, un t-shirt noir, un veston bien coupé et une paire d'espadrilles.

– Tu es beau, Victor. Et c'est fou comme tu as maigri!

Pris de court par le compliment, Lessard rougit et grommelle quelque chose d'inintelligible. Cela dit, Simone a raison: c'est près de quarante livres qu'il a gommées depuis leur rencontre précédente.

Ils entrent.

Outre quelques travailleurs autonomes qui étirent leur café et profitent de la connexion Wi-Fi pour procrastiner sur Internet, l'endroit est presque vide. La serveuse, une barrique sur deux pattes avec une tête de crevette, vient prendre leur commande.

– Un double allongé déca avec un peu de lait chaud, dit le sergent-détective.

Simone fait une moue admirative.

– Mais comment arrives-tu à te souvenir de tout ça? Un café régulier pour moi. Noir.

Lessard se tortille sur sa chaise.

Il se demande comment la jeune femme peut paraître si légère alors que lui se sent engourdi par ses sentiments. Chaque fois qu'ils se revoient, le spectre d'Ariane Bélanger plane sur leur rencontre et le plonge dans un cauchemar éveillé où il se remémore les événements qui ont entraîné sa mort tragique et celle de l'agent Nguyen. Ils n'en ont jamais parlé, mais il suppose que Simone est tout simplement plus forte que lui.

– Comment ça va, à l'hôpital? commence-t-il pour briser la glace. Toujours aux urgences de Trois-Pistoles?

– Toujours. Mais je suis en train de compléter une spécialité en gastro-entérologie.

– Palpitant! lance-t-il avec dégoût. Mais comment fais-tu pour aller jouer dans le c... Enfin, je veux dire... Bref, tu comprends?

Simone saisit très bien et elle ne peut s'empêcher de pouffer de rire.

– On ne passe pas nos journées à faire des coloscopies, Victor. C'est une discipline très intéressante et il y a plein d'avancées dans ce domaine.

– Ouais… mettons. N'empêche que c'est dégueulasse. Et comment va Laurent?

– Super bien. Il est à l'hôtel avec Mathilde.

Même s'il ne l'a pas vue depuis longtemps, Lessard se souvient avec affection de la fille d'Ariane, que Simone a recueillie à sa mort. Celle-ci lui envoie de temps à autre des photos par courriel. Pour sa part, il achète toujours un cadeau à la fillette pour son anniversaire.

– C'est ton chum?

– Je ne dirais ni oui ni non. On est bien. On s'aide.

– Il a rechuté?

– Non, il passe parfois par des périodes plus difficiles, mais il tient le coup. Et toi, Victor? Comment vas-tu? Et Véronique?

Le visage de Lessard se congestionne.

Voilà la question qu'il redoutait, mais il ne se défilera pas. Il s'apprête à se lancer lorsque la sonnerie de son mobile retentit.

– (Soupir.) Donne-moi une seconde, Simone... Allo? (…) Maintenant? (…) Non, on prenait un café. (…) Attends… (Il sort son calepin.) 4139, avenue Bessborough? OK, c'est noté.

Le policier lève sa carcasse.

– Je dois y aller, désolé.

Simone comprend sans qu'il ait besoin de lui fournir d'explications.

– On est en ville encore quelques jours avant de repartir pour le Bas-du-Fleuve. Si tu as le temps, ce serait chouette d'aller souper avec Laurent et Mathilde.

Il se penche pour lui faire la bise.

– Je t'appelle, c'est juré. Embrasse Mathilde pour moi.

Il rejoint l'endroit où il a garé sa Corolla.

Je suis comme un oncologue.

Je donne de l'espoir aux autres sans savoir si je tiendrai mes promesses.

La mort semble faire partie de son karma aujourd'hui.

D'abord celle d'Ariane, qu'ils commémorent, puis cet appel où, sans entrer dans le détail, Fernandez lui a appris qu'ils ont un homicide sur les bras et que le groupe d'enquête l'attend sur la scène du crime.

Criblée de verrues de rouille, sa voiture file sous l'orage lorsqu'il voit apparaître le nom de Véronique Poirier sur l'afficheur.

Il décroche au dernier moment.

– Oui?

– C'est moi. Je te dérange? s'enquiert Véronique.

– Non, mais je ne pourrai pas te parler longtemps, j'ai une urgence.

– Ça va… Écoute, on a en déjà discuté plusieurs fois...

Véronique hésite un peu, mais elle s'exprime d'un ton calme et détaché.

Trop détaché, estime Lessard.

– Il serait temps que tu viennes chercher tes affaires, Victor.

Il ferme les yeux.

Voilà des semaines qu'il repousse ce moment, qu'il espère que Véronique change d'idée, qu'il se convainc qu'il finira par lui manquer, qu'elle se rendra compte qu'ils ne peuvent se passer l'un de l'autre.

Véronique et lui ont vécu une passion charnelle, une idylle enfiévrée durant laquelle il s'est littéralement senti renaître. Même si, depuis leur rupture, il souhaiterait ne jamais l'avoir rencontrée, leur relation n'a pas eu que des effets négatifs: elle lui a permis d'adopter des habitudes de vie plus saines (il boit maintenant du décaféiné, mange la plupart du temps végétarien et s'entraîne au gym trois fois par semaine), de s'intéresser à l'art – Véronique est artiste peintre – et de vivre une sexualité débridée (lui qui n'avait connu, outre Ariane, qu'une seule partenaire, son ex-femme, avec qui il était en couple depuis l'adolescence). Véronique l'a aussi initié aux boutiques branchées: il sait dorénavant où magasiner ses vêtements et comment s'habiller avec goût.

Le problème, c'est que, n'étant pas familier avec les réalités du célibat, il ne comprenait pas quelle distance relationnelle observer. Il ne savait pas quand appeler, quand ne pas rappeler, quand dévoiler son intérêt ou, au contraire, ne pas se montrer trop rapidement attaché.

En rétrospective, la relation s'est détériorée à partir du moment où Lessard a commencé à passer le plus clair de son temps libre au condo de Véronique, plutôt que chez lui. Un soir, tout sourire, il est arrivé avec une boîte contenant ses effets personnels, en précisant qu'il avait prêté son appartement à son fils Martin, pour quelques mois. Véronique lui a réservé un accueil glacial. La chute libre s'est amorcée à cet instant et Lessard a sauté sans parachute. L'impact au sol a été d'une telle violence qu'il s'en est fallu de peu pour qu'il se remette à boire.

– Tu sembles si froide, Véronique, si distante…

– Je ne suis ni froide ni distante. La vérité, Victor, c'est tout simplement que je ne suis plus amoureuse de toi.

– L'as-tu seulement jamais été? rétorque-t-il doucement. On n'a jamais formé un vrai couple, toi et moi. Chose certaine, je n'aimerai plus jamais pour deux.

Un silence arctique balaie l'affirmation de Lessard.

– Passe chercher tes affaires quand tu pourras, Victor.

Après avoir franchi le cordon de sécurité, dressé par l'agent Thibodeau à l'intersection de la rue de Terrebonne et de l'avenue Bessborough, Lessard range sa Corolla en face de la bâtisse qui porte le numéro 4139, une maison unifamiliale, recouverte d'un revêtement d'aluminium blanc. Il connaît bien l'endroit, la meilleure amie de sa fille Charlotte a fréquenté l'école située au bout de la rue.

Plusieurs voitures du SPVM[1] et quatre ambulances sont stationnées pêle-mêle, gyrophares allumés. Le PCM[2] est garé trente mètres plus au sud.

Tanguay a sorti l'artillerie lourde, note Lessard, avec justesse.

En marchant, il remarque le bac de recyclage qui traîne dans l'allée et le sac à ordures laissé sur le bord de la route.

[1] Service de police de la Ville de Montréal.

[2] Poste de commandement mobile.

Un cercle, composé de policiers en uniforme, s'est formé sur la pelouse de la maison voisine. Ils fument et discutent en attendant les instructions. En guise de salut, le sergent-détective fait un signe de tête quand il passe près du groupe. Il connaît la plupart de ces hommes depuis plusieurs années.

Fernandez s'avance sur le porche pour l'accueillir. Il n'a même pas à formuler la question qu'il se préparait à lui poser.

– Drame familial. Ils sont tous morts. Le père, la mère et les trois enfants.

– C'est le père?

– Ça en a tout l'air.

Lessard a la sensation de recevoir une flèche en plein cœur. Un souvenir lointain lui revient.

Il sait qu'il a désobéi.

Il devait rentrer directement chez lui.

Mais Marie a enfin accepté qu'il la raccompagne chez elle.

Elle est si belle dans sa robe-soleil.

Et la voix de son frère Raymond, qui le hante d'un reproche muet.

– Ça va, Vic?

Lessard reprend contact avec la réalité. Il acquiesce en clignant des yeux.

– Fusil de chasse? dit-il, la voix éteinte.

– Non. Il les a tués à la hache. Je t'avertis... c'est pas beau à voir. Une vraie boucherie.

– Qui les a trouvés? reprend-il.

– La femme de ménage. Elle est au PCM, avec Macha Garneau.

– Tu l'as interrogée?

– Elle n'a rien vu. Elle ne sait rien.

– On a une lettre, un message d'adieu?

– Rien pour l'instant.

– T'as qui, dans la maison?

– Juste Doug Adams et son assistant, qui relèvent les empreintes, et le spécialiste en taches et projections de sang.

J'ai demandé à Sirois et à Pearson d'aller interroger les voisins. Tanguay est au PCM. Il veut te voir dès que tu auras fini ici.

Le sergent-détective grimace.

Son supérieur et lui ne sont pas en bons termes depuis son retour de la sabbatique qu'il a prise après l'enquête pendant laquelle il a fait la connaissance de Simone Fortin.

Rien de neuf à cet égard: Tanguay et lui étaient déjà à couteaux tirés.

– Excuse-moi, Nadja. Et Berger?

– Ah oui… J'oubliais. Il est venu et est reparti. Mais il n'est pas certain d'avoir le temps de s'occuper lui-même des cinq autopsies.

Lessard écoute à peine.

Il prend une grande inspiration et met les mains dans ses poches afin que sa collègue ne remarque pas qu'elles tremblent. Il n'a pas du tout envie d'entrer. Pas du tout envie que cette scène de crime le propulse plus de trente ans en arrière et lui fasse revivre la folie meurtrière de son propre père.

Mais a-t-il le choix?

– Tu es sûr que ça va, Victor?

Fernandez le regarde d'un air perplexe. Il fait un sourire forcé.

– Très bien. Allons-y.

– Il y a autre chose avant que tu rentres, Vic. Quelque chose de bizarre.

– Quoi?

– Des mouches. La maison est pleine de mouches.

2.

Une nuée de mouches traverse en zigzaguant le champ de vision de Lessard.

En fouettant l'air avec la main pour les écarter, il s'interroge.

Quand Fernandez a parlé d'une grande quantité de mouches, il s'attendait à les voir en vol. Il en aperçoit partout, c'est vrai, mais elles sont mortes, pour la plupart.

Sur le parquet de bois clair, en dessous des rideaux du salon, sur les fauteuils de cuir écru, elles forment un tapis polymorphe qui semble indiquer la direction à suivre.

Sa collègue sur les talons, le sergent-détective s'avance lentement et débouche dans la cuisine.

Des yeux, il suit le serpentin d'insectes ailés sur le sol.

Il y en a des centaines, plutôt des milliers. Un balai est appuyé au comptoir. Quelqu'un a ramassé les mouches en tas et les a poussées sur le côté du frigo.

Probablement l'assistant d'Adams, suppose Lessard.

Il éparpille quelques regards dans la pièce.

Très vite, quelque chose capte son attention : les gouttelettes de sang sur le mur blanc, derrière l'îlot central. Ayant fait du *dripping* avec Véronique, il ne peut s'empêcher de penser à une œuvre d'art. Il songe à une toile de Jackson Pollock, dont il a oublié le titre.

Adams est accroupi près de l'îlot, un appareil photo à la main. Le cliquetis du déclencheur déchire le silence.

Comme la face cachée de la lune, le meuble dissimule son autre profil, mais le policier sait qu'il y a un corps derrière.

– Salut, Doug.

– Salut, Victor, répond Adams, sans se détourner de sa tâche.

– Les mouches? Pourquoi sont-elles mortes?

– J'ai vaporisé une substance, c'était impossible de travailler sinon. Mais rassure-toi, ça n'interférera pas avec la scène de crime.

Lessard rejoint le technicien et a un mouvement de recul.

Un cri de surprise reste bloqué dans sa gorge.

Torse nu, un homme gît en caleçon sur les carreaux de céramique, les yeux révulsés et la bouche ouverte. Du sang séché barbouille ses joues. Le manche d'un couteau de cuisine est planté dans le côté gauche de sa gorge, juste au-dessus de la carotide; la pointe ressort de l'autre côté. Le thorax et l'abdomen sont marqués d'un lacis complexe de lacérations et de coupures de profondeurs variables, de plaies aux rebords mordorés. L'épaule gauche porte une blessure nette, où affleurent muscles et tendons sectionnés.

Le ventre flasque pend sur le côté.

Et, partout autour, il y a du sang…

Des éclaboussures sur les murs, des traces de doigts sur les parois de l'îlot et, autour de l'épaule et de la tête, une flaque dont la forme rappelle les contours du continent africain.

Sans oublier les mouches baignant dans l'hémoglobine et les mots que Lessard n'arrive pas à prononcer pour exprimer son horreur.

Près des pieds nus du cadavre, Adams photographie un objet ensanglanté.

– Qu'est-ce que c'est? demande le sergent-détective.

– Sa langue.

Il a un haut-le-cœur et vomit dans l'évier.

Le pas incertain, Lessard passe de chambre en chambre avec sa collègue.

Dans la première, deux fillettes âgées de cinq et sept ans, couchées dans leur lit, deux corps frêles mutilés à coups de hache, deux anges au visage paisible emportés dans un infanticide d'une violence hallucinante.

Épinglé sur le mur, le dessin d'un gros cœur rouge:

« *You're the best daddy in the world. Love you forever.* »

Le sergent-détective essaie d'avaler sa salive, mais sa gorge est si sèche qu'il n'y arrive pas.

Dans la deuxième, un garçon d'à peine dix-huit mois est étendu dans sa couchette, le tronc à demi sectionné.

Sur le papier peint, des dessins de chats aux couleurs vives.

Le policier remonte le mobile au-dessus du lit. La mélopée est sinistre.

– Ça va, Victor?

Dans la chambre principale, un corps nu.

Une femme blonde et mince, que l'on devine jolie sous son masque funèbre et l'enchevêtrement de plaies violacées qui la sillonnent de la taille au visage. Le bas du corps est intact. Les jambes sont ouvertes dans une pose aussi suggestive que grotesque.

Le pubis, luisant, est entièrement rasé, offert à la vue.

La scène tordue perturbe Lessard, il détourne les yeux.

C'est alors qu'il l'aperçoit pour la première fois, de dos, au bout du corridor.

Pâle, les jambes comme des clous, le garçon porte un short et un gilet à rayures trop ample.

– C'est qui, lui?

Fernandez se retourne et regarde dans la direction qu'il pointe du doigt.

– Qui ça?

– Il y avait un garçon, dans le couloir.

– Impossible, Vic. Ils sont tous morts, dit-elle, un trémolo dans la voix.

Une hache est posée sur une commode blanche désormais laquée de rouge.

Lessard s'enfouit le visage dans les mains.

– Victor?

Je t'entends, Fernandez, je t'entends, mais qu'est-ce que tu voudrais que je te dise?

Que ça va, alors que rien ne va?

Que je suis capable d'être professionnel et de surmonter le dégoût, la répulsion et la nausée qui me donnent envie de m'enfuir à toutes jambes?

Que je voudrais être ailleurs et n'avoir jamais vu ces images qui ne me quitteront plus?

Que je me retiens de m'arracher les yeux pour faire le noir sur les ténèbres?

Qu'est-ce que tu veux entendre, Fernandez, qu'y a-t-il à dire quand un père profane la vie, en tuant ses propres enfants et celle qui les lui a donnés?

Que j'aurais envie de frapper son cadavre jusqu'à le réduire en une bouillie informe?

Non, tu t'attends à ce que je garde le contrôle et que je transmette les directives appropriées.

Que je me fasse rassurant comme un bon chien bien dressé.

Personne au poste ne sait la vérité à mon sujet, Nadja.

Personne, sauf Tanguay.

C'était le 23 juillet 1976.

Cette journée va me hanter pour le reste de ma vie.

La fièvre olympique atteignait son paroxysme et enveloppait Montréal.

Mon petit frère Raymond avait insisté pour que je revienne avec lui du camp de jour. Il avait peur de papa. On avait tous peur de papa.

Parce que papa frappait fort et souvent.

Ça faisait plus de trois semaines que je demandais à Marie Bisson la permission de la raccompagner chez elle à la fin de la journée et qu'elle me la refusait. Ce jour-là, je lui avais glissé un petit billet sous la table, pendant le dîner. Je n'y croyais plus, en fait je l'avais écrit par habitude, avec la conviction qu'elle le mettrait à nouveau dans sa boîte à lunch, le cimetière de mes avances.

J'avais baissé la tête, capitulé devant la certitude de ne jamais pouvoir être à la hauteur de la noblesse des sentiments que m'inspirait ma convoitée.

Un coup de coude de mon voisin m'a annoncé la bonne nouvelle : Marie m'avait renvoyé le billet.

Dessus, elle avait compendieusement écrit : « Oui. »

Je ne me suis guère soucié de son laconisme, car pour moi, ce oui était une fenêtre ouverte sur une overdose *de possibilités, la promesse de l'infini qui se prolongeait dans son regard.*

Marie ne m'a pas adressé la parole de tout le trajet.

Mais, alors que nous n'étions plus visibles depuis le bâtiment, elle a glissé sa main dans la mienne. Puis, un coin de rue avant d'arriver à sa maison, elle m'a embrassé sur la bouche. Un baiser vif, sec, qu'elle a livré avec une précision chirurgicale, avant de s'enfuir et de lancer :

– À demain, Victor Lessard.

De retour à la maison, je savais que papa me ferait payer mon retard par quelques taloches bien senties, mais j'avais le cœur assez léger pour tolérer la lourdeur de ses jointures et les marques que m'infligerait sa chevalière.

J'ai entendu la musique depuis le vestibule.

Et si tu n'existais pas, *le tube de Joe Dassin, jouait sur la stéréo que mon père avait achetée un mois auparavant. Maman avait osé avancer que, avec son licenciement, cette dépense n'était peut-être pas une bonne idée. Le lendemain matin, son œil gauche ressemblait à une prune trop mûre.*

– Maman ? Raymond ?

J'ai posé mon sac sur le plancher de la cuisine et ouvert le réfrigérateur. J'ai pris une grosse croquée dans une pomme. À mon grand dam, je n'avais le droit qu'aux fruits ou aux légumes en attendant le souper.

J'ai arrêté de mâcher sec en entrant dans le salon.

Affalée sur le divan, ma mère portait sa robe fleurie.

Comme Le dormeur du val, *de Rimbaud, elle avait « deux trous rouges au côté droit ».*

Elle tenait sur elle mon frère de quatre ans, Guy, qui, lui, avait reçu une balle en plein front. Raymond était couché sur le sol, devant elle, face contre terre. Une balle lui avait traversé la gorge, une autre s'était fichée dans son cœur.

Raymond, mon petit Raymond.

Encore aujourd'hui, je me surprends souvent à te prendre à témoin, à me demander ce que tu penserais dans telle ou telle situation.

Si seulement tu étais toujours vivant.

Dans un accès de folie, mon père était entré dans le salon, où ma mère regardait la télé avec mes frères, et il avait tiré.

Brutale, violente, laide.

La mort.

Je l'ai retrouvé étendu sur son lit.

La balle avait pénétré sous le menton et était ressortie par le haut du crâne.

La plaie faisait des bulles, signe qu'il respirait encore.

C'est ainsi que, le jour où Nadia Comaneci gagnait sa troisième médaille d'or et devenait la reine des Jeux de Montréal, la mort m'a pris ceux que j'aimais plus que ma propre vie.

La pluie rebondit sur ses joues tandis qu'il tire nerveusement sur sa cigarette.

Lessard laisse la fumée emplir ses poumons, puis la rejette en exhalant avec rage.

Une bouffée après l'autre, le tabac se consume rapidement. D'une chiquenaude, il expulse le mégot brûlant au fond du jardin, près de la remise, et marche de long en large sur un sentier imaginaire.

Derrière lui, Fernandez s'approche.

Elle hésite, puis pose doucement une main sur son épaule.

Lessard s'écarte. Il ne veut pas qu'elle perçoive son désarroi et, surtout, il n'a pas envie de répondre aux mille questions que sous-entend son regard.

À sa demande, Fernandez est partie réunir l'équipe d'enquête au PCM. Seul dans le jardin, il s'allume une autre cigarette.

Le tabac l'aide à tenir le coup.

Alors qu'il est sur le point de rentrer, il se sent épié.

Quelques secondes lui suffisent pour repérer l'observateur: un garçon de cinq ou six ans, à la fenêtre d'une maison voisine.

Lessard lui fait signe de la main.

Le garçon lui rend son salut, l'air triste.

Au PCM, le sergent-détective constate que Tanguay s'est absenté pour une urgence. Il ne sait pas où son supérieur est parti, mais ça l'arrange, il n'a pas envie de le croiser.

Surtout pas maintenant.

Les enquêteurs Pearson et Sirois, ainsi que l'agente Macha Garneau, sont réunis autour de la cafetière. Pearson sert ses collègues dans des gobelets recyclables. Fernandez vient les rejoindre.

Pour sa part, Lessard se verse à regret une tasse d'eau chaude.

Depuis son retour de sabbatique, il est traité pour un problème de reflux gastro-œsophagien et ne s'autorise qu'un café déca le matin. Le reste de la journée, il vit son abstinence comme un combat héroïque contre lui-même.

L'odeur du café embaume la pièce, son arôme lui chatouille les narines; ses effluves lui murmurent des mots tendres à l'oreille, mais il secoue la tête: il ne boit qu'un café déca le matin!

– Commence, Pearson.

Ce dernier fouille dans ses notes et s'éclaircit la voix.

– L'homme s'appelait John Cook, il avait trente-neuf ans et travaillait comme superviseur de la production chez Royal Tobacco. Sa femme, Elizabeth Munson, trente et un ans, était vendeuse dans un magasin de vêtements. Ils étaient mariés depuis dix ans. Les enfants s'app…

– Passe ça, lance sèchement Lessard.

Pendant quelques secondes, sa saute d'humeur gangrène l'atmosphère. Fernandez appuie discrètement sa main sur l'avant-bras du sergent-détective.

Du calme, Victor.

Avec circonspection, Pearson reprend:

– Bon, la grande question: Cook a-t-il agi seul ou est-ce un pacte de suicide? Pour l'instant, nous n'avons trouvé aucune note qui explique le geste.

– D'après moi, c'est un quadruple meurtre suivi d'un suicide, dit Sirois. La violence de la scène de crime laisse supposer que Cook a perdu les pédales.

– C'est également mon avis, approuve Fernandez. Même suicidaire, une femme ne tuerait pas de façon aussi barbare ses propres enf...

– OK, on a compris, la coupe froidement Lessard. Continue, Pearson.

De nouveau, petit moment de malaise collectif. Sourcils froncés, Pearson et Fernandez échangent un regard étonné ; leurs yeux engagent un dialogue muet :

Qu'est-ce qui se passe avec Lessard ?

Je ne sais pas. N'insiste pas.

– D'après mes vérifications, ni l'un ni l'autre n'a d'antécédents judiciaires, pas de problèmes de consommation, ni de jeu. Ils ont emménagé dans le quartier il y a trois mois, le montant de leur hypothèque est raisonnable, leurs relevés bancaires montrent que, sans être riches, ils n'éprouvaient aucune difficulté financière, déclare Pearson.

– De la famille ?

– Cook était enfant unique, ses parents sont décédés. Munson a une sœur qui habite en Australie. Son père s'est volatilisé à sa naissance, mais j'ai parlé à sa mère, qui habite à Repentigny.

– Et ?

– Elle est atterrée et ne comprend pas. Elle parlait à sa fille presque chaque jour. Ils se voyaient le week-end. Selon elle, c'était un couple heureux et amoureux. Ils avaient acheté des billets d'avion pour emmener les enfants à Disney World, en août.

Lessard ferme les yeux.

Cette dernière information lui fait un terrible effet.

– Croit-elle possible que sa fille ait eu un amant ? insiste-t-il néanmoins.

– J'ai pensé la même chose que toi, mais elle m'a assuré que non. Elle lui a parlé hier et Munson se réjouissait qu'ils aient enfin fini de s'installer dans la maison, elle a dit qu'elle aimait le quartier et le voisinage, etc.

– Et les voisins, justement?

Consultant ses notes, Sirois prend le relais:

– «Un couple uni et très pratiquant», «du ben bon monde», «le monsieur jouait souvent dehors avec ses enfants», «tu ne te doutes jamais que ce genre d'affaire peut arriver à côté de chez toi», «il nous saluait toujours dans la rue», «des gens souriants», «les enfants avaient l'air heureux», récite-t-il comme une litanie, les yeux sur son calepin. J'aurais pu tirer ça d'un article de journal. Je continue?

– Non, ça va. Tu as dit qu'ils étaient très pratiquants?

– Oui, c'est ce que m'a dit la voisine d'en face.

– Ils allaient à la messe tous les dimanches ou ils étaient dans une secte ou une congrégation bizarre?

– Bonne question. J'imagine que s'ils avaient été membres d'une secte, elle l'aurait su, ou du moins elle m'aurait fait part de certaines observations.

– Essaie d'en savoir plus là-dessus.

– OK, je vais vérifier.

Lessard est envahi par une grande lassitude. Ils n'ont pour l'instant aucun élément qui pourrait expliquer le geste. Même s'il s'efforce de n'avoir aucun *a priori*, le sergent-détective penche aussi pour la théorie voulant que Cook ait perdu les pédales, puisque c'est souvent le père de famille qui est en cause dans ce genre de drame.

Le cas échéant, il importe d'en comprendre les motifs.

Si Cook n'a pas laissé de note, s'il n'a pas donné d'indice sur ses intentions, ils ne sauront peut-être jamais avec certitude ce qui s'est passé. L'histoire judiciaire est remplie de ces cas où des individus normaux en apparence cachent une part de ténèbres insoupçonnée.

– Sur papier, ce sont des gens ordinaires, dit Macha Garneau, qui n'avait pas ouvert la bouche jusque-là.

N'ayant pas encore eu l'occasion de travailler avec elle, Lessard la détaille. Verdict? Son corps sculptural fait rapidement pardonner un visage commun et un nez fort.

– Adams a trouvé quelque chose d'inhabituel? reprend le sergent-détective.

– Rien pour l'instant, répond Fernandez. À part les mouches.

Les mouches? Il les avait complètement oubliées.

– Il est tôt pour qu'autant de mouches soient attirées par les corps, non? lance-t-il à l'intention de Fernandez.

– D'après Berger, dans le cas de cadavres qui sont à l'air libre, les premiers diptères arrivent dans l'heure qui suit la mort, parfois même dans les minutes après.

– Les diptères?

– Les mouches, précise Fernandez.

– Ah? Et dans le cas d'un cadavre trouvé à l'intérieur d'un bâtiment?

– Ça dépend. Si c'est fermé hermétiquement, l'infestation débute plus tard, ça peut prendre entre dix-huit et vingt-quatre heures après la mort, parfois plus. C'est plus rapide si une ou des fenêtres étaient ouvertes.

– Il y avait une fenêtre ouverte?

– Oui.

– Sans moustiquaire?

– Oui. Mais, selon Jacob, ça ne suffit pas à expliquer la présence d'une telle quantité de mouches aussi tôt dans le processus de décomposition.

– Je vois. Il a fait une estimation de l'heure des décès?

– Oui. Ça s'est produit vers 2 h ce matin.

Franchement, à ce moment de l'enquête, Lessard n'est guère préoccupé par les mouches.

– Bon. Pearson et Sirois, dès qu'on évacue les corps, vous me passez cette maison au peigne fin. Faites-vous aider par Garneau. J'ai besoin de vous expliquer ce qu'on cherche? Une note, un courriel, une explication qui pourront nous aider à déterminer si Cook a agi seul ou avec la complicité de sa femme. Si vous ne trouvez rien dans la maison, fouillez la remise dans la cour.

Pearson fait un signe de tête pour signifier son assentiment.

– Je vais aussi retourner questionner la voisine pour savoir ce qu'elle entend par «très pratiquants», dit Sirois.

– Parfait, conclut le sergent-détective. On se retrouve ici dans deux heures pour faire le point. Appelez-moi si vous trouvez quelque chose. Même chose pour Adams et Berger.

Tu viens, Nadja?

Elle se redresse, surprise.

– On va où?

– Chez Royal Tobacco.

Le bruissement de la pluie sur les feuilles a quelque chose d'apaisant.

Mais tandis que leurs pas résonnent dans l'allée, Lessard s'admoneste en silence: *se ressaisir, ranger de nouveau son histoire familiale au fond d'un tiroir mental, ne pas repenser à ça, surtout pas en ce moment.*

Avec une galanterie que Humphrey Bogart n'aurait pas démentie, le sergent-détective ouvre la portière côté passager et s'efface pour laisser entrer sa collègue.

– Tu es sûr que ça va, hein, Vic? s'enquiert Fernandez en montant dans la Corolla.

– Certain. Pourquoi tu me demandes ça? répond-il en feignant de ne pas comprendre le sens de sa question.

– Non, non. Pour rien. C'est juste que tu sembles un peu impatient.

Dès qu'il met le contact, une musique assourdissante envahit l'habitacle. Il avance vite sa main vers le bouton qui contrôle le volume et le baisse.

Trop tard…

Amatrice de musique, Fernandez a reconnu les premiers accords de *Montréal -40 °C*.

– Malajube? Victor, tu m'impressionnes! Je croyais que tu écoutais seulement du vieux rock progressif, dit-elle, sourire en coin.

Un policier soulève le cordon jaune pour permettre au tacot de passer.

Le sergent-détective déboîte. Il a les joues empourprées.

– Ben, quoi? C'est un disque à Martin.

La présence de Fernandez dans sa voiture l'intimide, la proximité de leurs deux corps dans l'habitacle le trouble.

– C'est super que ton fils te fasse découvrir de la nouvelle musique, Victor. C'est vraiment bon, Malajube!

– Oui, c'est bon, mais je préfère Karkwa, déclare-t-il en fixant la route pour chasser sa nervosité. Ils sont meilleurs en show. En plus, Martin a travaillé sur l'enregistrement de leur dernier album.

– Tu as vu Karkwa en spectacle?

– Oui! Avec Charlotte et Martin. C'est pas facile de trouver quelque chose à faire avec eux, à leur âge. Et je ne voulais pas que le temps qu'ils passent chez moi devienne une corvée, qu'on soit tous les trois au salon à se regarder sans rien dire. Alors, ils trouvent une activité qui les intéresse et moi, j'achète les billets. Il y a quelques semaines, on est allés voir un fascinateur dont j'ai oublié le nom. Mais, la plupart du temps, on va voir des shows: Leloup, Karkwa, Marie-Mai, Malajube, m-jeanne... Le prochain, c'est Arcade Fire. Tu connais ça?

– Mets-en! Au fait, comment vont les enfants? Ça fait un bout que je ne les ai pas vus.

Lessard aime ses enfants, mais parfois il préférerait n'en avoir jamais eu.

Depuis que Marie et lui sont séparés, sa relation avec ses deux rejetons a connu des hauts et des bas. La transition vers l'adolescence ne s'est pas faite sans heurt.

Néanmoins, une bouffée de nostalgie l'envahit.

Déjà presque deux ans que nous sommes revenus de notre voyage dans l'Ouest!

Ils y ont passé du bon temps, même si l'entreprise n'a pas été de tout repos: Lessard a retrouvé leur tente, dont ils avaient mal planté les piquets, au milieu d'un lac, en rentrant un soir d'une excursion dans les Rocheuses. Il s'est également fait voler son portefeuille en visitant le quartier chinois de Vancouver.

Comme celui-ci contenait ses papiers et son badge, il a dû téléphoner au poste 11, pour avertir ses collègues. Il en a été quitte pour subir les quolibets de Pearson et de Sirois, qui l'ont aussitôt harcelé de nombreux messages textes. Si bien que Lessard a pris la décision de fermer son mobile quelques jours.

Marie a choisi ce moment pour demander des nouvelles des enfants. Il n'a pas eu besoin d'écouter les neuf messages paniqués de son ex-femme pour comprendre qu'il s'était de nouveau mis les pieds dans les plats.

Ça n'avait pas déclenché une guerre nucléaire, mais presque…

– Victor? insiste Fernandez.

La voix douce de sa collègue le sort de sa rêverie.

– Excuse-moi. Oui, ils vont bien.

Une voix intérieure sermonne Lessard:

Sois honnête, tu ne trouves pas qu'ils vont bien du tout! Ta fille de seize ans fréquente un gars de vingt-deux ans qui en paraît trente-quatre et qui a les capacités mentales d'un géranium. Ton fils a fini son secondaire cinq de peine et de misère. OK, il travaille maintenant comme technicien en sonorisation, mais il continue à fumer du pot dans ton dos. Et tu ne peux rien y faire. «Monsieur» est majeur et il sait ce qui est bon pour lui!

– Tu les as toujours une semaine sur deux?

– Pas vraiment. Martin habite chez moi ces temps-ci et je vois Charlotte surtout la fin de semaine.

La vérité, c'est que tu ne t'es pas assez impliqué pour que la garde partagée fonctionne!

Lessard gare la voiture devant les bureaux de la cigarettière Royal Tobacco, rue Saint-Antoine. L'édifice de brique, de métal et de verre fait tache dans cette zone délabrée du vieux quartier Saint-Henri.

Fernandez partie en éclaireur pour parlementer avec les agents de sécurité, le sergent-détective fume une clope sur le trottoir avant d'entrer. Il n'y avait jamais prêté attention mais, en regardant sur le paquet, il se rend compte qu'il fume une des marques de Royal Tobacco.

La silhouette des premiers gratte-ciel du centre-ville se profile trois kilomètres à l'est.

Après les avoir guidés dans un dédale de couloirs, une secrétaire, chignon strict et air revêche, les installe dans une salle de conférences qui offre une vue sur la rue Atwater et sur le vieux Forum. L'ancien domicile des Canadiens a été transformé en salles de cinéma. La façade de l'édifice, jadis noble temple du hockey, ressemble désormais vaguement à un engin spatial de pacotille.

Lessard repense avec nostalgie à l'endroit où, à de nombreuses reprises, il a vu le Bleu-Blanc-Rouge terroriser ses adversaires, aidé, sans aucun doute, des fantômes de Morenz, de Vézina et de Newsy Lalonde. Il se remémore les moments hors du temps que lui ont fait vivre ses idoles de jeunesse : Guy Lafleur, Serge Savard et Ken Dryden. Plus tard, Patrick Roy l'a fait vibrer à son tour, lors des conquêtes de la coupe Stanley de 1986 et de 1993. L'image de Roy brandissant sa première coupe, avec ses airs de freluquet, torse nu rue Sainte-Catherine, lui revient encore souvent en mémoire et lui donne, chaque fois, la chair de poule.

À l'instar de ses concitoyens, Lessard se passionne toujours pour cette équipe mythique, mais force est d'admettre que les quinze dernières années ont été une longue traversée du désert.

Vivement que les fantômes du Forum trouvent le chemin du centre Bell !

– Café ? ronchonne la pimbêche.

– Une tasse d'eau chaude, s'il vous plaît, dit Lessard.

– Nous n'avons que du café.

– Vous avez du déca ?

La secrétaire fait non de la tête.

Il hésite tandis qu'une voix intérieure lui souffle :

Un petit café ? Pourquoi pas ?

– Rien pour moi.

– (Soupir.) Pour vous ? enchaîne l'exaspérée.

– Rien, merci, répond Fernandez.

– Bien. Monsieur Dubois sera avec vous dans quelques minutes.

Elle sort en claquant la porte. Le choc déplace de son axe un cadre fixé au mur.

– Elle s'est levée du pied gauche, celle-là ? lance Fernandez, incrédule.

Sur ces entrefaites, un homme entre, vêtu d'un complet gris. Mince, d'apparence soignée, il arbore une moustache qui lui donne des allures de dandy.

Il se dirige droit vers eux.

– Gérard Dubois, annonce-t-il en guise d'introduction, vice-président principal et chef des opérations.

Des poignées de main sont échangées, les présentations, faites. Dubois tend aux policiers sa carte professionnelle.

– Pardonnez le manque de manières de mon adjointe. Cécile est un peu rude, mais elle est diablement efficace. Votre visite l'oblige à remanier mon agenda.

– Nous avons l'habitude, affirme Lessard. Vous savez pourquoi nous sommes ici?

– Honnêtement, non. Est-ce un problème relié à la contrebande de cigarettes?

– Laissez-moi vous expliquer.

Lessard le met au courant du carnage survenu rue Bessborough.

Dubois a perdu sa superbe. La nouvelle l'a ébranlé.

– Je n'arrive pas à y croire! C'est terrible...

– Ça vous surprend?

– Oui. Je connais John depuis quinze ans. Il était très apprécié de tous, dit Dubois, le regard vide, l'air absent.

– Quel poste occupait-il?

– Superviseur de la production, contrôle de la qualité. C'est son équipe qui assure le respect des normes de fabrication de nos différentes marques.

– Il se rapportait directement à vous?

– Non, à un directeur, mais nous étions fréquemment en contact.

– Un bon employé?

– Un des meilleurs dans son domaine. Consciencieux, travaillant, dévoué. Il avait un excellent sens de l'humour.

– Ce n'était donc pas quelqu'un de dépressif?

– J'imagine qu'il avait ses problèmes, comme tout le monde, mais John était quelqu'un de positif et d'énergique.

Lessard fait la moue.

Souvent, l'image que projettent les gens dans la sphère publique change du tout au tout lorsqu'ils réintègrent les angoisses et les ténèbres de leur vie privée.

– Vous l'avez déjà côtoyé à l'extérieur du bureau?

– Dans des cinq à sept, parfois lors d'activités sociales en famille.

– Vous avez déjà rencontré sa femme?

– Oui, à quelques reprises.

– Comment était-elle?

– Rayonnante, jolie, allumée. Ils formaient un beau couple.

– Et les enfants?

– Quoi dire, sinon qu'ils étaient comme tous les autres enfants.

– Vous ne voyez donc rien qui pourrait expliquer ce qui s'est produit?

– Non, rien.

– Qui était la personne dont il était le plus proche, ici? intervient Fernandez. Vous savez, son meilleur ami, son confident…

– C'est Pierre Deschênes. Ils sont entrés en même temps dans la boîte. Ce sont deux hommes très différents. Je n'ai d'ailleurs jamais compris pourquoi John l'appréciait autant.

– Il est ici aujourd'hui? demande-t-elle.

– Deschênes? Sûrement. Il travaille à la production, dans l'usine de l'autre côté de la rue.

– On peut le rencontrer?

– Certainement.

– Mais avant, lance Lessard, pourriez-vous nous montrer le bureau de Cook?

Nouvelle enfilade de corridors, murs beiges, moquette foncée, bureaux aux cloisons vitrées. Des têtes qui se tournent dans des cubicules, jettent à la volée un regard curieux aux deux visiteurs.

Dubois s'arrête devant une porte.

– C'est ici...

Un bureau propre et bien rangé. Des papiers soigneusement empilés. Sur un babillard, des photos d'Elizabeth Munson et des enfants, en des jours meilleurs.

L'endroit est plus exigu que ce à quoi Lessard s'attendait. *On va se marcher sur les pieds*, pense-t-il.

– Vous permettez que ma collègue jette un œil?

– Bien sûr.

– Tu peux voir si tu trouves quelque chose, Nadja? Pendant ce temps-là, je traverse de l'autre côté de la rue pour parler à Pierre Deschênes.

Gérard Dubois a proposé de l'accompagner, mais Lessard préfère être seul quand il interroge quelqu'un. Par expérience, il sait que certains individus n'agissent pas de la même manière en présence de plusieurs personnes. À plus forte raison dans ce cas-ci. Le sergent-détective veut en effet que Deschênes se sente à l'aise et non qu'il soit intimidé par l'autorité d'un supérieur.

Suivant les indications que Dubois lui a données et après avoir montré patte blanche à l'agent de sécurité posté à la réception, le policier pénètre dans l'usine.

Fasciné, il s'arrête et suit, pendant quelques secondes, derrière une grande baie vitrée, le parcours de milliers de cylindres blancs sur les rails. Le gardien de sécurité qui le précède se prépare à tourner le coin du couloir. Comme il est très corpulent et qu'il marche lentement, Lessard le rattrape sans difficulté.

Escorté par l'agent, il entre dans un entrepôt éclairé par des néons. Des opérateurs de chariots électriques transportent silencieusement des caisses de cigarettes aux quatre coins de l'usine.

Deux hommes discutent.

L'un d'eux fume, ce qui donne envie à Lessard de sortir son propre paquet.

– C'est lui, dit le gardien en désignant un colosse dont les bras sont criblés de tatouages.

Ils ne sont plus qu'à dix mètres des deux hommes lorsqu'il lance:

– Salut, Pierre. J'ai avec moi un enquêteur de la police de Montréal. Il veut te parler.

Il y a un moment de flottement puis, brusquement, Deschênes se met à courir à toute vitesse vers le fond de l'entrepôt.

Dès qu'il réalise ce qui se passe, Lessard se lance à la poursuite du fuyard.

Sans ralentir l'allure, il dégaine son pistolet.

3.

Deschênes est vif pour un homme de sa taille et il connaît l'endroit.

Il s'engage dans une allée étroite où des étagères, remplies de caisses de bois, s'élèvent jusqu'au plafond. Plus rapide que lui, Lessard réduit peu à peu l'écart qui les sépare. Sans se retourner, le fuyard étend le bras et, d'un mouvement sec, fait basculer un ensemble de caisses retenues entre elles par des attaches métalliques. Il les projette sur le plancher avec autant de facilité que s'il s'agissait d'une poche de vêtements.

Les caisses se fracassent sur le sol et laissent échapper des cartouches de cigarettes, juste au moment où Lessard passe. Lancé à plein régime, il ne peut esquiver l'obstacle à temps, trébuche sur un carton et s'étale de tout son long sur le ciment.

En tombant, il se heurte le front sur le coin d'une caisse.

Le temps que le sergent-détective se relève, invoque tous les saints du ciel et se remette en chasse, Deschênes a rejoint le fond de l'entrepôt. Sans ralentir, Lessard essuie avec sa manche le sang qui coule près de son œil.

Il voit bientôt un rectangle de lumière se découper sur le mur : l'autre a ouvert une porte et court à l'extérieur. Le policier arrive en quelques enjambées et voit Deschênes détaler à travers le stationnement.

Il sait qu'il ne le fera pas, mais il crie tout de même, d'un ton menaçant :

– Arrête, Deschênes ! Arrête, ou je tire !

Deschênes se met à zigzaguer, tel un ballon qui se dégonfle. Puis on le sent hésiter, il lance un regard furtif par-dessus son épaule.

À vingt-cinq mètres, il voit le policier courir derrière lui comme un enragé, le front ouvert, pointant son arme dans sa direction.

Deschênes continue de fuir en se disant que l'autre ne pourra pas le rattraper, qu'il a trop d'avance. Cependant, un doute s'installe dans son esprit.

Insidieux.

Le policier est-il un bon tireur? Peut-il l'atteindre à cette distance?

La voix de la raison se fait de plus en plus forte dans la tête du fugitif. Un projectile se déplace plus vite qu'une paire d'espadrilles. Il vaut mieux se rendre plutôt que d'en recevoir un dans le dos.

Bientôt, Deschênes ralentit l'allure, les poumons en feu. Enfin, il s'arrête et pose les paumes sur les cuisses, pour reprendre son souffle.

Lessard le rejoint en quelques secondes, l'arme toujours braquée sur lui.

Il parcourt les dix derniers mètres en marchant.

Deschênes lui fait face.

Les yeux dans les yeux, les deux hommes se jaugent. Chaque inspiration fait siffler leur poitrine.

– À genoux, les mains sur la tête, dit Lessard d'un ton ferme. Surtout, pas de geste brusque.

Deschênes obtempère en serrant les dents.

Fernandez commence par refermer la porte derrière elle.

Elle s'assoit ensuite dans le fauteuil de John Cook, scrute la pièce quelques instants et s'imprègne de l'atmosphère de l'endroit où celui qui vient de massacrer sa famille passait le plus clair de ses journées. Elle sait depuis longtemps qu'il suffit parfois de bien peu pour faire dérailler quelqu'un. Un être aimant et rempli de compassion peut se métamorphoser en une bête sanguinaire et impitoyable. Elle ne s'attend donc pas à découvrir quelque chose d'extraordinaire dans le bureau de John Cook. S'il n'a pas laissé de message expliquant son geste sur les lieux du crime, il serait bien étonnant qu'elle trouve quoi que ce soit ici, mais aucune piste ne doit être négligée. Ses mains feuillètent les dossiers, ouvrent les tiroirs, ses doigts effleurent les piles de papier rectilignes posées sur le plan de travail. Elle se sent voyeuse. Elle déteste s'approprier la sphère privée d'une personne disparue, fût-elle un criminel de la pire engeance.

Elle entre le mot de passe que lui a fourni, suivant les directives de Dubois, l'adjointe de John Cook, inspecte les courriels, parcourt les fichiers, ouvre des documents. Dubois l'a autorisée à fouiller la pièce, sans hésiter une seconde.

Plus elle cherche, plus son intuition se confirme : il n'y a rien dans ce bureau, pas de secret caché.

Fernandez a seulement la certitude déroutante que John Cook était un homme minutieux, organisé et brillant. Il suffit de consulter son agenda et de lire ses courriels pour le savoir. L'homme s'exprimait clairement, de façon concise et avec aisance.

Troublant.

On voudrait penser que les meurtriers sont tous des détraqués incapables de mener une vie normale. Elle sait qu'il n'en est rien.

Elle se renverse dans le fauteuil.

Des photos d'Elizabeth Munson et des enfants du couple trônent sur le bureau. Des sourires de craie, des mines réjouies.

Nadja Fernandez craque, prend son visage dans ses mains et pleure.

Lorsque son mobile sonne, quelques minutes plus tard, elle se ressaisit.

La pluie tombe en chuchotant.

Lessard est de nouveau trempé, mais l'eau le revigore. La poursuite a laissé des traces : il a les jambes en guenille. Deschênes a, pour sa part, les mains menottées derrière le dos. Son collègue et le gardien de sécurité sont arrivés, l'air paniqué, mais le policier les a renvoyés à l'intérieur en leur interdisant de parler de l'altercation aux autres employés. Il ne se fait pas d'illusions : dans cinq minutes, toute l'usine sera au courant et le stationnement grouillera de quidams. Il entraîne son prisonnier derrière l'édifice, à l'abri des indiscrets.

– Qu'est-ce qui t'a pris? Pourquoi tu t'es sauvé?

– Va chier.

– Joue pas au dur avec moi, Deschênes. Va falloir que tu t'expliques... Pis d'abord que tu me dises pourquoi t'as fait du temps?

Deschênes se raidit et jette un regard mauvais à Lessard. Sans trop y réfléchir, le sergent-détective a tapé dans le mille.

– Non... attends... laisse-moi deviner... voies de fait? Possession de stupéfiants?

– C'est mon agent de probation qui t'envoie? Hostie, vous allez pas me faire chier pour avoir manqué le couvre-feu hier? C'est la première fois que ça arrive!

– Ferme ta gueule, Deschênes. Réponds à ma question.

– J'ai fait trois ans pour trafic de drogue. Mais ça fait plus de vingt ans, ciboire!

– Et récemment?

– Conduite avec facultés affaiblies, dit l'homme en baissant la tête. La troisième fois, ils m'ont arrêté quand mon char était pris dans le banc de neige. C'est ma blonde qui conduisait! J'le jure! Mais les hosties de beux m'ont jamais cru. Pis le juge non plus.

– Pis?

– Pis quoi?

– T'as été condamné?

– Oui. Deux mois à purger les fins de semaine, pis une probation d'un an, avec obligation d'être à mon domicile tous les soirs avant 10 h.

– Et hier, t'as manqué le couvre-feu?

– Oui, mais c'était la première fois!

– T'étais où?

– J'suis allé magasiner au centre-ville après le travail. J'suis rentré chez nous à pied après. J'ai pas vu le temps passer.

– T'as marché sous la pluie?

– Oui. J'aime ça, marcher sous la pluie.

– Tu restes où?

– Coin Saint-Joseph et Papineau.
– T'étais seul pour magasiner?
– Oui.
– T'as acheté quoi?

Pour la première fois, le visage de Deschênes exprime de la surprise.

– Rien. Je cherchais un cadeau pour la fête de ma blonde, pis j'ai rien trouvé. Mais qu'est-ce que ça peut t…
– T'as mangé quelque chose?
– Un burger au *food court* du centre Eaton.
– T'as payé comment?
– Comptant. C'est quoi le rapport ent…
– C'est moi qui pose les questions! T'as fait quoi après?
– J'ai écouté la télé, pis j'me suis couché.
– Seul?
– (Soupir exaspéré.) Ben oui, seul!
– T'as parlé à quelqu'un au téléphone?
– Non! Ah, la tabarnac! C'est sûr qu'elle a téléphoné à 10 h tapant, juste pour me pogner!
– T'as envoyé des courriels?
– À qui? J'ai pas d'ordinateur chez moi.
– Et à 2 h du matin… tu dormais?
– Ben, oui!
– Seul?
– Si je me suis couché seul, je dormais seul!
– Parle-moi de ton ami, John Cook.

La surprise fait place à l'incompréhension dans le regard de Deschênes.

– Qu'est-ce que John vient faire là-dedans?
– Il était au courant pour ta probation?
– John connaît mon passé mieux que personne.
– Tu l'as vu récemment?
– Oui, on a dîné ensemble une couple de fois à la cafétéria la semaine passée.
– Il avait l'air com…
– Là, ça va faire! Qu'est-ce qui se passe?

L'homme a maintenant l'air affolé.

– Ferme ta gueule, Deschênes, c'est moi qui pose les questions!

Les yeux de Deschênes deviennent des fentes minuscules; sa bouche se tord de toute la haine qu'il éprouve pour la police.

L'arrivée de Fernandez calme la situation pour un temps.

Elle a eu du mal à trouver l'endroit que Lessard lui a indiqué au téléphone.

– C'est Pierre Deschênes? lance-t-elle à son collègue.

– En chair et en os. Il a tenté de s'enfuir.

– Pourquoi?

– C'est ça qu'on essaie de tirer au clair.

Elle remarque à ce moment le filet de sang sur l'arcade sourcilière de Lessard.

– Ça va, ton œil?

– Ça va. On l'emmène au poste.

– *Fuck man!* Pourquoi?

Lessard pointe le doigt à quelques centimètres de Deschênes, dont les poils jaillissent du col de la chemise comme une gerbe de fleurs.

– Parce qu'hier soir, John Cook a, semble-t-il, assassiné sa femme et ses trois enfants avant de se suicider et que, toi, comme par hasard, tu essaies de t'enfuir quand on vient te poser des questions. Et en plus, t'as aucun alibi.

La surprise sur le visage de Deschênes ne paraît pas feinte. Soit il a assez de talent pour briller à l'Actors Studio, soit il vient d'apprendre la nouvelle par la bouche de Lessard.

– Attends, Vic. Bouge pas, une seconde, dit Fernandez.

Penchée sur lui, elle désinfecte sa blessure avec un tampon d'alcool pris dans la trousse de premiers soins qu'il garde toujours dans la Corolla. Tandis que Deschênes, menottes aux poignets, attend sagement sur la banquette arrière, elle fixe sur son arcade un sparadrap qui lui donne un air déjanté et inquiétant. Un peu comme Jake Gittes, le privé joué par Jack Nicholson dans *Chinatown*.

Le sergent-détective avale sa salive de travers.

Le décolleté de sa collègue et son parfum capiteux ne le laissent pas indifférent.

Même si c'est contraire à la pratique, Lessard ramène l'homme dans la Corolla.

Dès qu'ils mettent les pieds au poste 11, il se renfrogne et demande à Fernandez d'installer Deschênes dans une salle d'interrogatoire.

– Tu veux le cuisiner tout de suite? lance-t-elle.

– Non. On va le laisser mijoter un peu dans son jus. Dis à Garneau de lui enlever les menottes et de monter le chauffage dans la pièce.

– Et s'il veut appeler un avocat?

– Pas son genre. Demande à Garneau de l'observer derrière la baie vitrée, mais que personne n'entre!

– Tu crois qu'il a quelque chose à voir là-dedans?

Fernandez est agacée. Elle trouve que son collègue ne s'y prend pas de la bonne manière, mais elle hésite à le lui dire.

– Il avait vraiment l'air surpris quand tu as parlé de Cook, avance-t-elle prudemment.

– Je ne crois rien, mais je me méfie toujours. Les prisons sont pleines de manipulateurs qui ont l'air surpris la première fois qu'on les interroge. N'oublie pas que si Cook lui a fait part de ses intentions et qu'il n'a rien fait pour empêcher le carnage, cette ordure de Deschênes est quasiment complice des meurtres.

Le sergent-détective a haussé le ton.

– Encore faudrait-il qu'il ait saisi clairement les intentions de Cook et qu'il les ait ignorées, dit calmement Fernandez. C'est comme dans les cas de suicide. Souvent, les proches se rendent compte seulement après coup des signaux de détresse.

Le visage rogue de son père passe devant les yeux de Lessard.

– On verra.

Soudain, il est cassant, à deux doigts d'être excédé.

– Bon, je retourne sur la scène du crime, grogne-t-il. Je veux parler à Adams.

– Vic… tu as remarqué que Deschênes pleurait dans la voiture ?

– Mais c'est quoi le problème, Nadja ? Dis-le si tu penses que je suis dans le champ !

Le visage de Fernandez s'empourpre, elle ne le reconnaît pas. Ça ne lui ressemble pas d'être si émotif.

– Tu ne crois pas que tu y vas un peu fort avec lui ? As-tu pensé qu'il vient probablement d'apprendre que son meilleur ami a tué sa femme et ses enfants avant de se suicider ? En plus, si Tanguay apprend que tu le retiens sans l'interroger, ça va chauffer.

– Fais donc ce que tu veux, je m'en sacre ! Je retourne là-bas.

Ces paroles pleines de hargne clouent Fernandez sur place. Lessard ne s'est jamais adressé à elle sur ce ton.

Adams parle d'une voix monocorde, propre à ceux qui sont revenus de tout.

Non, il ne sait pas si Berger a commencé l'autopsie. Oui, il a de l'expérience, mais il n'a pas encore terminé son analyse. S'il peut donner ses premières impressions ? Pourquoi pas… Il croit que Cook a d'abord tué le petit garçon. Un coup de hache, deux, maximum. Ensuite ? Les deux fillettes. Là aussi, quelques coups seulement ont été suffisants. Il est d'avis que, dans les deux cas, le premier coup a été porté à la tête avec le plat de la hache. La femme a été tuée en dernier. Pourquoi ? Il y avait des cheveux blonds dans certaines de ses plaies. Seules les deux fillettes ont les cheveux blonds, fait-il remarquer. Il s'agissait certainement de cheveux qui étaient restés collés sur la hache avant que Cook ne frappe sa femme. Si les corps ont été déplacés ? Pas dans le cas des enfants, les gouttelettes de sang retrouvées sur les murs autour du lit le confirment. Son intuition ? Cook les a probablement surpris dans leur sommeil. À moins qu'il ne les ait drogués. Les empreintes ? Il n'y a pas d'urgence. Son rapport préliminaire sera prêt dans quelques jours. La femme? Non, il ne croit pas qu'elle soit morte dans la posture suggestive où on l'a trouvée. Si elle a été déplacée ou simplement repositionnée? Ça, il l'ignore. Il devra faire des analyses plus poussées avant de le savoir. La langue? Selon lui, Cook se l'est sectionnée avec le couteau de cuisine qu'il s'est ensuite planté dans la gorge. Et les mouches? Il ne sait pas quoi en penser, si ce n'est que ce ne sont quand même pas elles qui ont manié la hache...

Je ne peux pas rester dans cet endroit une minute de plus.

La tête me tourne, ma respiration est difficile, les murs vacillent, je me sens aspiré par les yeux des cadavres. Jusqu'à la fin de mon existence, j'aurai leur regard de momie enkysté dans ma mémoire.

Ce que Doug Adams me raconte d'un air las me donne la nausée. Il me parle d'un coup de hache qui a fracassé le crâne d'un enfant et avorté sa vie.

Comment peut-il rester insensible face à cette situation abjecte? Suis-je le seul à me sentir ainsi concerné?

Est-ce en raison de mon passé?

Et Fernandez? Comment se sent-elle, au plus profond d'elle-même?

À part mon propre père, je ne sais pas quel genre de vermine peut receler assez de mal et de malveillance en elle pour tuer comme ça ses propres enfants, mais j'ai appris que lorsque les ténèbres s'invitent dans votre cœur, elles n'en ressortent jamais, elles vous transforment en ombre de vous-même et vous forcent à ramper sur les lents chemins de l'agonie.

Fernandez vient d'entrer.

Elle tourne vers moi son visage d'ambre, me regarde d'un air qui semble partagé entre la compassion et le reproche. Elle est magnifique dans cette lumière. Une petite boule se noue dans le creux de mon estomac chaque fois qu'elle s'approche de moi.

Pardonne-moi, Nadja...

Je n'aurais jamais dû te parler comme je l'ai fait tout à l'heure. Je voudrais t'expliquer pourquoi je suis à fleur de peau, te raconter mon passé, mais je n'en ai pas la force ni le courage.

Et cette voix que je viens d'entendre…

Même si mon cerveau se refuse à l'admettre, et que j'espère me tromper jusqu'à la dernière seconde, je sais très bien de qui il s'agit…

C'est d'ailleurs un de mes plus gros défauts. J'ai encore trop souvent l'impression que si je ferme les yeux et que je le souhaite très fort, les aléas de la vie vont glisser sur mes épaules comme la caresse du vent et disparaître par enchantement.

Cela fait-il de moi un adepte de la pensée magique?

Quoi qu'il en soit, cette voix que j'aimerais ne pas avoir entendue se rapproche.

Le commandant Tanguay!

– Ah, Lessard! Ce n'est pas trop tôt! Mais bon sang, où étiez-vous passé?

– J'étais parti questionner les collègues de travail de Cook avec Fernandez, répond Lessard, les mâchoires contractées.

– Et puis?

Fernandez rejoint les deux hommes.

– Rien de significatif, affirme-t-elle.

Le commandant scrute son subalterne du regard.

– Dommage, fait-il. J'ai parlé à l'état-major. Il n'y aura pas de conférence de presse... Pour l'instant, une simple déclaration de notre relationniste confirmera qu'il y a eu drame familial. Ça vous va, Lessard?

La question ne commande pas de réplique. Le sergent-détective acquiesce d'un signe de tête.

– Parfait! Dans ce cas, bouclez-moi cette affaire au plus vite. Je ne vous demande pas de voler jusqu'à la lune, Lessard! Soit l'homme a agi seul, soit c'est un pacte de suicide. Je veux votre rapport sur mon bureau demain.

– Oui, commandant.

– Au fait, Lessard… (Silence. Tanguay revient sur ses pas.) Ça doit vous rappeler des mauvais souvenirs, cette affaire, hein? Ne laissez pas votre passé affecter votre jugement…

L'ordure patentée! Comment ose-t-il?

Avant même que Lessard, livide, n'ait le temps de formuler une réplique, Tanguay a tourné les talons et se dirige vers la sortie.

Fernandez n'a rien manqué de l'échange.

Elle regarde son collègue avec perplexité, les sourcils en accent circonflexe.

Pour répondre à sa muette interrogation, celui-ci bredouille une explication absconse à propos d'une affaire similaire dans laquelle il a été impliqué autrefois. Il ne ment pas, mais, évidemment, il présente la chose de façon à laisser supposer à Fernandez que le drame familial en question relevait de sa vie professionnelle et non qu'il s'est joué au cœur même de son propre foyer.

Il se lance dans le corridor, sans attendre sa réaction.

Après avoir aboyé quelques directives à Pearson et à Sirois, qui sont en train de fouiller le deuxième étage, et échangé quelques mots avec Adams, il sort fumer une cigarette en laissant Fernandez en plan.

Dehors, il avale une grosse goulée d'air. Cette maison dégage quelque chose de malsain, de putride, son atmosphère vicié lui fait tourner la tête, son aspect lugubre l'oppresse. Il ne pourrait expliquer pourquoi, mais il s'y sent observé, incommodé, comme un étranger en territoire hostile.

Enfant de chienne, jure-t-il entre ses dents en pensant à Tanguay.

Il laisse les gouttes de pluie frapper son front, rouler sur la peau de son visage et perler à son menton. Son rythme cardiaque ralentit peu à peu.

Du calme, Lessard. Du calme!

L'orage redouble d'intensité; soudain, c'est l'eau de toutes les mers du monde qui lui explose à la figure. Il va devoir se mettre à l'abri, mais il est hors de question qu'il retourne dans la maison.

La remise!

En espérant qu'elle ne soit pas barrée, il pique un sprint vers le fond de la cour.

La poignée tourne, la porte pivote.

Il entre et appuie sur l'interrupteur.

La pluie cingle les vitres, tandis que la flamme de l'allumette embrase le tabac de sa cigarette.

Il laisse un message à son fils, qui squatte dans son appartement où ils se pilent sur les pieds.

– Salut, Martin, je vais rentrer tard. Fais chauffer la pizza qui est dans le congélateur.

Un bref regard dans le cabanon lui apprend que les Cook menaient l'existence paisible du Québécois moyen : brouette, râteaux, pelles et poches de terre s'entassent dans un coin ; des pots de peinture et un assortiment de pinceaux sont rangés sur des étagères métalliques ; des vélos dernier cri sont suspendus aux montants du toit, à l'aide de crochets ; un sac de golf et un équipement de hockey sont appuyés contre une corde de bois qui couvre un mur entier, du plancher au plafond.

En regardant dehors, le sergent-détective hoche la tête.

Qu'est-ce qui t'a pris, Cook ? Qu'est-ce qui t'a pris ?

Soudain, il écarquille les yeux.

Un grand frisson glacé le parcourt ; la peur, insensée, s'insinue en lui.

Le garçon est là, dans l'allée qui serpente sur le côté de la maison ; son short et son gilet rayé sont détrempés.

Que fait-il ? Regarde-t-il dans sa direction ?

Impossible de voir son visage, avec la pluie et les branches des arbres qui se dressent entre eux comme une muraille.

Dominant sa crainte irrationnelle, Lessard ouvre la porte et passe la tête par l'entrebâillement.

– Hé, petit !

Le garçon part en courant vers la rue.

– Petit !

La pluie tambourine sur le toit.

Lessard finit par se calmer et se raisonne.

Pas le choix, il doit retourner à l'intérieur et prendre le contrôle des opérations.

Au moment où son doigt va glisser sur l'interrupteur pour le fermer, il remarque une légère altération dans l'alignement de la corde de bois, une anfractuosité qui semble avoir été créée délibérément. Sans trop y réfléchir, il tend la main et saisit un papier coincé entre deux bûches.

Il le déroule et y lit, incrédule, une brève note manuscrite :

It's not me, Viviane.

4.

C'est un appartement modeste du quartier Rosemont, un minuscule trois et demie au dernier étage d'un immeuble qui a connu de meilleurs jours. Il est composé d'une chambre, d'une salle de bains sans bain et d'une pièce servant à la fois de salon, de salle à manger et de cuisine.

Comme le reste du logement, la chambre est en désordre, moche, mal décorée et peinte d'un beige terne.

Le lit est défait.

Sur les draps d'un blanc immaculé, une jeune fille à la peau ambrée se tortille.

Elle est nue. Spectaculairement nue.

De la main gauche, elle effleure les pointes dressées de ses seins rebondis ; de la droite, elle caresse son pubis. Comme il fait chaud dans la pièce, de minces gouttes de sueur perlent sur son front et sur sa poitrine.

Çà et là en Amérique, en Europe ou en Asie, des hommes paient pour la regarder se masturber.

En effet, face au lit, sur un trépied métallique, une caméra HD ne perd pas un de ses gestes. Elle a posé, à portée de main, la télécommande qui permet d'activer et de contrôler l'appareil.

La jeune fille fixe l'objectif et appuie sur le bouton « zoom ».

Elle écarte lentement ses grandes lèvres pour bien montrer son sexe et gémit de façon suggestive. Puis elle suce un vibrateur noir avec autant de conviction que si elle faisait une fellation à un homme.

Sur le site Web où les usagers peuvent accéder à son *feed*, elle se prénomme Jennifer. Son vrai nom est Laila François.

Laila est d'origine haïtienne, elle a dix-sept ans, quoiqu'elle en paraisse vingt-cinq, elle est d'une beauté à couper le souffle, ses abondants cheveux bruns tombent en une cascade de boucles, et sa peau a une belle teinte café au lait.

Laila s'adonne à la pornographie par webcam depuis maintenant dix-huit mois. C'est une amie, Mélanie Fleury, qui lui en a donné l'idée.

Mélanie travaillait comme escorte haut de gamme jusqu'à ce que son *pimp*, Nigel Williams, prenne le tournant technologique et décide de diversifier son offre de service en ajoutant la webcam au menu. Elle a alors délaissé le plus vieux métier du monde pour se spécialiser dans le sexe virtuel, une façon facile, simple et surtout sécuritaire de faire pas mal d'argent sans trop se fatiguer.

Mélanie a fait la connaissance de Laila au parc Émilie-Gamelin, situé tout près de la station de métro Berri-UQAM et réputé pour être l'un des pôles de la vente de stupéfiants. De dix ans son aînée et aguerrie aux réalités de la rue, elle a tout de suite repéré la jeune Mulâtre parmi la faune bigarrée de l'endroit, composée de caïds, de *dealers*, de *junkies*, de psychiatrisés, de sans-abri et de monsieur et madame Tout-le-Monde, employés des tours à bureaux de la Place Dupuis.

Mélanie n'a rien d'une mère Teresa ou d'une travailleuse de rue ; pourtant, dès qu'elle a posé l'œil sur Laila, elle a su qu'elle lui viendrait en aide.

Pourquoi elle et pas une autre? Pourquoi à ce moment particulier?

Se remémorant les premiers jours passés dans la rue, à son arrivée à Montréal, et sa rencontre avec Nigel, qui l'avait prise en charge, elle a peut-être craint, en voyant la mine d'ange de Laila, que celle-ci n'ait pas la chance de croiser les bonnes personnes.

Ce soir-là, Mélanie s'est approchée de la jeune fille et l'a persuadée sans trop de mal de la suivre jusqu'à la roulotte de monsieur Antoine, laquelle circule dans le centre-ville et ses environs pour servir des hot-dogs, des vêtements, des produits de soins personnels et des sacs de provisions aux jeunes de la rue.

Est-ce le regard chargé d'espoir de monsieur Antoine qui a achevé de convaincre Mélanie?

Quoi qu'il en soit, elle a emmené Laila à son appartement et a installé pour elle un matelas d'appoint.

– Pour quelques nuits, a-t-elle tenu à préciser.

Mais les quelques nuits se sont transformées en quelques jours, les semaines en mois et, au fil du temps, les deux jeunes femmes ont noué des liens profonds, transcendant l'amitié. Laila a pris l'habitude, dès les premiers temps, de se glisser dans le lit de Mélanie, qu'elle enlaçait pour obtenir un peu de chaleur et de réconfort. Petit à petit, des caresses ont été échangées de part et d'autre; les deux filles en sont venues à se procurer régulièrement du plaisir.

Il n'est pas question d'amour entre elles.

Les choses sont comme elles sont, sans pour autant qu'il soit nécessaire de les nommer ou de les remettre en doute.

Dans les premières semaines, Mélanie a réussi à cacher à Nigel l'existence de Laila et à envelopper d'un écran de fumée la véritable nature de ses activités. De son côté, Laila s'est rapidement avérée être d'une aide précieuse à l'appartement, faisant les courses, la cuisine et différentes taches ménagères avec brio.

Puis l'inévitable s'est produit…

Laila a appris que Mélanie travaillait comme escorte au moment où celle-ci effectuait la transition vers la webcam. Nullement choquée, elle l'a questionnée avec curiosité et lui a demandé de l'initier à la chose. Mélanie s'est d'abord violemment opposée au projet. Devant l'insistance de Laila, elle a fini par accepter à contrecœur de lui présenter Nigel.

Après quelques mois, Laila avait amassé assez d'argent pour louer son propre appartement, dans le même immeuble que celui de Mélanie.

Depuis, plusieurs fois par semaine, les deux jeunes femmes s'exhibent dans des duos érotiques au demeurant fort payants.

Laila n'a jamais voulu parler de son passé à Mélanie, des raisons pour lesquelles elle s'est retrouvée dans la rue.

D'ailleurs, Mélanie n'a pas insisté.

Elle est toutefois suffisamment perspicace pour comprendre que Laila a fui.

A-t-elle fui son passé?

Une situation problématique?

Ou un être violent?

Oui, Laila a fui.

C'est une certitude.

Laila fume un joint dans son lit.

Elle apprécie la douce sensation que procure le contact des draps de coton épais sur sa peau nue et la fumée qui roule sur sa langue. Même si le soutien de Mélanie et une thérapie coûteuse l'ont aidée à se débarrasser de sa dépendance à des drogues plus dures, le cannabis demeure une mauvaise habitude qu'elle veut éliminer complètement à court terme.

La séance est terminée, la webcam est éteinte, sa journée au «bureau» est donc finie. Plus tard, dans la soirée, elle s'adonnera à sa véritable passion: elle tentera d'achever la mélodie d'une chanson sur laquelle elle travaille. Elle a une très jolie voix, elle compose ses propres textes en anglais et elle suit des cours de guitare.

Laila rêve d'une carrière dans le domaine de la musique.

Pourquoi pas?

Montréal n'est-elle pas devenue une plaque tournante de la musique indépendante, surtout depuis le succès planétaire d'Arcade Fire?

On cogne à sa porte.

– Entre, c'est ouvert.

Trempé par la pluie, un jeune homme aux cheveux blonds comme de la paille se glisse sans bruit dans l'appartement. Il porte des sacs d'épicerie.

– Pose les paquets sur la table. Je suis dans la chambre, lui crie Laila.

Le jeune homme obéit en fredonnant.

Il entre dans la pièce et lance à Laila un regard qui la fait frissonner.

– Salut, David…

– Bonjour, Laila, dit timidement le livreur.

Galvanisée par sa présence, Laila fait glisser ses mains sur son bas-ventre où elles reprennent leur ballet muet.

– Approche, David.

Laila a rencontré David au dépanneur où il travaille.

Elle a tout de suite été charmée par sa gentillesse, son intelligence et sa gêne presque maladive. Petit à petit, au fil de ses allées et venues, elle a pris l'habitude d'engager la conversation avec lui.

Au début, elle a bien tenté à quelques occasions de lui tendre la perche pour qu'il l'invite à sortir, mais il ne l'a pas saisie. Aussi, elle s'est mise à se faire livrer des cigarettes et autres menus articles, autant de prétextes pour revoir le jeune homme.

Le manège s'est répété quelques fois, puis elle a proposé qu'ils fassent une promenade, ce qui, contre toute attente, est devenu une habitude.

Le temps file au ralenti en sa présence.

Souvent, ils marchent plusieurs heures, parfois même jusqu'à la roulotte de monsieur Antoine. Mais, trop gêné, il n'entre jamais avec elle.

David sait écouter et fait preuve d'une ouverture peu commune, ce que Laila apprécie par-dessus tout. Au point qu'elle lui a raconté ce qu'elle n'avait confié à personne jusqu'ici : les raisons de sa fuite.

Laila est contrariée.

Dans les dernières semaines, elle a tenté de séduire David plusieurs fois.

Elle a commencé en douceur, laissant la bretelle de sa camisole glisser sur son épaule, dévoilant la naissance d'un sein. Puis, elle a fait en sorte qu'il la trouve nue en entrant dans son appartement. Oh, elle a feint de se rhabiller en vitesse, mais en donnant à David tout le loisir de la regarder de la pointe des cheveux à l'extrémité des orteils.

Devant l'absence de réaction du jeune livreur, elle a poussé le jeu un peu plus loin: elle s'est arrangée pour qu'il la surprenne au beau milieu d'une de ses séances de webcam.

Elle est convaincue que David s'intéresse à elle mais, chaque fois qu'ils pourraient se rapprocher physiquement, il est énigmatique, timide et dépourvu d'initiative.

Aujourd'hui, elle s'est masturbée en le fixant droit dans les yeux.

Il n'a pas détourné le regard, elle sent qu'il ne reste pas insensible à son charme, elle s'imagine qu'intérieurement il bouillonne d'envie de la prendre mais, comme d'habitude, il n'ose rien.

Quelques jours auparavant, elle a poussé l'audace jusqu'à lui demander s'il préférait les hommes. Il a simplement répondu qu'il la trouvait très belle. Lorsqu'elle a tenté de l'embrasser, il s'est rembruni, s'est excusé et est sorti précipitamment.

Laila s'y prend sans doute mal, mais offrir son corps est la seule méthode qu'elle connaît pour séduire les hommes. Ce n'est peut-être pas un procédé infaillible, mais il a donné de bons résultats jusqu'ici.

Elle espère qu'il finira lui aussi par succomber et la toucher.

L'obsède-t-il autant parce qu'il se refuse à elle et s'intéresse à autre chose que son cul?

Ce serait bien la première fois que ça lui arrive…

Le mobile de Laila sonne.

Elle reconnaît le numéro sur l'afficheur, mais laisse l'appel filer dans la boîte vocale.

Une lueur de terreur traverse son regard.

5.

Excité comme un enfant hyperactif qu'on a gavé de sucre, Lessard rentre à l'intérieur de la maison avec le bout de papier à la main. Il cherche Fernandez des yeux, il a hâte de partager sa trouvaille avec elle.

Il ne les voit pas, mais il entend sa collègue discuter avec Tanguay dans la pièce voisine.

Merde!

Il fait la grimace et fourre le papier dans sa poche. Pas question qu'il mette aussi le commandant Tanguay dans la confidence, du moins pas maintenant. En évitant de se faire remarquer, il attend quelques instants que Fernandez se libère pour l'emmener à l'écart, mais la conversation s'éternise.

Comme cette maison lui donne des sueurs froides et qu'au surplus il abhorre rester dans l'environnement immédiat de son patron, Lessard décide de retourner illico au poste 11 pour interroger Pierre Deschênes.

Il s'éclipse discrètement par la porte de derrière, songe quelques secondes à marcher jusqu'au poste puis, en raison des cordes qui continuent de tomber, s'engouffre dans sa voiture.

La pluie lui pèse.

S'arrêtera-t-elle jamais?

En roulant dans la rue de Terrebonne, Lessard ne peut s'empêcher de penser aux éventuelles implications de sa découverte. Il sort son calepin et palpe ses poches pour trouver son stylo.

Où l'a-t-il encore fourré?

Il ouvre le coffre à gants et y plonge la main pour chercher un crayon. Ce faisant, il quitte la route des yeux, et la voiture fait une dangereuse embardée vers le trottoir.

Il sacre et redresse la Corolla d'un coup de volant.

Faute de trouver de quoi écrire, il essaie de mettre de l'ordre dans ses pensées.

Un : John Cook est-il l'auteur du message ? Pour s'en assurer, il devra dénicher des documents qu'il a rédigés à la main et en comparer l'écriture à celle du message.

Deux : Le message est-il relié aux meurtres ou ce papier est-il dans la remise depuis longtemps ? Par exemple, Cook et Munson auraient pu organiser une course au trésor pour les enfants et ce message n'aurait par conséquent aucun lien avec la réalité.

Trois : Que signifie le message ? À supposer que Cook ne soit pas le tueur, comme le suggère le papier, celui-ci prouve à tout le moins qu'il était au courant de ce qui se préparait. Pourquoi alors aurait-il voulu se disculper aux yeux d'une tierce personne plutôt que d'avertir la police et, ainsi, empêcher le carnage ? Le cas échéant, était-il menacé de telle sorte qu'il ne pouvait contacter la police ?

Quatre : Qui est Viviane ? Une parente, une amie, sa maîtresse ?

Cinq : Si Cook n'est pas responsable des meurtres, qui l'est ? Deschênes ? Quelqu'un d'autre ?

Macha Garneau s'affaire à remplir de la paperasse lorsque Lessard entre. Il est trempé jusqu'aux os et secoue la tête, envoyant valser des gouttes d'eau dans toutes les directions. Elle lui décoche un sourire lumineux.

– Il pleut encore ?

– Ouais, répond Lessard en déboutonnant sa veste du bout des doigts. Comment va notre pensionnaire ? Il a demandé à voir un avocat ?

Il ne peut s'empêcher de reluquer brièvement les seins de la jeune policière, lesquels distendent de façon fort avantageuse sa chemise d'uniforme. Il n'est d'ailleurs pas le seul à s'en émouvoir : la poitrine de Garneau possède, pour ainsi dire, une personnalité propre. Elle est devenue un objet de curiosité et de convoitise qui suscite moult conversations parmi la gent masculine du poste 11.

– Non. Il n'a pas ouvert la bouche depuis son arrivée. Il n'a pas bougé, sauf pour enlever son chandail de laine, en raison de la chaleur.

– Il est en bedaine ?

– Non, il avait une camisole.

– OK. Ouvre-moi, je vais aller lui parler.

– D'accord.

– Oh, et tu peux baisser le thermostat.

Lessard marche directement vers la chaise libre et s'assoit face à Deschênes.

Ce dernier a le regard rivé sur le mur, ignorant en apparence la présence du policier.

– T'as eu le temps de réfléchir, Deschênes ? lance Lessard sans ambages. As-tu quelque chose à me dire ?

Une minute s'écoule, interminable. Deschênes tourne la tête vers le policier et le fixe.

– Je t'ai déjà tout dit à propos de mon retard et du couvre-feu.

Il parle d'un ton calme. Visiblement, la période d'attente lui a permis de comprendre qu'il a tout intérêt à collaborer s'il veut recouvrer sa liberté.

– Je pense que c'est maintenant toi qui as des choses à me dire, déclare-t-il. Qu'est-il arrivé à John ?

– C'est moi qui pose les questions ici, Deschênes. Il était comment, ton ami Cook ?

– Dis-moi juste une chose avant : ce que tu as dit dans l'auto, est-ce que c'est vrai ?

Deschênes a le ton d'un homme brisé.

Lessard baisse la garde.

Il sait que Deschênes va répondre à ses interrogations sans qu'ils aient besoin de jouer leurs rôles respectifs : lui, celui du flic mauvais ; l'autre, celui du mauvais garçon.

– Malheureusement, oui.

– J'ai rien à voir là-dedans.

Une larme roule à présent sur la face rugueuse de Deschênes.

– On verra ça, reprend Lessard. Ça te surprend?

– John aurait jamais fait une chose pareille.

Lessard songe au bout de papier qu'il a trouvé dans la remise.

– Pourquoi?

– John était un gars calme, positif, souriant. Il aimait la vie.

Ce n'est pas la première fois que Lessard entend semblable éloge funèbre à propos de gens qui ont commis des gestes désespérés.

– Ça ne lui arrivait pas d'avoir des accès de colère, d'être violent?

– Non, jamais. Pas John.

– Tu sembles convaincu que ce n'est pas lui. Lui connais-tu des ennemis, alors?

Deschênes baisse la tête, comme si la réalité le rattrapait tout à coup, malgré le fait qu'il se refuse à y croire.

– Non, murmure-t-il.

– Et ces derniers temps, était-il plus déprimé, plus anxieux que d'habitude?

– Non, pas vraiment. Il semblait excité par sa nouvelle maison.

– Et, dans la dernière année, y a-t-il eu une période où il t'a semblé différent, changé?

Deschênes donne l'impression de faire un réel exercice de mémoire.

– C'est facile à dire après coup... Mais peut-être qu'il était un peu plus stressé dans les derniers mois, à cause de l'achat de la nouvelle maison et du déménagement.

– Peux-tu préciser?

– C'est vague. Il paraissait plus tendu, peut-être plus nerveux que d'habitude.

– Au point que ça t'a paru anormal?

– Non, j'en parle parce que tu me poses la question. Il y a tellement de choses à prévoir quand on déménage.

– Tu lui en as fait la remarque?

– Bien sûr que non! On a tous nos moments.

– Où habitaient-ils avant?

– À Rosemont.

– Et pourquoi ont-ils déménagé?

– Je pense que la maison était trop petite. Il y avait deux chambres seulement.

– Ça date de quand, le déménagement? Tu t'en souviens?

– Ça fait une couple de mois, je pense.

Lessard note dans son calepin:

⇨ Vérifier déménagement.

– Quand je t'ai interrogé ce matin, tu as dit que Cook connaissait tout de ton passé. Explique-moi ce que tu voulais dire…

– Exactement ça. Quand j'ai été arrêté, c'est John que j'ai appelé. Il était l'une des seules bonnes personnes que je connaissais. Après, il a plaidé ma cause auprès de la direction quand on m'a retiré mon permis.

– Est-ce que vous aviez l'habitude de vous fréquenter hors du travail?

– Pas vraiment. On est entrés chez Royal Tobacco en même temps et on a travaillé dans le même service pendant plusieurs années, puis John a eu une promotion et il est traversé de l'autre côté de la rue. On a toujours été proches comme collègues, mais ça s'arrêtait là. J'ai rencontré sa femme et ses enfants plusieurs fois, lors d'occasions spéciales, mais c'est tout.

– Tu as noté quelque chose de particulier à leur égard?

– Non, pas vraiment. Sa femme était très belle. Ils semblaient heureux.

– Te parlait-il de sa vie privée?

– Pas beaucoup. Il lui arrivait de me dire qu'un enfant était malade ou un truc du genre.

– C'était ton meilleur ami au travail, celui-là même que tu appelles quand tu te fais arrêter, mais il ne te parlait pas de sa vie privée? As-tu toujours d'aussi bonnes relations avec tous tes amis, Deschênes?

– Je viens de Pointe-Saint-Charles. J'avais plein de mauvaises fréquentations, mais j'ai coupé tous les ponts depuis que je me suis repris en main. John était éduqué, respectueux, il était une bonne oreille pour moi. Je pouvais me confier à lui quand j'avais la tentation de consommer. Il me donnait toujours de bons conseils. C'est lui qui m'a montré la Voie.

Lessard se fait la réflexion que lui non plus n'a pas des tonnes d'amis et qu'il ne connaît à peu près rien de la vie privée de ses collègues, qu'il côtoie pourtant quotidiennement.

– Tu fais référence à Dieu?

– Oui. C'est John qui m'a initié aux enseignements de Jésus-Christ.

– Il était très croyant?

– Il allait à la messe tous les dimanches.

– Était-il dans une secte?

– Je sais à quoi tu penses, mais tu fais fausse route. Il était un simple catholique pratiquant.

– À part de tes problèmes et de Dieu, de quoi parliez-vous?

– De hockey. On est tous les deux des grands amateurs des Canadiens. Alors, on parlait des échanges, du salaire trop élevé de tel ou tel joueur, de la nécessité de congédier le coach, de la performance de l'équipe dans le dernier match. Tu vois? En fait, ça meublait le plus clair de nos conversations.

– Autre chose?

– De temps en temps, on parlait de pêche aussi.

– Vous avez déjà pêché ensemble?

– Oui, la truite, il y a plusieurs années, avec le bureau. Mais John n'y allait plus depuis la naissance de ses enfants.

– Pourquoi?

– Il disait qu'Elizabeth n'aimait pas qu'il s'absente.

– À ton avis, était-elle jalouse, possessive?

– Je ne crois pas. Je pense qu'elle était juste anxieuse, inquiète à l'idée qu'il lui arrive quelque chose. Des histoires de bonne femme, si tu veux mon avis. C'est bientôt fini? J'ai envie d'aller aux toilettes.

– Attends. J'en ai encore pour quelques minutes. Tu connais une Viviane?

Deschênes fouille dans sa mémoire quelques secondes, puis répond sans hésiter :

– Non.

– John connaissait-il une Viviane ?

– Je ne pense pas.

– C'est peut-être une collègue, une cousine, une voisine ?

Deschênes parait sincèrement étonné.

– Une collègue, certainement pas. S'il y avait une Viviane chez Royal Tobacco, je le saurais. Pour le reste, je dirais non, pas à ma connaissance.

– Il avait une maîtresse ?

Deschênes sursaute. De nouveau, la surprise se peint sur son visage.

– John ? On n'a jamais parlé de ce genre de choses, mais je ne pense pas.

– Il te l'aurait dit s'il en avait eu une ?

– Pas nécessairement. Ce n'était pas le genre à se vanter et il était assez intelligent pour savoir que la meilleure façon de s'assurer que personne ne soit au courant, c'est justement de ne rien dire à personne.

– Pourquoi tu t'es enfui quand je suis arrivé ? lance le sergent-détective en regardant Deschênes droit dans les yeux.

– J'ai agi sans réfléchir, réplique l'homme, l'air honteux. Toi, t'es pas pareil comme les autres, mais hostie que j'haïs la police ! Toujours à faire des histoires pour rien à cause de mon passé...

Lessard éprouve une certaine sympathie pour Deschênes. Sans pour autant en être parfaitement convaincu, il a le sentiment que ce dernier dit la vérité.

– Tu peux ouvrir la porte, Garneau, lance-t-il en appuyant sur le bouton de l'interphone.

Puis il regarde Deschênes.

– Rentre chez toi. Je te demande seulement de te conformer à ton couvre-feu et de ne pas quitter la ville, au cas où j'aurais d'autres questions à te poser.

Lui tendant sa carte professionnelle, il ajoute :

– Et si quelque chose te revient à propos de Cook, n'hésite pas à me téléphoner.

Les deux hommes sont debout et s'observent sans animosité. Un respect mutuel s'est établi durant l'interrogatoire. Deschênes tourne les talons et marche vers la porte en enfilant son chandail de laine.

Au moment de la franchir, il se retourne :

– J'espère que tu coinceras celui qui a fait ça à John et à sa famille.

Il est plus de 20 h lorsque Lessard sort de la salle d'interrogatoire ; il n'a rien avalé depuis le déjeuner et ses vêtements sont encore humides.

Il songe à retourner sur la scène du crime, rue Bessborough, mais il ressent une telle fatigue qu'il n'a qu'une envie : rentrer chez lui manger un morceau, prendre un bon bain chaud et dormir quelques heures.

S'assoyant à son bureau, il compose le numéro du portable de Fernandez.

– J'ai interrogé Deschênes.

– Je sais, j'ai parlé à Garneau tantôt, pendant que tu étais avec lui. Et puis ?

– Je viens de le relâcher. Le gars a paniqué parce qu'il avait manqué son couvre-feu. Il déteste la police. D'après moi, il n'a rien à voir avec le drame familial.

Fernandez sourit, mais se garde de lui dire qu'elle le savait depuis le début.

– Et toi, de ton côté ? lui lance-t-il.

– Tanguay est parti à l'heure des fonctionnaires, en insistant pour que je te rappelle qu'il attend ton rapport demain, sans faute. J'ai permis à Pearson et à Sirois de quitter il y a quinze minutes. Ils n'ont rien trouvé, du moins pas de note expliquant le geste, pas de courriel, rien. Doug et son assistant en ont pour une bonne partie de la nuit. Pour ma part, je suis allée au magasin où travaillait Elizabeth Munson. Le néant, là aussi. Toutes ses collègues sont consternées, personne ne comprend. Elle semblait amoureuse de John Cook et, lorsque j'ai évoqué la possibilité qu'elle ait un amant, les réactions ont été unanimes : ce n'était vraiment pas son genre. Voilà, ça ressemble à ça : on sait tous que c'est un drame familial, nous n'avons juste pas les éléments pour l'expliquer. Quoi qu'il en soit, qu'on trouve le mobile ou non, on ne pourra pas s'éterniser sur cette affaire sans avoir Tanguay sur le dos.

– À ce sujet, je…

Fernandez le coupe :

– Ah oui ! J'allais oublier… Berger a téléphoné et il aimerait que tu passes le voir dans la matinée. Il pourra te communiquer le rapport d'autopsie préliminaire.

– Parfait. Moi, j'ai peut-être quelque chose de nouv…

Lessard entend un bruit de voix derrière Fernandez.

– Attends-moi une seconde, Victor…

Il saisit des bribes de conversation, mais ne parvient pas à comprendre de quoi il retourne.

– Je vais devoir te rappeler, Vic. Adams a besoin d'aide quelques minutes. Son assistant est parti acheter de la bouffe.

– Vas-y, pas de problème.

– Tu voulais me parler de quelque chose ? Je te rappelle après ?

Lessard regarde sa montre, il songe à inviter Fernandez à souper pour discuter du dossier, puis se ravise. Par le passé, ils ont souvent mangé ensemble durant une enquête et il n'a jamais craint qu'elle le soupçonne d'avoir quelque chose derrière la tête.

Alors, pourquoi hésite-t-il, aujourd'hui ? Y aurait-il un lien avec cette boule dans l'estomac qui se reforme, chaque fois qu'il la croise ?

À ce point, il se convainc que le fait de partager sa découverte avec Fernandez le soir même ou le lendemain matin ne fera aucune différence.

– Non, on s'en parlera demain. Je vais rentrer bientôt. Tu devrais faire la même chose.

– Je m'en vais dès que l'assistant de Doug revient. À demain, Vic.

– À demain, Nadja.

Lessard reste une bonne minute à observer le combiné, abruti de fatigue.

Il marche lentement dans le corridor, salue au passage l'agente Garneau.

Cette fois, il n'a même pas l'énergie de la trouver sexy.

Il gare la voiture en face de son appartement, rue Oxford.

Les yeux levés au ciel, il contemple le spectacle : la pluie tombe en nappes désordonnées. En tournant la clé pour déverrouiller la porte, il sent une odeur trop familière.

Y est encore en train de fumer du pot !

À part une lueur vacillante dans un coin, la pièce est plongée dans la pénombre.

Une chandelle ?

Il entend des éclats de rire, une voix de femme.

– Martin ?

Il appuie sur l'interrupteur et ce qu'il voit le stupéfie.

Son fils, deux filles qu'il se rappelle vaguement avoir déjà aperçues en sa compagnie et un autre garçon, celui-là inconnu, sont parfaitement nus au beau milieu de *son* salon. Posée sur une table basse, une grosse chandelle blanche achève de se consumer.

Le comble : c'est Martin qui tient le joint.

Un brouhaha indescriptible s'ensuit, chacun essayant de se couvrir comme il peut : cachant son érection avec ses mains, le garçon se déplace comme on marche pieds nus sur une plage de sable brûlant ; les filles s'affolent et zigzaguent dans la pièce, s'arrachent le même soutien-gorge, poussent de petits cris stridents.

Martin n'a pas bougé, sauf pour remettre calmement son slip.

Le tohu-bohu dure encore quelques instants, puis les trois nudistes improvisés sortent à demi vêtus, en bredouillant des excuses du bout des lèvres. Insensible à ce qui vient de se jouer autour de lui, le fils de Lessard tire une taffe de temps à autre en regardant son père.

– Martin, veux-tu ben me dire ce que vous faisiez là ?

– D'après toi? répond le jeune homme avec aplomb.

– Eille! C'est pas un motel ici!

Le visage de Martin s'empourpre sous l'effet de la colère. Il s'habille à la hâte.

– C'est ça, dis-le que t'aimerais mieux qu'on aille faire ça ailleurs... Pis t'étais supposé rentrer plus tard, aussi!

– C'est quoi, ton problème? Pourquoi faut toujours que tu tombes dans l'extrême? Faire l'amour avec juste une fille, c'est pas assez?

– Arrête de capoter, l'père! J'suis sûrement pas le seul à avoir déjà fait un trip à quatre. Je fais mes expériences comme tu as fait les tiennes, c'est tout…

– J'vais capoter si je veux! Pis éteins-moi ça, ce maudit joint-là, dit Lessard en arrachant le mégot des doigts de son fils et en l'écrasant contre son talon.

– Tu peux ben parler, toi! Comme si boire douze bières et chauffer son char était rendu moins néfaste que de fumer un joint et de *chiller* avec ses chums!

L'allusion à l'alcoolisme de son père et à ses anciennes habitudes est on ne peut plus directe.

Martin prend son manteau, ses vêtements et se hâte vers la sortie. Lessard veut s'interposer, mais son fils le fait reculer d'une poussée.

– Où est-ce que tu vas?

– Ailleurs… voir si j'y suis.

– Martin! Arrête de niaiser…

– Je niaise pas. En passant, ta sœur a appelé.

La porte claque.

6.

Il y a un autre monde, mais il est dans celui-ci.

Paul Éluard

Montréal
6 mai

Douché et rasé de près, Lessard est arrivé tôt au PCM dans le but de parler à Fernandez.

Il veut la mettre au courant de sa découverte de la veille avant de faire le point avec les autres enquêteurs qui travaillent sur l'affaire. En effet, il a décidé de ne pas partager l'information avec ses collègues avant qu'elle ne lui ait donné son avis : sur la foi de ce simple bout de papier, y a-t-il lieu de pousser l'enquête plus loin, ou non ? Ce n'est pas qu'il ne fait pas confiance à Pearson et à Sirois, bien au contraire, mais il sait par expérience que plus il y aura de personnes dans la confidence, plus il sera difficile de dissimuler l'existence du message à Tanguay.

Et c'est précisément ce dont il veut s'assurer.

Car, avant de soumettre à Tanguay des éléments qui pourraient remettre en question le fait que Cook est l'auteur du massacre et, ainsi, miner la crédibilité de son supérieur, qui a déjà pratiquement classé le dossier en annonçant aux médias qu'il s'agissait d'un drame familial, il veut être sûr d'avoir en main des preuves solides. Sinon, il sait très bien ce qui arrivera : Tanguay balaiera ses hypothèses du revers de la main.

Il faut dire aussi qu'en ce moment Lessard lui-même n'est pas convaincu de la valeur probante du message. C'est que les enjeux sont élevés : si Cook n'a pas commis les meurtres avant de se suicider, s'il ne s'agit pas d'un drame familial, force est d'admettre qu'ils se trouvent alors en face d'un quintuple meurtre camouflé en drame familial.

Ce qui signifierait qu'un assassin est au large…

Ce n'est pas une mince affirmation et certainement pas de celles que le sergent-détective a envie d'agiter sous le nez de son supérieur à la légère.

Mais, dans les faits, la principale raison pour laquelle il hésite est bien plus simple : il se demande s'il n'est pas en train de fabuler, de chercher à transformer ce drame familial en autre chose pour sublimer son passé, comme s'il refusait de croire que Cook ait pu être animé de la même folie meurtrière que celle qui a poussé son propre père au massacre.

Il rumine ces pensées, en se versant de l'eau chaude dans un gobelet, lorsque Pearson l'interpelle :

– Vic, Fernandez vient de laisser un message dans ma boîte vocale. Elle demande de commencer la réunion sans elle. Elle va être en retard…

– En retard? C'est pas son genre… Elle a dit pourquoi?

– Hein? Non, non, répond Pearson, absorbé par la composition d'un courriel sur son BlackBerry.

Le sergent-détective a passé en revue, avec le groupe d'enquête, les divers éléments qu'ils ont accumulés : les dépositions des proches, des amis, des voisins et des collègues de travail ont été soigneusement révisées, le témoignage succinct de la femme de ménage a été évoqué et Sirois, après avoir reparlé à la voisine, a confirmé à Lessard ce que celui-ci avait déjà appris de Deschênes : Cook et Munson étaient pratiquants, mais ne faisaient partie d'aucune secte. Lessard a, pour sa part, résumé aux autres ce que lui avaient dit le patron de Cook et Pierre Deschênes, à savoir que Cook ne semblait pas dépressif. Il a aussi mentionné que, selon ce dernier, le déménagement semblait avoir eu un effet négatif sur l'humeur de Cook. Il a écouté les doléances de Pearson, lequel a affirmé que le mois précédant son plus récent déménagement avait été le pire de toute sa vie, mais a maintenu sa demande d'obtenir des renseignements supplémentaires auprès de la mère de Munson. Le comportement de Cook avait-il changé dans les semaines précédant et suivant le déménagement?

La rencontre étant presque terminée, Lessard peut maintenant se rendre au bureau de Berger.

Un regard lancé dehors le décourage: la pluie fouette violemment les voitures dans le stationnement.

– OK. On continue à chercher quelques heures. Mais, à moins d'une surprise à l'autopsie ou dans le rapport d'Adams, on classe l'affaire d'ici la fin de la journée, qu'on trouve ou non une note de suicide ou quelque chose pour expliquer le geste.

Ses collègues hochent la tête.

Tout à coup, le sergent-détective se sent mal à l'aise: d'une part, il leur parle d'une surprise possible mais, d'autre part, il leur cache l'existence du message découvert dans la remise.

– Faut pas oublier les mouches, lance soudain Sirois.

Garneau et Pearson échangent un regard entendu, sourire en coin. Ils ne voient rien d'autre, dans la présence d'une telle quantité de mouches, qu'une coïncidence inexplicable, une anomalie comme seule la nature sait en produire à l'occasion.

Pour être honnête, Lessard n'a pas eu une seconde pour réfléchir à la question.

– C'est vrai, tu as raison. Je vais en parler à Berger. Des nouvelles de Fernandez? demande-t-il en ramassant ses papiers.

– Non, répond Pearson.

– Bon, je me sauve. Si elle arrive, dis-lui de m'appeler.

Lessard rejoint Berger dans son bureau, au douzième étage du Laboratoire de sciences judiciaires et de médecine légale, rue Parthenais.

La pièce est exiguë et sans fenêtre.

Le sol et la table de travail sont encombrés d'un enchevêtrement complexe de monticules de papiers, si bien que retirer un seul document semble périlleux et risquerait de compromettre l'équilibre de l'ensemble.

Au mur, une tablette contient couteaux, machettes, armes de poing et divers autres objets hétéroclites que Berger a conservés au fil des enquêtes sur lesquelles il a travaillé. La pièce qui fascine le plus Lessard est un masque de gardien de buts, utilisé par un violeur qui sévissait jadis à Laval, et qui rappelle celui de Jason dans la série culte de films d'horreur *Friday the 13th*.

– Comment ça va, Jacob?

– Mal, je suis complètement crevé! bougonne Berger. J'ai travaillé toute la nuit sur l'autopsie du couple. Je n'ai pas encore eu le temps de m'attaquer à celle des enfants. Je vais aller me coucher quelques heures et reprendre cet après-midi.

Le médecin légiste a parfois une attitude de *prima donna* et des airs altiers qui tapent sur les nerfs de Lessard mais, au fil du temps, ce dernier a appris à l'apprécier et, surtout, à se fier à son jugement, qui s'est avéré sûr.

– Tu vas faire les autopsies des trois enfants tout seul?

– (Soupir.) Pas le choix, Cloutier est en séminaire dans le Rhode Island. (Il lève les yeux au ciel, exaspéré.) J'ai laissé deux messages dans sa boîte vocale. Pas moyen de la joindre. Tu veux un café?

– Non merci, je ne bois plus de café.

– Tu ne bois plus de café? dit Berger avec surprise.

– En fait, seulement un déca le matin. Je prends des pilules pour des problèmes de reflux.

– Vraiment? Fini le Pepto-Bismol, alors?

– Oui, fait Lessard en riant, fini le Pepto-Bismol. Mais le goût me manque parfois, ajoute-t-il le plus sérieusement du monde.

– Tu sais que le déca n'est pas plus indiqué dans les cas de reflux?

– Je sais, mais c'est le seul plaisir qu'il me reste. Qu'est-ce que t'as trouvé jusqu'ici, Jacob? Des surprises?

– Pas vraiment. Je peux te confirmer que l'homme s'est d'abord infligé diverses entailles sur le torse, comme s'il essayait de se faire hara-kiri et qu'il n'en avait pas encore trouvé le courage. Ensuite, il s'est sectionné la langue et, pour finir, il s'est planté le couteau dans la gorge. C'est d'ailleurs ça qui l'a tué. La lame a sectionné une artère net, l'hémorragie a été massive.

– Il était intoxiqué?

– Ça, ou sinon très motivé.

– Comment il a fait pour se couper la langue? Me semble que c'est comme essayer d'attraper un savon dans la baignoire, ça glisse. C'est pas facile à garder en place, une langue.

– Il a utilisé un linge à vaisselle pour la tenir.

Lessard hoche la tête, incrédule.

– Je vois. Autre chose?

– La blessure à l'épaule me chicote.

Une image passe devant les yeux de Lessard. Il se souvient que la plaie sur l'épaule de John Cook laissait entrevoir les nerfs et les tendons.

– J'ai essayé de reconstituer la scène avec la hache qui a été trouvée sur les lieux du crime, mais je n'y arrive pas.

– Pourquoi?

– L'angle de la blessure fait en sorte que ç'aurait été difficile pour lui de s'infliger ça.

– Tu veux dire: impossible?

– Pas impossible, mais je dirais: peu probable.

– Qui d'autre, alors? demande Lessard.

– Sa femme. Elle a peut-être réussi à lui arracher la hache et a tenté de s'en servir pour se défendre, avance Berger.

– Sa femme? Ça accréditerait la thèse d'un acte de folie unilatéral, par opposition à un pacte de suicide. On a ses empreintes sur l'arme du crime?

– Je viens de parler à Adams. Son rapport est préliminaire, mais il semble que oui.

– Ou elle a peut-être participé à la tuerie au début, puis elle a changé d'idée en cours de route et a retourné l'arme contre Cook? Ce ne serait pas le premier cas, opine Lessard.

– Les deux hypothèses se valent, estime Berger.

– Elle a été retrouvée sur son lit mais, selon Adams, elle a été déplacée, suggère Lessard, après un court silence.

– C'est ce que je pense aussi.

– Elle pourrait avoir été droguée?

– Possible, mais je n'aurai pas le résultat des tests toxicologiques avant quelques jours.

– Dans ce cas, Cook l'aurait ramenée dans le lit après l'avoir droguée et tuée.

Lessard sort son calepin et y jette quelques notes.

– Elle est morte de quoi, Jacob?

– Cinq ou six des coups de hache étaient fatals. Elle en a reçu une quinzaine au total, selon mon estimation.

Lessard frissonne. La noirceur de l'âme humaine le sidère.

– Autre chose?

– Rien d'autre, sinon que j'ai trouvé du sperme dans le vagin d'Elizabeth Munson. J'ai vérifié, c'est celui de son mari.

– Ils ont eu une relation sexuelle avant de...

– Bizarre, non?

– À moins qu'il l'ait violée...

– Je n'ai relevé aucun élément qui permette de conclure ça, mais c'est une possibilité, en effet.

Une vibration se fait entendre. Berger décroche son téléavertisseur de sa ceinture.

– Tiens, c'est justement Cloutier qui rappelle. Il va falloir que je te laisse cinq minutes, Victor. Je ne veux pas la manquer.

– Pas de problème, j'avais fini. En fait, juste une dernière question: les mouches, Jacob? Leur nombre?

– C'est assez inhabituel, mais ça tombe mal: Lewis, notre entomologiste judiciaire, est au même congrès que Cloutier. Mais j'ai une amie qui est entomologiste à l'Insectarium. Lewis travaille avec elle de temps en temps, quand il a des questions plus pointues. Elle a fait un doc en taxinomie sur les diptères, c'est une des seules spécialistes des mouches au Québec. Dès que j'ai une minute, je l'appelle.

– Pas la peine, tu as déjà assez à faire ici. Donne-moi ses coordonnées, je m'en charge, réplique le sergent-détective.

Lessard rentre à Notre-Dame-de-Grâce par l'autoroute Ville-Marie, sortie Saint-Jacques.

Son estomac gargouille.

Rien de plus normal, il n'a pas encore mangé. Fort des nouvelles habitudes de vie acquises pendant sa relation avec Véronique, il prend un déjeuner composé d'un verre de jus de fruits et de céréales de blé entier nappées de yogourt nature.

Ce matin, il n'avait pas faim, car, conséquence de l'altercation avec son fils, il a plutôt mal dormi.

En repensant à la situation, il considère qu'il a été plus surpris que choqué.

Martin n'est pas rentré de la nuit et a fermé son cellulaire. Lessard a essayé de le joindre à deux reprises. Cela dit, il ne s'en fait pas trop : ce n'est pas la première fois qu'ils en viennent là.

Avant de retourner sur la scène du crime, il décide d'aller manger un morceau au pub Old Orchard, rue Monkland, où il déjeune à l'occasion. Il commande son plat coutumier à sa serveuse habituelle, un sandwich avec laitue, tomate et œuf. Il réprime l'envie d'arroser le tout d'une bonne Guinness bien fraîche et opte pour un café déca. Comme chaque fois, rituel immuable, la serveuse lui annonce que ça prendra quelques minutes, le temps de mettre une cafetière de déca en marche.

Bon sang ! Est-il le seul idiot au monde à boire du déca ?

Lessard ouvre la portière de sa voiture.

Puisque la météo a encore prévu de la pluie pour les prochains jours, il a sorti le vieux ciré jaune qu'il portait jadis pour aller à la pêche.

En fait, à la pêche, il n'y est allé que deux fois.

Il s'est rapidement rendu compte que c'était l'idée qu'il se faisait de cohabiter en paix avec la nature, le fantasme de la vie saine et sauvage, plutôt que la pêche elle-même, qui l'intéressait. Au final, les maringouins qui vous hurlent dans les oreilles, le lac qu'un guide vous décrit comme en étant « un qui mord beaucoup » et où vous n'apercevez même pas l'ombre d'un crapet-soleil de toute la journée, les levers aux aurores pour soi-disant « profiter de la journée » alors que votre corps vous fait souffrir le martyre, bref, la pêche, très peu pour lui.

Il erre de pièce en pièce dans la maison de la rue Bessborough. Dans la cuisine, il croise l'assistant d'Adams qui remballe du matériel.

Après un signe de tête poli, le sergent-détective se retourne pour lui demander s'il a vu Fernandez, mais le technicien est déjà sorti.

Outre les traces de sang sur les murs et les planchers, rien ne laisse supposer le drame qui s'est joué ici.

Dans le bureau de John Cook, il ouvre les tiroirs, en inventorie machinalement le contenu, secoue plusieurs livres qu'il prend dans la bibliothèque, espérant qu'un papier coincé entre les pages en tombe, feuillette des dossiers rangés dans un classeur. Sur une étagère, il trouve des documents parcourus de notes manuscrites. C'est sans doute Cook qui les a annotés, puisqu'ils concernent Royal Tobacco. Pour autant que Lessard puisse en juger, l'écriture ressemble à celle du message découvert dans la remise. Il glisse les papiers dans la poche de son ciré et se promet de comparer le tout plus tard, dès qu'il sera installé plus confortablement. Il fouille encore un moment, s'attarde à un vieil album de photos. Il décroche même un cadre pour regarder derrière.

Pearson et Sirois ont déjà tout épluché, mais sait-on jamais…

Tiens, ces deux-là, où sont-ils?

Lessard pensait croiser l'un d'eux, mais visiblement la maison est déserte.

En se tournant pour quitter la pièce, il renverse un vase rempli d'eau et de tiges de bambou, posé sur le coin de la table de travail. Le récipient vacille un instant entre la table et le vide, Lessard tente de le rattraper, y parvient quelques microsecondes, mais l'objet lui glisse des mains. Amorti dans sa chute par les doigts malhabiles du policier, le vase tombe toutefois sur le sol sans se fracasser.

Lessard remet les tiges de bambou en place et sort en maugréant dans le corridor chercher quelque chose pour éponger l'eau. Dans la salle de lavage, il ouvre une armoire et saisit une serviette sur le dessus de la pile.

Alors qu'il s'apprête à refermer la porte, il aperçoit deux cassettes vidéo de format VHS sur la tablette du bas.

Drôle d'endroit pour laisser des cassettes...

Se promettant d'écouter les bandes chez lui plutôt que dans le brouhaha du poste, il les empoche. Sera-t-il en mesure de rebrancher son vieux magnétoscope?

Martin pourrait faire ça mieux que lui.

Où est-il, celui-là?!

À l'étage, où Lessard continue de flâner après avoir essuyé son dégât, les chambres ont beau être désertes, les lits, vides, des images se mettent soudain à tourbillonner dans sa tête : les cadavres d'Elizabeth Munson et de ses enfants se mélangent à ceux de sa mère et de ses frères dans une farandole funèbre.

Les murs se resserrent autour de lui, comme un étau. Une mare de sang commence à bouillonner derrière les fenêtres.

Puis un bruit retentit dans son dos, tandis qu'une voix familière lui murmure à l'oreille :

– Tu m'as abandonné, Victor.

Demi-tour rapide.

Le garçon au gilet rayé se tient debout devant lui.

Lessard refuse de croire ce qu'il voit, secoue la tête pour que la vision disparaisse. Une peur panique s'empare de lui, une frousse d'enfant qui demande à ses parents de regarder en dessous de son lit et dans le placard pour s'assurer qu'il n'y a pas de monstre.

Pendant combien de temps crie-t-il?

Il ne saurait le dire.

Le contact d'une main sur son épaule le ramène à la réalité.

– Ça va, Victor? J'étais au sous-sol. Tu m'as fait peur.

Blanc comme un drap, Lessard met plusieurs secondes à retrouver ses esprits.

– Ça va, ça va, juste un peu stressé. Excuse-moi, Doug.

Avant même de voir son visage, il a su qui est le garçon malingre au gilet rayé qu'il trouve sur son chemin depuis la veille: plus de trente ans après l'avoir entendue pour la dernière fois, il a reconnu sur-le-champ la voix son frère.

Les traces d'impact et le sang coagulé sont encore visibles sur sa gorge et sa poitrine.

Raymond!

7.

Elle a revêtu un imperméable et passé des bottes de pluie.

Comme l'enfant qu'elle était il y a quelques années à peine, elle prend un malin plaisir à marcher dans les flaques, à observer la forme des éclaboussures qui giclent jusqu'à ses cuisses et redescendent en zigzaguant sur ses mollets.

Laila aime la pluie comme on aime le printemps, l'odeur du café ou les balades à la campagne. Ses cheveux trempés se plaquent autour de son visage ; une mèche rebelle se soulève et s'abaisse au rythme fluide de ses pas.

Comme elle l'avait prévu, la roulotte de monsieur Antoine est postée à l'intersection des rues Berri et de Maisonneuve. Deux *squeegees* fument une cigarette près de la porte.

À l'intérieur, un couple de punks gothiques, berger allemand en laisse, discute avec une bénévole ; une jeune fille au visage criblé de boutons d'acné est écrasée dans un coin, les yeux hagards ; plus loin, un autre volontaire donne des seringues à trois jeunes sans-abri qui dégagent une odeur d'urine.

Laila se dirige vers l'arrière, là où monsieur Antoine trône sur la même chaise bancale et inconfortable depuis tant d'années. Le vieil homme est occupé à faire la lecture à Félix, qui est assis sur ses genoux.

La mère de Félix, une prostituée héroïnomane et sidéenne, fréquentait jadis la roulotte, de temps à autre. Dès l'âge de quatre ans, Félix l'accompagnait dans des chambres d'hôtel miteuses, où elle faisait des passes à des affreux. Doté d'une intelligence hors du commun, Félix a commencé à tenir un journal alors qu'il était enfermé dans les toilettes, en attendant sa mère.

À sept ans, il faisait lui-même le trottoir. Un jour, monsieur Antoine a trouvé le petit devant la roulotte avec, pour tout bagage, quelques chandails roulés en boule dans un sac de papier. La mère, apparemment partie pour Vancouver, avait abandonné son enfant derrière elle. C'est sans doute le meilleur service qu'elle pouvait lui rendre.

Monsieur Antoine s'est immédiatement proposé comme famille d'accueil. Après quelques tractations avec la DPJ, le petit lui a été confié.

Plutôt chétif pour son âge, Félix n'a jamais prononcé une parole depuis une violente agression dont il a été victime. Il ne répond que par des signes ou des onomatopées et se contente de griffonner quelques mots sur un petit tableau ou dans son journal, qui ne le quitte jamais.

– Eille! regarde qui est là, Félix!

Un sourire furtif barre le visage du garçon: il aime bien Laila.

– Bonjour, monsieur Antoine… Allo, Félix!

Le vieil homme se lève, un peu plus voûté et crispé que dans les souvenirs de la jeune fille.

– Je suis bien content de te voir, ma belle.

Laila lui tend un sac de toile, destiné aux jeunes de la rue.

– Il y a des vêtements que je ne porte plus et des accessoires de toilette. J'ai aussi quelque chose pour toi, Félix.

Elle sort un livre usagé de sa poche et le donne au gamin, dont les yeux s'agrandissent.

– Oh! *Le vieil homme et la mer*, d'Ernest Hemingway, dit monsieur Antoine. Une lecture grave et sérieuse, Félix. (Il regarde la jeune fille.) Tu l'as lu, Laila?

– Oui. C'est très beau. Et surtout très triste.

Elle croit voir une larme rouler sur la joue du vieux, mais elle n'en est pas certaine.

Félix s'approche et lui fait un câlin.

Le petit est allé s'asseoir dans un coin et s'est plongé sans plus attendre dans la lecture du roman d'Hemingway. Il est totalement dans sa bulle tandis que monsieur Antoine et Laila sirotent une tasse de thé.

– Tu penses faire de la vidéo encore longtemps?

– Sais pas. Pour l'instant, c'est payant. Je le fais de chez moi, c'est facile.

– Tu penses à retourner à l'école?

– Oui, parfois. Mais pas tout de suite.

Le vieux redresse la tête, plante son regard dans le sien.

– Tu n'as pas recommencé à consommer hein, Laila?

– Non, j'ai arrêté complètement.

– Tu n'as pas l'air certaine, dit-il d'un air dubitatif.

Elle n'a pas l'intention de lui dire qu'elle s'autorise encore quelques joints, à l'occasion.

– Non, je vous assure, monsieur Antoine! La thérapie a vraiment donné de bons résultats. C'est derrière moi, tout ça. Vous pouvez me faire confiance!

– Tant mieux, ma belle! Tu sais, je préfère te poser la question, plutôt que de m'inquiéter pour toi. Mais il y a autre chose que je voulais te dire.

– Oui? fait la jeune fille avec nervosité, appréhendant la suite.

– Je sais que tu prends très à cœur l'animation du groupe d'aide.

Quelque temps auparavant, Antoine Chambord a confié à Laila, en raison de son vécu, l'animation d'un groupe d'aide aux jeunes toxicomanes de la rue. Il a un peu hésité au début, à cause de son âge.

Après mûre réflexion, il a estimé que cela ferait d'une pierre deux coups: d'une part, les jeunes toxicomanes qui fréquentent la roulotte profiteraient de l'expérience de Laila et, d'autre part, cette responsabilité la motiverait à persévérer dans l'abstinence.

Du moins, c'était son souhait.

Cependant, la semaine précédente, il a surpris la jeune fille en train de pleurer dans un coin, au sortir d'une rencontre. Un des jeunes de son groupe s'était suicidé deux jours avant. Chambord voulait à tout prix éviter que Laila, en essayant de trop en faire pour les autres, s'oublie et retombe de manière insidieuse dans ses mauvaises habitudes.

– Oui, j'adore ça ! C'est une grande responsabilité.

– C'est justement de ça dont j'aimerais te parler : je ne voudrais pas que ça t'étouffe, que tu te mettes trop de pression sur les épaules. Tu n'as pas à être parfaite, ni à prendre sur toi de sauver qui que ce soit.

Laila saisit très bien où veut en venir Chambord.

– Je comprends le message, monsieur Antoine.

– Parfait. S'il y a quoi que ce soit, Laila, viens me voir. Tu sais que je suis toujours disponible pour toi.

– Je sais, merci.

Chambord sourit, puis lance sur un ton enjoué :

– Et la belle Mélanie, comment va-t-elle ?

– Mélanie ? Elle va super bien. D'ailleurs, elle m'a demandé de vous saluer. Et vous, monsieur Antoine, comment allez-vous ?

– Oh, moi, tu sais…

Laila est assise, adossée à la cloison, à côté de Félix.

– Je peux voir ce que tu écris dans ton journal, Félix ?

– …

– Excuse-moi, je n'insiste pas. Tu veux me faire un dessin ?

Laila s'avance vers monsieur Antoine pour lui faire la bise.

– Bon, ben moi, je vais faire un bout.

– Tu es certaine que ça va, ma belle ? Tu sembles préoccupée.

La jeune fille hésite. La porte est ouverte, elle n'a qu'à y entrer. Elle sait que monsieur Antoine est de bon conseil, qu'il a une grande capacité d'écoute et, surtout, qu'il ne porte aucun jugement.

Elle est sur le point de se confier lorsqu'une main tire vers le bas les pans de son imperméable.

– Oh ! Il est magnifique ton dessin, Félix.

Elle s'accroupit, serre l'enfant dans ses bras.

– C'est gentil d'être passée, Laila. N'hésite pas, si tu as besoin de quelque chose.

– Absolument. Prenez bien soin de vous. Bye, mon beau Félix.

Le garçon regarde Laila s'éloigner sous la pluie.

Cher stupide journal,

Monsieur Antoine est triste parce qu'il est vieux et il est vieux parce qu'il est triste. Je suis sûrement trop petit pour comprendre ces choses-là, mais je l'ai vu pleurer quand Laila m'a offert le livre. J'ai lu l'endos du livre, ce que les grands appellent «la quarantaine de couverture». Ça parle d'un vieux pêcheur malchanceux qui essaie de ramener un espadon pour sauver son honneur d'homme. Il a toujours son honneur d'homme, monsieur Antoine, mais lui aussi il lutte depuis longtemps avec son espadon.

Je pense qu'il est très fatigué.

L'autre jour, il a dit que mon exubérance de vie est de près de cent ans alors que la sienne est expirée. Je lui ai offert de lui en donner de la mienne. «Je pourrais vous faire un chèque d'exubérance de vie», que j'ai dit. «Comme ça, on serait quittes, puisque c'est vous qui payez ma nourriture et mes vêtements sans me faire travailler.»

Quand j'ai dit ça, monsieur Antoine a fait semblant d'avoir une poussière dans l'œil. Mais j'aime mieux le dire tout de suite pour éviter les malentendus ou que tu te fasses des attentes, cher stupide journal, moi, j'aime pas ça quand les idées piquent les yeux comme des oignons. C'est pas que je déteste les oignons. Au contraire, je les aime bien, même quand on me dit de me mêler des miens. Mais je m'écarte: les poussières dans l'œil, moi, ça me serre aussi la gorge et, après, je ne sais plus très bien où regarder, ni comment placer mes mains quand ça m'arrive.

Je me souviens du jour où monsieur Antoine m'a donné mon premier carton.

Il est comme ça, monsieur Antoine. Il rit, il plaisante, il t'écoute avec ses grosses oreilles poilues comme des tarentules, mais quand on désobéit aux consignes, bang!, sans prévenir, il te sert un carton aussi jaune que ses dents.

Il faut être sur ses gardes, parce qu'après un carton jaune on a droit au carton rouge et, le carton rouge, j'en parlerai plus tard si ça t'intéresse, mais le carton rouge, c'est drôlement coton.

Quand Laila est venue tout à l'heure, j'ai vu dans les yeux de monsieur Antoine que quelque chose clochait. Il a regardé Laila comme si elle avait reçu un carton rouge.

Laila marche vers son appartement, sans se soucier de l'averse. Elle pique à travers une ruelle, près de la rue Charlemagne.

Elle pense à David, qu'elle aimerait bien parvenir à séduire. Elle pense aussi à monsieur Antoine, à qui elle a eu envie de faire des confidences sur son passé. Mais Félix a choisi cet instant pour lui offrir son dessin. C'est probablement préférable ainsi.

Elle pense surtout à LUI.

C'est inévitable, chaque jour qui passe ramène dans sa mémoire ce cauchemar ambulant, ce cafard gluant qui refait sans cesse surface, même après qu'on l'a enfoncé dans une mare de glaise.

Un éclair lézarde le ciel.

À ce moment, une main se plaque sur la bouche de Laila, un bras replié lui enserre la gorge et la tire vers l'arrière.

Elle n'a eu aucune chance de crier ou de réagir.

8.

Dans le jardin, le clapotis de l'eau sur le toit le rassure, les gouttelettes glaciales le revigorent, lui redonnent peu à peu ses couleurs normales.

Sa main tremble encore quand il approche gauchement la cigarette de sa bouche, mais il se calme au fur et à mesure que la nicotine envahit ses poumons, qu'elle agit sur son système nerveux central.

Sur le coup, l'apparition semblait si réelle qu'il a perdu son sang-froid, qu'il s'est affolé.

Maintenant, il se surprend à en rire.

Un rire jaune, mais un rire quand même.

Lessard ne consacre pas de longues minutes à s'interroger sur le sens à accorder à cette manifestation inconcevable. Le déni est intégral, il ne s'agit pas d'une histoire de fantôme, ni rien du même acabit. La logique lui fournit des explications satisfaisantes : cette enquête le plonge au cœur de ses propres démons et, à fleur de peau, il est victime d'hallucinations.

End of the story.

Cependant, ce qui le préoccupe davantage, ce sont les possibles répercussions que pourrait avoir l'événement sur l'enquête, s'il était rapporté à ses supérieurs :

J'espère qu'Adams ne va pas raconter à tout le monde qu'il m'a surpris en train de crier comme une fillette qui a peur de son ombre.

De nouveau, Lessard perçoit une présence dans son dos, un œil braqué sur ses épaules.

Mais cette fois il ne s'agit pas de Raymond, il sait d'où ça vient. Le petit garçon de la veille est posté à la fenêtre avec son regard triste. Le petit lui fait un signe de la main.

Soudain, le sergent-détective a une idée.

Il frappe à la porte de la maison voisine.

La dame est Marocaine ou encore Algérienne, il ne sait trop. Elle porte un hijab et ne maîtrise ni très bien le français ni très bien l'anglais. Est-elle la mère du petit ou la gardienne? Il ne saurait le dire pour l'instant. Quoi qu'il en soit, il lui montre son insigne pour qu'elle le laisse entrer.

Par signes et dans un mélange d'onomatopées et de franglais, il réussit à lui faire comprendre qu'il aimerait parler au garçon.

Elle le précède dans l'escalier.

Lessard ne prête qu'une attention distraite au décor, qui lui semble chargé. La femme l'entraîne à sa suite dans une chambre d'enfant bleu azur. La pièce est encombrée, un véritable bazar. Il y a des jouets et des toutous dans tous les coins. Sur le mur, il voit une banderole imprimée à l'ordinateur:

« *Welcome home, Faizan!* »

Le garçon est là, assis à une table basse. Il arrête de dessiner et regarde le policier avec curiosité.

Petit et bien en chair, il a les cheveux et le teint foncés, les yeux très noirs. Sur le côté gauche du crâne, une cicatrice en U inversé part de l'oreille et s'étire jusque derrière le cervelet. Les points de suture sont encore apparents.

– Salut, mon bonhomme. Tu parles français, anglais?

– Les deux, dit le garçon, sans la moindre trace d'accent.

Lessard désigne la chaise qui fait face à l'enfant.

– Je peux m'asseoir?

La chaise couine, mais tient bon. Le sergent-détective est assis à trente centimètres du sol et il a les genoux sous le menton.

– Je m'appelle Victor. Je suis policier.

– ...

– Et toi, quel est ton nom?

– Faizan.

– Quel âge as-tu, Faizan?

– Sept ans.

– La dame, c'est ta maman?

Lessard se tourne vers la femme, qui s'est assise sur le lit. Elle lui fait un sourire timide.

– Oui.

Lessard pointe l'index vers la cicatrice du garçon.

– Qu'est-ce qui t'est arrivé à la tête, Faizan?

– On m'a enlevé une tumeur.

– Oh… (Embarrassé.) Je... Hum... Ça va mieux, maintenant?

– Oui. J'ai encore de la difficulté à dormir. C'est à cause des médicaments et aussi de ma cicatrice. Elle me fait mal quand je bouge la tête. Mais l'enflure est presque partie. J'avais l'air d'une grosse citrouille après l'opération.

– Ta cicatrice devrait guérir bientôt, Faizan. Quand tes cheveux repousseront, on ne la verra plus.

– Je sais. C'est la deuxième tumeur qu'on m'enlève.

Lessard avale de travers.

Merde, c'est juste *un enfant!*

– Tu sais quoi, Faizan, je suis certain que c'est la dernière.

– J'espère bien. J'ai hâte de retourner à l'école avec mes amis.

Attendrie, la mère regarde son fils avec fierté.

– Dis-moi, Faizan, j'ai remarqué que tu te tiens souvent à la fenêtre.

– Oui. Je ne peux pas sortir et j'aime voir dehors. Ça me fait rêver.

– Ça te fait rêver à ce que tu feras quand tu pourras sortir?

– Oui.

– Je comprends. Dis-moi, Faizan, tu connais le voisin de derrière, monsieur Cook?

– Oui. Il a une fille de mon âge. Elle s'appelle Erin. Elle est drôle.

– Ta maman t'a-t-elle expliqué pourquoi il y a des policiers chez monsieur Cook présentement?

La femme maîtrise sûrement mieux le français que Lessard ne le croyait parce qu'en l'entendant mentionner le nom de ses voisins, elle se lève d'un bond et lui fait des signes.

Il la rassure d'un geste de la main.

– Non, je ne sais pas, avoue le gamin.

– La maison d'Erin et de monsieur Cook a été cambriolée et, nous, on cherche les voleurs. Tu comprends, Faizan?

– Oui.

– C'est pour ça que je suis venu te voir. Pour te demander si tu as vu quelque chose d'inhabituel chez monsieur Cook.

Faizan lance sans hésiter:

– Des mouches.

• • •

Plaquée contre un mur de brique, à l'abri des regards, elle sent une lame effleurer la chair molle sous l'orbite de son œil droit, tandis qu'une main lui compresse la gorge.

– Ma câlice de chienne! Pourquoi tu réponds pas quand j't'appelle?

La pression sur la carotide de Laila se relâche un instant. Elle tousse, puis avale une grande goulée d'air. L'haleine fétide de son agresseur lui monte aux narines.

Razor!

Un petit rouquin teigneux qui échangerait sa mère contre un sac de chips, un *dealer* de drogue à la solde des Red Blood Spillers, un fou furieux à qui elle doit pas mal d'argent et qui a la réputation d'être un artiste du rasoir à l'ancienne.

Laila s'en veut de ne pas avoir pris son appel quand elle se trouvait avec David. Elle aurait peut-être pu ainsi éviter ce qui va survenir.

– As-tu mon *cash*?

La lèvre inférieure agitée de tremblements, Laila fait non du regard. Razor frappe le mur du plat de la main, juste à côté de son visage.

– Quand?

– Bi… bien… bientôt.

– T'es mieux, ma tabarnac! T'es mieux!

Il force Laila à s'accroupir dans la ruelle et ouvre sa braguette.

– Tu vas me payer des intérêts tout de suite!

• • •

Les cheveux de Lessard se hérissent.

– Des mouches? Décris-moi ce que tu as vu, Faizan.

– Il y avait plein de mouches chez monsieur Cook. Un gros nuage noir.

Le policier a aperçu une boîte de crayons de couleur sur une étagère. Il se dit que, tout à l'heure, il demandera à Faizan de dessiner le nuage de mouches.

– C'était quand? Le jour, le soir ou la nuit?

– La nuit.

– La nuit? Tu en es certain?

Le garçon pointe le doigt vers un cadran à cristaux lumineux, posé sur sa table de nuit.

– Il était écrit «1 : 00» là-dessus et il faisait noir. On a appris l'heure à l'école. Ça veut dire qu'il était 1 h du matin.

– Très bien, Faizan! Tu ne dormais pas?

– Non. Je me suis réveillé à cause de ma cicatrice. J'avais mal.

– Où étaient les mouches, Faizan?

– Derrière la vitre de la cuisine.

– Y avait-il de la lumière dans la cuisine de monsieur Cook?

– Oui.

– As-tu vu autre chose?

– Je t'ai vu dans la cour, toi. Et j'ai vu une femme aussi.

Faizan décrit Fernandez avec moult détails.

– C'est vrai! C'est ma collègue, mon amie. Elle s'appelle Nadja. Elle est très gentille aussi. Mais revenons au soir où tu as vu les mouches, si tu veux bien.

– Oui.

– Ce soir-là, as-tu vu quelqu'un dans la cour?

– Oui, un homme est sorti dans la cour.

– C'était monsieur Cook?

– Non, ce n'était pas monsieur Cook. C'était un autre homme. Il portait une longue robe noire avec du blanc sur le col.

Lessard réfléchit un instant, perplexe.

– Une soutane?

– Je sais pas c'est quoi, une soutane.

– Pas grave. (Le policier se lève et revient avec les crayons de couleur.) L'homme, tu peux me le dessiner?

Lessard regarde par-dessus l'épaule du gamin pendant qu'il s'exécute.

Un prêtre?

– Es-tu certain de ne pas te tromper, Faizan? L'homme avait un col romain, comme un prêtre?

– C'était comme sur mon dessin.

– Et sa peau, elle était de quelle couleur?

– Comme toi.

– Blanche? Très bien. Et l'homme, le prêtre, il s'est approché de la remise?

Le sergent-détective pense au message trouvé dans le cabanon. Peut-être quelqu'un a-t-il voulu faire croire que c'était Cook qui l'y avait déposé.

– Non.

– Et qu'est-ce qu'il faisait dans la cour, ce prêtre, Faizan?

– Il tenait une hache dans sa main.

9.

Les fanatiques sur la terre
sont trop souvent des saints au ciel.

Elizabeth Barrett-Browning

Oratoire Saint-Joseph

Le père Aldéric Dorion ne célèbre plus la messe de façon régulière.

Bien que son âge avancé et son état de santé ne constituent pas un obstacle à la pratique assidue de cette activité, le prêtre en est ouvertement lassé. Les églises sont vides, la foi des croyants s'étiole et il privilégie le contact direct avec ceux qui la conservent.

Recevoir les confessions des fidèles mais, surtout, aider la frange la plus pauvre de la communauté du quartier Côtes-des-Neiges demeurent les seules causes pour lesquelles il continuera à faire œuvre utile, jusqu'à ce qu'il rende son dernier souffle.

Aujourd'hui, il a revêtu la robe et fait entorse à ses habitudes pour rendre service à un collègue malade. Un peu rouillé, il s'en est tout de même tiré sans trop de tracas. Il termine son homélie lorsqu'il voit deux hommes, un prêtre en soutane accompagné d'une armoire à glace, marcher lentement dans la nef, puis s'asseoir à une vingtaine de rangées du maître-autel.

Il ne peut s'empêcher de tressaillir.

La peur lui noue l'estomac.

Le bureau de Dorion est situé dans le presbytère qui jouxte la basilique. Il y fait entrer ses deux visiteurs d'une main tremblante.

– Vous savez pourquoi je suis ici, Aldéric? demande l'homme en soutane, lorsqu'ils sont assis.

– Pardonnez-moi, mais je dois refuser votre confession, Noah. Même à mon âge, on veut garder les oreilles chastes.

– Très drôle, réplique l'homme en soutane en applaudissant de façon théâtrale.

Noah approche son visage à quelques centimètres de celui de Dorion. Les deux ecclésiastiques échangent un regard caustique. Le colosse se tient en retrait.

– Nous avons perdu sa trace. Dites-moi où il se trouve, Aldéric.

– Je n'en ai aucune idée. Et puis, laissez-le donc tranquille!

– Monsieur Moreno sait se montrer très persuasif, assure Noah en se tournant vers le colosse. Même avec les gens les plus entêtés. Si j'étais à votre place, je choisirais la méthode douce, Aldéric. La souffrance est une très mauvaise option à votre âge.

Centre-ville, rue de la Cathédrale, quelques heures plus tard

Occupant le dernier étage de l'immeuble, le bureau du cardinal Charles Millot, archevêque de Montréal, est décoré avec soin, mais sans luxe ostentatoire.

Les larges baies vitrées offrent une vue unique sur le centre-ville et le mont Royal.

François Cordeau, le jeune adjoint du cardinal, vient d'apporter un plateau avec du thé et des biscuits, que Son Éminence repousse du revers de la main. Les multiples mentons de Millot tremblotent sous le coup de la colère et de l'indignation.

L'homme en soutane, qui a provoqué sa fureur, assiste, impassible, à la diatribe du cardinal.

– Je refuse de croire que la *Propaganda Fide*[3] endosse votre démarche !

Cramoisi, le cardinal a une violente quinte de toux.

– C'est pourtant le cas, dit Noah. On m'a confié un mandat et j'entends le remplir, malgré les risques qu'il comporte.

– Vous faites référence au carnage de la rue Bessborough comme un gestionnaire de portefeuille parle des actifs qu'il contrôle ! Des vies humaines étaient en jeu !

– Je comprends très bien les enjeux et, ai-je besoin de le dire, ceux qui m'envoient aussi.

L'allusion aux commanditaires de l'opération met Millot encore plus en colère.

Comment Rome a-t-elle pu donner son accord à cette folie ?

– Avez-vous idée des répercussions que pourraient avoir ces événements s'ils devenaient publics ? Les médias de la planète en feraient leurs choux gras !

– Toutes les mesures nécessaires ont été mises en œuvre afin que ça n'arrive pas, affirme Noah.

– Si je peux me permettre, Éminence, intervient François Cordeau, nous ne sommes pas à l'abri d'une fuite. Quelqu'un de l'interne pourrait très bien s'échapper.

Noah lance au jeune homme un regard menaçant.

– Très peu de gens sont au courant. Il serait regrettable que quelqu'un trahisse notre confiance, déclare-t-il d'un ton qui recèle un avertissement à peine dissimulé.

Millot se lève, l'air sévère.

Il n'a pas fini d'admonester Noah, mais il doit effectuer certaines vérifications auprès de ses propres contacts à Rome avant de trop s'avancer. Les alliances politiques sont volatiles, dans les arcanes du Vatican.

– Nous reprendrons cette conversation plus tard, Noah. Maintenant, vous allez nous excuser, François et moi avons un dossier urgent à régler.

[3] Propagation de la foi. La *Propaganda Fide* a été fondée en 1622 par le pape Grégoire XV, par la bulle *Inscrutabili Divinae*. Relevant de la curie romaine, qui regroupe l'ensemble des organismes administratifs du Saint-Siège assistant le pape dans sa mission, la *Propaganda Fide* s'occupe, depuis le XVIIe siècle, de la propagation du catholicisme et du règlement des affaires concernant l'Église catholique dans les pays non catholiques.

L'homme en soutane tourne les talons et franchit la porte sans même jeter un coup d'œil derrière.

Noah rentre à sa chambre et tire le verrou.

Il se laisse choir sur un lit aussi confortable qu'un tapis de clous, effleure, du dos de la main, la couverture de laine rêche.

L'homme en soutane appartient aux *Milites Christi*, une branche secrète et radicale de la *Propaganda Fide*, organe chargé par le Saint-Siège de la propagation du catholicisme dans les pays non catholiques.

Il est en outre un haut gradé des services secrets du Vatican, le SIV[4].

Même si le Vatican n'en reconnaît pas officiellement l'existence, le SIV dispose d'agents religieux et laïques sur chaque continent, de crédits illimités et de systèmes de communication ultrasophistiqués ; le Cercle, son centre d'interception électronique, est l'un des plus performants d'Europe.

Malgré ses états de service, l'agent du SIV a insisté auprès du cardinal pour loger dans les quartiers dévolus aux subalternes. Il mène une vie austère, une existence d'ascète, marquée de privations tout autant physiques que matérielles.

Ce jansénisme ne l'empêche toutefois pas de prendre tous les moyens requis pour assurer le succès de sa mission : aucune dépense n'est superflue, si elle est au service du Christ.

L'agent du SIV ouvre une valise métallique, sort un téléphone satellite muni d'un dispositif anti-interception et appuie sur la touche de composition automatique. L'appel ne se rend pas directement à destination. Un réseau complexe de connexions s'effectue dans différents pays, de façon à minimiser les risques que la conversation soit écoutée par des oreilles indiscrètes.

De nombreux déclics retentissent.

Au bout de trente secondes, la sonnerie se fait entendre pour la première fois.

---

[4] *Servizio Informazioni del Vaticano.*

À Rome, dans la Cité du Vatican, un homme décroche à la quatrième.

– Bonjour, Noah.

– *Milites Christi sono al vostro servizio!*

• • •

Le dossier urgent auquel a fait référence le cardinal est étendu sur son lit: François Cordeau caresse les ourlets de graisse qui garnissent le ventre laiteux de Millot.

– Ah, François, mon petit François, tu as des doigts magiques, dit Millot.

– Je croyais que c'était ma bouche qui était magique, Éminence.

– Ta bouche, tes doigts… Tout chez toi est divin, susurre Millot en ébouriffant les cheveux de son protégé. Et ne m'appelle pas «Éminence». Pas quand nous sommes seuls…

Cordeau sourit: il aime que Charles le couvre de compliments.

En fait, bénéficier des attentions de l'archevêque le comble.

Il est redevable de tout envers Millot.

C'est lui qui l'a sorti de la rue alors que, à douze ans, il faisait des pipes pour une poignée de dollars à des pédophiles voraces; et c'est lui encore qui lui a permis d'étudier la philosophie, puis d'obtenir un doctorat en théologie. Il ne partage pas la ferveur spirituelle hagarde de l'archevêque, mais il se garde de lui en faire part et se montre tout de même enthousiaste lorsque vient le temps d'exprimer sa foi.

– Si tu n'as pas besoin de moi pour les prochaines heures, je vais aller au gym, Charles.

– Sans problème, vas-y. Moi, je vais faire ma sieste. *Mens sana in corpore sano*. Prends bien soin de ce corps magnifique, François, c'est un don de Dieu.

Cordeau se rhabille et dépose un baiser sur la bouche de Millot, papillon gracile qui atterrit sur des ronces.

Avant de partir, il replace ses cheveux devant le miroir.

– Regarde-toi, lance le cardinal. Regarde comme tu es beau.

La remarque le fait sourire.

Son reflet sur la glace le fixe, l'air de dire: «Pas mal pour un ti-cul de Verdun ballotté de centre d'accueil en centre d'accueil après que sa bonne à rien de mère a eu la bonne idée de finir ses jours avec une seringue piquée dans le bras.»

• • •

Tandis que le cardinal et son assistant vaquent à leurs libidineuses occupations, l'agent du SIV repense à la conversation qu'il a eue avec Millot.

Il ne lui posera aucun problème.

L'agent du SIV dispose des leviers requis pour le tenir à distance. La situation diffère toutefois en ce qui concerne François Cordeau, un de ces jeunes de la nouvelle génération de séminaristes ambitieux, opportunistes et dotés d'un sens politique aiguisé.

Cordeau est un électron libre qu'il devra garder à l'œil.

Après avoir prié en silence, l'agent du SIV éteint la lumière et se couche pour faire une courte sieste. À l'approche de la lisière du sommeil, dans un état de semi-conscience, une succession rapide d'images défile dans sa tête.

Les hurlements, une mer rouge et bouillonnante, du sang qui ricoche sur la peau et virevolte dans toutes les directions, des yeux affolés qui cherchent à se raccrocher aux murs, les hurlements encore, le reflet des âmes qui s'envolent sur le métal de la hache, l'odeur de la peur qui rampe sur le sol, la frénésie de la violence, le nuage de mouches qui voltige comme un escadron de la mort, les hurlements encore, les corps mutilés, les organes sectionnés, une bouillie informe de chair, d'os et de cartilages, la folie, un carnage, le chaos, un bain de sang et, infinis, les hurlements brisés.

Puis, le silence.

Au final: que la mort.

10.

L'eau monte à ras bord des trottoirs, la ville de Montréal n'a pas connu tel déluge depuis longtemps.

Parsemés de trous, les égouts pluviaux régurgitent une eau d'un jaune malsain, un jus de chaussette boueux, souillé et malodorant.

– Nadja, c'est Victor. Il faut qu'on se parle le plus rapidement possible. Appelle-moi dès que tu prends ce message.

Il rempoche son mobile en maugréant et cherche les clés de son appartement.

Ses espadrilles et le bas de son jean sont trempés.

Il regarde sa montre : presque midi.

Fernandez est d'ordinaire d'une assiduité sans faille.

Qu'est-ce que tu fais ?!

Installé devant son téléviseur en sous-vêtements, il essuie la sueur qui perle sur son front. Il lui a fallu plus de vingt minutes pour effectuer, en sacrant, les branchements nécessaires pour faire fonctionner le magnétoscope.

Prétendant qu'ils ne s'en serviraient plus, Martin a voulu se débarrasser de l'appareil quand son père a acheté un nouvel écran plat et un lecteur de disques *Blu-Ray*. Lessard s'y est opposé et a rangé la machine dans une armoire, n'étant pas prêt à faire une croix sur sa collection de cassettes VHS.

Il tente maintenant d'y insérer une de celles qu'il a trouvées chez John Cook, sans y parvenir. Il se rend compte qu'il y en a déjà une dans le lecteur vidéo. Il l'éjecte et regarde l'étiquette écrite de sa main, au stylo bleu.

Mohamed Ali vs George Foreman.

Kinshasa, novembre 1973.

Le combat mythique, qu'il a vu au moins cent fois, celui où Ali a triomphé de la brute que l'Amérique considérait comme invincible.

Le combat d'un homme seul contre une nation entière.

Lessard met la première cassette.

L'image d'un paysage montagneux succède à un noir de dix secondes.

Le ciel est couvert, un brouillard cotonneux descend sur une forêt de conifères.

La scène semble avoir été captée par une caméra à l'épaule.

Un long plan, en arc de cercle, s'arrête sur un lac en contrebas.

Un zoom, un flou de quelques secondes, puis l'image s'attarde sur un chalet de bois rond qui surplombe le lac.

L'air semble frais. L'automne, sans doute.

Que du vent en fond sonore.

Coupure.

Tressautant sans cesse, le plan suivant montre des bottes d'homme qui foulent le flanc de la colline. La caméra a sûrement été activée par mégarde, pendant que son opérateur marchait vers le lac.

Coupure.

L'image qui suit exhibe l'intérieur d'un chalet. Probablement celui filmé depuis le promontoire.

On y aperçoit une femme de dos en train de laver la vaisselle.

– *Hi, baby*, dit une voix d'homme.

Paraissant plus jeune que sur les photos que Lessard a vues, Elizabeth Munson se retourne en souriant. Elle met un index en travers de sa bouche.

– *Shhh…*

D'un geste, elle invite l'homme invisible – John Cook, selon toute vraisemblance – à la suivre. La caméra se faufile dans une enfilade de corridors. L'image est hachurée, passe de l'obscur au clair. L'objectif se fixe enfin sur un objet, mais il fait trop sombre pour que Lessard discerne de quoi il s'agit.

– *Wait, John*, murmure la voix d'Elizabeth Munson.

La lumière dans la pièce monte lentement en intensité.

Un bébé dort paisiblement dans une bassinette.

– *Hi, Erin Cook*, dit l'homme. *Sleep tight, my love*.

Nouvelle coupure : l'image réapparaît.

Cette fois, Cook filme ce qui ressemble à un dîner entre amis. Elizabeth sert des pâtes à un échevelé dans la vingtaine. L'autre jeune femme – *sa blonde?* se demande Lessard – nourrit le bébé du couple Cook, assis sur une chaise haute.

Tout le monde parle en même temps, si bien que le policier peine à suivre le capharnaüm des conversations. L'atmosphère est enjouée, on s'amuse ferme et on trinque. Soudain, on tamise la lumière et les voix entonnent en chœur l'un des airs les plus connus de l'histoire de l'humanité : *Happy Birthday*.

Elizabeth Munson s'avance avec un gâteau au chocolat et marche en direction de sa fille, Erin. Au sommet du gâteau trône une seule chandelle, qu'Elizabeth a piquée devant la caméra quelques secondes avant.

Bon, se dit Lessard, *ils ont loué un chalet quelque part dans les Laurentides et invité des amis à souper pour le premier anniversaire de leur fille Erin. Le parrain et la marraine?*

Une vieille cassette avec des scènes banales des premières années d'un jeune couple.

Rien pour écrire à sa mère !

Lessard appuie sur le bouton d'avance rapide en se disant qu'il perd son temps. Les images du souper défilent devant ses yeux en accéléré.

Il reprend l'écoute un peu plus loin sur la bobine.

L'action se déroule dans un autre décor, celui d'un appartement ou d'une maison.

L'ancienne maison des Cook à Rosemont?

Décontracté, John Cook fait un large sourire à la caméra. Stylo à la main, assis à une table en mélamine, il paraît affairé à composer un texte.

La caméra s'approche. Un zoom permet de constater qu'il griffonne dans une carte de souhaits.

Elizabeth Munson entre dans le cadre avec un bras dans le plâtre et dépose un baiser dans le cou de John pendant qu'il achève de gribouiller.

Quelques secondes après, il lui tend le stylo.

De sa main valide, Elizabeth se penche et se met à écrire avec aisance, pendant que John maintient la carte en place pour elle.

À en juger par leur allure, la scène semble contemporaine à celle du chalet.

Coupure. Blanc de quelques secondes.

La séquence se déroule maintenant à l'extérieur, dans la cour arrière d'une maison de brique. Comme si elles complotaient, une vingtaine de personnes discutent à voix basse autour d'une table sur laquelle sont posés des plateaux de sandwiches, des salades et des breuvages.

Un buffet?

Une femme d'âge mûr surgit en courant et fait des grands signes pour faire taire tout le monde :

– Il arrive !

Lessard met quelques secondes à comprendre, mais il sait d'ores et déjà qu'il n'assiste pas à une réunion secrète d'une secte obscure lorsqu'il entend le groupe crier « surprise » au type qui vient d'entrer dans le champ de la caméra et dont la mâchoire pend au risque de se décrocher.

Encore une fête !

Le policier pousse de nouveau le bouton «*fast forward*».

Les scènes se suivent et se ressemblent : un classique dans le genre « réunions de famille ». Lessard a les mêmes sur une cassette quelque part dans le fond d'une garde-robe : oncle Grosse-Bedaine qui parle à tante Chose, laquelle peine à garder les paupières ouvertes, tant elles sont maquillées, Grand-Mémé et ses poils drus sur le menton qui enfile un kleenex dans la manche de sa petite laine après s'être mouchée bruyamment au-dessus de son assiette, cousin X qui court après cousin Y dans le corridor en criant d'une voix suraiguë, pendant que cousin Z se fait sermonner dans un coin parce qu'il ne veut pas partager ses jouets, etc.

Lessard est sur le point de tout abandonner et de rembobiner la cassette lorsque l'image coupe tout à coup.

Ce qui apparaît ensuite à l'écran le fige.

Regardant directement l'objectif d'un air vicieux, Elizabeth Munson soulève sa camisole et dévoile ses seins, deux obus blancs gorgés de lait dont elle malaxe les pointes gonflées, en murmurant des paroles obscènes.

Des gouttes de lait giclent sur les mamelons violacés.

Le *dirty talk* surprend Lessard, lui qui croyait pourtant avoir tout entendu dans la bouche de Véronique.

– *Come here, John. Come here, baby, I got something sweet and tasty for you.*

Le policier déglutit.

La jeune mère de famille semble transfigurée, elle s'est effacée au profit d'une fétichiste sans tabous, c'est tout son être qui respire le sexe embrasé et pervers.

Une main s'avance dans le champ de la caméra et agrippe fermement les seins, puis un doigt trace des cercles avec le lait répandu.

L'image tressaute, s'embrouille un moment, puis disparaît.

Le noir est de courte durée.

Le plan suivant trouble de nouveau Lessard, qui en a pourtant vu d'autres.

Les époux Cook sont allongés sur un lit.

Elizabeth Munson masturbe son mari, tout en lui donnant le sein. Lessard voit clairement Cook téter le mamelon de sa femme et caresser sa chatte luisante. Pour sa part, Elizabeth est en transe, obnubilée par le sexe dilaté de son mari sur lequel elle crache sans cesse en balançant des grossièretés à tout vent.

Lessard met la cassette sur pause et va se chercher un verre d'eau à la cuisine, qu'il vide d'un trait.

Fuck! ne peut-il s'empêcher de s'exclamer.

Il termine le visionnement des deux cassettes sur «*Fast forward*», nauséeux, désorienté, le vague à l'âme. Le policier n'a rien, rien découvert, zip, zip, *nada*, *nada*, sinon une couple d'heures d'ébats sulfureux des époux Cook lancés dans une poursuite enfiévrée du record *Guinness* du *Kâma-Sûtra*, le tout entrecoupé de quelques scènes de famille qui témoignent des premiers mois de vie d'Erin. Les Cook ont essayé toutes les positions, se sont enfoncé tous les objets sexuels dans tous les orifices. À cet égard, Lessard a d'ailleurs constaté avec dégoût que John Cook était autant donneur que receveur. Les séances d'allaitement-masturbation sont si nombreuses qu'après un temps elles en deviennent banales. La dichotomie entre les séquences de dépravation et les gazouillis d'Erin, cadrée en gros plan, l'a écœuré.

À un moment donné, Lessard a vu un calendrier en arrière-fond. Il a eu beau rembobiner et repasser l'extrait, il n'est pas parvenu à discerner les chiffres de manière à pouvoir situer l'enregistrement dans le temps.

Un peu plus loin, quelque chose a capté son attention au cours d'une promenade sans histoire en poussette, mais il n'a pas réussi à déterminer quoi.

Visionner la scène en boucle n'a rien donné.

Il éjecte la deuxième cassette, la range dans son boîtier et va aux toilettes.

En urinant, il se rend compte que les quelques articles de toilette que Martin gardait sur une tablette, près du lavabo, ont disparu. Il ouvre la penderie du couloir. Il constate que son fils a aussi emporté des vêtements.

Martin est revenu pendant son absence pour prendre ses affaires.

Sur la table de la cuisine, Lessard voit un *Post-it* qu'il n'avait pas remarqué en entrant.

«Tu me fais chié!»

Il soupire.

Si au moins tu pouvais l'écrire correctement, mon gars.

Lessard s'est ouvert une boîte de thon qu'il a assaisonné de poivre et qu'il mange à même le contenant de métal, à la fourchette.

À sa grande surprise, on décroche au bout de deux sonneries, alors qu'il a la bouche pleine.

– Élaine Segato...

Il se dépêche d'avaler.

– Allo? Je m'appelle Victor Lessard... hum! (Il passe sa langue pâteuse sur ses dents afin de libérer une parcelle de nourriture). Je travaille au SPVM avec Jacob Berger, dit-il. C'est lui qui m'a donné votre nom.

– Salut.

– Jacob m'a dit que vous êtes entomologiste...

– C'est exact. On peut se tutoyer, Victor?

Élaine Segato a un ton franc, volontaire, direct. Une fille pas compliquée, si Lessard se fie à ce qu'il perçoit dans sa voix.

– Absolument. Écoute, j'aurais besoin de tes lumières dans le cadre d'une enquête. Pourrais-tu m'accorder une heure?

– Maintenant, au téléphone?

– Non, j'aurais préféré qu'on se rencontre. Ce serait plus facile. Es-tu à Montréal?

– Oui, sur le Plateau. Demain matin, ça t'irait? J'ai un rendez-vous à 11 h, mais on pourrait déjeuner ensemble avant, rue Mont-Royal. Disons, au Café El Dorado. Tu connais?

– Oui, oui, c'est bon. Huit heures, ça te va?

– Wow! fait Élaine en éclatant de rire. On se lève tôt dans la police... Huit heures, c'est le milieu de ma nuit. Disons 9 h, OK?

– OK. Comment on va se reconnaître?

– (Nouvel éclat de rire.) Tu n'auras qu'à chercher la fille la plus grano de la place, ce sera moi.

– Parfait! Merci, Élaine.

– Pas de quoi. Salut.

Lessard flâne quelques instants au salon, passe quelques minutes à ranger des papiers et de menus objets.

Il revient à la cuisine, finit le thon et s'enfile une banane distraitement.

Depuis qu'il est traité pour un problème de reflux gastro-œsophagien, il porte un soin jaloux à ce qu'il ingère et suit à la lettre les recommandations de la nutritionniste qu'il a rencontrée.

Exit le jus d'orange, les tomates, les agrumes, le chocolat et les aliments gras. L'alcool, ça fait déjà plusieurs années qu'il n'en consomme plus. Si bien qu'il a espacé ses visites aux AA, qui se réduisent maintenant à quelques séances par année.

Ne lui reste désormais qu'à couper la cigarette pour être un parfait gentil garçon.

Mais, ça, c'est une autre histoire, la cigarette est son côté voyou, une béquille psychologique qu'il estime lui tenir lieu d'antidépresseurs.

Il attrape son paquet et s'en allume une avant de torturer les touches de son mobile avec ses gros doigts malhabiles.

– Salut, c'est Lessard. Parlé à Fernandez?

– Non, pas encore, répond Pearson.

– Comment ça, pas encore?! On est en plein milieu d'une enquête, pas au Club Med!

– Je sais bien, Vic. Ça me surprend aussi.

– As-tu son numéro à la maison?

– Pas ici, mais je peux demander à Garneau de me le donner.

– Essaie de la joindre, Chris. Il faut absolument que je lui parle.

– À ce propos, je viens de croiser Tanguay qui m'a dit la même chose à ton sujet.

– Pas maintenant. Dis-lui que tu n'es pas capable de me joindre.

– C'est déjà fait.

– Merci. Du nouveau de ton côté?

– Rien.

– Et Sirois?

– Rien non plus.

– Au fait, je suis passé à la maison sur Bessborough, tantôt. Je ne vous ai pas vus...

– Comme on tournait en rond, j'ai suggéré à Sirois de revenir au poste pour qu'on s'attaque au rapport, histoire de prendre un peu d'avance. C'est ce que tu aurais voulu qu'on fasse, non?

– C'est parfait. Merci, Chris. J'ai encore quelques trucs à vérifier et j'arrive.

Il coupe la communication.

Lessard commence à sérieusement s'inquiéter de la disparition de Fernandez.

Depuis qu'il a perdu deux de ses hommes quelques années auparavant, alors qu'il était à la Section des crimes majeurs, il redoute souvent le pire. Lorsqu'une situation inhabituelle se présente, il devient vite paranoïaque.

Les agents Picard et Gosselin ont été torturés et assassinés froidement sous ses yeux, par des membres des Red Blood Spillers, un gang de rue sanguinaire qui sème la terreur et la mort dans les rues de Montréal-Nord. Quatre brutes défoncées au *crystal meth* les avaient surpris et désarmés au cours d'une opération de surveillance qui ne devait être qu'une simple formalité, un banal exercice de routine.

Les mains entravées dans le dos par ses propres menottes, le canon d'un Beretta enfoncé dans la gorge, Lessard a été forcé de regarder Picard se faire brûler les yeux à l'acide et ouvrir le crâne à coups de batte de baseball.

La mort de Gosselin a quant à elle été une lente agonie. L'un des types lui a amputé une jambe à froid, en la sciant en haut du genou avec une égoïne, tandis que deux autres le plaquaient au sol.

Lessard a failli y rester, lui aussi.

Il ne doit la vie qu'au courage et au sang-froid de sa coéquipière de l'époque et ex-meilleure amie, Jacinthe Taillon.

Celle que ses collègues surnomment, à son insu, mais avec affection, la «grosse Taillon», était sortie acheter des cafés, quand les tueurs ont fait irruption dans l'appartement de l'immeuble désaffecté où Lessard et ses hommes étaient planqués depuis quelques jours. Alertée par les cris de

Gosselin, elle est retournée à la voiture banalisée chercher des armes. Surgissant de nulle part, elle a fait le ménage en tirant dans le tas avec un 12 à pompe.

L'homme qui plantait le canon de son arme dans la bouche de Lessard a eu la main littéralement sectionnée par la chevrotine tirée à bout portant.

Taillon a fini la sale besogne sans compassion, dessinant avec son Glock un troisième œil au centre du front de chacun des quatre caïds.

Agonisant, Gosselin a gémi comme une chèvre qu'on égorge, avant de mourir au bout de son sang dans les bras de Lessard, au moment même où arrivait l'ambulance.

Deux morts bêtes, inutiles et gratuites, uniquement justifiées par le désir qu'avaient les Red Blood Spillers de montrer de quoi ils étaient capables, afin d'être reconnus comme des joueurs sérieux dans la guerre sans merci qu'ils livraient à différents gangs pour le contrôle du trafic de drogue, sur le territoire montréalais.

Un *statement*.

Et, chaque jour, pendant des mois, sa propre impuissance qui remontait à la surface. Ce soir-là, même s'il l'avait voulu, Lessard n'aurait rien pu faire d'autre que de se faire tuer, lui aussi.

Mais c'est là que le drame s'est joué.

Il n'a rien tenté et se le reprochera toujours.

Il a reçu un blâme pour «les carences dans le respect des normes de sécurité qui auraient dû êtres mises en place pour la mission», dixit l'état-major. C'était du vent, il n'avait commis aucune faute. Il le savait, la brigade entière le savait et l'état-major aussi, mais quelqu'un devait partir en disgrâce et porter le chapeau de la honte pour que le système continue de fonctionner. Lessard ne s'est pas battu, personne ne peut gagner contre le système. Il a rentré la tête dans les épaules et accepté le fardeau qu'on lui tendait. Tant qu'à casquer, il a sciemment menti quant à la provenance des quatre balles qui avaient achevé les gangsters. Il n'a jamais su si Taillon lui en était reconnaissante, car elle ne lui a pas pardonné la mort de leurs deux confrères. En fait, elle ne lui a plus adressé la parole.

Quoi qu'il en soit, il a considéré ce geste comme nécessaire, sa contribution à ce gâchis innommable.

Les cinq « D » avaient suivi : destitution, dépression, divorce, déchéance et… *drinking*.

A lot of drinking!

Les yeux remplis d'effroi de Picard et de Gosselin, leurs cris inhumains, des cris à vous glacer le sang, hantent encore régulièrement les nuits de Lessard. L'image des corps sans vie de ses deux collègues a rejoint celle de sa mère et de ses frères dans sa galerie de fantômes. Depuis, les visages exsangues de l'agent Nguyen et d'Ariane sont venus s'y ajouter.

Lessard se secoue pour chasser ses idées noires.

Il regarde sa montre, consulte sa boîte vocale.

Aucun nouveau message.

Et s'il était arrivé quelque chose à Fernandez? Il ne se le pardonnerait pas.

– Nadja, c'est encore Victor. Qu'est-ce qui se passe? Rappelle-moi, je suis inquiet.

En se glissant sous la douche, il décide que, si Fernandez ne donne pas signe de vie dans la prochaine heure, il ira à son appartement voir de quoi il retourne. Goutte à goutte, l'eau chaude darde sa peau d'une chaleur apaisante, l'emporte vers un ailleurs où ses turpitudes se dissolvent en vapeur humide.

Avec la dernière serviette de la pile – il devra penser à faire le lavage –, il s'essuie en vitesse, omettant le dos, comme toujours, s'éponge les cheveux, applique quelques traits de déodorant sous chaque aisselle et se brosse les dents.

En enfilant ses sous-vêtements, il se souvient que son mobile est resté au salon.

Fernandez l'a-t-elle appelé?

Son cœur ne fait qu'un tour quand il entre dans la pièce.

Brutale, la peur le dévore de nouveau.

Son frère Raymond est assis sur le canapé, le regard chargé de reproches, des veines bleutées courant sous la peau diaphane de son visage.

– Tu m'as laissé tomber, Victor Lessard.

Figé sur place, incapable de faire un pas de plus, le sergent-détective se frotte les paupières pour chasser l'apparition.

– Et maintenant, tu m'as oublié, Victor.

Il est hors de question qu'il en croie ses yeux et ses oreilles!

– Non, murmure-t-il néanmoins du bout des lèvres, en hochant la tête.

– Et maintenant, tu m'as oublié, Victor.

Lessard sait qu'il est victime de son imagination, mais le fantôme est si réel.

– Laisse-moi tranquille, se surprend-il à répondre.

– Tu aurais dû rentrer avec moi, Victor.

– Laisse-moi tranquille, Raymond. Va-t'en!

– Tu m'as laissé tomber, Victor. Tout est de ta faute!

– Laisse-moi tranquille, Raymond. Va-t'en! hurle-t-il.

Il ferme les yeux.

Cette affaire me pousse à bout. Mon esprit me joue de mauvais tours.

Quand il les rouvre, la vision s'est estompée.

Lessard boit un autre verre d'eau, puis, désorienté, retourne dans la chambre.

Sous le lit, il saisit une vieille boîte à chaussures et s'assoit sur la couette, brisant l'équilibre parfait entre les oreillers et la ribambelle de coussins. C'est qu'au début de sa relation avec Véronique, avant que tout ne dérape, avant que Martin ne vienne vivre chez lui et lui chez elle, au début de leur histoire donc, il avait eu honte de lui montrer son appartement, qui n'était même pas un simulacre de studio d'étudiant. Quand elle y était entrée la première fois, Véronique en était ressortie livide et l'avait aussitôt conduit chez Ikea. Quelques milliers de dollars plus tard, il possédait un nouveau sofa-lit pour le salon, des coussins, des draps et une couette assortis pour la chambre, des stores aux fenêtres, une batterie de cuisine et tout ce qu'il faut pour donner l'impression d'être quelqu'un dans la vie.

L'ennui, c'est que lorsque Véronique n'était pas là et qu'il couchait seul à l'appartement, il était incapable de refaire le lit correctement, ce qu'elle ne manquait jamais de lui faire remarquer. Aussi, pour éviter le problème, avait-il pris l'habitude de passer ses nuits dans le vieux *Lazy Boy* qu'il avait sauvé *in extremis* des ordures, malgré les protestations de Véronique et la garniture affleurant par les trous dans le faux cuir.

Depuis leur rupture, il n'a pas redormi dans le lit.

Lessard fouille dans la boîte un instant et étale des coupures de journaux jaunies sur la couette, toutes datées de 1976.

Il regarde les titres d'un air sinistre :

Horreur dans Hochelaga-Maisonneuve

Un homme tue sa femme, ses enfants et se suicide

Un garçon de 12 ans échappe par miracle à un drame familial

Les larmes roulent sur ses joues, s'écrasent sur ses cuisses.

Il fait table rase avec rage, les articles de journaux s'éparpillent sur le sol. Après s'être calmé, il en ramasse une plus récente. Il s'agit d'une page de rubrique nécrologique, datée de 2001 et où figure, en noir et blanc, la dernière photo de Raymond. Prise deux semaines avant le jour fatidique, il y est vêtu du short et du gilet rayé qu'il portait le jour de sa mort :

Déjà 25 ans.
Je ne t'ai jamais oublié.
Ton frère...
Victor.

La sonnerie de son mobile retentit.

L'appel le tire avec vigueur de sa rêverie, l'oblige à quitter ses chimères.

Fernandez !?

Il répond sans consulter son afficheur.

– Lessard? Tanguay à l'appareil. Alors, c'est pour quand, ce rapport?

– On y travaille présentement, commandant, articule-t-il d'une voix un brin empâtée, mais honnêtement ce ne sera pas prêt ce soir, même si on y passe toute la nuit. Tout le monde est fatig…

– OK, ça va, Lessard, ça va. Épargnez-moi vos jérémiades. Demain, sans faute!

– Oui, monsieur.

– J'ai votre parole?

– Oui.

Ma parole? Mon cul!

En roulant dans Côte-Saint-Luc pour se rendre chez Fernandez, Lessard songe aux vidéocassettes.

Pour lui, les scènes de sexe sont anecdotiques, elles ne changent rien au portrait de la situation. Que les Cook aient eu une sexualité déviante et qu'ils aient filmé leurs galipettes ne l'avance guère. Tout au plus pourrait-on penser que, prenant une place si importante dans leur quotidien, leur sexualité aurait pu être un motif d'affrontement, se trouver au cœur d'un conflit entre eux. Tirer la conclusion inverse est aussi possible: ils semblaient si complices sexuellement qu'il serait étonnant que leurs ébats soient la pomme de discorde permettant d'expliquer l'effroyable carnage qui les a gommés de la surface du globe.

Lessard active les essuie-glaces.

Encore cette pluie qui tombe.

Quelques scènes lui reviennent en mémoire, en vrac.

L'espace d'une seconde, il a l'impression que quelque chose va en émerger, mais le souvenir n'est pas assez précis pour qu'il en retrouve le fil.

Il gare sa voiture devant l'immeuble de Fernandez, qui ne répond toujours pas au téléphone et qui ne l'a pas rappelé.

Au moment où il lève la main pour frapper à la porte, il se rend compte que celle-ci est entrebâillée. Il dégaine son pistolet et s'avance prudemment dans la cuisine.

Son rythme cardiaque s'accélère.

Il tend l'oreille, à l'affût du moindre bruit suspect.

– Fernandez? Fernandez???

Une voix dans son dos le fait bondir.

– Salut, Vic. Holà, qu'est-ce qui se passe?! Rengaine ton attirail.

Fernandez, qui était dehors, rentre à son tour dans l'appartement. Les cheveux en bataille, elle porte une camisole moulante et des leggings.

– Qu'est-ce...?! La porte était ouverte..., bredouille Lessard.

Fernandez le regarde d'un air amusé.

– Oui, je sais, je viens de sortir les poubelles et, là, j'allais sortir le recyclage...

– Qu'est-ce qui se passe, Nadja? Je m'inquiétais à ton sujet... Ça fait des heures que j'essaie de te joindre.

– Je sais, je viens juste de prendre tes messages. Rassure-toi, tout va bien, c'est juste que...

Cela suffit à Lessard.

Ses préoccupations ont disparu à la seconde où il a réalisé que Fernandez n'était pas en danger. Privé depuis trop longtemps de l'oreille de sa collaboratrice, les vannes s'ouvrent.

– Attends! Il faut absolument que je te parle de l'enquête. J'ai assez d'éléments nouveaux pour convaincre Tanguay de mettre la pédale douce avant qu'on éclaircisse les circonstances de l'affaire.

– Victor, je...

– Après! Dans la cour des Cook, figure-toi donc que mon regard a croisé celui d'un voisin, un petit garçon qui...

– *What's up, baby?*

Un homme se pointe dans le corridor, en caleçon. Sud-Américain, un gaillard bien bâti, milieu de la trentaine, beau garçon.

Lessard fusille Fernandez du regard.

– Tu es occupée, à ce que je vois…

Embarrassée, la jeune femme devient écarlate.

– Victor, je te présente Miguel Serrano Fuentes, Miguel, voici mon mentor et mon ami, Victor Lessard…

Le visage de Miguel s'illumine.

– Ah! Salut, Victor. Ferdie m'a beaucoup parlé de toi, dit le bellâtre avec un accent espagnol, tendant une main qui reste suspendue dans l'air.

Le sergent-détective se rembrunit, bredouille quelques mots sans suite logique. Sa collègue se tord les doigts, mal à l'aise.

– Et moi qui m'inquiétais! Ben, bravo! Tu m'appelleras quand tu seras en état de travailler, *Ferdie*, crache-t-il, appuyant sur le surnom d'un ton caustique.

Il sort en trombe, mais revient sur ses pas et passe le torse par l'entrebâillement.

– Ah oui! j'allais oublier: bonne baise, *Ferdie*, lance-t-il à une Fernandez médusée.

11.

Laila se brosse les dents à s'en faire saigner les gencives. Razor est un porc et un sadique, il la dégoûte mais, au moins, il n'a pas entaillé son visage.

Le tremblement de ses mains a cessé.

Elle a pleuré quelques secondes, des larmes de colère, mais ce qui est fait est fait.

Et, comme elle a l'habitude de se le répéter dans les moments de cafard :

Je mourrai à cent ans, à Milan.

Mélanie Fleury entre sans frapper et se catapulte au centre de la pièce.

– Salut ! Comment ça va ?

– Bof…

La jeune fille raconte à son amie ce qui vient de se passer. Mélanie fulmine, vocifère, puis serre Laila dans ses bras. Quand cette dernière lui a assuré qu'elle n'avait rien, elle enclenche le mode action : elle propose de téléphoner à Nigel, leur souteneur, afin qu'il prenne la situation en charge.

– Non, Nigel va être fâché parce que j'ai acheté de la dope à quelqu'un d'autre que lui, avance Laila.

– Tu es une de ses filles, il va t'appuyer. Mais pourquoi t'as acheté de l'héro de Razor ? À quoi as-tu pensé ?

– J'ai été conne. Ça s'est passé un soir où je n'arrivais pas à joindre Nigel, il y a quelques mois. J'étais en manque Blythe m'a donné son numéro. Au début il était gentil, il me faisait crédit. Alors, j'ai continué avec lui. Puis il a commencé à me menacer. Aujourd'hui, c'était la première fois qu'il me forçait à lui faire des trucs.

– Tu lui dois combien?

– Deux mille. Je lui ai déjà remboursé cinq cents. La désintox m'a coûté cher. Je viens juste de finir de payer.

Mélanie fait la grimace.

– Si tu m'avais écoutée aussi! Je t'avais dit de ne pas toucher à ça!

Laila baisse la tête.

– Je sais.

– Je peux te prêter cinq cents. Ça devrait le tenir tranquille pendant quelque temps.

– Merci, t'es super fine!

– Tu devrais parler à Nigel quand même. Il peut peut-être te passer le reste. C'est pas un fou comme Razor.

– T'as raison. Je vais le faire.

– Et fais-moi une promesse…

– Laquelle?

– Confie-toi à moi quand tu as des problèmes, au lieu de faire semblant que ça n'existe pas, de penser que ça va se régler tout seul.

L'allusion au secret que lui dissimule Laila est claire.

Les yeux de cette dernière s'embrouillent.

– Promis.

Mélanie serre son amie dans ses bras. Elles s'embrassent, leurs langues s'emmêlent.

– Bon! Es-tu prête? lance Mélanie.

– Oui. Allons-y.

Les deux jeunes femmes se déshabillent dans la chambre. Mélanie s'installe sur le lit pendant que Laila active la caméra.

Leur duo est un des plus populaires sur le site Web où sont diffusés leurs ébats. Les usagers du site peuvent communiquer leurs demandes aux deux jeunes femmes au moyen d'un service de messagerie instantanée. Les commentaires s'affichent sur un écran fixé au mur.

– Trois, deux, un… Silence, on tourne! dit Laila pour niaiser, avant de rejoindre Mélanie sur le lit.

Laila (alias Jennifer) embrasse Mélanie (alias Cindy) dans le cou, tandis que celle-ci lui caresse les seins. En quelques secondes, les commentaires pullulent à l'écran.

COX44: *Good girls! Grab those big tities, Cindy.*

MASTER_BATOR: *Go down on her, Cindy.*

VINCEINROMA: *Yeah. Would luv to see you tongue her, bb.*

Laila se couche sur le lit, les jambes entrouvertes de façon à ce que la caméra puisse bien cadrer son sexe. Mélanie dépose des baisers sur l'intérieur de ses cuisses et remonte vers sa chatte.

JETERSON: *U got the hottest bod I seen in a while, Jen.*

HORNY_PRIEST: Je t'ai croisée aujourd'hui, Laila. Dans la rue Berri.

MADMAX: *Yeah, nice. Open her lips.*

Du coin de l'œil, Mélanie suit les conversations à l'écran. Elle regarde Laila, interloquée.

– T'as vu le commentaire en français? murmure-t-elle.

– Continue. Je t'expliquerai, répond Laila.

COX44: *Good job, Cindy. Give her the business.*

MASTER_BATOR: *Lick her good now.*

HORNY_PRIEST: Tu portais un imperméable jaune, Laila.

VINCEINROMA: *Finger her! Finger her!*

COX44: *Yeah! Way to go, girls!*

JETERSON: *Do a 69, girls. Please:-)*

HORNY_PRIEST: TU ES BEEELLLE, LAAAAAIIIIIIILLLLLAAA.

• • •

François Cordeau gare la Lexus noire dans la rue Saint-André, paye le parcomètre avec sa carte de crédit et entre au Nautilus Plus du Village gai, dont la longue façade vitrée donne, en contrebas, sur la rue Sainte-Catherine Est.

Il aime bien flâner dans le Village, un espace de vie festif, bigarré et *hip*.

Pour avoir voyagé à l'étranger, Cordeau estime que Montréal figure en tête de liste des endroits où les gais peuvent vivre et s'afficher librement. Plus jeune, il a participé à plusieurs reprises au défilé de la fierté gaie, mais ses fonctions actuelles ne lui permettent plus de s'exhiber ainsi.

Au vestiaire, il troque son jean et sa chemise pour un short et un t-shirt, enfile ses espadrilles en vitesse : il ne veut pas être en retard à son rendez-vous avec Jérôme, son entraîneur personnel.

Un dernier coup d'œil au miroir le contente : il ressemble davantage à un jeune professionnel intello et branché qu'à un séminariste.

À la sortie du vestiaire, il se faufile entre les appareils de musculation, cherche Jérôme du regard. Avant même qu'il n'ait le temps de réaliser que ce dernier n'est pas dans la salle, un colosse, en survêtement de Nautilus Plus, s'avance vers lui. Cordeau tressaille : l'inconnu est d'une beauté à couper le souffle.

– François ? demande le nouveau venu, avec un sourire à désarmer une milice.

– Oui, c'est moi.

– Bonjour, je m'appelle Vincenzo, dit l'homme en lui tendant la main. Jérôme est malade aujourd'hui. C'est moi qui le remplace. J'espère que ça ne vous pose pas de problème.

Cordeau s'incline devant tant de bonne fortune.

Jérôme est séduisant, mais Vincenzo est carrément *hot*… Ni plus ni moins qu'un apollon !

– Enchanté, répond François en serrant la main tendue. Ça ne pose aucun problème.

• • •

Une autre séance terminée.

La routine, quoi !

Laila et Mélanie grillent une cigarette dans la cuisine ; la fumée plane en suspension sous la lumière crue du néon qui fait office de plafonnier. La première a passé un t-shirt ; la seconde est encore nue.

– Je t'ai fait jouir ou tu simulais ? lance Mélanie.

– Tu m'as fait jouir. C'était vraiment bon.

– Tant mieux ! (Mélanie tire une taffe.) C'est qui le gars qui t'écrit des messages en français ? Tu le connais ?

– Non, je sais pas c'est qui, mais il a écrit quelques messages similaires cette semaine, quand j'étais seule en ligne.

– C'est peut-être un malade. T'en as parlé à Nigel ?

– Non. Tu crois que je devrais ?

– Oui… Ça t'inquiète ?

– Pas vraiment. Il n'a rien dit d'offensant ou de menaçant… Je me dis que c'est sûrement quelqu'un que je connais, mais qui n'ose pas s'afficher.

– David, par exemple ?

– Il ne ferait jamais une chose pareille.

– Tu le défends tellement ! T'es amoureuse ?!

– Tellement pas !

– Laila François, sois honnête ! Avoue qu'il te travaille.

La jeune Mulâtre se tortille sur sa chaise.

– Bon ! OK, j'avoue qu'il me plaît. Mais ça ne marchera jamais !

– Pourquoi ?

– Il est trop gêné, trop bizarre.

– Pourquoi tu le trouves bizarre ?

– J'ai beau essayer de l'allumer, il ne me touche pas !

– Ah ! ah ! je comprends pourquoi il t'intéresse à ce point ! Un homme qui te résiste !

– N'importe quoi !

Laila balance le carton d'allumettes à son amie, qui ne cesse de répéter d'une voix suggestive : « Oh, ouiiii ! Daviiiiid, fais-moi jouiiiir ! »

– Tellement conne !

Elles éclatent de rire, un rire musical qui vient de l'âme, comme seuls les simples d'esprit ou les insouciants en sont capables.

• • •

Avant de grimper l'escalier de métal, François Cordeau a un dernier doute.

Va-t-il se dégonfler?

Mais non! Charles Millot ne le saura jamais.

Et puis, même s'il l'apprenait, Charles n'a jamais exigé l'exclusivité.

François ne veut pas le décevoir, il éprouve de réels sentiments pour lui, mais «l'amour et le sexe sont deux sociétés distinctes», comme se plaisait à le dire un politicien bien connu, avec qui il avait entretenu une brève relation dans une vie antérieure.

Vincenzo le précède sur les marches et déverrouille la porte de son loft, situé à deux pas du gym, rue Amherst.

Belles fesses, s'extasie Cordeau.

L'intérieur est blanc, dépouillé et ultramoderne.

Trois fauteuils Le Corbusier et une *lounge chair* d'Eames, icône du design des années 1960, constituent les principaux éléments décoratifs de la pièce.

– Je te sers à boire? demande Vincenzo en se dirigeant vers la cuisine.

Cordeau entend le tintement des verres.

– Un scotch? Avec des glaçons?

– Volontiers, répond Cordeau qui, à la fenêtre, admire la vue. Chouette appartement!

– Oui, merci, dit Vincenzo en lui tendant le verre. La chambre est au fond. Va te mettre à l'aise, j'arrive.

Cordeau obtempère.

La chambre s'harmonise au reste: lit blanc, plancher de bois noir, décor minimaliste.

Dans la salle de bains attenante, le jeune homme se dévêtit en se regardant devant le miroir, gonfle ses muscles, sourit, satisfait de ce qu'il voit.

Armé de son slip, il prend une gorgée de scotch, flâne dans la pièce.

Pas de photos, pas d'objets personnels. Une déco à la fois très chic et très sobre.

Son mobile vibre sur la commode où il l'a posé.

Sur l'afficheur, Cordeau reconnaît le numéro de Virginie Tousignant, une amie journaliste, qui le rappelle. Millot et lui collaborent avec la jeune femme lorsqu'ils veulent qu'une information sorte dans les journaux sans qu'ils soient cités comme source. Cette fois, il a pris cette initiative à l'insu de Charles Millot. Il pressent qu'il deviendra nécessaire, afin de protéger leurs intérêts, de laisser couler de l'information concernant les événements de la rue Bessborough. Il veut avertir Virginie, l'inviter à se tenir prête.

À son arrivée, Vincenzo tamise la lumière et allume une chaine stéréo que Cordeau n'avait pas remarquée.

– *Cool*! J'adore Portishead! s'exclame le prêtre, dès les premières notes de *Wandering Stars*. (Il constate que Vincenzo n'a pas de verre.) Tu ne bois pas?

– Non, j'ai un peu abusé ce week-end, dit l'autre avec un clin d'œil juvénile. Allonge-toi, j'arrive, continue-t-il en promenant l'index sur la nuque de Cordeau, qui en frissonne.

Vincenzo s'éclipse dans la salle de bains.

Cordeau défait la couette et s'étend sur le dos. Le slip baissé, il commence à se masturber.

Lorsque Vincenzo réapparaît, torse nu, la queue de Cordeau durcit encore davantage.

Vincenzo Moreno s'assoit à califourchon sur Cordeau, lui caresse doucement les couilles de la main gauche. Dans la droite, il tient une fine tige métallique, d'une trentaine de centimètres de longueur, au bout acéré.

– Qu'est-ce que c'est? demande Cordeau, qui frémit de plaisir.

– Attends, tu vas voir.

Vincenzo ferme les yeux, comme s'il tentait de se concentrer.

Cordeau sourit. Que fait-il?

D'un geste vif et maîtrisé, Vincenzo plante la tige au centre du cœur de Cordeau.

Ce dernier n'a même pas le temps d'avoir peur : l'hémorragie interne est fulgurante ; la mort, instantanée.

Moreno abaisse les paupières du cadavre, se signe et récite une prière en italien, agenouillé à côté du lit. Il se met ensuite à l'œuvre.

Il faut disposer du corps de Cordeau.

12.

Montréal
7 mai

Lessard se réveille. Il a dormi tout habillé dans son vieux fauteuil et rêvé d'épouses en couches, de femmes à tête d'avorteuse, de ténèbres et d'oiseaux acrobates rasant la cime des arbres.

Dans la salle de bains, il enfourne deux cachets d'acétaminophène, une pilule contre le reflux qu'il doit avaler deux fois par jour, un comprimé pour réguler sa pression sanguine, celui-là, il doit le prendre chaque matin, et une gélule d'oméga-3, censée stabiliser l'humeur. Il fait passer le tout avec une gorgée d'eau, prise à même le verre à dents, maculé de taches de dentifrice.

L'image que lui renvoie le miroir n'est guère réjouissante : il a un teint d'albinos, une sale tête, celle des mauvais jours, au-dessus de laquelle flotte en permanence un nuage gris.

Il se traîne jusqu'à sa chambre où il enfile un t-shirt, devenu trop grand depuis qu'il a maigri, s'en rend compte en passant devant le miroir du couloir et rebrousse chemin en soupirant.

Méchant début de journée, pense-t-il en cherchant un autre chandail dans les tiroirs de sa commode ébréchée.

Pourquoi a-t-il réagi si violemment la veille?

A-t-il toujours tenu pour acquis que Fernandez serait disponible pour lui?

Pourquoi, tout à coup, cela lui fait-il si mal qu'elle voie quelqu'un?

À moins qu'il ne se trompe, elle ne semblait pas indifférente avant que cette relation avec Véronique lui tombe dessus sans crier gare. Depuis sa rupture, c'est lui qui voit sa collègue d'un œil nouveau, c'est dans son ventre que la petite boule se forme mais, par gêne et par peur du rejet, il a remis de jour en jour le moment de passer à l'attaque.

A-t-il trop attendu? Est-ce que Fernandez est engagée dans une relation sérieuse?

Est-ce que la main du destin lui envoie une autre paire de claques au visage?

Seul dans le silence oppressant de la cuisine, Lessard boit une tasse d'eau chaude. Il se sent glisser doucement: l'obscurité l'avale, les ténèbres lui ouvrent les bras de nouveau. Pleurant sans raison, la tête perdue dans un brouillard opaque, les idées couvertes de vert-de-gris et les souvenirs gisant dans la poussière, il a conscience de vivre en lisière du monde, un univers enfoui dans un autre.

Il reconnaît les signes.

Il n'a pas envie de sombrer encore une fois dans la dépression.

Qu'a-t-il fait en partant de chez Fernandez?

Ses souvenirs sont vagues.

Après avoir roulé sans but particulier, sans trop savoir où aller, il a marché au hasard. Il se souvient de la rue Sainte-Catherine, de s'être arrêté devant un écran et d'avoir regardé, sur le trottoir, la retransmission d'un match de hockey des séries éliminatoires.

Il consulte son mobile pour la première fois de la matinée.

Fernandez l'a appelé trois fois depuis la veille. Elle a laissé des messages. Il sait qu'il va devoir s'excuser, mais n'en a pas le cœur pour l'instant.

Il repousse le moment.

Un vieux souvenir lui revient, qui date d'avant la naissance de Charlotte.

C'est une belle journée d'automne. Marie dort. Martin et lui s'habillent sans bruit. Il prend le petit dans ses bras pour descendre les escaliers. Ils se rendent au parc où ils font voler un cerf-volant rouge, dans le ciel azuré. Le sourire sur les lèvres de l'enfant, la joie authentique dans ses yeux, ses regrets à lui de n'avoir pas su reconnaître ces instants comme des trésors arrachés au temps, étourdi qu'il était par le tourbillon des heures.

Ses pleurs dévorent le silence.

Il retrouve une tablette d'antidépresseurs dans la pharmacie, vérifie la date de péremption, se dit que le pire qui peut arriver, c'est que ça ne marche pas. De toute manière, il sait qu'il faut au moins six semaines de traitement avant de commencer à en ressentir les bienfaits. Il compte aussi un peu sur l'effet placebo. La capsule blanche descend dans son œsophage, portée par une gorgée d'eau. Dans l'attente des réactions chimiques escomptées, elle ira tenir compagnie au cocktail qu'il a ingurgité précédemment.

Lessard repère la façade de céramique du Café El Dorado.

Se bottant le cul pour s'accrocher un semblant de sourire au visage, il entre et jette un coup d'œil sur la longue banquette de cuir défraichi, promène son regard sur les tables plantées près des murs pourpres.

«La fille la plus grano de la place», a mentionné Élaine Segato.

Qu'est-ce que ça veut dire au juste?!

Il y a une mère de famille avec deux enfants d'âge préscolaire, une gang de filles qui s'excitent à propos de leur dernier statut Facebook et d'autres figures anonymes affairées à enfourner leur pain quotidien. Son tour d'horizon s'arrête près du bar, au fin fond de la salle, sur une grande fille sans maquillage, les cheveux emmêlés en dreadlocks dignes d'un rasta, vêtue d'une robe informe à motifs africains et chaussée d'escarpins rouges.

Simple coquetterie ou geste politique, les chaussures?

Lessard s'approche timidement, avec les mêmes précautions que s'il essayait d'attirer un écureuil avec des arachides. Absorbée par la lecture d'un livre qu'il ne connaît pas,

Cent ans de solitude, de Gabriel Garcia-Marquez, la belle est immobile.

La belle? Tout à fait!

Sous la tignasse et l'accoutrement bigarré se cache le visage le plus adorable qu'il ait vu depuis longtemps. Est-ce que ça ressemble à ça, la fille la plus grano de la place?

On verra bien.

– Élaine?

Il encaisse le choc: deux billes vert émeraude se posent sur lui, un regard perçant, une présence magnétique. Il n'est soudain plus qu'un homme, un mammifère lâché dans la nature, une créature issue de millions d'années d'évolution, mais dont le cerveau reptilien demeure dominant.

– Victor? Ah! Salut.

On se serre la main, d'abord mal à l'aise. Lessard commande un déca à la serveuse, sa compagne l'imite. On fait un peu de *small talk*, «oui, j'habite dans le coin»; «je vais à l'Insectarium à vélo, été comme hiver»; «j'ai connu Jacob par des amis, nous sommes sortis ensemble quelques jours, il y a des siècles» et patati et patata. Éclats de rire mutuels. Petit à petit, on prend de l'assurance, la salive se fait plus rare, on communique.

Ah! Ces humains!

Cette fille a un rire cristallin qui fait tinter les verres et les assiettes autour d'eux. Au bout d'un certain temps, il se résigne à briser le charme et lui expose les grandes lignes de l'enquête en cours.

– Quand tu m'as appelée, j'ai pensé que vous aviez besoin de mon aide pour faire de la datation, mais j'ai parlé avec Jacob ce matin et il a déjà déterminé l'heure de la mort au thermomètre.

Pour avoir travaillé avec Lewis, Lessard sait que l'entomologie judiciaire s'intéresse généralement aux mouches et aux autres insectes qui, les uns après les autres, viennent se nourrir des cadavres en décomposition, parce que ce comportement permet de fixer avec précision le moment de la mort. S'il se souvient bien des explications que Lewis lui a données jadis, huit vagues d'insectes se succèdent sur une période de plusieurs années.

– Oui, c'est autour de 2 h du matin. Ce qui m'intéresse plus particulièrement, c'est de comprendre pourquoi il y avait autant de mouches et, surtout, pourquoi aussi tôt après la mort.

Après avoir pris soin de faire les mises en garde d'usage, il lui montre quelques copies des photos qu'il a demandé à Adams de lui remettre. Il y a des plans larges ainsi que des gros plans des mouches en vol et des mouches mortes tapissant le sol. Miss Segato ne regimbe pas à la vue des traînées de sang : elle ne semble pas avoir le cœur trop fragile.

– Tu as raison, il y a vraiment beaucoup de mouches, lance-t-elle sans hésiter. On dirait presque une infestation.

– On m'a expliqué que ça prend entre dix-huit et vingt-quatre heures, à peu près, avant que les mouches arrivent. C'est exact ?

– Dans une pièce fermée hermétiquement, ça peut prendre effectivement jusqu'à vingt-quatre heures, parfois plus. Mais ça peut parfois être plus rapide. Il suffit d'une fenêtre ouverte ou même de petites ouvertures. Tu sais, les maisons ne sont jamais complètement étanches. À l'air libre, c'est dans les minutes ou l'heure qui suit. Si tu as déjà une carcasse d'animal à proximité, ça peut être vraiment rapide.

– Dans notre cas, il y avait une fenêtre ouverte… Ça peut peut-être expliquer la quantité ?

Élaine Segato lui sourit comme à un enfant naïf.

– Pas vraiment. Je te fais rapidement un petit topo. Tu vas voir, c'est pas compliqué.

– OK, dit Lessard sans enthousiasme.

– Les mouches qui investissent les cadavres dans les vingt-quatre premières heures après la mort sont ultraspécialisées. Elles ont évolué pour être attirées sur des kilomètres par les odeurs de décomposition. Pourquoi ? Pour amener leurs œufs à maturité, les femelles ont besoin d'un apport de protéines qu'elles trouvent en aspirant les liquides qui se forment sur la chair des cadavres. De la même manière, elles y pondent leurs œufs pour que leur descendance puisse trouver la nourriture nécessaire à son développement. Je parle d'œufs mais, chez certaines espèces, l'œuf se développe dans l'utérus de la femelle et, lors de la ponte, c'est un petit asticot qu'elle libère. Tu me suis?

– Jusqu'à maintenant, c'est clair.

– Dans le cas d'une mort récente, tu devrais d'abord trouver des *Calliphoridae*. Certaines espèces appartenant à cette famille de mouches sont parmi les premières à se présenter au buffet. Tu sais, ce sont ces mouches qui ont un aspect métallique bleu ou vert. Tu peux aussi trouver des *Sarcophagidae*. Ces mouches-là sont grises, un peu plus grosses, avec des lignes sur le dos. On les appelle aussi souvent « mouches à damier ». (Elle lui montre les deux espèces sur une photo en gros plan que Lessard lui a remise.) Les *Sarcophagidae* arrivent après les *Calliphoridae* mais, comme je te disais tantôt, ce n'est pas une règle immuable. À titre indicatif, les *Sarcophagidae* pondent des larves et non pas des œufs.

– OK, fait Lessard, que la distinction n'émoustille pas.

– Tout le monde pense que les mouches sont nuisibles, mais elles agissent comme des nettoyeurs de l'environnement. En se nourrissant, les larves, qui sont équipées de pinces buccales, creusent des tunnels dans le corps pour favoriser le travail des bactéries. Le corps se décompose plus vite si les mouches sont là. Cela dit, je n'insiste pas, ajoute Élaine en riant, tu vas croire que je fais de la propagande pour les mouches!

Lessard aime bien cette fille. Elle est drôle, allumée et lui remonte le moral.

– Il y a certaines distinctions à faire entre les espèces, mais pour aller au plus simple, disons que, une fois qu'ils ont éclos, les œufs passent par trois stades larvaires qui ont, chacun, une durée précise, ce qui est très utile en datation. Pendant ces stades, les larves se gavent de nourriture. Après, elles quittent les carcasses et se transforment en pupes, c'est l'équivalent de la chrysalide chez le papillon. Je suis claire?

– Comme de l'eau de roche, confirme Lessard en prenant des notes dans son calepin.

– OK. C'est là que ça devient intéressant. Dans le cas des *Calliphoridae*, selon la température, le passage de l'œuf à la pupe peut prendre de cent cinquante à deux cent soixante-six heures. Donc, entre six et onze jours. Après, la larve quitte le corps et s'en éloigne. Une mouche adulte émergera de la pupe de sept à quatorze jours plus tard.

– Ça veut donc dire qu'une mouche se développe dans le laps de temps compris entre treize et vingt-cinq jours.

– Bravo, étudiant Lessard! Je colle une étoile dans ton cahier. (Lessard sourit de bon cœur. Cette fille est rafraîchissante.) Évidemment, ces chiffres sont des ordres de grandeur. En fonction de la température, le développement peut parfois être plus rapide, mais tu comprends maintenant pourquoi je te disais tout à l'heure que la fenêtre ouverte ne changeait rien? Tu as trop de mouches adultes dans la maison. Pour qu'elles proviennent de pontes qui auraient été faites sur les victimes, il aurait fallu que celles-ci soient mortes depuis beaucoup plus longtemps, pas depuis moins de vingt-quatre heures.

– C'est quoi alors, l'explication? Est-ce que quelqu'un aurait pu les capturer et les amener sur place?

– J'imagine que rien n'est impossible, mais ça prendrait une sacrée patience pour capturer une telle quantité de mouches. Sinon il faudrait que quelqu'un ait élevé des larves, les ait amenées à maturité et transportées sur les lieux. Mais il y a une autre hypothèse beaucoup plus simple.

– Laquelle?

– Il y avait peut-être déjà, depuis un certain temps, un autre corps, dans la maison ou à proximité, sur lequel les mouches étaient à l'œuvre. Pas nécessairement un corps humain. J'ai déjà vu un cas semblable dans une vieille église désaffectée où un grand nombre de chauves-souris étaient mortes. Comme elles ne manquaient pas de nourriture, les mouches s'étaient multipliées jusqu'à l'infestation.

– Au fait, combien de temps vivent les mouches? demande Lessard en continuant de noircir son calepin.

– Leur durée de vie?

– Oui.

– Ça dépend de l'espèce, bien sûr, mais, de manière générale, les mouches ont une durée de vie de vingt à trente jours.

Soudainement, les grands yeux verts d'Élaine s'emplissent d'eau et elle lui prend la main.

– Je ne sais pas comment tu peux faire un métier comme le tien, Victor. C'est horrible, ce qui est arrivé à cette femme et à ses enfants.

Pour sa part, Lessard fronce les sourcils. Inspecter la maison de nouveau ne lui sourit guère.

Pourrait-il y avoir un autre corps dissimulé?

Pas un autre mort!

Le sergent-détective quitte le Plateau-Mont-Royal et le Café El Dorado pour rejoindre Fernandez au Shaika Café, rue Sherbrooke, à NDG. Une véritable mise à l'épreuve pour quelqu'un qui a fait une croix sur la caféine.

Il a évité à dessein le poste 11, d'abord parce qu'il veut pouvoir lui parler à l'abri des oreilles indiscrètes puis, comme ils ont à discuter aussi de choses personnelles, il se sent plus à l'aise de le faire en privé, surtout que Tanguay, qui cherche désespérément son scalp, pourrait apparaître à n'importe quel moment.

Fernandez est attablée devant une fenêtre donnant sur l'ancien Cinéma V, seul édifice néoégyptien à Montréal, fermé en 1992 et laissé quasiment à l'abandon depuis. Lessard le sait parce qu'il a brièvement siégé au conseil d'un organisme sans but lucratif, qui essaie d'amasser le financement nécessaire pour convertir l'immeuble en un centre culturel d'envergure mais, les tentatives auprès des gouvernements provincial et fédéral étant restées vaines, le projet continue de stagner. Le policier a dû quitter son poste au conseil quand il a connu des problèmes de consommation d'alcool.

La jeune femme lui fait un signe de la main et un sourire, ce qui le rassure un peu, lui qui est convaincu de l'avoir vexée la veille par son comportement cavalier.

– Salut, Nadja.

– Salut.

– Excuse-moi pour hier. Je ne sais pas quelle mouche m'a piqué. Tu me pardonnes?

Elle sourit à nouveau.

– Sûr que je te pardonne. Mais tu ne m'as même pas laissé le temps de t'expliquer. Miguel est arrivé à l'improviste. C'est pour ça que…

– Nadja, tu n'as pas à te justifier. Tu as droit à ta vie privée. Je ne suis pas dans mon état normal, ces jours-ci.

Pendant un instant, Fernandez le regarde avec intensité, elle a envie d'ajouter que Miguel est son ex, que tout est fini entre eux, puis elle y renonce. Sans le savoir, Lessard vient encore de manquer une belle occasion de se taire. Il n'avait qu'à la laisser continuer sur son élan.

– Qu'est-ce qui se passe, Vic? dit Fernandez, pour briser le silence. C'est cette affaire qui te tracasse?

Pour une énième fois depuis le début de la journée, Lessard sent les larmes lui monter aux yeux, sans raison.

– En partie, oui. Écoute, il y a deux trucs qui clochent. J'ai interrogé un jeune garçon qui habite dans l'une des maisons voisines de celle des Cook.

Il lui explique les circonstances de sa visite chez Faizan, sa maladie, etc.

– À cause de la douleur, il fait de l'insomnie. Il affirme qu'il était à la fenêtre le soir des meurtres et qu'il a vu un prêtre tenant une hache à la main dans la cour arrière.

– Un prêtre? Cook s'était déguisé en prêtre?

– Non, selon lui, ce n'était pas Cook. En plus, il dit qu'il a vu un gros nuage de mouches par la fenêtre de la cuisine.

– Tu le crois?

– Oui. Comment pouvait-il savoir pour les mouches?

– Quel âge a-t-il?

– Sept ans.

– Tu disais qu'il a été opéré au cerveau…

– Je sais à quoi tu penses, mais je suis certain qu'il n'a pas imaginé tout ça. Il est constamment à la fenêtre parce qu'il ne peut pas sortir. Il t'a décrite en détail, pourtant tu es allée dans la cour moins souvent que moi.

Fernandez semble perplexe.

– Tu es sceptique. Je comprends. Mais il y a autre chose.

Il sort le billet de sa poche.

– J'ai trouvé ça dans la remise des Cook.

La jeune femme regarde le papier plus longtemps que nécessaire.

– Tu crois que c'est Cook qui l'a écrit?

– J'ai comparé l'écriture avec des rapports rédigés par Cook que j'ai trouvés dans la maison.

– Et?

– Je ne suis pas un expert en graphologie, mais je crois que c'est la même écriture.

– Bon. Et tu penses, à cause de ce papier, que ce n'est pas lui qui a commis les meurtres?

– Me semble que ça et le témoignage du petit, ça devrait au moins soulever un doute.

– Ce papier, il pourrait l'avoir mis là seulement pour brouiller les pistes, que sais-je, pour rétablir son honneur de façon posthume. L'autre possibilité, c'est que ça pourrait n'avoir aucun rapport avec le crime.

– D'après toi, c'est moi qui fais des liens où il n'y en a pas?

– Non, je ne dis pas ça. Le témoignage du petit m'intrigue. J'aimerais qu'on retourne l'interroger. Pour le billet, ça me semble plutôt mince. S'il y avait un lien avec les crimes, pourquoi l'aurait-il caché dans un endroit presque inaccessible de la remise?

– Je ne sais pas. Je ne sais plus…

Lessard se prend la tête. Cette affaire est au-dessus de ses forces. Il repense au mot épinglé au mur, dans la chambre des filles:

«*You're the best daddy in the world. Love you forever.*»

Il a soudain un coup de cafard terrible.

– Tu as honte de lui parler de moi, Victor?

Raymond est debout, derrière Fernandez ; la lumière ricoche sur le trou dans sa gorge.

Livide, Lessard essaie de se ressaisir, de retenir ses larmes.

– Ça ne va pas ?! Qu'est-ce qui se passe, Victor ? Tu n'es pas dans ton assiette depuis quelque temps. Parle-moi.

Fernandez comprend que quelque chose ne tourne pas rond chez son collègue.

Il y a d'abord eu sa réaction lors de la découverte des corps, ses sautes d'humeur, puis son départ précipité de la veille. Et l'allusion de Tanguay qu'elle n'a pas saisie, mais qui, elle le sait, a affecté Lessard au plus haut point. Elle le connaît assez pour savoir que quelque chose de profond, d'enfoui, lui fait mal, qu'une vague de fond l'entraîne.

– Tu as honte ! Tu as honte ! Tu m'as abandonné, Victor !

Sans qu'il puisse se raisonner, la voix de son frère le fait sortir de ses gonds.

– Non, je n'ai pas honte ! s'égosille-t-il en fixant Raymond. Laisse-moi tranquille !

Les conversations cessent, les yeux des autres clients convergent vers eux.

– Honte de quoi, Vic ?!

Cette fois, la façade se lézarde, il craque et éclate en sanglots, le visage enfoui dans les mains. Fernandez s'approche et le prend par le bras.

Ils sortent dans la rue, suivis par des regards gênés.

Toute chose n'est pas bonne à dire, mais au point où il en est, Lessard ne songe même pas à éviter que Fernandez le juge ou que son histoire fasse le tour du poste. Dès qu'ils sont assis dans la Corolla, les mots jaillissent, il vomit son désarroi en un flot ininterrompu.

Il pense un moment à lui parler de ses hallucinations, mais s'en abstient.

Maintenant que les larmes de Lessard ont cessé et que Fernandez a écouté, ahurie et horrifiée, le récit de la découverte de sa mère et de ses frères mutilés, le silence, ravageur, les enveloppe.

De retour sur la scène du crime, le sergent-détective demande à Doug Adams de vérifier s'il n'y a pas d'autre corps dans la maison. La réponse ne tarde pas à venir, négative. Pour sa part, il inspecte les environs et photographie, avec l'appareil numérique qu'il garde toujours dans sa voiture, les quelques carcasses d'animaux morts qu'il voit dans un rayon de cinq cents mètres de la maison. Il ne trouve rien de substantiel, hormis deux carcasses d'écureuils et une de chat.

Il faudra qu'il reparle à Élaine Segato pour avoir son avis.

Lessard fait le point avec les enquêteurs chargés de l'affaire.

Autour de la petite table en polypropylène du PCM où Sirois, Pearson, Garneau, Fernandez et lui s'entassent, l'atmosphère est tendue, électrique. Sans savoir qu'il a pleuré, sans comprendre pourquoi, les autres voient bien que Lessard a les yeux bouffis, les traits tirés et qu'il n'est pas dans son état normal.

Fernandez a voulu reporter la réunion, mais il s'y est opposé et lui a fait promettre de ne pas parler du papier découvert dans la remise et de Faizan avant qu'ils n'aient eu le temps d'interroger le garçon de nouveau. Elle n'était pas d'accord, mais elle a fini par céder pour ne pas le contrarier davantage, sachant désormais qu'il est dans un état de fragilité extrême.

Ils font encore une fois le tour de l'affaire. Garneau est chargée d'écrire le procès-verbal de la rencontre. Personne n'a déterré de nouveaux éléments. Ils repassent ensemble le projet de rapport rédigé par Pearson et Sirois. Lessard n'a rien à ajouter, ou presque ; il estime qu'ils ont fait du bon travail. Il suggère néanmoins quelques modifications, prises en note par Garneau. Il la regarde écrire par-dessus son épaule. De la main gauche, elle trace les lettres avec l'application d'une écolière qui commence un cahier neuf à la rentrée des classes.

Une des scènes qu'il a vues sur les cassettes vidéo trouvées chez les Cook lui revient en mémoire. Celle où l'on voit Elizabeth signer une carte avec son plâtre. Un éclair lui traverse l'esprit, une idée trouble, embrouillée, qu'il ne parvient pas à préciser.

Pourquoi repense-t-il à ça? L'image s'estompe sans qu'il ait réussi à en tirer quoi que ce soit.

La réunion est presque terminée. Le moment qu'il redoutait arrive :

– Avec ces modifications, le rapport te convient-il, Vic? demande Pearson. On peut le remettre à Tanguay?

Le sergent-détective se fige, désemparé. Soudain, il ne sait plus quoi répondre.

– Vic?

Fernandez est sur le point d'intervenir.

– C'est un très bon rapport, les gars, finit par dire Lessard. Faites-moi signe quand Garneau l'aura tapé au propre. J'aimerais le relire une dernière fois à tête reposée avant de le donner à Tanguay.

C'est une fille d'une dizaine d'années, très timide et déférente, qui vient leur ouvrir la porte. Une femme que Lessard ne connaît pas apparaît au fond de la cuisine. Le policier agite au-dessus de sa tête le cadeau qu'il a acheté au Kidlink, avenue Monkland.

– Bonjour, madame. C'est pour Faizan. Nous pourrions le voir un instant?

Le visage de la femme est dur, fermé, de longs cernes violacés ballonnent sous ses yeux, des larmes roulent sur ses joues duveteuses.

Elle se met à parler dans une langue que Lessard ne connaît pas.

Fernandez s'avance, prend la main de l'inconnue et lui répond dans la même langue, aux tonalités impénétrables et aux accents incompréhensibles. Au bout d'un moment, elle se tourne enfin vers son collègue, qui n'a fait qu'acte de présence jusqu'alors.

– C'est la tante de Faizan, elle garde sa grande sœur. Les parents de Faizan sont avec lui à l'hôpital. Il a eu des problèmes respiratoires.

Lessard est catastrophé, il se prend la tête à deux mains, refoule de nouveau ses larmes.

– Comment va-t-il?

– Il est aux soins intensifs, sous sédatif. C'est grave, mais il devrait s'en tirer.

Il frappe du poing dans sa paume.

– Pauvre petit!

Sans réfléchir, il arrache une page de son carnet et griffonne:

«Lâche pas, Faizan! Tu es le garçon le plus courageux que je connaisse!»

Il signe son nom et glisse le billet sous le ruban d'emballage qui ceint le paquet-cadeau.

– S'il vous plaît, donnez ça à Faizan, quand il ira mieux. Et bon courage, madame.

Fernandez répète la phrase en arabe.

Ils saluent la dame d'un air grave et s'éloignent dans l'allée.

Les deux policiers pénètrent dans la cour arrière de la maison des Cook.

Malgré la pluie, Lessard a tenu à y emmener Fernandez pour lui montrer que, de la fenêtre de sa chambre, Faizan a une vue unique sur l'ensemble du terrain.

Il a du mal à fumer sa cigarette, tant elle est mouillée.

– C'était quoi, cette langue-là? demande-t-il, brisant ainsi le silence recueilli qu'ils observent depuis quelques minutes.

– L'arabe.

– Je savais que tu parlais espagnol, mais pas arabe!

– Il y a tant de choses intéressantes sur moi que tu ne connais pas, Victor.

Il la perce du regard.

Lui envoie-t-elle un signe?

La bruine donne un lustre singulier à son visage quand elle sourit, la blancheur de ses dents fait une éclaboussure de lumière au milieu de sa figure tannée, un halo incandescent. Lessard a soudain envie de s'approcher d'elle et de l'enlacer et de la regarder longuement dans les yeux et de l'embrasser jusqu'à ce que le soleil revienne briller sur Montréal et...

Mais non, Lessard! Aucune chance.

– Tu crois que c'est moi qui débloque, Nadja. Sérieusement, dis-le-moi.

– Je ne dis pas que tu as tort. Les éléments que tu as découverts soulèvent un doute. Mais ce serait juste normal,

Victor, que tu sois influencé par ton passé, que tu veuilles à tout prix que ce ne soit pas un drame familial.

Il sait qu'elle a raison, que le traumatisme enfoui au fond de ses tripes est comme une bestiole grouillante qui s'agrippe à ses tissus, qu'il ne peut pas recracher.

– Tu crois que c'est le cas?

– Je ne sais pas. Tu as pensé à consulter?

– Pas vraiment. Tu penses que je dérape, que je deviens fou?

Il passe à deux doigts de lui parler de ses hallucinations.

– Mais non, pas du tout! Il reste que ce que tu as vécu dans l'enfance est une blessure importante que cette affaire ramène à la surface. Ce n'est pas bon pour toi, Victor. Tu devrais me laisser terminer l'enquête avec Pearson et Sirois et aller te reposer.

Lessard se braque.

– Pas question!

– Passe au moins chez toi te reposer quelques heures. Pendant ce temps-là, comme on ne peut pas parler à Faizan, je vais voir si je ne peux pas trouver quelque chose sur cette Viviane. Et je vais me charger de calmer Tanguay s'il se met à capoter.

Il hoche la tête en soupirant.

– (Hésitation.) OK, Nadja. T'as gagné.

Elle effleure son visage de la main.

Lessard ferme les yeux pour faire durer le moment.

Dans la voiture qu'il conduit pépère jusque chez lui, Lessard ne cesse de se demander si le problème dont il souffre est gravé dans son code génétique. Son père était-il, comme lui, un dépressif chronique ayant ensuite sombré dans une psychose paranoïaque ou un salaud de première classe doublé d'un tueur sanguinaire?

Au dépanneur du coin, il achète un carton de lait, un pain en tranches et un billet de loto.

D'habitude, il ne cède jamais à la tentation, mais le gros lot atteint trente-quatre millions, cette semaine, et le commis lui a demandé s'il en voulait un. En sortant, son regard se pose sur un étalage de cartes de souhaits, ce qui lui rappelle une des scènes des enregistrements vidéo des Cook, mais il est incapable de déterminer pourquoi.

Il se met à rêver: que ferait-il avec trente-quatre millions?

Après un instant de réflexion, il trouve: il paierait un tour du monde à Tanguay! En bateau, de surcroît, pour qu'il soit parti plus longtemps.

Cette pensée le fait sourire alors qu'il s'escrime avec la serrure de son appartement.

Un rapide coup d'œil lui confirme que tout est demeuré intact depuis son départ.

Toujours pas de nouvelles ou de traces de Martin.

Lessard tartine une tranche de pain de beurre d'arachide et boit à même le carton de lait.

Il a complètement oublié de téléphoner à Élaine Segato! Il dessine un «E» au stylo sur le dos de sa main pour se rappeler de faire un suivi plus tard.

Après avoir pris une longue douche, il se couche dans son *Lazy Boy* et s'endort aussitôt. Aucun rêve ne vient troubler son sommeil, du moins il n'en garde aucun souvenir, lorsqu'il se réveille en sursaut.

Lessard se traîne jusqu'au salon et remet une des cassettes dans le magnétoscope. Cette histoire de cartes de souhaits lui trotte encore dans la tête, il veut en avoir le cœur net.

Il fait avancer la bande en mode accéléré. Ne retrouvant pas la séquence qu'il cherche, il rembobine et fait défiler de nouveau les images. Il change de cassette et la rembobine encore, jusqu'au début. Après une recherche d'une dizaine de minutes, il trouve enfin la scène qui l'intéresse.

Elizabeth Munson, le bras droit plâtré, signe la carte de la main gauche avec facilité.

Elle est gauchère...

Le policier se dépêche de téléphoner à Jacob Berger.

Le coup porté à l'épaule de Cook est-il l'œuvre d'un droitier?

Si tel est le cas, ce n'est pas Elizabeth Munson qui le lui a donné.

13.

Chinatown

C'est une ruelle où même les rats ne s'aventurent pas, un endroit mal famé et lugubre. Deux hommes vêtus de noir se tiennent face à une porte métallique. L'agent du SIV s'approche de la serrure à combinaison et s'apprête à composer le code que Moreno a soutiré à une vieille connaissance, en usant de méthodes plus que convaincantes.

– Reste aux aguets, dit Noah en italien à son homme de main, à qui il a confié la mission de surveiller la ruelle. Préviens-moi s'il y a du mouvement. Et je ne veux aucun coup de feu. Sous aucune considération.

– *Va bene, padre. Va bene.*

Le déclic se produit, la serrure se déverrouille.

Noah ouvre la porte et descend l'escalier sans hésiter. Il remarque vaguement les murs de béton. Le corridor est éclairé par la lueur vacillante d'une ampoule, protégée par un grillage métallique. Comme prévu, l'homme se bute à une seconde porte.

Il tape le deuxième code, qui a coûté, il y a quelques heures à peine, moult souffrances à celui qui le détenait, mais qui refusait de le lui donner : le père Aldéric Dorion.

L'agent du SIV débouche dans un long couloir.

Il s'arrête un instant pour permettre à ses yeux de s'accoutumer à l'obscurité quasi totale qui y règne. Après quelques secondes, il distingue un halo blanc au bout du tunnel, sur lequel se détache une silhouette. Il est parfaitement calme. Il sait qu'on vient vers lui, il a déjà perçu un raclement feutré sur le sol.

– Vous aviez rendez-vous? dit une voix glaciale et caverneuse.

– Non.

L'agent du SIV devine, plus qu'il ne la voit, la carrure de son interlocuteur, qui demeure enveloppé par les ténèbres.

– Vous avez l'invitation? reprend la voix.

– Êtes-vous Chan Lok Wan? réplique Noah.

– Il n'y a aucun nom ici. On n'entre pas sans rendez-vous ou sans invitation.

– J'avais les combinaisons…

– Elles ne suffisent pas.

Une main fend l'air, attrape l'agent du SIV à la gorge et serre à l'en asphyxier.

Une poigne de fer.

– Dans quinze secondes, vous serez mort, reprend la voix.

Noah ne doute pas une seconde de la véracité de l'affirmation, pourtant il ne bronche pas.

– C'est un ami commun qui m'envoie, dit-il sans laisser transparaître la moindre émotion.

– Je n'ai aucun ami.

L'étau se resserre davantage.

– Dans dix secondes, vous serez mort…

– Mon ami s'appelle Aldéric Dorion.

La prise se relâche immédiatement.

– Tu te souviens de mon ami, maintenant? enchaîne l'agent du SIV.

– Oui. Je me souviens.

– Alors, tu sais qui je cherche.

– Suivez-moi.

• • •

Le cardinal Charles Millot, enfoncé dans un fauteuil confortable, écoute de la musique. La pluie dessine sur les baies vitrées de son bureau ce qu'on veut bien y voir.

Millot aurait toutes les raisons de savourer l'instant, de se féliciter de sa journée, car il a expédié une affaire épineuse.

Cependant, quiconque connaît un tant soit peu Son Éminence pourrait dire, en l'observant ainsi de dos, que ses épaules sont anormalement voûtées, que sa tête dodeline à un angle inhabituel pour un homme d'ordinaire si préoccupé par son maintien et, apercevant la bouteille d'alcool posée sur la table attenante que sa main baguée vient de saisir pour la porter à ses lèvres, qu'il n'est guère usuel pour lui de boire au goulot.

En se déplaçant dans la pièce pour voir son visage, ce même observateur noterait que les yeux de Millot sont liquides et, de ce fait, prêtant une attention accrue à ce qui l'entoure, se rendrait compte qu'il écoute la *Marche funèbre* de Chopin, un morceau aussi solennel que sombre.

En se penchant, il verrait, gisant aux pieds de Millot, une enveloppe de papier kraft qu'il a décachetée une heure auparavant et dont le contenu est à l'origine de son spleen.

Dans l'enveloppe, Millot a trouvé une adresse imprimée sur un carton blanc et le pendentif représentant le Graal qu'il avait offert à François Cordeau pour ses trente ans. L'enveloppe contenait, en outre, un relevé des appels mobiles de son amant avec deux entrées surlignées au marqueur jaune : un appel entrant et un appel sortant indiquant le même numéro de téléphone. Après vérifications, le numéro s'est avéré être celui du cellulaire de Virginie Tousignant, une journaliste avec qui François traitait parfois, en suivant les directives du cardinal, bien entendu.

Millot n'a pas eu besoin d'une longue réflexion pour comprendre la nature du message qui lui a été adressé, car il s'agit bel et bien d'un message. Peu après, il a chargé une personne de confiance, en l'occurrence Bournival, le chef de la sécurité de l'archevêché, de se rendre en éclaireur à l'adresse imprimée sur le carton. Celui-ci a sans surprise découvert le corps de Cordeau dans un entrepôt désaffecté de l'est de la ville, emballé dans une housse de plastique similaire à celles qu'utilise le service de la morgue.

Le cadavre ne portait aucune autre marque de violence qu'une banale piqûre au cœur, sur laquelle le sang, en coagulant, avait formé comme un bouton de fleur.

Le cardinal n'a pas davantage eu besoin que l'expéditeur du message signe son envoi. L'agent du SIV venait simplement de lui rappeler ce qu'il en coûtait de se mettre en travers de son chemin et de celui de ses employeurs.

Pauvre, pauvre François !

Millot s'en veut, il se sent affreusement coupable de ne pas avoir réussi à assurer sa protection, de ne pas l'avoir assez mis en garde. Trop ambitieux et peu habitué aux guerres intestines, François n'a pas réalisé de son vivant à qui ils avaient affaire. Dieu ait son âme ! En téléphonant à Tousignant, il avait signé son arrêt de mort.

Qu'avait-il donc espéré de cette initiative suicidaire ?

Pourquoi ne lui en avait-il pas glissé mot ?

Sans doute Millot ne le saura-t-il jamais.

Le cardinal soutire à la bouteille plusieurs lampées de scotch.

L'agent du SIV lui a rendu le corps de François afin que celui-ci ait une sépulture convenable, une marque de respect qu'il apprécie, malgré la haine intersidérale qu'il voue désormais à son tourmenteur.

Millot a déjà averti son attaché de presse, un homme habile et capable.

Celui-ci est à l'œuvre en ce moment même, s'affairant à aplanir les obstacles. Il est évidemment hors de question qu'il y ait une enquête de police sur ce meurtre. Officiellement, François Cordeau sera décédé d'une rupture d'anévrisme. Le fait qu'il n'ait pas de parents, ni aucune famille, facilitera l'opération de camouflage à laquelle devront se livrer le cardinal et sa garde rapprochée.

Après avoir sondé le terrain à Rome, il sait d'ores et déjà que, Noah bénéficiant d'appuis considérables, il ne peut rien tenter, du moins à court terme, pour venger la mort de son amant disparu.

Mais il restera vigilant.

Si l'agent du SIV fait un faux pas, Millot le lui fera payer.

• • •

Noah remonte le couloir sur les talons de Chan Lok Wan.

Tous les cinq mètres, ils passent devant une porte capitonnée. Ici et là, on entend un cri, une plainte ou des gémissements, assourdis par le rembourrage.

Chan Lok Wan ouvre un des battants d'une porte double, située à l'extrémité du corridor, et fait signe à Noah d'entrer. L'intérieur n'est éclairé que par la lumière diffuse de quatre écrans fixés au mur. Deux bureaux sont disposés de façon à ce que les personnes qui y prennent place puissent surveiller les écrans. Une femme à l'allure gothique, qui doit être au début de la cinquantaine, est assise à l'un des bureaux. En alternance, elle jette un œil aux écrans et au magazine posé sur ses cuisses.

– Sors, dit l'homme.

La femme obéit sans un mot et ferme la porte derrière elle.

Noah détaille son hôte : Asiatique, mi-trentaine, mine patibulaire, un regard de glace, impénétrable.

L'agent du SIV jette un coup d'œil aux écrans.

Sur l'un d'eux, on voit un homme nu, enchaîné à un mur ; sur un autre, une femme se tient sur les genoux et les mains, enfermée dans une cage à peine assez grande pour elle.

– L'intérieur des cellules? demande Noah en pointant un doigt vers les écrans.

– On ne peut rien vous cacher.

– Dorion m'a parlé de ton établissement. J'avoue que je suis impressionné, vraiment. Tu donnes aux gens ce que nous ne sommes plus en mesure de leur offrir, sous peine de nous mettre l'opinion publique à dos : la possibilité d'expier leurs péchés.

– C'est vrai dans certains cas, répond Wan. Mais la plupart de nos clients ne sont pas religieux. Ils viennent simplement pour expier leurs fautes, selon leur propre code moral.

– Je comprends tout à fait. Plusieurs déviants sexuels?

– Oui, mais ceux qui viennent le font uniquement dans le but de recevoir une punition. Nous refusons systématiquement la candidature d'adeptes de BDSM en quête de fantasmes.

– Qui décide des punitions?

– L'entrée est volontaire. Ils me remettent une liste. Je l'exécute.

– Un bourreau!

– Si on veut. Mais je préfère penser que je suis l'extension de leur conscience.

– Si les punitions vont trop loin?

– La décision me revient en dernier ressort.

– Et en cas de blessures?

– Il n'y a jamais de blessures graves, je connais mon métier, assure Wan. Pour les blessures superficielles, les écorchures causées par le fouet par exemple, mon assistante est infirmière diplômée. Ça fait partie de notre service.

Les deux hommes s'observent un moment. Wan brise le silence.

– Qu'est-ce que vous voulez?

– Il a besoin de mon aide.

– Alors, il vous contactera.

– Vous savez comment ça se passe, c'est souvent lorsqu'on a besoin d'aide qu'on s'isole.

L'Asiatique scrute le fond de l'âme de Noah, mais il ne voit que du vide.

– Il vient ici souvent? reprend l'agent du SIV.

– Ça dépend des périodes. Quand il est très tourmenté, plusieurs fois par semaine, sinon il peut disparaître pendant des mois.

– Il est venu récemment?

– Non… pas récemment.

L'hésitation est légère, mais Noah sait que son interlocuteur vient de mentir. Les deux hommes se toisent en silence.

– Quelle punition réclame-t-il d'habitude?

– Le fouet. Une centaine de coups. Qu'est-ce que vous lui voulez vraiment?

– Du bien. S'il revient, téléphonez-moi à ce numéro.

L'agent du SIV tend à Chan Lok Wan un carton blanc avec un numéro de téléphone. Le carton provient de la même boîte que celui que Charles Millot a eu la douleur de recevoir plus tôt.

L'Asiatique lui donne une carte à son tour.

– Ne revenez plus sans rendez-vous.

Noah fait signe à Moreno, qui s'avance à sa hauteur avec la voiture.

Il grimpe sur le siège passager.

– Alors?

– Il m'a menti. Il est venu. Tu vas demander à ton frère de surveiller les environs au cas où il reviendrait. Qu'il fasse attention à ne pas se faire repérer. La ruelle doit être truffée de caméras.

– *Va bene, padre.*

Le mobile de l'ecclésiastique se met à vibrer.

– Allo? Non, pas encore. Mais on va le retrouver, ne vous inquiétez pas.

Chan Lok Wan regarde la voiture s'éloigner sur son moniteur de surveillance.

N'ayant aucune envie de l'aider, il a répondu aux questions de l'agent du SIV dans le seul but de ne pas éveiller ses soupçons.

Ce dernier l'a-t-il cru?

Quoi qu'il en soit, la carte qu'il lui a remise va rejoindre dans la poubelle le DVD que lui a confié Dorion.

Wan sait qu'il ne peut plus rien pour le vieil homme.

14.

Ils sont dans le laboratoire principal, une pièce en céramique munie de drains au sol et d'étals en inox que l'on rince au boyau d'arrosage après chaque autopsie.

Le moindre centimètre carré est éclairé par de puissants néons.

Lessard a un masque de chirurgie sur la bouche, car il ne supporte pas les odeurs de putréfaction que dégagent les cadavres, ni les effluves qu'exhalent les organes que l'on coupe, les viscères que l'on tranche et les contenus gastriques et intestinaux que l'on vide. Il ne supporte pas plus les bruits écœurants qui peuplent le quotidien du médecin légiste. Le son de la scie dont on se sert pour ouvrir la calotte crânienne est particulièrement éprouvant et lui a déjà fait perdre connaissance. Et que dire de ce qu'il voit? Il ne s'habituera jamais à la vision de ces corps bouffis, à la chair blanche et molle, à ces crânes défoncés, et à ces bouches distendues en des rictus grotesques.

Le sergent-détective s'appuie aux rebords de la table d'autopsie, car il a les jambes en guenille et un mal de cœur latent.

– Effectivement, j'aurais dû vérifier ça, s'excuse Berger en faisant glisser la fermeture éclair du sac qui contient le cadavre de John Cook… Cinq autopsies du coup, c'est beaucoup trop pour une seule personne…

Lessard détourne la tête.

La mort laisse le corps dans un tel état de délabrement.

Berger se penche sur la blessure à l'épaule et sort des instruments que le policier, dont ce n'est pourtant pas la première visite en salle d'autopsie, n'a jamais vus. Après quelques minutes, le médecin légiste remballe son matériel et referme le sac. Il va ensuite remettre le corps dans l'alvéole du congélateur d'où il l'a retiré.

– À cause de l'angle, je te concède qu'il est plus probable que la blessure que Cook porte à l'épaule ait été causée par un droitier.

– Elizabeth Munson est gauchère. Je l'ai vue sur une vidéo signer une carte de la main gauche avec aisance, alors qu'elle avait le bras droit dans le plâtre. Si Cook ne peut s'être infligé lui-même cette blessure et que ce n'est pas Munson non plus, alors…

– Je comprends où tu veux en venir, mais ça ne veut rien dire. De un, elle était peut-être ambidextre. De deux, plusieurs personnes développent une habileté motrice qui leur permet de se servir de leur main préférentielle pour accomplir une tâche spécifique, et de l'autre main pour une autre tâche. Les anglophones appellent ça la «*cross-dominance*». Tu m'excuseras, mais je ne me souviens pas du terme en français. Ainsi, une personne ayant développé cette habileté peut écrire de la main droite, mais lancer une balle de la main gauche. Es-tu un amateur de golf? Tiens, prends le cas de Phil Mickelson. C'est un droitier naturel, mais il frappe de la gauche. C'était peut-être le cas pour Elizabeth Munson. Elle était gauchère naturelle, mais avait peut-être acquis l'habileté de frapper de la droite.

Lessard hoche la tête. Il refuse de se laisser démonter.

– Mais les probabilités sont quand même plus grandes qu'il s'agisse d'un droitier naturel, non? dit-il, comme pour se convaincre.

– Une chose qui me semble claire, Victor, c'est que Cook a tué sa femme et ses trois enfants. Outre l'entaille à l'épaule, les éléments dont je dispose me permettent de raisonnablement conclure qu'il s'est infligé lui-même toutes les autres blessures présentes sur son corps, soit avec le couteau, soit avec la hache, y compris le fait qu'il s'est lui-même coupé la langue et planté le couteau dans la gorge.

La seule variable inconnue, je te le concède, c'est la blessure à l'épaule… Elle a été causée par la hache, mais on ne saura probablement jamais avec certitude de quelle manière ça s'est passé. Comme on a les empreintes d'Elizabeth Munson sur le manche, je crois qu'on peut raisonnablement conclure que c'est elle qui lui a infligé cette blessure. Sinon, qui d'autre? Était-ce dans un geste d'autodéfense? A-t-elle participé au carnage au début et changé d'idée ensuite? Était-il convenu qu'elle allait le tuer en premier et elle en a été incapable? À cet égard, tes hypothèses valent les miennes.

– Raisonnablement conclure… Tu parles comme un avocat, Jacob! Tu oublies une possibilité. Et s'il y avait une troisième personne?

Berger secoue la tête en faisant la moue.

– C'est vrai, la possibilité existe statistiquement. Mais, considérant ce que je viens de t'expliquer, je crois que les probabilités que quelqu'un d'autre qu'Elizabeth Munson ait infligé à son mari la blessure qu'il portait à l'épaule sont faibles. Sinon, à quoi penses-tu? Cook aurait reçu de l'aide extérieure?

– Quelque chose du genre. Je ne sais plus.

C'est peut-être Fernandez qui a raison. Je suis influencé par mon passé.

Lessard quitte le bureau de Berger et marche dans le Village, pour s'aérer la tête.

La pluie est encore au programme.

Pour faire changement, qu'il se dit.

Il commence déjà à y avoir congestion sur le pont Jacques-Cartier. Les banlieusards affluent de partout pour fuir Montréal. Il sait bien que, pour le prix exorbitant qu'il paie pour la location de son appartement sans terrasse ni terrain, dans la rue Oxford, que pour la même somme, donc, il pourrait s'offrir une belle maison en banlieue, avec terrain, piscine et tout le bazar qui rend l'*Homo sapiens* heureux.

Ah! les joies d'être propriétaire!

Tiens, Pearson habite à Saint-Lambert, où Lessard a été invité à quelques barbecues avec les autres membres du service. Pearson a tout ça, lui, une piscine, un jardin, du gazon à revendre (et surtout à tondre), mais, par-dessus tout, il passe son temps à se plaindre qu'il manque de temps, qu'il gaspille ses fins de semaine à faire l'entretien de son petit royaume, plutôt que de jouer avec les enfants et de profiter de la vie.

Question de priorité, semble-t-il.

Ce n'est pas tant que Lessard a passé un temps fou à jouer avec les siens – ça, c'est une autre histoire –, mais perdre deux heures par jour dans le trafic, avoir un voisin qui lave ses deux voitures en string le samedi matin et manger dehors dans la cacophonie permanente des tondeuses à gazon, rien que de penser à tout ça le conforte dans son choix.

Montréal est sale et laide et désordonnée.

Il aime Montréal !

Il y a un quartier gai, un quartier chinois, la Petite Italie, le Vieux-Montréal, les jolies filles qui font du patin à roues alignées sur la piste cyclable du canal Lachine, des gens de cultures et d'origines différentes, une architecture à la fois cosmopolite, inharmonieuse et singulière, des papiers qui traînent dans les rues, des bordels, de la crasse, du smog, de la sueur, des crachats sur les trottoirs, des clochards, des paumés, des prêcheurs, des crottés, bref, un microcosme de la vraie vie.

Tout ça le réconforte, le rassure.

Il déteste le côté trop lisse de la banlieue, qui n'a ni l'effervescence de la ville ni le charme de la campagne.

La campagne, par contre, il aime ça. Ce dont il rêve ? Ce qu'il ferait avec son argent, outre envoyer Tanguay en orbite autour de Mars, s'il gagnait ces foutus trente-quatre millions à la loterie ?

Il achèterait une cabane dans le bois où il pourrait se réfugier et jouer à l'ermite quand le cafard le prend. Pas un chalet luxueux au bord d'un lac. Non, une cabane solide, rustique, simple, avec un poêle à bois pour chauffer la pièce centrale et une grande galerie avec moustiquaire, car, curieux paradoxe, il exècre autant les maringouins que ceux-ci l'apprécient. Et partout autour de lui, la forêt le ceindrait de ses bras capiteux.

N'y manquerait résolument qu'une femme, celle avec qui il aurait envie de partager les heures qui s'étirent paresseusement. Pour trouver cette personne, par contre, il sait que tous les millions de la Terre ne lui seraient d'aucune utilité.

Fernandez est là, juste sous ses yeux, depuis toujours.

Seulement, il a mis des années à s'en rendre compte et, maintenant, il est trop pissou pour aller chez elle, sortir Miguel à coups de pied dans le cul et la plaquer sur un mur pour l'embrasser jusqu'à ce qu'elle cède.

Lessard passe devant la vitrine du Priape, un sex-shop du Village, et voit au loin la silhouette de la Maison de Radio-Canada, dont la construction a nécessité la démolition du Faubourg à m'lasse et l'expropriation de milliers de gens. Son père adoptif, qui y avait perdu sa maison, en parlait encore avec rancœur sur son lit de mort.

Il marche dans la rue Sainte-Catherine et résiste à l'envie de s'arrêter manger un bol de nouilles croustillantes au *Restaurant EstAsie*. Il se demande aussi à quel moment la rue deviendra une allée piétonnière pour l'été.

Fin mai, début juin?

Son mobile sonne, le nom de Tanguay apparaît sur l'afficheur.

Voilà les problèmes qui commencent et il le sait…

– Qu'est-ce qui vous prend autant de temps, Lessard? Je vous veux dans la salle de conférences du poste 11 dans une heure, avec votre rapport. C'est un père qui a disjoncté et qui a assassiné sa femme et ses enfants. Est-ce que ça peut être plus simple? Ça arrive trois à quatre fois par année au Québec.

– Il y a des éléments qui ne concordent pas, commandant.

– Si vous pensez à la blessure à l'épaule, j'ai parlé à Berger et ce n'est pas significatif.

Pourquoi a-t-il parlé à Berger?

– Il y a autre chose, commandant. Deux autres éléments sur lesquels je travaille présentement.

– Une heure, Lessard, avec votre rapport.

Il a envie de tout plaquer.

En apercevant le clocher, il se dirige mollement vers l'église Saint-Pierre-Apôtre, au coin du boulevard René-Lévesque et de la rue de la Visitation.

Vide, comme toutes les églises du Québec.

Lessard n'est plus croyant. Quoi qu'il en soit, il aime se recueillir à l'occasion.

On devrait prier, mais on ne prie plus, lui a dit un jour Ted Rutherford, son mentor. Il faudrait bien qu'il aille le visiter bientôt, avant que le vieux crève la bouche ouverte.

Il va s'agenouiller à l'avant, devant une statue jaunie représentant la Vierge Marie.

À peine a-t-il pris place qu'il entend du bruit sur sa droite : un garçon est assis dos à lui. Le petit n'a pas besoin de se retourner pour qu'il le reconnaisse.

Raymond.

Il s'enfouit le visage dans les mains.

Ce n'est pas possible ! Mais qu'est-ce qui lui arrive ?

Je suis à bout. Ce n'est que de la fatigue.

Qu'on vienne le chercher. Il ne sortira plus de cette église !

• • •

Pasquale Moreno a rangé la voiture sur l'accotement.

Il devrait vraiment songer à se procurer un de ces dispositifs qu'on accroche à l'oreille et qui permettent de parler au téléphone en roulant. Il prend le message que lui a laissé son frère Vincenzo, quelques minutes auparavant.

Comme il n'a ni papier ni crayon avec lui et que sa mémoire à long terme lui joue souvent des tours, il répète à voix haute l'adresse où ce dernier veut qu'il aille se poster, rue de La Gauchetière, jusqu'à ce qu'il ait terminé de la retranscrire sous forme de texto dans son téléphone mobile.

Une fois cette tâche menée à bien, il démarre en trombe et fait demi-tour, en faisant crisser les pneus.

Il a tout juste le temps de revenir à la maison embrasser Maria et les enfants avant de se rendre sur les lieux de sa planque. Il en profitera pour récupérer le carnet et le tensiomètre qui ne le quittent jamais, mais qu'il a oubliés dans sa hâte, ce matin-là.

• • •

Lessard a fini par se raisonner et passer au bureau de Fernandez, qui déborde de papiers, mais qui est un modèle de salubrité par rapport au sien. Elle parle au téléphone. En attendant qu'elle termine son appel, il pose sur le sol une pile de dossiers qui encombre la chaise du visiteur et s'assoit face au bureau.

– T'as trouvé un lien entre Cook et une Viviane?

– Victor, j'ai cherché partout dans le passé de John Cook. J'ai parlé à la mère d'Elizabeth, aux voisins, aux gens des ressources humaines de Royal Tobacco, personne ne connaît de Viviane, je ne trouve la trace d'une Viviane nulle part.

Il se tortille sur sa chaise en lui résumant sa discussion avec Berger.

– Et qu'est-ce que tu penses? demande Fernandez.

– Je pense qu'il y avait peut-être une troisième personne sur les lieux lors des crimes, un autre adulte, Nadja.

– Mais tu viens de me dire que Berger est convaincu que Cook a tué sa femme et ses enfants de ses propres mains, pour ensuite se suicider. La seule inconnue, s'il y en a une, est donc cette blessure à l'épaule. Comment peux-tu penser de ce simple fait qu'il y avait quelqu'un d'autre?

– Je ne suis pas convaincu par l'explication de Berger. Et le témoignage de Faizan, tu en fais quoi? Et le papier?

– Je ne sais pas, Victor... Tu es vraiment certain qu'il y avait quelqu'un d'autre?

– Oui... Quelqu'un en qui ils auraient eu assez confiance pour ouvrir la porte tard dans la soirée. Ils étaient très religieux, Nadja, ils auraient fait confiance à un prêtre. Ou quelqu'un de déguisé en prêtre.

– On n'a aucun élément pour étayer cette hypothèse, Victor.

– Il y a quelque chose qui cloche. Je le sens.

– Justement, Victor, tu as toujours été rationnel, tu as toujours évité de te fier à ton intuition. Et c'est ce qui fait de toi un bon policier. Je m'excuse. Ce n'est pas que je ne te crois pas. Mais je pense que tu attaches trop d'importance à des éléments qui n'en ont pas. Berger est formel. Cook a tué sa femme, ses enfants et il s'est suicidé. À partir de là, notre enquête se termine. Mais, toi, tu t'entêtes à vouloir aller plus loin.

– Tu penses que c'est en raison de mon passé, n'est-ce pas?

– Je pense surtout que tu as besoin d'aide et de repos.

– Peut-être. (Il regarde sa montre.) Il faut que je passe voir Tanguay. J'ai comme un mauvais *feeling*.

– Justement, je lui ai parlé. Je voulais te dire à ce propos que…

– Tu lui as parlé? Quand? Vous avez parlé de quoi?

– Il est arrivé il y a une heure et…

Le sergent-détective sent une présence dans son dos.

Tanguay fait irruption dans la pièce avec son air vache.

– Ah! Lessard! Vous êtes là. Suivez-moi dans la salle de conférences, je vous attendais.

La salle de conférences…

Une pièce d'un vide spartiate, une grande fenêtre nue qui donne sur le stationnement, morne et sans vie à cette heure. Il n'y a presque rien sur la table, juste un téléphone, un bloc-notes et un stylo. Une mouche virevolte autour de Lessard qui, les nerfs à vif, la chasse impatiemment du dos de la main. Tanguay est détendu, souriant, affable.

C'est louche, conclut le sergent-détective.

– Écoutez, Lessard, je ne passerai pas par quatre chemins. Vous et moi n'avons jamais été les plus grands amis du monde. Cela dit, vous êtes sous ma responsabilité et il m'incombe d'agir dans votre meilleur intérêt.

– …

– Victor… (Lessard sursaute. C'est la première fois que Tanguay l'appelle par son prénom.) Certains de vos collègues, qui ont à cœur votre bien-être, sont venus me trouver pour me faire part de leurs inquiétudes à votre endroit.

Tanguay s'exprime calmement, il n'y a rien de vindicatif dans ses propos.

– Je ne comprends pas de quoi vous voulez parler, commandant. Et pour commencer, qui s'est plaint de mon comportement?

– Il ne s'agit pas de ça! Personne ne s'est plaint de votre comportement. Mais pas besoin d'être un devin pour se rendre compte que vous n'êtes pas dans votre assiette ces jours-ci. Et c'est bien compréhensible, considérant l'enquête sur laquelle vous travaillez et ce que vous avez vécu.

Le sang monte au visage du sergent-détective. Il saute sur ses pieds et pointe un index accusateur vers son interlocuteur.

– Vous n'aviez aucun droit de faire allusion à mon passé devant Fernandez! Aucun.

Les cloisons, qui ont l'épaisseur du papier, frissonnent.

– Calmez-vous, Lessard. Étant donné, disons la «rivalité» qui nous oppose, je me suis permis ce commentaire, tout à fait déplacé, j'en conviens. Je ne l'aurais d'ailleurs jamais fait si j'avais su que je touchais une corde sensible.

– C'est trop facile de dire ça après coup! C'était *cheap*! *Cheap* et complètement gratuit!

Lessard postillonne, fulmine, hors de lui, une grosse veine saille dans son cou.

D'un coup de pied, il envoie valser une chaise au fond de la pièce dans un fracas métallique. Tanguay ne cille pas et demeure de marbre sur son siège, droit comme un i.

Sirois passe la tête par l'entrebâillement. Tanguay le renvoie d'un geste de la main.

– Je vous présente mes excuses, Victor.

Lessard lance à son supérieur un regard mauvais.

– Asseyez-vous, je vous prie.

Le sergent-détective fait les cent pas derrière la table, puis finit par s'asseoir, comme son supérieur le lui a demandé. Il prend une grande inspiration et déclare:

– Je croyais que nous étions ici pour parler de l'affaire Cook, commandant. Je ne suis pas prêt à vous rendre mon rapport. J'ai de nouveaux éléments à vous communiquer.

– Je les connais, ces éléments, Lessard. Fernandez m'en a parlé il y a quelques minutes. Pour moi, il s'agit d'un dossier réglé. Il n'y a pas d'affaire Cook ailleurs que dans votre tête.

Lessard reçoit la nouvelle comme un coup de poignard en plein cœur. Être trahi par ses collègues passe encore, mais pas par Fernandez !

– Il faut absolument aller au bout des choses, reprend-il sans se laisser démonter, réinterroger Faizan quand il sortira de l'hôpital et continuer à chercher le lien qui peut exister entre John Cook et une certaine Viviane. Et il y a cet aspect insolite, ces mouches qui…

– Lessard, on va justement arrêter d'enculer des mouches ! Vous allez rencontrer Barber. Je vous ai pris un rendez-vous dans deux jours. Je veux que vous subissiez une évaluation psychologique.

Les mots de Tanguay le mordent au visage. Le ciel entier se dérobe, se détache par lambeaux pour lui tomber sur la tête et le clouer au sol.

– Quoi ?! Vous me suspendez, commandant ?

– Qui parle de suspension à part vous, Lessard ? Vous conservez votre insigne, votre arme et tous vos privilèges. Je veux simplement que vous preniez du temps pour vous, du temps pour vous reposer. Et que vous puissiez bénéficier d'une aide professionnelle.

Une muette incompréhension se peint sur le visage du sergent-détective.

Ou encore est-ce une profonde détresse ?

Fernandez l'attend dehors, appuyée contre la portière de sa Corolla, côté conducteur. Des mèches de cheveux trempées par la pluie lui retombent sur les yeux.

Lessard n'a aucune envie de lui parler, mais elle lui bloque le passage.

– Merci, Nadja ! C'est vraiment cool d'être allée voir Tanguay pour me planter !

Fernandez s'emporte à son tour, sa voix monte d'une octave et son visage devient cramoisi.

– Eille, là, de quoi tu parles?! Personne n'est allé voir Tanguay pour te planter. C'est lui qui est venu il y a une heure tirer les vers du nez des enquêteurs, en menaçant tout le monde de mesures disciplinaires si tu ne déposais pas ton rapport. À force de poser des questions, il a fini par apprendre que tous tes collègues, au poste, te trouvent étrange ces temps-ci et qu'ils sont inquiets pour toi.

– Non, mais tu as parlé à Tanguay du papier que j'ai trouvé et des révélations que Faizan m'a faites, alors que tu m'avais promis de garder ça pour toi ! Je trouve ça vraiment ordinaire de ta part, Nadja.

– Qu'est-ce que tu voulais que je fasse?! J'ai tenté le tout pour le tout, Victor. Il avait déjà choisi de te suspendre. J'ai pensé que si je lui disais pourquoi tu ne voulais pas déposer ton rapport, il comprendrait. Mais sa décision était déjà prise.

– Gros sale ! vocifère Lessard, la bouche remplie de fiel et d'amertume.

– Excuse-moi, Vic. Je sais que tu es fâché, mais tout le monde ici a agi pour ton bien.

Lessard se dégonfle d'un coup. Fernandez est vraiment trop sexy lorsqu'elle est en colère. Il a soudain envie de la coucher sur le capot de la Corolla et de la couvrir de baisers.

– C'est moi qui m'excuse, dit-il. Je ne t'en veux pas, Nadja. Je sais que tu as agi comme tu pensais devoir le faire. Mais je t'assure que ça ne va aucunement m'aider de me tourner les pouces à la maison. Je pense que je vais contester la décision de Tanguay. Je vais faire un grief au syndicat.

– Ça, c'est sûr que ça ne t'aidera pas. Nous savons tous les deux que tu as besoin de consulter et de prendre du recul, Victor. Sois honnête, reconnais-le.

– Peut-être. Peut-être que je suis sur le bord de faire une dépression, mais ça n'a rien à voir avec mes convictions concernant cette enquête. Il y a quelque chose qui ne fonctionne pas.

– Je ne dis pas que tu as tort, Victor. Seulement que tu dois décrocher.

– Fais-moi une faveur, Nadja.

– Victor !

– Une seule. Je t'en prie, Nadja. Cherche dans les bases de données si tu ne trouverais pas des similitudes entre les meurtres de la rue Bessborough et d'autres affaires passées.

– Rentre chez toi, Vic. Repose-toi. Ça vaut mieux ainsi.

– Fais ça pour moi, Nadja. Ça ne te prendra que quelques heures.

– T'as une méchante tête de cochon, Victor Lessard ! Ça t'arrive parfois de lâcher prise ?

15.

La fête de Mélanie a lieu bientôt et Laila n'a toujours pas déniché un cadeau convenable pour son amie. Pour le moment, elle se trouve chez Archambault, rue Berri, vissée depuis de longues minutes à une borne d'écoute.

Elle constate qu'elle manque singulièrement d'originalité dans ses idées.

C'est simple, elle ne sait pas du tout quoi acheter!

Elle a d'abord regardé les livres, mais Mélanie lit peu; elle a ensuite fouiné dans le coin des coffrets de séries télé, sans véritablement avoir de coup de cœur – il faut dire que le prix des coffrets excède son budget. Mélanie a insisté pour qu'elle se joigne au party d'anniversaire qu'organise en son honneur son ami Quentin, un gars que Laila n'a jamais rencontré, mais qui fait tout de même partie de ses amis Facebook. Elle a d'ailleurs un peu d'appréhension à l'égard de cette soirée, car l'ami Quentin ne fait preuve, dans ses statuts, ni d'un surplus d'intelligence ni de subtilité. Mais qu'importe, elle ira faire acte de présence pour faire plaisir à son amie et elle se poussera en douce par la suite si elle s'emmerde.

Mélanie a des idées arrêtées en matière de musique.

Alors que la moitié du globe se réjouirait de recevoir le dernier Coldplay, ou un album des Black Eyed Peas, elle a des goûts plutôt éclectiques qui passent notamment par tout ce qui concerne Radiohead, Nine Inch Nails, Nirvana, Jeff Buckley, Mogwaï, Richard Desjardins, Amy Winehouse, Metallica, Charles Trenet, Miles Davis, Jean-Sébastien Bach et Harmonium. Laila a cherché par elle-même l'huître contenant la perle rare dans les étagères, mais elle a aussi sollicité l'aide d'un commis, car elle souhaite surprendre Mélanie en lui faisant découvrir quelque chose de nouveau, de la musique inédite, un groupe ou un interprète dont elle ne soupçonne pas l'existence, ou à tout le moins un titre qu'elle ne possède pas dans sa librairie iTunes.

Après plusieurs tentatives infructueuses et quelques fausses alertes, Laila croit enfin qu'elle a trouvé ce qu'il lui faut!

Les dernières notes d'une pièce intitulée *Glósóli*, du groupe islandais Sigur Rós, viennent de finir de résonner dans ses écouteurs. En bref, le genre de truc où la voix de fausset du chanteur plane sur les premiers couplets avant que la puissance brute et sauvage du groupe n'explose aux deux tiers de la chanson dans un *build-up* hypnotique.

Un mélange de post-rock, de progressif et de musique minimaliste: en plein le style que Mélanie devrait aimer!

Laila remercie, d'un signe de tête, le commis qui l'a aidée et se dirige vers la caisse, tout juste avant la fermeture.

Toute cette pluie qui tombe l'apaise.

Contrairement à la majorité des gens, elle ne se presse pas lorsqu'elle marche sous la pluie, mieux même, elle ralentit le rythme, elle laisse les gouttelettes rouler doucement sur ses joues, imbiber ses cheveux, caresser sa peau mate. Elle a son iPod sur les oreilles et elle écoute une chanson de Pink – son idole et une source d'inspiration inépuisable – à plein volume. C'est tout son être qui ressent une euphorie profonde, un sentiment de plénitude exacerbé, comme si tout ce qu'elle avait envie d'entreprendre tombait tout à coup dans le domaine du possible.

Car Laila caresse un projet…

Dès qu'elle aura fini de rembourser ce qu'elle doit à Razor et à Mélanie, elle économisera de l'argent pour investir dans la production d'un démo. Elle aimerait enregistrer quatre de ses propres chansons et les diffuser sur *MySpace*, comme le font plein de groupes émergents. À la roulotte de monsieur Antoine, elle a rencontré quelques musiciens qui pourraient l'accompagner et même un gars qui pourrait l'enregistrer sans que ça lui coûte trop cher.

Laila traverse la rue Sainte-Catherine et se dirige vers la bouche de métro située en face de chez Archambault. Alors qu'elle s'avance sur le trottoir, une dizaine de jeunes hommes s'invectivent directement devant la porte donnant accès au souterrain qui conduit au métro. Le ton monte, les insultes fusent, jusqu'à ce que les coups se mettent à pleuvoir de part et d'autre.

Des junkies en manque à qui on a refusé du crédit? Des vendeurs qui se disputent le territoire?

Laila n'en a que faire et, la dernière chose dont elle a envie, c'est bien d'être coincée au milieu d'une bagarre. Elle pense un instant à couper par le parc, qui n'est pas un endroit très sûr à cette heure, puis décide d'emprunter Berri, qu'elle remonte presque en trottinant, le cœur léger, l'esprit rempli d'images de prestations scéniques endiablées et de tournées triomphales dans des villes étrangères.

Tout excitée d'avoir enfin trouvé un cadeau pour Mélanie, Laila sort son mobile et commence à lui écrire un message texte :

Suis super contente, ai trouvé cadeau génial pou|

Elle relève un instant la tête, puisqu'elle s'apprête à traverser le boulevard de Maisonneuve afin de rejoindre la gare d'autocars, d'où elle aura accès aux corridors menant au métro.

Soudain, surgie de nulle part, une camionnette blanche roulant à vive allure s'arrête juste devant elle, lui bloquant le passage. La vitre teintée l'empêche de voir le visage du conducteur.

Bon, un stressé du volant !

Il en faudrait beaucoup plus pour affecter la « zénitude » de Laila, qui s'apprête simplement à contourner le véhicule par l'arrière. Au moment où elle tourne les talons et se remet à écrire son message texte, la portière latérale s'ouvre brusquement ; des mains la saisissent et la tirent violemment à l'intérieur.

Sous la force du choc, elle échappe son téléphone, qui tombe sur le trottoir.

Avant même qu'elle n'ait pu crier ou se débattre, elle sent une brûlure dans son cou.

Lorsque le véhicule démarre en trombe, Laila gît déjà sur le sol, inconsciente, ligotée, bâillonnée et coiffée d'une cagoule noire sans ouvertures pour les yeux.

LE POUVOIR RELATIF DU SILENCE ABSOLU

Le blanc sonne comme un silence, un rien avant tout commencement.

Vassili Kandinsky

Le silence éternel de ces espaces infinis m'effraie.

Blaise Pascal

Montréal
16 mai

Ça fait du bien d'ouvrir les yeux et de sentir ses paupières un peu moins lourdes qu'un bloc de ciment. Après des jours de délires, de *trips* de morphine, de rêves peuplés d'ombres et de bois sinistres, deux jours de tuyaux piqués dans toutes les veines du corps, de perfusions douloureuses et de thermomètres sous la langue, après la honte d'avoir eu une sonde plantée dans la queue et une aide soignante dans la vingtaine pour me torcher le cul, considérant ce qui précède donc, je vais mieux, beaucoup mieux, *thanks for asking* !

Oh ! n'allez pas croire pour autant que c'est déjà la grande forme.

Mais ça pourrait être pire.

Bien pire.

Le médecin qui a opéré ma jambe est passé me voir ce matin. Un grand dadais tout en dents, plus préoccupé par le fait de rajuster sa Rolex pour qu'elle tombe parfaitement sur son poignet que de s'encombrer d'un minimum de psychologie avec ses patients.

– Votre jambe est mal en point, monsieur Lessard. Nous avons fait notre possible pour rétablir les connexions entre les terminaisons nerveuses, pour raccorder les muscles, les tendons et les ligaments. Il faudra voir avec le temps comment tout ça récupère. Sans compter les risques d'infection. Dans le meilleur des cas, il y aura assurément une perte de capacité. Si jamais votre jambe vous faisait trop souffrir, il faudra peut-être, le cas échéant, envisager l'amputation. La technologie a beaucoup évolué, vous savez. Une prothèse vous permettrait probablement de vous déplacer plus aisément que votre jambe blessée. Donnez-vous six mois pour évaluer le tout, soupeser les options.

Soupeser les options ?!

T'aurais envie de reluquer ta Rolex sur un bras artificiel, tête de guignol ?

Deux types des enquêtes internes sont passés peu après.

Lachaîne et Masse.

Deux zélés qui n'ont aucune expérience de terrain récente, mais qui font pourtant la pluie et le beau temps au SPVM et sèment la terreur parmi le groupe d'enquêteurs, deux fouille-merdes obnubilés par leur plan de carrière et leur avancement au sein de la hiérarchie.

J'ai eu droit à un interrogatoire en règle sur les événements des huit derniers jours. J'avoue que, vus de l'extérieur, mon comportement et le nombre de cadavres que j'ai laissés sur mon chemin sont de nature à susciter quelques questions au sein de l'état-major.

Je sais que ce sont eux qui devront torcher les dégâts derrière moi, passer la vadrouille sur tout le sang versé. Mais je vous pose la question : y en a-t-il un, parmi ces ronds-de-cuir, qui aurait levé le doigt pour prendre ma place ?

Qu'est-ce que vous entendez ?

Rien. Le silence absolu.

Personne ne se serait porté volontaire pour faire le sale boulot.

Alors, si vous voulez mon avis, ils peuvent bien s'occuper de la gestion de l'opération de relations publiques qui n'a pas dû manquer de se mettre en branle depuis que j'ai laissé tomber mon Glock fumant sur le sol.

Je comprends, vous direz que j'étais en congé de maladie.

Vrai !

Mais ce n'est pas une raison pour me traiter comme l'ont fait les deux *Blues Brothers*. Je leur en ai dit le moins possible, même si je n'ai pas essayé de finasser ou de camoufler la vérité.

Quoi qu'il en soit, dans mon for intérieur, j'ai la conviction d'avoir agi correctement.

Justice doit être faite?

Bien d'accord, mesdames, messieurs!

Malheureusement, je pense que, trop souvent, la justice est une mascarade où seuls les innocents ne portent pas de costume.

J'ai demandé à voir Fernandez, mais ils ont refusé.

Je sais très bien pourquoi et ce qu'ils vont faire. Ils m'ont isolé dans une chambre où les visites sont contrôlées. Je mettrais ma main au feu qu'ils vont nous cuisiner chacun de notre côté et essayer de nous monter l'un contre l'autre, de trouver des failles ou, mieux, des contradictions dans nos témoignages. J'ai totalement confiance en Nadja. Je sais qu'elle ne se laissera pas mettre en boîte par ces deux empotés.

Je sonne l'infirmière.

– Oui, monsieur Lessard.

– J'ai mal.

– C'est normal, vous êtes dû pour votre dose de morphine. Je reviens m'occuper de ça dans quelques instants.

– Merci.

– Pas de quoi. Vous avez une visiteuse. Je la laisse entrer?

Nadja?!

– Oui!

– Vous pouvez entrer, madame.

Une tête familière passe dans l'entrebâillement de la porte, ça tombe bien, c'est l'une des rares personnes que j'ai envie de voir.

– Bonjour, Victor. J'ai reçu ton texto.

– Salut, Simone.

16.

Montréal
Huit jours plus tôt, les 8 et 9 mai

Section des crimes majeurs
SPVM

Homme: «Y a une fille qu'on vient d'embarquer de force dans une Econoline».
9-1-1 :« Est-ce que vous la connaissez?»
Homme: «Non.»
9-1-1: «Ça s'est passé où exactement?»
Homme: «À côté de la gare d'autobus Berri.»
9-1-1: «Sur quelle rue exactement, ça, monsieur?»
Homme: «Sur de Maisonneuve, au coin de Berri.»
9-1-1: «OK. Qu'est-ce que vous avez vu, exactement?»
Homme: «Une Econoline blanche s'est arrêtée devant elle. La porte de côté a ouvert, quelqu'un a pogné la fille, pis il l'a tirée à l'intérieur.»
9-1-1: «S'est-elle débattue? A-t-elle crié?»
Homme: «Elle a pas eu le temps.»
9-1-1: «Vous avez vu l'agresseur?»
Homme: «Non, il pleuvait trop, pis avec les vitres teintées en plus... Ça a pris quinze secondes, *man*, pas plus.»
9-1-1: «Que s'est-il passé après?»
Homme: «L'Econoline est repartie à *full speed*.»
9-1-1: «Vous avez relevé le numéro de plaque?»
Homme: «Non, j'étais pas du bon bord.»
9-1-1: «Vous pouvez décrire la victime?»

Homme : « C'est une Mulâtre. Une belle fille. »
9-1-1 : « Sa taille, son poids, son âge ? »
Homme : « J'sais tu, moi ? Grande, mince, autour de vingt ans. Câlice ! Faites votre job ! Envoyez un char de police. J'ai son téléphone portable. »
9-1-1 : « Vous dites que vous avez son numéro de portable ? »
Homme : « Non ! Son téléphone ! Elle l'a échappé. Je vais le mettre en dessous d'un des bancs du parc.Dans un sac brun. »
9-1-1 : « Je vous envoie une voiture de patrouille, vous leur remettrez le téléphone. Je peux avoir votre nom ? Monsieur ? Monsieur ? »

Le sergent-détective Gilles Lemaire, de la Section des crimes majeurs du SPVM, arrête l'enregistrement.

– Je le rejoue ?

– Non, pas besoin, répond une voix de femme, forte et autoritaire.

Lemaire est court, chétif et à la limite d'avoir l'air efféminé, ce qui lui vaut de nombreux quolibets de la part de ses collègues. Un jour, l'un d'eux l'a affublé d'un surnom qui lui va comme un gant et qui, depuis, lui colle au train : le Gnome. Un des enquêteurs les plus affables et efficaces de la Section, Lemaire a sept enfants, tous issus du même mariage. Les autres policiers surnomment ses enfants « les Sept Nains », puisqu'ils sont tous aussi lilliputiens que leur paternel.

Simple question de génétique, sans doute.

– À la voix et considérant qu'il ne voulait pas attendre l'arrivée de la voiture de patrouille, je dirais que c'est soit un *dealer*, soit quelqu'un qui vit dans la rue, affirme Lemaire en lissant le revers de son veston, impeccable comme d'ordinaire.

– Quelqu'un qui n'aime pas traiter avec la police, en tout cas ! déclare la femme. C'est un jeune de la rue, j'en suis certaine. Il faudrait qu'on aille voir dans le coin de la roulotte d'Antoine Chambord.

– Monsieur Antoine ?

– En plein ça. Il connaît à peu près tous les jeunes qui niaisent dans ce coin-là. Il pourra peut-être nous donner des pistes ou nous aider à retracer l'auteur de l'appel.

L'appel anonyme, reçu au standard du 9-1-1 à 21 h 11, le 7 mai, a créé un branle-bas de combat colossal. Les patrouilleurs dépêchés sur les lieux ont rapidement trouvé le téléphone mobile de Laila. Après quelques appels à son fournisseur de téléphonie mobile, les policiers disposaient de son nom et de son adresse. Une heure plus tard, la Section des crimes majeurs entrait en scène et envoyait deux enquêteurs chez elle. N'obtenant pas de réponse, ils ont pris les moyens nécessaires pour pénétrer à l'intérieur de son appartement. Trente minutes additionnelles et ils avaient mis la main sur sa carte d'assurance-maladie, qu'elle gardait dans le tiroir d'une commode, ainsi que sur un portfolio contenant plusieurs photos de mode qu'elle avait faites dans l'espoir de décrocher des contrats avec une agence de mannequins. Grâce à ces éléments, une alerte AMBER[5] a aussitôt été déclenchée.

– Ouvre donc la TV qu'on regarde comment ça sort dans les médias, dit la femme.

Lemaire se lève et fait quelques pas pour prendre la télécommande. La salle de conférences est beaucoup trop vaste pour deux personnes, mais c'est le seul endroit où il y a une télé. Le policier allume l'appareil et choisit la chaîne de Radio-Canada.

– Ça devrait passer d'ici deux minutes, lance-t-il en consultant sa montre.

– On n'a toujours pas retracé le père, ni la mère?

– Non. Mais avec sa carte d'assurance-maladie, ça devrait faciliter les choses. J'ai quelqu'un qui est en contact avec la Régie en ce moment même.

– Et la fille dont on a trouvé le numéro dans le téléphone de la petite, on a réussi à la joindre? demande la femme.

[5] « Alerte médiatique, but : enfant recherché. » L'alerte AMBER a été implantée au Québec le 26 mai 2003.

– Mélanie Fleury? Non, pas encore. On a un expert en informatique qui devrait arriver bientôt. Dès qu'on aura accès au contenu de l'ordinateur de la gamine, ça deviendra beaucoup plus facile de connaître ses fréquentations.

– Et de savoir ce qu'elle fabriquait avec une caméra HD professionnelle et quinze mille piastres d'équipement informatique! J'ai comme le sentiment qu'il y a un lien…

– Moi aussi. Tiens! Je pense que c'est ça qui va passer, fait Lemaire.

– Monte le son.

Julie Roy, présentatrice de nouvelles à la SRC, apparaît à l'écran. Une main sur l'oreille, elle donne l'impression que, pendant une seconde, elle se demande si elle est en ondes. Après une hésitation presque imperceptible, elle commence:

«Bonjour. Nous interrompons cette émission pour un bulletin spécial. Les policiers ont lancé cette nuit une alerte AMBER pour retrouver Laila François, dix-sept ans, kidnappée à l'angle des rues Berri et de Maisonneuve, à Montréal. Laila François est d'origine haïtienne, elle mesure un mètre soixante-dix et pèse cinquante-cinq kilos. Le véhicule recherché est une camionnette blanche, de type Econoline. Les vitres seraient teintées. Toute personne en possession d'informations reliées à cette disparition est priée de communiquer immédiatement avec le 9-1-1.»

Lemaire ferme la télé.

– Tous les autres réseaux, francophones et anglophones, diffusent le même bulletin, dit-il. Les stations de radio aussi. Les panneaux du ministère des Transports du Québec affichent le message que nous avons rédigé. J'ai parlé à Moreau de la SAAQ: tous les contrôleurs routiers disponibles sont sur la route et participent aux recherches.

– *Good job*, Gilles. Je vais aller voir dans le coin de la roulotte de Chambord. J'aimerais bien interroger le témoin de l'enlèvement. Tu m'appelles dès que vous localisez les parents ou encore cette fille, là… J'oublie toujours son nom!

– Mélanie Fleury.

– Fleury, c'est ça!

– *No problema*, Jacinthe, je te tiens au courant, répond le Gnome.

Jacinthe Taillon lève sa carcasse pachydermique de la chaise qu'elle martyrisait.

Le Gnome et la grosse Taillon font équipe depuis le renvoi de Lessard de la Section des crimes majeurs, quelques années auparavant.

17.

Dans la vie, tout est affaire de perspective.

L'appartement, qu'il trouve d'ordinaire trop petit, semble soudain plus vaste qu'un terrain de football, le temps, qui lui a toujours fait si cruellement défaut, paraît maintenant se dilater, s'embrouiller, comme si chaque seconde empiétait sur le territoire de celle qui la suit, créant ainsi un déséquilibre temporel.

En se levant, Lessard a d'abord tourné en rond pendant un bout de temps sans but, la tête vide. Il a glandé un peu sur Internet, puis il s'est lancé dans le ménage de la cuisine et a ramené un peu d'ordre sur le plan de travail encombré de chaudrons sales, rempli de vaisselle souillée, et taché de restes de repas. Il va terminer le boulot en passant une éponge humide sur le comptoir et en donnant un coup de balai sur le sol où roulent des mousses préhistoriques, mais, brusquement, il laisse tout de côté quand il avise les disques compacts qui traînent un peu partout dans l'appartement.

Pendant de longues minutes, il s'active, insère les disques dans les boîtiers vides, sort ceux qui ne sont pas rangés dans les bons, place les orphelins à part, trie une pile de CD qui ne sont pas identifiés. Quand il tombe sur *The Eraser*, l'album solo du chanteur de Radiohead, un titre que lui a offert Véronique, son aiguille d'énergie se met soudain à osciller dans le rouge. Il abandonne les disques sur le plancher du salon, prend une chaise dans la cuisine et va se poster à la fenêtre.

Il regarde tomber la pluie en fumant quelques cigarettes.

Les voitures passent en soulevant de grandes gerbes d'eau.

La vrille vers le bas est irréversible, elle l'entraîne vers les profondeurs d'une mare sournoise et noire. Il n'espère pas un miracle, juste retrouver un équilibre, un endroit en banlieue du mal-être qui anéantit et de la déprime passagère.

Mais, à ce stade, il n'y a pas de retour en arrière possible. Il faut juste retenir son souffle et souhaiter remonter à la surface.

Serait-ce la solution? pense-t-il tout haut.

– Ce serait la solution facile, dit une voix dans son dos.

Sans s'émouvoir, comme s'il s'était résigné à sa présence, Lessard surprend Raymond assis sur le canapé. Il n'a plus envie de se battre.

Au moins, cette enquête qui lui bouffait les intestins occupait sa tête.

Et ça lui permettait de voir Fernandez.

Son mobile, qui rebondit sur le comptoir de la cuisine, le ramène sur le plancher des vaches.

– Salut, frérot, c'est Valérie.

Merde... Il n'a pas rappelé sa sœur!

– Allo, *sister*. Excuse-moi, Martin m'a dit que tu avais appelé, puis ça m'est complètement sorti de la tête.

– Aucun problème. Je téléphonais pour prendre de tes nouvelles. Ça fait longtemps!

– Oui.

– Comment vas-tu?

– Ça va, et toi? dit-il en trouvant lui-même qu'il sonne faux.

– Très bien. Comment vont les enfants?

Il se rend compte qu'il n'en a aucune idée.

– Super bien. Et les tiens?

– Margaret étudie pour ses examens de fin de session au cégep et Soon-Yi est à la veille de terminer sa première année. Son français s'est énormément amélioré.

La nature semblant lui refuser d'avoir un deuxième enfant, sa sœur a adopté une petite Vietnamienne quelques années auparavant.

Lessard écoute à peine.

– Ah oui? Cool! Et Paul?

– Paul?! (Surprise.) Il va bien, j'imagine... Toujours avec son étudiante. Mais pourquoi tu me demandes de ses nouvelles, Victor? Ça fait plus de deux ans qu'on est séparés.

Lessard débranche le pilote automatique.

– Non, excuse-moi, je me posais la question, juste comme ça.

– Victor Lessard, tu es sûr que ça va?

Les larmes, encore. Il retient un sanglot.

– En fait, si tu veux vraiment le savoir, ça ne va pas du tout, Val. J'ai été mis en congé forcé. J'ai peur de faire une autre dépression.

– Oh! pauvre toi! T'as envie d'en parler? Qu'est-ce qui s'est passé?

– J'enquêtais sur un drame familial. J'ai craqué, je crois.

– Je voudrais tellement être là pour te serrer dans mes bras. Tu veux que je vienne? Je fais garder la petite et j'arrive d'ici une heure.

– Non, ça va, je t'assure.

– Mon pauvre Victor, n'importe qui à ta place aurait craqué, après ce que tu as vécu.

– Je t'ai déjà parlé de mon frère Raymond?

– Peut-être une fois ou deux. Mais tu sais, quand papa et maman t'ont adopté, tu avais seize ans et moi dix, tu ne confiais pas nécessairement ton jardin secret à ta fatigante de petite sœur. (Elle réussit à le faire sourire, un miracle!) Maman ne m'a expliqué que beaucoup plus tard ton histoire et ce qui arrivé avec ton père, mais sans entrer dans le détail. Si je me souviens bien, ton frère Raymond était le plus près de toi, en termes d'âge, c'est ça?

– Oui, c'est ça.

– Pourquoi me parles-tu de lui? Tu penses à lui ces temps-ci?

– J'aurais dû revenir du camp de jour avec lui, affirme Lessard en se tournant vers le canapé, d'où son frère boit ses paroles.

– Victor! Tu te fais du mal pour rien. Ça fait plus de trente ans, tout ça. Il faudrait que tu arrêtes de te culpabiliser et que tu te pardonnes de ne pas avoir été là. N'oublie pas que c'est ce qui t'a sauvé la vie et qui a permis à Charlotte et à Martin de naître. Si tu avais accompagné Raymond, tu te serais fait tuer, toi aussi.

– Peut-être…

– Pas peut-être. C'est certain. Tu aurais reçu une balle et tu serais mort, Victor.

– …

– Ça te ferait du bien de parler de ce qui s'est passé? Tu aimerais m'en parler à moi?

– Je ne veux pas t'embêter avec ça.

– Arrête, ne dis pas de conneries. Tu sais bien que je suis là pour ça. En plus, je t'avoue que je me suis parfois sentie coupable de ne pas mieux connaître ton histoire. Maman m'en a raconté un bout avant de mourir, mais je sais très peu de choses. Elle disait que c'était mieux ainsi, que c'était le passé. Je me souviens l'avoir entendue dire qu'un policier t'avait beaucoup aidé à l'époque. J'ai oublié son nom.

Ted Rutherford, son ancien coéquipier et mentor.

Papa respirait encore.

J'étais déchiré entre la haine et la compassion.

Il s'agissait tout de même de mon père!

Quel petit garçon ne conserve aucun amour pour son père, même si c'est un batteur de femmes et d'enfants, un salaud et le pire des lâches?

J'ai sursauté quand il a ouvert les yeux.

Il ne bougeait aucune autre partie de son corps. Je ne sais pas ce qui est passé dans son regard à ce moment-là, quand il m'a vu. Était-il conscient de la monstruosité des actes qu'il venait de commettre? Était-il, au contraire, déçu par ma présence, qu'il percevait comme un échec dans sa tentative de rayer complètement notre famille de la carte?

Sans que j'y réfléchisse ou que je prémédite mon geste, mes mains se sont approchées de sa gorge et l'ont enserrée. Je n'avais que douze ans, mais j'étais costaud pour mon âge.

J'ai étranglé mon père pendant qu'il me fixait, jusqu'à ce qu'il devienne mauve, que sa langue se tortille et que ses yeux se révulsent vers l'arrière.

Je ne l'ai pas fait par empathie, mais parce que j'avais envie qu'il crève, parce qu'une pulsion irraisonnée s'était emparée de ma tête, parce que je le considérais comme mon débiteur, lui qui avait anéanti d'un coup mes rêves, mes espoirs et mon insouciance.

Aurait-il pu être sauvé si les médecins étaient arrivés avant moi ?

Je me suis longtemps demandé si le fait de le tuer faisait de moi un meurtrier. Mais j'ai compris ce jour-là que la colère et la vengeance sont ancrées au plus profond de nous-mêmes et que, si j'avais la capacité de tuer mon propre père à mains nues, je pouvais sans conteste enlever la vie à d'autres humains.

Après avoir découvert les corps, j'ai marché jusqu'au téléphone et j'ai appelé notre voisin, monsieur Duguay. Je me suis assis à côté de Raymond et j'ai attendu. Les policiers sont arrivés sur les lieux presque en même temps que monsieur Duguay, qui courait dans tous les sens. Un policier d'une trentaine d'années s'est avancé vers moi. Je tenais Raymond dans mes bras.

– C'est ton petit frère ?

– Oui.

– Comment s'appelle-t-il ?

– Raymond.

– Et toi ?

– Victor.

– Écoute, Victor, il y a des ambulanciers et des médecins qui vont venir s'occuper de Raymond et qui vont faire bien attention à lui.

– D'accord.

– Tu veux venir avec moi, Victor ? On va sortir dehors et laisser les autres policiers faire leur travail.

– D'accord.

J'ai pris sa main. Nous sommes sortis. Le soleil était aveuglant.

– T'as envie de voir une voiture de police, Victor? Viens...

– D'accord.

Il m'a assis sur la banquette. Il m'a expliqué les fonctions de la radio de bord. J'étais dans un autre monde, à la frontière du rêve.

– C'est quoi votre nom, m'sieur?

– Oh, désolé. Je m'appelle Edward Rutherford. Mes amis m'appellent Ted.

– Tu es toujours là, Victor?

– Oui, excuse-moi, dit Lessard en émergeant de ses pensées.

– Mon pauvre chéri. Ça te fait une grosse année. D'abord ta rupture avec Véronique, puis maintenant ça. C'est normal si tu te sens déprimé. As-tu vu ton médecin?

– Pas encore. Je dois rencontrer la psychologue du service avant.

– C'est super important que tu prennes soin de toi, mon chéri. Qu'est-ce que tu fais vendredi? As-tu Charlotte avec toi?

– Non, je ne crois pas.

– Que dirais-tu si on allait souper ensemble sur Monkland, hein? Juste nous deux!

– OK. Je ne sais pas. Peut-être...

– C'est décidé! Je passe te prendre à 18 h, vendredi. Ça te va?

– Ouin, ça me va.

– Tu sais que tu peux m'appeler à toute heure. Tu le sais, non?

– Oui. Je le sais.

Raymond l'a suivi dans la chambre où Lessard a ressorti la boîte de chaussures qu'il garde sous le lit. Il contemple des photos en noir et blanc de ses parents adoptifs, des gens doux et aimants, partis trop tôt, ainsi qu'un portrait de Raymond et de lui. Une photo fixe dans le temps un instant, immortalise son sujet. Il a toujours été fasciné par le fait que deux personnes du même âge apparaissant sur une photo puissent, sans le savoir au moment où le déclencheur capte leur sourire, mourir à plusieurs décennies d'intervalle. Comme ces femmes qui survivent parfois plus de cinquante ans à leur mari, tandis que celui-ci se fige à jamais sur la pellicule. Lessard ne peut empêcher son esprit de combler le fossé et d'imaginer de quoi son frère aurait l'air maintenant.

Encore son mobile qui sonne!

– Victor? C'est Élaine Segato.

Lessard met quelques secondes à faire les connexions... Élaine Segato.

Les mouches!

– Je n'ai pas eu de tes nouvelles et je suis curieuse. Avez-vous trouvé un autre corps dans la maison?

Le policier est sur le point de lui dire de téléphoner à Fernandez, que c'est elle qui assure dorénavant le suivi de l'enquête. Mais il n'a pas envie d'avoir l'air cave.

– Excuse-moi, j'ai été débordé. Non, mais on a retrouvé quelques carcasses d'animaux dans le coin. J'ai pris des photos. Je voulais te les montrer pour savoir ce que tu en penses, puis ça m'est sorti de l'idée.

– Veux-tu passer à mon bureau, à l'Insectarium?

– Heu... c'est-à-dire qu...

– Vers 17 h?

– OK.

Il mémorise l'adresse et file sous la douche.

• • •

Pasquale Moreno expulse l'air du tensiomètre, défait le brassard qui enserre son bras et note avec soin dans un carnet la mesure de tension artérielle affichée sur l'écran.

Le rituel se répète chaque jour, depuis que sa mère est morte d'une embolie, alors qu'il était adolescent.

Pasquale sourit: 120/70 mmHg. Sa pression est parfaite, comme d'habitude.

Bien que la mesure demeure invariable, jour après jour, il ne peut s'empêcher de la contrôler.

Pasquale souffre d'*Internetose*, maladie apparue au tournant des années 2000, un trouble obsessif compulsif le poussant, devant le moindre petit bobo, à taper ses symptômes dans Google. Chaque fois, il en est quitte pour une frayeur et une visite chez son médecin de famille. Depuis un an, il s'est cru atteint de multiples cancers et de maladies incurables. Dans ses pires délires, il s'est vu à ses funérailles et a imaginé cette séparation déchirante d'avec Maria et les enfants.

Dernier conseil en lice de son médecin: débrancher l'ordinateur.

Malgré la pluie, Pasquale sort de la voiture et fait quelques pas dans la ruelle. Il en a assez de l'air vicié de l'habitacle. En plus, à passer ses journées à faire le guet, immobile, ne risque-t-il pas une phlébite ou une autre affection plus grave?

Il lance un regard vers l'immeuble de la rue de La Gauchetière.

Rien ne bouge: c'est comme ça depuis la veille.

Encore quelques heures et on viendra le relever, encore quelques tours de cadran et il pourra rentrer retrouver sa petite famille.

Il n'est jamais si bien que chez lui, auprès des siens.

• • •

Vêtu et coiffé avec soin, Lessard rejoint Élaine Segato à la porte des bureaux administratifs de l'Insectarium, déserts à cette heure de la journée. Souriante, elle l'accueille en lui faisant une bise sur chaque joue.

Pris par surprise, il se fige.

Le policier espère qu'elle ne s'est pas formalisée de sa froideur, qui n'est en fait que de la maladresse et de la timidité. Il la suit jusqu'à son bureau, dans une enfilade labyrinthique de corridors.

Il ne peut s'empêcher de la reluquer: *dreads* attachés, lèvres brillantes de *gloss*, Élaine porte un jean noir moulant et un chemisier avantageusement déboutonné. Cette fille a un corps à des milles de celui qu'il avait imaginé sous ses vêtements amples, lorsqu'il l'a rencontrée au déjeuner.

– Après vous, monsieur Lessard!

Elle vient de stopper net devant la porte d'un bureau rempli de papiers.

Lessard remarque un Mac sur la table de travail et un microscope près de la fenêtre.

Des encadrements munis d'une vitre avec, à l'intérieur, des insectes et des bestioles hideuses, piqués à l'aide d'aiguilles sur des rectangles de liège, tapissent les murs. Il y en a des dizaines, voire des centaines.

– Impressionnant, hein? lance-t-elle en voyant qu'il s'intéresse à sa collection. Il y a quelques pièces rares là-dedans.

– Comment es-tu devenue entomologiste? demande Lessard à qui il ne serait jamais venu pareille idée.

– Au grand désespoir de ma mère, j'étais le genre de gamine qui collectionnait les bibittes dans des pots de bébé en verre. Mon père perçait des trous d'aération dans le couvercle, avec un clou. Ça a continué à l'adolescence quand un lointain cousin m'a fait don d'une collection de papillons. Il y en avait partout dans la maison. J'ai failli rendre ma mère folle, elle qui rêvait d'une fille qui s'intéresserait au dessin et aux poupées!

– Elle doit être fière de toi, maintenant.

– Oui, assez. Quoiqu'elle trouve que je mène ma vie d'une drôle de façon. *Generation gap!* Et toi, comment tu t'es retrouvé dans la police? On t'a offert une paire de menottes en cadeau quand tu avais cinq ans?

– À peu près, répond-il avec un sourire forcé.

Lessard sort les photos qu'il vient de faire imprimer dans une pharmacie et les étale sur le bureau. Élaine les regarde attentivement, lui demande des précisions sur la distance entre les carcasses découvertes et la maison.

– Écoute, je ne sais pas quoi te dire, conclut-elle. Il faudrait faire analyser chaque carcasse pour savoir depuis combien de temps elle se trouve là, analyser les œufs et les larves qui y ont été pondus. Mais à l'œil, comme ça, je t'avoue que, considérant la quantité de mouches retrouvées dans la maison, ça m'apparaît peu probable que ces carcasses en soient la source. Je m'attendais plutôt à ce que vous trouviez quelque chose à l'intérieur. Quelque chose de plus gros. Un chien mort, par exemple.

– Alors, on revient à mon hypothèse de base. Les mouches ont été introduites dans la maison.

– Oui, mais par qui? Ne s'agissait-il pas d'un drame familial?

Lessard lui parle du message découvert dans la remise et du témoignage de Faizan. Il ne se sent pas d'humeur à entrer dans le détail, mais il suggère qu'au moins une autre personne pourrait être impliquée.

– Le prêtre aperçu par Faizan?

– C'est une possibilité.

– Mais pourquoi introduire ces mouches? demande-t-elle. Dans quel but?

– Je ne sais pas, avoue le policier. C'est difficile d'élever des mouches?

– Non, certaines espèces sont très faciles à élever, en particulier celles que vous avez retrouvées sur les lieux du crime. Tu achètes du foie de porc, tu le mets dans une cage vitrée, un aquarium par exemple, et tu y mets des spécimens mâles et femelles. Ils vont s'accoupler et les femelles vont pondre. Il s'agit de garder la bonne température. Les mouches vont continuer à pondre et à se reproduire tant qu'il y aura de la nourriture.

– Mais comment faire si tu veux en élever une grande quantité, comme celle qu'on a trouvée dans la maison?

– Il suffit de répéter le même manège à large échelle, dans plusieurs aquariums. Ou encore tu en fais une provision, tu les stockes.

– Mais tu m'as dit qu'une fois adultes, les mouches vivent entre vingt et trente jours, non?

– Oui, c'est vrai.

– Alors, comment les stocker?

– Tu les mets dans une chambre froide, ça va ralentir leur développement et leur activité, mais il faut que la température soit contrôlée, sinon elles risquent de mourir.

– Je comprends. Est-ce qu'il y a une salle de bains dans les parages?

– Juste au bout du corridor. Laisse-moi te montrer.

Quand Lessard revient dans le bureau d'Élaine, soulagé d'un besoin urgent, la jeune femme est plongée dans la lecture d'un bouquin.

– Qu'est-ce que tu lis ? La bible ?

– Je ne sais pas pourquoi, mais j'ai eu un *flash* quand tu m'as parlé du prêtre. Tu te souviens du quatrième fléau ?

– Le quoi ?

– Le quatrième fléau. Pas suivi de cours de catéchèse, Victor ?

– Pas les mêmes que toi, à ce qu'il semble.

Élaine prend sa voix la plus grave :

– « Le Seigneur dit à Moïse : "Demain, lève-toi de bon matin et va te présenter devant le Pharaon au moment où il descend au bord du fleuve. Tu lui diras : Le Seigneur t'ordonne ceci : Laisse partir mon peuple, pour qu'il puisse me rendre un culte. Si tu ne le laisses pas partir, je provoquerai une invasion de mouches piquantes sur toi, sur ton entourage, sur ton peuple et dans tes palais." »

– Des mouches piquantes ? Des abeilles ? Quel est le lien ?

Élaine s'esclaffe.

– Il n'y en a pas. Mais je trouvais ça rigolo. Quand on regarde ce qui s'est passé dans l'affaire sur laquelle tu enquêtes, si on appliquait un raisonnement catho, on croirait que c'est la résurgence du quatrième fléau.

Lessard ne dit mot, de peur de paraître ridicule, mais des bribes du témoignage de Faizan continuent de résonner dans ses oreilles.

Un prêtre qui tenait une hache à la main.

Ils sont sur le point de se dire au revoir sur le trottoir, face à l'Insectarium. Lessard se prépare à lui faire la bise, cette fois il n'aura pas l'air d'un rustre.

– Je ne sais pas si Jacob te l'a dit, mais je suis assez directe dans mon genre.

Le policier hausse les épaules, incertain du sens à accorder à sa remarque.

– Il ne m'a parlé de toi qu'au plan professionnel.

– Ah bon? Alors, je me lance. T'es célibataire, Victor?

Malgré sa mise en garde, la question d'Élaine le prend par surprise, forme une boule douloureuse dans sa gorge.

– Non. Je veux dire: oui!

– Tu l'es ou non?

– Oui, oui! Je suis célibataire!

– Alors, on va prendre une bière?

Je lui dis que je suis dans les AA, ou pas?

Il opte pour la solution mitoyenne:

– Malheureusement, je ne bois plus d'alcool.

– Pas grave. Dans ce cas, écoute, je vais droit au but: j'ai une formation en biologie, Victor. Quoi qu'on en dise, nous sommes tous des animaux. (Sourcils froncés, il se demande où elle s'en va avec cette entrée en matière.) Je suis présentement dans mon cycle d'ovulation, ce qui fait que je ressens physiologiquement le besoin de m'accoupler. Des études montrent même qu'une femme dans cette période de son cycle menstruel prend davantage soin de son apparence. C'est comme ça, c'est biologique! Tu es un mâle et moi, une femelle. Je te trouve beau et gentil. Tu m'emmènes manger un morceau, on bavarde un peu et après on passe chez moi. *No strings attached* et je fournis les préservatifs. Ça t'intéresse?

– Oui, dégaine illico Lessard, mauve de gêne.

Élaine lui adresse un sourire enjôlant, lubrique.

– Cool! Tu crois qu'on peut mettre mon vélo dans ta voiture?

– Aucun problème.

– La seule condition, c'est qu'on couche chacun chez soi après. Je ne supporte pas de dormir avec quelqu'un.

Lessard se garde d'ajouter: «Et moi les lendemains matin.»

Au restaurant, ils continuent de parler boulot sans vraiment rien ajouter de neuf.

Le repas est vite expédié et l'addition, réglée séance tenante, Élaine et Lessard ayant visiblement envie de passer au plat principal.

Durant le trajet en voiture, effectué dans le silence le plus complet, ils se jettent d'abord des regards furtifs, à la dérobée, puis Lessard pose sa main sur celle d'Élaine, ce qui agit un peu comme une catharsis, puisqu'à compter de ce moment ils se dévisagent sans retenue, ils se dévorent des yeux.

Le policier se sent étonnamment calme.

Loin de le troubler, le silence qui règne dans l'habitacle constitue une bulle enveloppante qui les isole du reste du monde, comme si rien en dehors de l'instant qu'ils partagent n'existait.

Voulant ranger son vélo dans le hangar, Élaine a demandé à Lessard de se stationner derrière son appartement, dans une ruelle étroite et presque entièrement plongée dans l'obscurité. Il s'apprête à sortir de l'auto quand elle met une main sur sa jambe.

Les yeux soudés, ni l'un ni l'autre ne bouge, comme s'ils voulaient prolonger le désir, puis il s'approche d'elle, leurs visages s'effleurent, les lèvres de Lessard frôlent la peau cotonneuse d'Élaine.

Lentement, leurs bouches se cherchent, leurs lèvres s'apprivoisent, leurs langues s'explorent. Les baisers deviennent de plus en plus profonds, les mains, de plus en plus baladeuses et l'intensité monte jusqu'à la frénésie, les petits seins ronds d'Élaine se retrouvent dans les paumes de Lessard, les braguettes s'abaissent dans l'urgence, un à un, les vêtements disparaissent, virevoltent dans l'auto. Elle le masturbe pendant qu'il lui prend les fesses à pleines mains.

– Attends, les préservatifs sont dans mon sac.

Elle l'aide à ouvrir le sachet et il enfile le condom. Non sans peine, ils réussissent à se déplacer sur le siège arrière. Lui faisant dos, elle relève son petit cul comme une offrande, lui présente sa croupe. Lessard la pénètre d'un coup, un grand frisson lui parcourt l'échine. Élaine se cambre pour l'enfoncer encore davantage en elle.

Les vêtements plaqués sur le corps, ils ont repris leurs sièges respectifs et les ont inclinés. Un peu de pluie se glisse dans la Corolla par les vitres baissées au quart.

Ils fument une cigarette, Élaine tire goulûment sur la sienne.

– Fumeuse? demande Lessard.

– Seulement après le sexe. (Ils rient.) Mmm... c'était vraiment trop bon! Il y a longtemps que je n'avais fait ça dans une voiture...

– Tu l'avais déjà fait, toi? Pas moi! avoue-t-il candidement.

– Alors, tu pourras sortir ta liste. Baiser dans une voiture: *check*!

– Et pas avec n'importe qui! Une Ph. D. à part ça! Tu crois qu'on nous a vus?

– Avec cette pluie? J'en doute, rétorque Élaine.

– De toute façon, on s'en fout!

– Absolument, dit-elle en hochant la tête. (Elle se tourne vers lui.) Merci pour cette belle soirée, Victor.

– Merci à toi. Après la journée que j'ai eue, ça m'a fait un bien énorme.

– Tu veux monter prendre une tisane avant d'aller te coucher?

– Oui, je veux bien.

Au final, Lessard rentre chez lui au petit matin, les jambes qui vacillent.

Élaine Segato n'avait pas de tisane, mais un appétit insatiable.

Alors qu'il se prépare à s'installer dans son *Lazy Boy*, son mobile sonne.

Lessard tressaille.

L'afficheur indique « Viviane Gray ».

Le message découvert dans la remise des Cook passe comme un film devant ses yeux.

– Allo?

– Bonjour, monsieur Lessard, ici Viviane Gray, dit une voix affolée à l'autre bout du fil.

18.

Peu à peu, Laila a émergé des profondeurs du brouillard léthargique dans lequel elle se trouvait plongée, ses paupières étaient lourdes, sa bouche, pâteuse, et une douleur sourde irradiait la base de sa nuque.

Nauséeuse, elle l'a palpée du bout des doigts, a découvert une boursouflure sensible au toucher. On l'avait droguée, elle en était certaine. Même si elle se sentait désorientée, elle avait pleinement conscience de ce qui lui arrivait : elle avait été enlevée alors qu'elle se dirigeait vers la station de métro.

Quelle conne !

Elle aurait dû se méfier quand la camionnette s'était immobilisée devant elle. Au lieu de cela, elle avait tourné le dos à son agresseur, dont elle n'avait rien vu.

Combien de temps avait-elle dormi ?

Où était-elle ?

Le noir était opaque, dense, intégral.

Son pouls s'est emballé, elle s'est levée, a vacillé, s'est redressée, a marché à l'aveuglette, les bras tendus dans le vide ; ses doigts ont rencontré un mur, elle l'a tâté, s'est accroupie. Partout, elle touchait la même matière matelassée !

Il faut que je sorte d'ici ! Il faut que je sorte d'ici !

Elle s'est brusquement tournée.

Avait-elle entendu quelque chose ?

Son cœur tapait dans ses oreilles, il allait exploser dans sa poitrine, elle allait mourir maintenant et elle ne saurait même pas pourquoi ! Elle s'est affolée dans toutes les directions, a buté contre les parois ; finalement elle s'est frappé les tibias sur quelque chose et elle est tombée. La chute a été violente, même si ses coudes l'ont amortie.

Son esprit tournait à vide, échafaudait toutes sortes de théories. Sur quoi s'était-elle cognée? Qu'est-ce qu'il y avait sur le sol?

Un corps?

Elle ne sortirait jamais de là! C'est sûr qu'elle ne sortirait jamais de là! Elle s'est mise à frapper à coups de poing et à coups de pied sur les murs.

– Je veux sortir! Je veux sortiiiiiiiir! Laissez-moi sortiiiiiiiir! *Let me out! Let me out!*

Laila a crié jusqu'à l'épuisement, mais ça n'a rien fait d'autre que de lui enflammer la gorge. Personne n'a réagi, personne n'a répondu à ses cris, même pas pour lui enjoindre de se taire.

Son esprit a continué à délirer:

Quelqu'un l'avait-il vue se faire kidnapper?

Quelqu'un se rendrait-il compte de sa disparition?

Tout s'était passé si vite.

Je vais mourir ici, seule.

Je vais finir comme tous les autres dont on n'entend plus jamais parler.

Elle s'est assise, hébétée, vidée à force de larmes et de cris.

Une chanson lui est revenue en mémoire: *Signe distinctif* de Richard Desjardins, que son amie Mélanie lui avait fait écouter en boucle:

Au moment de sa disparition
Elle portait
Un collier d'étoiles
Et son cœur en robe du soir.

Laila s'est raisonnée.

Si je veux sortir vivante de ce trou à rats, je dois réfléchir, essayer de garder mon calme, respirer par le nez.

À quatre pattes, elle a parcouru sa cellule.

Finalement, elle n'a pas trébuché sur un corps, mais bien contre des toilettes en inox. Lorsqu'elle a soulevé le couvercle de la cuvette, une lumière bleutée s'est allumée pendant quinze secondes. Elle en a profité pour examiner sa geôle : quatre murs, plafond et plancher matelassés, un rouleau de papier hygiénique, un oreiller et une couverture.

À l'œil, elle a estimé que la pièce fait environ dix mètres carrés.

Il n'y a pas d'eau dans la cuvette, seulement un liquide verdâtre dégageant une odeur semblable à celle des toilettes chimiques qu'on trouve sur les chantiers.

À ses dépens, Laila s'est rendu compte que les toilettes sont équipées d'un mécanisme permettant de bénéficier de la lumière bleutée uniquement durant deux périodes de quinze secondes par heure.

Installées à même le sol, les toilettes ne sont pas, contrairement aux toilettes conventionnelles, munies d'un réservoir contenant l'eau nécessaire à la vidange. Celle-ci se fait plutôt lorsqu'on appuie sur un bouton au mur, au grand dam de Laila, qui avait espéré un instant récupérer la tige métallique supportant le flotteur pour s'en faire une arme.

Elle s'est rassise, dos contre mur, un peu découragée.

Qui peut être assez tordu pour imaginer de tels pièges ?

Elle a décidé qu'il ne lui servait à rien d'anticiper.

La seconde qui venait de passer n'existait plus et la suivante n'existait pas encore. Seul le moment présent comptait et, ce moment, elle le passait en vie. Pas dans les meilleures conditions, certes, mais en vie, avec toutes ses facultés physiques et mentales.

C'était déjà beaucoup.

Avait-t-elle entendu du bruit ou était-ce un mirage auditif, une invention de son esprit? Encore un bruit, plus près cette fois, un glissement, puis un son métallique.

Elle a sursauté, son cœur s'est remis à battre comme un métronome détraqué : une trappe s'est ouverte dans le mur pour se refermer aussitôt.

Le choc provoqué par l'ouverture de la trappe n'était pas assourdissant, mais faites le test, restez dans le silence absolu pendant plusieurs heures, vous verrez que le craquement d'une allumette à proximité ressemblera soudain à la déflagration d'une grenade.

Laila est tombée sur les genoux et s'est mise à crier :

– Hé ! Hé ! Qu'est-ce que vous me voulez ?

Pour toute réponse, une lueur tamisée a tout à coup enrobé la pièce, assez puissante pour qu'elle distingue qu'on avait déposé quelque chose sur le sol.

Elle a tenté de déterminer d'où provenait la lumière, mais c'était comme si le halo se glissait entre les interstices du rembourrage. Elle s'est approchée de l'endroit où la trappe s'était ouverte, elle a essayé d'y glisser les doigts, d'en trouver les contours, d'en forcer l'ouverture : elle n'a réussi qu'à s'abîmer les ongles.

L'odeur s'est infiltrée dans ses narines avant qu'elle touche le bol fumant et le quignon de pain du bout des doigts.

Une soupe.

Et si c'était un piège, si on voulait la droguer ou l'empoisonner ?

Comme elle n'avait pas de cuillère, elle a lapé le liquide, l'a bu par petites lampées. Elle y a aussi trempé le pain, lourd de farine et de céréales. Elle n'était pas rassasiée, mais au moins elle avait quelque chose dans l'estomac.

La lueur s'est voilée, puis a disparu.

Je mourrai à cent ans, à Milan, se répétait-elle.

C'est fou comme être assis dans le noir le plus complet peut altérer vos repères.

Ça fait plusieurs heures que Laila est cloîtrée dans l'obscurité. Depuis un bon moment, elle occupe son esprit à essayer de comprendre pourquoi on la retient prisonnière.

Elle s'est d'abord demandé quelles étaient les intentions de son ravisseur.

Sans doute pour se rassurer, elle s'est dit que si celui-ci voulait la violer, la torturer ou même la tuer, il aurait déjà eu amplement le temps de le faire.

Puis, elle s'est mise à penser au film *Le silence des agneaux* et à la jeune fille, enfermée dans le puits, pendant que le psychopathe l'ayant enlevée se confectionne une seconde peau avec les lambeaux qu'il a arrachés sur ses victimes précédentes. Elle a aussi songé à tous ces cas d'enlèvements hautement médiatisés au Québec, la plupart impliquant des fillettes que l'on n'avait jamais revues.

Elle a pleuré, en se disant qu'elle n'était pas à l'abri de ce genre de drame.

Laila a réfléchi et elle s'est convaincue qu'avant d'essayer de deviner les intentions de son ravisseur, il valait mieux se demander qui la retenait prisonnière. Le motif viendrait ensuite plus facilement. Elle s'est souvenue à cet égard d'un épisode de *CSI* qu'elle avait regardé en reprise à 4 h du matin, une de ces trop nombreuses nuits où elle n'arrivait pas à s'endormir, même après avoir gobé autant de somnifères que la raison le permet. Dépêché sur les lieux d'un meurtre, un des inspecteurs, dont elle détestait le visage botoxé, avait déclaré à la femme de la victime que, dans quatre-vingt-dix pour cent des cas, celle-ci connaît son agresseur.

Cette idée a fait son chemin dans le cerveau de Laila.

Cette statistique s'applique-t-elle dans les cas d'enlèvement?

Le cas échéant, connaît-elle son ravisseur?

Tout d'abord, procéder par logique.

Que sait-elle à propos de celui qui l'a kidnappée?

Les faits:

Fait numéro 1: Il s'agit d'un homme, elle en est convaincue, et doté d'une grande force physique en plus. Car celui qui l'a saisie l'a hissée d'un bloc dans la camionnette, sans même qu'elle puisse se débattre.

Fait numéro 2: L'homme était seul dans le véhicule. D'une part, elle n'a entendu aucune parole ou conversation avant de perdre connaissance et, d'autre part, elle n'a senti que deux mains sur son corps. Elle ne les a pas vues, mais elle serait prête à le jurer si sa vie en dépendait: seulement deux mains ont touché son corps, deux mains puissantes. S'il y avait eu une autre personne, elle aurait à coup sûr mis l'épaule à la roue au moment le plus crucial de l'opération.

Et, maintenant qu'elle y réfléchit, elle était déjà dans le brouillard, mais elle se souvient que la camionnette n'est pas repartie aussitôt que son ravisseur a refermé la porte latérale. Le véhicule n'avait pas encore démarré avant qu'elle s'évanouisse. Il n'y avait donc pas de chauffeur en plus de l'homme qui l'a maîtrisée. Si cela avait été le cas, le chauffeur aurait démarré dès l'instant où la porte latérale s'était refermée.

Fait numéro 3: L'homme avait accès à des narcotiques puissants ou, à tout le moins, à une drogue assez forte pour induire un état léthargique de façon brutale.

Fait numéro 4: L'homme possédait ou avait loué une camionnette blanche. Pas un vieux tacot avec des dessins de têtes de mort dessus. Non! Une camionnette toute blanche, propre, un modèle récent pour autant qu'elle se souvienne. Elle ne savait pas quoi en conclure, mais ça faisait partie des faits.

Fait numéro 5: Il n'y a pas de fait numéro 5!

Tout ça a-t-il un sens?

Ses raisonnements tiennent-ils la route ou bien écoute-t-elle trop la télé?

Une liste de suspects potentiels commence à germer dans sa tête.

Bien sûr qu'elle extrapole!

Mais qu'a-t-elle d'autre à faire, à part s'inventer un ami imaginaire et se mettre à parler à la cuvette en l'appelant Wilson, hein? Quoique, dans ce cas-ci, Crane serait un nom plus approprié.

Le visage de fouine de Razor apparaît soudain dans l'encoignure des réflexions de Laila.

Ce petit salaud d'Irlandais aurait-il osé?

Il est bien assez fort physiquement pour s'acquitter proprement d'un tel boulot et il a accès à toutes les drogues possibles. Razor a-t-il une camionnette blanche? Elle l'a toujours vu traîner ses sales pattes sur le bitume, donc elle ne sait pas à quoi s'en tenir à cet égard. Cela étant, se procurer un véhicule blanc est à la portée du premier des imbéciles, donc il se qualifie d'emblée.

La question cruciale, maintenant...

Pourquoi?

Il vient à peine de la menacer et de se payer des intérêts en nature en l'obligeant à le sucer. En plus, comment pourrait-elle lui rendre l'argent s'il la garde prisonnière? À moins que son seul objectif soit de lui faire peur.

Si c'est le cas, bravo, c'est réussi! Elle est morte de trouille...

Razor est quand même une possibilité non négligeable.

Un 8 sur 10, estime-t-elle.

Il y a aussi ce fêlé qui se cache sous l'avatar HORNY_PRIEST et qui communique avec elle au moyen de la messagerie de la webcam. Outre le jour où elle était avec Mélanie, combien de fois est-ce arrivé?

Deux, trois peut-être.

Et toujours le même genre de message.

Une description de ses vêtements pour lui faire comprendre qu'il l'avait vue ce jour-là et des propos somme toute respectueux, si l'on considère qu'ils n'étaient ni agressifs ni cochons. Tout au plus lui faisait-il des éloges sur sa beauté et de frileuses déclarations d'amour.

Qu'avait dit Mélanie à cet égard?

Ah oui, que c'était peut-être David qui s'exprimait sous le couvert de l'anonymat.

Laila réfléchit quelques secondes.

David est un 3 sur 10.

Trop chétif pour pouvoir la hisser dans le véhicule d'un trait, probablement pas assez dégourdi pour se procurer la drogue. En plus, maintenant qu'elle y songe, David était avec elle dans la chambre, une des fois où elle avait reçu un message de HORNY_PRIEST.

Non, il lui faut chercher davantage parmi les gens qui gravitent autour d'elle.

Un des hommes de Nigel?

Un des gars rencontrés à la roulotte?

Un des musiciens?

Le gars de la sono?

Merde, elle n'est guère plus avancée!

Quant aux motifs de ce HORNY_PRIEST, elle préfère ne pas penser à ça. En effet, que peut bien vous vouloir un désaxé qui vous envoie de tels messages, sinon vous séquestrer pour le reste de vos jours et réaliser sa palette de fantasmes à vos dépens? Elle se rappelle avoir vu un reportage au journal télévisé sur une jeune Autrichienne gardée en captivité durant huit ans. La fille avait finalement profité d'un moment d'inattention de son ravisseur pour lui fausser compagnie.

HORNY_PRIEST est un 9 sur 10.

Toujours en tenant pour acquis qu'elle connaît son agresseur, il reste une dernière possibilité, celle qu'elle se refuse obstinément à envisager.

La pire de toutes.

Que LUI ait retrouvé sa trace.

19.

La vérité, c'est qu'il n'y a pas de vérité.

Pablo Neruda

– J'ai des informations importantes à vous communiquer sur John Cook, poursuit Viviane Gray, d'un ton décalé, comme si son attention n'était pas centrée uniquement sur la conversation qu'elle vient pourtant d'amorcer avec le sergent-détective.

– Je vous écoute.

– Non, pas au téléphone. Il faut qu'on se voie, ajoute-t-elle, une urgence dans la voix. Il faut qu'on se voie maintenant!

– Il est presque 5 h du matin, madame. Déjeunons ensemble vers 9 h, par exemple.

Il songe à lui avouer qu'il a été dessaisi de l'affaire, mais se ravise. Il est trop curieux pour ne pas la rencontrer.

– Il sera trop tard, je serai morte.

Lessard a entendu toutes sortes d'affirmations depuis qu'il a commencé dans le métier, des loufoques, des saugrenues, des mélodramatiques, des rigolotes, des mensongères, bref, assez pour savoir que, cette fois-ci, la personne qui la profère exprime un état de fait dont elle ne doute aucunement.

– Pourquoi dites-vous ça?! On vous a menacée?

– En quelque sorte.

– Si vous êtes en danger, rendez-vous au poste de police le plus proche.

– Ça ne donnera rien, on me prendra pour une folle.

– Que voulez-vous dire? Expliquez-vous!

– La seule chose que je peux vous dire, c'est que John Cook n'a tué ni sa femme ni ses enfants.

– Qui les a tués, alors?!

– Pas au téléphone! Retrouvez-moi à la gare Centrale. Dans trente minutes.

Lessard parle seul pendant quelques secondes avant de s'apercevoir que Viviane Gray a raccroché.

Il entreprend de se rhabiller en maugréant. Il ne va pas tarder à savoir s'il s'agit d'une histoire à dormir debout, mais, pour l'instant, c'est précisément son problème: il dort debout.

Il met la cafetière en route et fouille dans le congélateur, où il garde du café régulier pour les grandes occasions.

Cas de force majeure, se dit-il en sirotant le nectar les yeux fermés, un sourire de satisfaction au coin des lèvres.

Il roule dans la rue Sherbrooke.

Au feu rouge, coin Atwater, il immobilise la Corolla à côté d'un taxi. Il échange un regard avec une jolie fille sur la banquette arrière, tout en écoutant Karkwa à plein volume.

Les questions glissent dans sa tête.

Pourquoi m'a-t-elle appelé moi, alors que je ne suis plus le responsable de l'enquête?

Comment a-t-elle eu mon numéro?

De quoi a-t-elle peur?

Il s'est demandé s'il devait apporter son Glock. Contrairement à tous les flics qu'on voit dans les films, son arme de service est la seule qu'il possède. Après avoir longuement hésité, il a glissé le pistolet dans sa ceinture.

5 h 50

La rue de La Gauchetière est aussi détrempée que déserte à cette heure.

Comme il a l'embarras du choix, il se gare devant l'entrée située au coin de la rue University. Il y a des parcomètres, mais il sera de retour bien avant 9 h, se dit-il. Il s'engouffre dans l'édifice et passe à côté de la clinique sans rendez-vous En route, où il va quand il a des ennuis de santé. C'est un des médecins de cette clinique qui a diagnostiqué son problème de reflux. Lessard s'avance dans la salle des pas perdus, où pend, au centre, le grand panneau lumineux de VIA Rail Canada sur lequel sont affichées les destinations et les heures de départ. La gare n'est ouverte que depuis cinq minutes et, déjà, les premiers voyageurs affluent. Le policier a d'ailleurs vu, en stationnant l'auto, un groupe de touristes japonais descendre d'un car. En plus, avec les trains de banlieue qui vont commencer à arriver et à vomir leur lot de travailleurs de transit, ceux-là même qui se nourrissent aux mamelles de Montréal le jour, mais qui s'en retournent repus, sur le coup de 17 h, digérer en banlieue, l'endroit ne va pas tarder à grouiller de monde.

Lessard fouille la salle du regard et réalise à ce moment qu'il ne sait pas à quoi ressemble Viviane Gray. Il y a une dame assise sur un banc de plastique, il s'avance, s'excuse, mais non, elle n'est pas Viviane, dit-elle.

Les mains dans le dos, il marche.

Le long de la base d'une fresque illustrant la vie des Canadiens, leurs industries, leurs loisirs et leurs espoirs pour le futur, il lit machinalement les paroles de l'hymne national. Il examine les larges fenêtres givrées, perchées à hauteur de plafond. Calcule mentalement : quinze carreaux par fenêtre, vingt fenêtres, trois cents carreaux, plus ceux des fenêtres latérales…

Merde ! Qu'est-ce qu'elle fait ?! Le déranger en pleine nuit pour le laisser ensuite poireauter à la gare. Encore cinq minutes et il va se coucher !

Le sergent-détective gosse devant le comptoir de Via Rail. Un écran diffuse les nouvelles de la SRC où il apprend qu'une alerte AMBER a été lancée pour retrouver une certaine Laila François.

Il se dirige vers l'aire de restauration, déplie le bras, regarde sa montre : 5 h 55.

Une femme émerge de l'escalier roulant qui, depuis les quais, remonte les voyageurs jusqu'au rez-de-chaussée de la gare. Elle porte des lunettes fumées, un long manteau noir et un grand chapeau sombre enfoncé sur les yeux.

Est-ce Viviane Gray?

La femme vient vers lui.

– Monsieur Lessard? Oui, c'est bien vous!

– On se connaît?

– Je vous ai déjà vu à la télé.

Il réprime l'envie de lui demander dans quelles circonstances. Sûrement à cause de cette vieille histoire pour laquelle on l'avait démis de ses fonctions à la Section des crimes majeurs.

– Comment avez-vous eu mon nom et mon numéro?

– Sur le communiqué de presse émis par la police. Votre nom y figure comme personne à contacter avec vos coordonnées.

Il aurait dû y penser!

Lessard l'entraîne vers un café où ils sont les premiers clients de la journée.

– Est-ce qu'ils m'ont suivie? redoute-t-elle en tournant la tête dans tous les sens.

– Suivie? fait-il, une moue sceptique figée sur le visage. En tout cas, si vous voulez passer inaperçue, enlevez votre chapeau et vos lunettes. Ils attirent l'attention sur vous.

– Vous croyez? dit-elle en les retirant.

Elle a la petite quarantaine, de jolies lèvres, des cheveux blonds et des yeux résolument tristes.

– Pourquoi craignez-vous d'avoir été suivie?

– Ça fait deux jours qu'il y a une voiture garée en permanence en bas de chez moi. Avec un homme qui reste à l'intérieur, qui ne bouge pas.

– Toujours la même voiture?

– Non. Il y en a deux différentes. J'ai observé leur manège, dès qu'il y en a une qui s'en va, l'autre arrive moins de dix minutes plus tard.

– Elles se stationnent au même endroit?

– Non, mais à tout coup de manière à pouvoir guetter ma porte d'entrée.

– Vous travaillez à l'extérieur?

– Non, de la maison.

– Et quand vous sortez? La voiture stationnée vous suit?

– Non. Mais l'autre prend le relais dès que je tourne le coin avec mon auto. Mon Dieu ! Je m'écoute et vous allez penser que je suis paranoïaque !

– Pas du tout. Mais ces voitures peuvent avoir des raisons tout à fait légitimes de se stationner là. Le stress peut parfois nous faire imaginer bien des choses, croyez-moi, j'en connais un rayon là-dessus.

– Je comprends très bien, monsieur Lessard, je suis psychologue.

Elle baisse les yeux.

Va-t-elle se mettre à pleurer ? Il n'en aurait pas la force.

– Vous êtes psychologue ? dit-il, pour meubler le silence.

– Oui. John Cook était mon patient.

• • •

Félix jette, de temps à autre, un regard aux deux adultes postés à l'arrière de la roulotte.

Pour autant qu'il puisse en juger, monsieur Antoine parle avec une grosse madame qui s'appelle Jacinthe et qui sacre sans arrêt. Ce n'est pas bien de sacrer, c'est le genre de chose pour laquelle monsieur Antoine lui donnerait un carton rouge, ça oui ! La discussion, une affaire de grands, l'intéresse autant que de recevoir un baiser de Rachel Boutin, qui n'arrête pas de lui courir après, à l'école.

Beurk !

Félix est fatigué et, surtout, il est tanné de dessiner.

En plus, la moitié de ses feutres ne fonctionnent plus. Alors, comme c'est son habitude, il se tourne vers son meilleur ami, le seul avec lequel il peut laisser tomber le kimono et s'épancher quand il s'ennuie, celui qui lui rend la vie plus tolérable :

Cher stupide journal,

Les adultes ont toujours l'air de sortir d'un tube de dentifrice.

Quand monsieur Antoine il a appris, pour Laila, par rapport au fait qu'elle s'est fait pique-niquer par un inconnu, c'est comme si on venait de lui dire que Jay Sue, le crisse, celui-là qu'est mort sur la croix, était plus capable de marcher sur les os.

Sa mâchoire a décroché si bas que j'ai dû récupérer son dentier dans ses chaussures.

Je te prie de me croire, cher stupide journal, il est devenu raide comme un mort et ses yeux se sont encore transformés en oignons. Il m'a pris dans ses bras et il m'a serré fort, comme pour m'étrangler d'amour.

Moi, à cause de la Grande Fracture et du dos du type, les doutes ont commencé à m'insinuer.

Tu te souviens, cher stupide journal ? Mais si, je t'en ai déjà parlé : la Grande Fracture, c'était avant que je connaisse monsieur Antoine. C'est là que je suis devenu muet comme une trappe.

Je te rafraichis la mémoire ?

C'était quand je passais beaucoup de temps dans les parcs avec les vieux messieurs, ceux qui me donnaient des sous pour que je fume leur pipe. Un soir, le patron a trouvé que je ne fumais pas assez fort, alors il s'est fâché et il a frappé le mur de pierre avec ma tête.

Moi, j'ai pensé que ma date d'expiration était arrivée. Et quand votre date d'expiration arrive, il n'y a rien à faire. Alors, j'étais triste pour le mur que j'abîmais avec mon front. C'est là qu'est arrivée la Grande Fracture, par rapport au coup de hache qui a fendu la tête du patron. Après, le type qui a haché le patron a enlevé son chandail et me l'a donné pour essuyer le rouge que j'avais reçu en cadeau au visage.

Je sais que j'ai été un peu malpoli, mais je ne l'ai pas remercié tout de suite et, après, on s'est regardés et il n'y avait rien à ajourner.

C'est quand le type a repris son chandail et est reparti que j'ai remarqué son dos.

Et toi, qu'en penses-tu, cher stupide journal ?

Est-ce moi qui m'éventre des idées ?

Si Laila avait su, pour la Grande Fracture, ou qu'elle avait pu jeter un clin d'œil sur le dos du type, aurait-elle été pique-niquée quand même?

• • •

– John Cook vous consultait régulièrement?

– Une fois par semaine.

– Depuis combien de temps?

– Quelques mois. Je devais le voir le jour où vous avez découvert les corps.

Le sergent-détective remarque que le coin de ses yeux devient humide.

– À quel sujet vous consultait-il?

– Je ne peux pas tout dévoiler en détail, en raison du secret professionnel, mais essentiellement, il a commencé une thérapie parce qu'il faisait un rêve récurrent, dont il voulait se débarrasser.

– Quel était ce rêve?

– Il rêvait qu'un homme l'observait dans son sommeil.

– Jusque-là, il n'y a rien de particulièrement troublant.

– Sauf que le rêve lui paraissait réel et que l'homme lui parlait.

– Cet homme lui parlait dans son sommeil?

– Oui.

– Pour lui dire quoi?

– L'homme parlait dans une langue inconnue, mais John se réveillait bouleversé, en proie à un profond sentiment de détresse, la tête pleine des images horribles que l'homme lui avait, selon lui, suggérées.

– Comme si l'autre lui avait murmuré à l'oreille une espèce de message subliminal dans son sommeil?

– Exactement. En fait, John allait même plus loin. Il disait qu'à travers ses paroles, l'homme lui présentait des scènes si tangibles que son esprit les percevait comme si elles émanaient de la réalité et non d'un rêve. En fait, il en était venu à croire que ces rêves constituaient la réalité.

– De quelles sortes d'images s'agissait-il?

– Mon Dieu! Si vous l'aviez entendu! Il décrivait, avec moult détails, des visions de pure horreur, des apparitions d'une cruauté et d'un sadisme répugnants, des accouplements sordides entre enfants et animaux, des actes de cannibalisme sur des corps démembrés, de la nécrophilie, je continue?

– Et il faisait ces rêves souvent?

– Dans les premiers temps, deux ou trois fois par mois. Il y a eu une période d'accalmie, quand ils ont déménagé. Depuis deux semaines, c'était pratiquement chaque nuit.

– Et sa femme? Si ces visions étaient si présentes, elle aurait dû se rendre compte de quelque chose...

– Ils faisaient chambre à part depuis la naissance de leur dernier enfant. Curieusement, quand ils couchaient dans le même lit, John ne rêvait pas.

– Alors, pourquoi ne se contentait-il pas de coucher dans le même lit qu'elle?

– John était si rationnel. C'était plus fort que lui, il voulait à tout prix comprendre ce qui lui arrivait, ça l'obsédait.

– Sa femme n'était donc pas au courant?

– Il n'osait pas en parler à Elizabeth, de crainte d'avoir l'air faible ou ridicule

– Je ne suis pas un expert, mais son cas ne relevait-il pas plutôt de la maladie mentale? Sans rien vous enlever, n'aurait-il pas dû être suivi en psychiatrie plutôt que par une psychologue?

– Votre question est tout à fait légitime, dit Viviane Gray. Je lui en ai moi-même fait la remarque à plus d'une reprise. Mais il fallait connaître John pour comprendre. C'était un homme brillant, d'une intelligence hors du commun. Déjà, de consulter un psychologue n'avait pas été une décision facile pour lui.

Lessard saisit.

Il a lui-même été confronté à ce sentiment dans le passé. Comme si le fait d'accepter qu'il avait besoin d'aide pouvait diminuer sa propre valeur à ses yeux.

– John était tellement cérébral, tellement en contrôle que j'irais même jusqu'à parier qu'il n'a jamais donné le moindre signe de sa détresse à qui que ce soit.

– J'ai interrogé son patron et un de ses collègues. Les deux étaient unanimes : ils n'avaient pas remarqué de changement dans son comportement, ou si peu, confirme Lessard.

– C'était tout à fait John, ça ! Tellement habile à camoufler ses sentiments. L'autre raison pour laquelle il a tenu à me consulter, plutôt qu'un psychiatre, c'est que je suis l'une des seules psychologues de la région à avoir fréquemment recours à l'hypnose dans ma pratique. Il espérait être capable de se débarrasser de son problème par l'hypnose.

– Ç'a donné des résultats ?

– Catastrophiques ! La pire expérience de ma carrière. Lors de notre avant-dernière rencontre, j'ai réussi à hypnotiser John aisément. Puis, alors que j'allais commencer le travail de déprogrammation, si on peut l'appeler ainsi, il s'est mis à délirer et à prononcer des mots dans une langue qui m'était inconnue. J'ai eu beaucoup de difficulté à le faire revenir à lui.

– Et la langue, c'était la même que celle de l'homme dans ses rêves ?

– Impossible à vérifier.

Lessard relève la tête et regarde son interlocutrice droit dans les yeux.

– Je vais être direct, madame Gray. Vous affirmez faire l'objet d'une filature, puis vous me racontez cette histoire à propos de John Cook. Je suis policier, pas parapsychologue. Que voulez-vous que je fasse ?

– Que vous m'aidiez à prouver que John n'a pas tué sa femme et ses enfants pour se suicider ensuite.

– Je veux bien vous croire, mais il n'y a rien, dans ce que vous venez de me divulguer, pour appuyer vos dires.

– Écoutez, John était un homme extrêmement croyant. Pour lui, l'idée même de suicide ou de meurtre était une aberration. Il avait un tel respect de la vie.

– Malheureusement, l'histoire de l'humanité est remplie de types très religieux qui commettent chaque jour des crimes crapuleux.

Viviane Gray se mordille la lèvre inférieure, ses mains tortillent une serviette de table.

– Je...

Elle hésite.

– Vous voulez que je vous dise? lance Lessard. Je sais quand quelqu'un me cache quelque chose. C'est mon travail. Et là, je sais pertinemment que vous me cachez quelque chose.

Il a tapé dans le mille. Viviane Gray se met à sangloter en silence.

– John et moi... Je... Nous avons eu une liaison. Je venais de divorcer, j'admirais son intelligence, je... (Elle se tamponne les yeux.) C'est complètement contraire au code de déontologie, je pourrais être radiée de l'Ordre si ça se savait, mais c'est arrivé. C'est tout. Nous le regrettions tous les deux.

– Il avait prévu quitter sa femme?

– Non! Il n'en était pas question. Nous avons vécu une passade, un de ces moments hors du temps où tout le reste... Je ne sais pas! Je ne suis pas ici pour me justifier. Simplement, John aurait été incapable de faire une chose pareille.

– C'est la psychologue ou l'amante qui parle? Parce que si ça se trouve, vous venez au contraire de me fournir une excellente piste pour expliquer ce qu'il a fait. Il était perturbé mentalement et il avait une relation extraconjugale. C'est en plein le genre de situation qu'on retrouve d'habitude dans les cas de drames familiaux.

Les larmes inondent le visage de Viviane Gray.

Elle semble sur le point d'ajouter quelque chose, puis elle se ravise.

– Excusez-moi une minute, je vais aller à la salle de bains.

Pendant qu'elle est aux toilettes, Lessard se questionne: comment ses collègues et lui ont-ils fait pour passer à côté de Viviane Gray? Il a pourtant demandé à Pearson et à Sirois d'éplucher les notes de frais de Cook. Celui-ci avait une assurance, à son travail, pour couvrir les frais médicaux. Le nom de la psychologue aurait donc dû apparaître quelque part. Puis, il se remémore ce qu'a dit celle-ci et croit comprendre. La peur que quelqu'un, dans son milieu professionnel, apprenne qu'il consultait une psy avait probablement fait en sorte que Cook n'avait pas réclamé ces dépenses à l'assurance.

Lessard songe à cette histoire de rêves et de visions d'horreur.

Ça ne tient pas debout!

Puis il pense à Raymond et à sa propre situation. Il se rassure en se disant que, pour sa part, il demeure assez lucide pour comprendre que Raymond ne lui apparaît pas vraiment dans la réalité.

Après avoir réfléchi, Lessard décide qu'il va téléphoner à Fernandez et lui emmener Viviane Gray pour un interrogatoire.

Elle en sait peut-être davantage que ce qu'elle a bien daigné lui raconter. Il lui semble maintenant clair que Cook, même s'il avait réussi à donner le change à son entourage, était perturbé mentalement et rongé par la culpabilité, en raison de la liaison qu'il entretenait avec elle. Il était donc passé à l'acte, en assouvissant les instincts meurtriers cristallisés dans ses visions, mais avait voulu, dans un chant du cygne improbable, dans un dernier *farewell*, racheter sa mémoire souillée et préserver son image aux yeux de la maîtresse qu'il abandonnait derrière, en lui laissant le message que Lessard a découvert dans la remise.

Le policier demande l'addition au garçon et se lève pour se dégourdir les jambes.

Il consulte sa montre : 6 h 35.

Déjà cinq minutes que Viviane Gray est aux toilettes.

Il regarde dans tous les sens, mais il ne l'aperçoit pas.

Tout à coup, il a un *flash*.

Et si elle essayait de lui fausser compagnie?!

Lessard jette d'abord un coup d'œil aux sorties.

Il n'a même pas remarqué dans quelle direction elle était partie. Si elle avait l'intention de s'enfuir, elle était déjà loin!

Il marche d'un pas rapide en direction des toilettes, situées près des Halles de la gare.

Il ouvre la porte.

– Madame Gray?

Sans attendre, il entre.

Une seule cabine est occupée. Il voit les pans du manteau noir qui traînent sur le sol.

Ouf! Il a eu chaud l'espace de quelques instants. Vivement qu'ils en finissent et qu'il puisse aller dormir quelques heures!

– Madame Gray?

Pas de réponse. Les jambes gainées de nylon restent immobiles.

Lessard s'avance, perplexe.

– Madame Gray? Avez-vous besoin d'aide? Madame Gray?

Il pousse la porte de la cabine et a un mouvement de recul: les murs sont maculés d'éclats de cervelle et le visage de Viviane Gray n'est plus qu'une bouillie de chair, d'os et de cartilages.

Retenu d'un fil par le nerf optique, son œil gauche pend hors de sa boîte crânienne.

20.

Viviane Gray est morte sur le coup.

Une balle tirée à bout portant.

Lessard vacille, se retient sur le lavabo, se demande s'il sort de là sur-le-champ ou s'il vomit dans la seconde cabine. Il met la main dans sa poche pour prendre son mobile, remonte le corridor qui mène à l'aire de restauration en s'appuyant contre les murs. Il compose le numéro de Fernandez en tremblant.

Il discerne un mouvement sur sa droite et perçoit deux claquements étouffés.

Une impulsion, un instinct…

Il plonge sur sa gauche, roule en boule et atterrit derrière le comptoir réfrigéré d'un commerçant. Des éclats de céramique explosent à l'endroit où il se tenait quelques secondes auparavant.

Deux nouveaux claquements simultanés: Lessard entend nettement l'impact des balles sur l'acier inoxydable du comptoir derrière lequel il s'abrite.

La détonation d'un pistolet équipé d'un silencieux est moins assourdissante qu'une détonation normale, mais quand même pas aussi insonore qu'on voudrait bien nous le faire croire dans les films. Après les premiers coups de feu, le temps a semblé se suspendre pendant une paire de secondes, infinies, puis s'est remis à filer à toute pompe. La gare est achalandée, les cris fusent de toutes parts, les gens plongent sous les tables, courent, s'abritent comme ils le peuvent derrière le mobilier. En un tournemain, les Halles se sont transformées en champ de bataille.

Déjà, le sergent-détective a son Glock à la main, prêt à riposter. Dans son dos, une femme a vu son arme et hurle comme une hystérique.

– Police ! Tout le monde par terre. Couchez-vous ! beugle Lessard.

Encore deux claquements, deux impacts additionnels dans le métal.

Le policier sait que c'est à lui qu'on en veut.

Il sait aussi que le tueur avance en tirant dans sa direction, car les dernières détonations étaient plus fortes. S'il reste sagement derrière son comptoir, l'autre n'aura qu'à le cueillir et à lui loger un pruneau entre les deux yeux.

Il a déjà tiré six coups, si Lessard a bien compté.

Pas question pour autant d'attendre que le tueur vide son chargeur pour bouger. Selon le type de pistolet qu'il utilise, il peut avoir entre cinq et vingt cartouches à sa disposition. Il n'en faut qu'une pour mettre fin aux aspirations d'un homme.

Lessard s'étire le cou et jette un regard rapide par-dessus le comptoir. Manœuvre risquée s'il en est, mais néanmoins nécessaire pour se sortir de l'impasse vivant.

Un autre claquement.

Une balle siffle aux oreilles du sergent-détective, si près qu'il sent le courant d'air. Le projectile l'a manqué de peu.

Son cerveau a cependant enregistré les informations qu'il voulait obtenir.

Comme il le pensait, il n'y a qu'un tireur.

Cagoulé, celui-ci est debout au milieu de l'allée, à dix mètres de lui.

Il est habillé tout en noir et il tire avec calme.

Le tueur est à découvert. Mais Lessard ne peut pas se mettre à tirer à l'aveugle, de crainte d'atteindre quelqu'un d'autre. Il est dans la zone grise, ce court moment d'indécision où le policier perd ses repères lorsque les choses se déroulent de façon imprévue.

Le tueur le sait et c'est pourquoi il ne prend pas davantage de précautions.

Lessard visualise les mouvements qu'il veut exécuter. Il va attendre la prochaine salve, puis jouer le tout pour le tout.

Il n'entend pas les cris, ne voit rien d'autre que la cible à abattre.

De nouveaux projectiles ricochent sur l'acier inoxydable.

Maintenant!

D'un geste vif, le sergent-détective sort le bras et tire deux fois dans la direction du tueur. Il y a toujours le risque, si les projectiles manquent leur cible, d'atteindre des gens se trouvant dans les environs mais, en ce moment, il estime que ceux-ci ont eu le temps de se planquer hors de sa ligne de tir. Du moins, il l'espère. Sans attendre, il fait une roulade latérale et se jette sans ménagement derrière une épaisse colonne de ciment. L'atterrissage est brutal, mais au moins il est à couvert.

Ses deux coups ont raté la cible, mais le tueur a plongé derrière un kiosque à journaux.

Quoi qu'il en soit, l'opération a porté ses fruits: Lessard s'est sorti d'une position précaire et, de là, il aura un meilleur angle de tir que de derrière le comptoir. À moins d'être suicidaire, le tueur ne pourra plus s'avancer vers lui à découvert.

Le policier entend une demi-douzaine de nouveaux claquements. Des éclats de béton jaillissent à la hauteur de son visage.

Il hésite à tirer encore.

Il sait que plusieurs personnes ont trouvé refuge derrière le kiosque.

Soudain, il entend une détonation, assourdissante celle-là, d'autres claquements, puis des cris et un grand brouhaha. Il jette un regard rapide et voit le tueur s'enfuir à toutes jambes dans le couloir menant aux tunnels qui abritent la ville souterraine.

Sans réfléchir, il bondit hors de sa cachette et se lance à sa poursuite.

Pistolet au poing, il dépasse le kiosque à journaux et file à travers la gare. Un peu partout, il voit des visages apeurés, des gens couchés sur le sol, les mains sur la tête pour se protéger.

Il y a une mère qui est allongée sur ses deux enfants pour leur servir de bouclier, deux vieux qui se pressent l'un contre l'autre en tremblant, un homme en complet-cravate qui sanglote.

Lessard court à toute vitesse, son corps n'est mû que par un réflexe aussi instinctif qu'irréfléchi. L'adrénaline l'électrise, lui gicle dans les veines.

Devant la succursale de la Banque Nationale, il découvre un attroupement. Des employés de Bureau en gros entourent le gardien de sécurité de la banque, lequel est assis sur le sol, le dos appuyé au mur, une étoile de sang sur l'épaule.

En une seconde, Lessard comprend ce qui est arrivé.

Armé, le gardien a tiré un coup en direction du tueur avec son pistolet. Pris à revers, celui-ci a riposté, atteint l'homme et décidé de s'enfuir.

– Appelez le 9-1-1 ! tonne Lessard en passant à leur hauteur. Et appliquez de la pression sur la plaie !

Il rejoint les portes vitrées qui donnent accès à la rue de La Gauchetière, hésite. Le tueur est-il sorti ou s'est-il engouffré sous la surface, dans les tunnels ? Il regarde dans l'escalier et remarque une femme qui pointe le doigt en direction des portes vitrées.

– Par là ?

La femme hoche la tête. Il dévale les marches quatre à quatre, franchit les portes.

La ville dans la ville.

Le Montréal souterrain couvre plus de trente kilomètres de tunnels. Un véritable labyrinthe où le tueur pourrait prendre le métro ou se mélanger à la foule et disparaître sans que Lessard puisse y faire quoi que ce soit.

Le sergent-détective débouche dans un nouveau couloir.

Il se laisse guider par les cris et bifurque à droite.

Un attroupement s'est formé en haut du grand escalier roulant qui descend au métro. Il fend la foule à coups de coude. Le tueur est là, en bas des marches, il s'apprête à franchir les portes menant à la station de métro Bonaventure. Le tueur retire sa cagoule sans toutefois que le policier puisse voir son visage, il va perdre sa trace !.

Malgré les saillies bombées destinées à empêcher les gens de le faire, Lessard se lance dans la longue glissoire métallique qui sépare l'escalier montant de l'escalier descendant. Il aboutit au pied de l'escalier en un éclair, intact, mais le dos meurtri par les saillies et traversé de décharges électriques.

Il entre dans la station, l'arme plaquée le long de la jambe le plus discrètement possible, mais il est près de 7 h et la foule est dense.

Surtout, ne pas créer de mouvement de panique.

Le sergent-détective regarde dans toutes les directions, en cherchant des yeux un type habillé en noir.

Il se penche au-dessus de la mezzanine, scrute les quais.

Une rame de métro vient d'arriver en provenance de la station Montmorency. Une foule compacte en sort et se hâte vers les escaliers.

Lessard s'attend à tout moment à voir un type en noir s'engouffrer dans l'une des voitures.

Le train repart. Le policier n'a pas aperçu le tueur.

Une rame entre en sens inverse. Il court jusqu'à l'autre mezzanine et observe.

Le même manège se répète, pas de trace de l'homme.

Il songe un instant à tirer sur la manette d'urgence pour stopper la rame, mais il se ravise. Le tueur n'est pas un tireur fou à la Marc Lépine ou à la Kimveer Gill. C'est un professionnel qui ne représente pas une menace immédiate pour le public, mais qui n'hésitera pas à tirer pour s'en sortir, s'il se sent traqué. Dans ces circonstances, Lessard préfère ne pas risquer de créer une situation qui pourrait mener à une tragédie.

De plus, rien ne prouve que le tueur ait pris le métro.

La station Bonaventure est un centre névralgique dans le Montréal souterrain. Non seulement sert-elle au métro, mais elle permet de se rendre à Place Bonaventure, au centre Bell, à la gare Centrale et à la gare Windsor.

Il est déjà loin, pense Lessard.

• • •

Caché derrière un pilier de ciment, Pasquale Moreno attend que le policier s'éloigne avant de se mêler à la foule.

Une seule des deux cibles visées par son employeur a été supprimée. Il est déçu, mais Moreno n'entretient aucune animosité à l'égard des personnes qu'il est chargé d'exécuter. Il appuie froidement sur la détente, on vire de l'argent dans son compte bancaire et il peut rentrer à la maison, auprès de Maria et des enfants, et s'occuper de sa petite famille.

Pour Moreno, tuer des gens n'est qu'une autre journée au bureau, la routine.

Le sang-froid manifesté par le policier l'a surpris, impressionné.

Ce Victor Lessard est un adversaire coriace, pour lequel il a de l'admiration.

Téléphone à la main, il envoie un texto à l'agent du SIV pour le mettre au courant et obtenir ses instructions.

• • •

L'importance des responsabilités de la *Propaganda Fide* et l'extraordinaire étendue des territoires qui sont sous son autorité ont valu à son cardinal-préfet le surnom de «pape rouge».

Dans sa chambre de l'archevêché, valise métallique ouverte sur le lit, c'est avec lui que s'entretient l'agent du SIV, sur une ligne sécurisée:

– Nous progressons, dit Noah. Aldéric Dorion nous a, malgré lui, indiqué quelques pistes prometteuses. L'étau se resserre autour de l'objectif.

– Pauvre Aldéric, pauvre entêté. Ne le faites pas souffrir sans raison.

– Ne vous inquiétez pas, répond l'agent du SIV avec un petit rictus vicieux.

– Quand croyez-vous être en mesure de me faire parvenir le dernier film?

– Bientôt. Nous avons été retardés par quelques imprévus dans les dernières heures.

– De quelle nature?

– L'un de nos hommes a dû éliminer la maîtresse de John Cook.

La voix du pape rouge roule dans le téléphone, aussi nette que s'il était dans la même pièce que son interlocuteur.

– Quel était son nom? dit-il d'un ton contrit.

– Viviane Gray.

– Je prierai pour elle aujourd'hui. J'espère au moins qu'elle n'a pas souffert.

– Non, la mort a été instantanée. Mais il y a une autre chose dont j'aimerais discuter.

– Laquelle?

– Elle a parlé à un policier et notre homme n'a pas réussi à l'éliminer avant de prendre la fuite. Cela dit, il m'apparaît très peu probable qu'il soit capable de remonter jusqu'à nous.

– Je vous fais entièrement confiance, Noah. Comme vous le savez, nous voulons à tout prix éviter d'attirer l'attention sur nos activités. Notre groupe vous a donné carte blanche en cette matière, mais n'agissez qu'en cas d'absolue nécessité.

– Bien entendu.

– Je sais que ces morts vous répugnent autant qu'à moi, Noah. Mais nous sommes en guerre, nous sommes des chevaliers du Christ. Dieu nous a assigné une tâche: combattre le déclin de la foi chez les catholiques. Montrons-nous-en dignes!

– *Milites Christi sono al vostro servizio!*

L'agent du SIV fait sauter les fermoirs de sa mallette et range le téléphone satellite dedans.

Il sort ensuite son MacBook Pro et y branche une paire d'écouteurs. Sur l'espace dédié du serveur du SIV, il récupère la dernière version des images qu'il a lui-même tournées, rue Bessborough, le soir de la tuerie.

Le montage effectué par un des techniciens du SIV est rudimentaire, mais les séquences qu'il veut porter à l'attention du pape rouge, les scènes les plus percutantes, sont réunies.

Noah regarde de nouveau le film avec une muette fascination.

Des images à figer le sang, des scènes qu'aucun être humain ne voudrait jamais voir, mais des images pourtant porteuses d'espoir pour la catholicité.

• • •

Lessard rengaine son Glock et remonte vers la surface par le souterrain menant à la Place Bonaventure. Il veut éviter le coin d'où il arrive, qui ne tardera pas à se remplir de policiers.

Il a hâte de regagner l'air libre. Ici, il se sent prisonnier dans un ventre grouillant d'asticots, dans les viscères d'une bête hideuse, il a besoin de quitter ce panorama glauque, sinon il ne répond pas de lui-même.

La marée humaine l'absorbe. À mesure qu'il avance, Lessard ne peut s'empêcher de scruter chaque visage ; chaque main plongée trop rapidement dans une poche attise sa méfiance ; chaque mouvement brusque lui fait crisper les doigts sur la crosse de son pistolet.

Le policier ressort par l'édifice de la Place Bonaventure où, de l'entrée, il inspecte le va-et-vient autour de la Corolla. Après s'être assuré qu'il n'y a aucune activité suspecte, il traverse la rue au pas de course, s'engouffre dans le véhicule et lance le moteur.

Il déboîte, les roues patinent un instant sur le bitume liquide.

Alors qu'il actionne les essuie-glaces, les sirènes des premières voitures de patrouille fusent tout près, derrière lui.

Ils ont mis plus de temps à arriver en raison du changement de quart de 7 h.

Lessard prend la rue University à gauche, puis tourne sur le boulevard René-Lévesque, en direction est. Il veut mettre le plus de distance possible entre celui ou ceux qui ont essayé de le tuer et lui. Il emprunte la rue Notre-Dame, passe devant les grands réservoirs de mazout et continue de rouler.

Petit à petit, le chuintement régulier des pneus sur la chaussée mouillée l'apaise.

Il jette un regard dans le rétroviseur pour s'assurer qu'il n'est pas suivi. Accoudé à la lunette arrière, le menton entre les paumes, son jeune frère scrute l'horizon, comme si un danger imminent les guettait.

– Tu m'as fait peur, Victor. C'était qui, ce type qui voulait te tuer?

Le visage du policier s'éclaire. Un peu de compagnie ne lui fera pas de tort.

– Salut, Raymond.

Quand le tremblement de ses mains cesse, il tourne dans une rue peu fréquentée, immobilise le véhicule et sort.

Après avoir réfléchi à la suite des événements, pesé plusieurs fois le pour et le contre, il s'allume une cigarette et en tire plusieurs bouffées avant de téléphoner à Fernandez. La conversation risque d'être animée, mais sa décision est prise.

– Va dans un endroit où tu peux parler, dit-il.

– Donne-moi une minute.

Il entend sa collègue se déplacer. Il l'imagine en train de quitter son bureau pour aller s'enfermer dans la salle de conférences.

– C'est bon. Je t'écoute.

Il essuie avec l'index la pluie qui goutte de ses sourcils et lui raconte en détail ce qui s'est produit, en précisant qu'il n'est pas blessé.

– *My God!* C'était toi?! On vient d'entendre les appels sur les ondes. L'escouade tactique est en route. C'est majeur, Victor, tout le monde ne parle que de ça! Tu es sûr que tu n'es pas blessé, hein?

– Non, non, ça va. Juste un peu sous le choc.

– Et la femme, es-tu certain qu'elle est morte?

– Elle est morte, crois-moi. Elle a eu le visage à moitié arraché. Fais passer le message sur les ondes qu'ils la trouveront dans les toilettes, à côté de la foire alimentaire.

– Comment ça, «ils»? Où es-tu, toi?

– En sécurité.

– Dis-moi où tu es, je viens te chercher avec Sirois. On sera là dans dix minutes…

Appréhendant la réaction de sa collègue, le sergent-détective ferme les yeux.

– Hors de question.

– Qu'est-ce que tu veux dire?!

– Si vous venez me chercher, je vais devoir rentrer au poste avec vous et j'en aurai pour des jours à remplir de la paperasse, à subir des analyses psychologiques et à me taper les réprimandes de Tanguay. Je te rappelle que j'ai tiré avec mon arme de service, Nadja, et que je suis en congé forcé. Tu vois le portrait? Je n'ai pas le temps de gérer ça! Le meurtre de Viviane Gray n'est pas un hasard. Quelqu'un a jugé qu'elle en savait trop et qu'il fallait qu'elle meure, ce qui tend à prouver que j'avais raison de penser que les Cook ont été assassinés. Il s'agit d'un quintuple meurtre, pas d'un drame familial! Et les responsables ont eu assez peur qu'elle m'ait révélé un secret pour essayer de me tuer aussi. Ils ne s'arrêteront pas là!

– Tu ne penses tout de même pas à continuer l'enquête seul, en parallèle?

– Je dois les retrouver avant qu'eux me retrouvent, Nadja. Je n'ai pas d'autre choix.

– Victor! s'exclame Fernandez d'une voix où se mêlent colère et panique. As-tu complètement perdu la tête?! Attends-nous, on va t'aider.

– *Fuck!* Je n'ai jamais été aussi lucide de toute ma vie. Il faut bouger vite, avant qu'ils aient eu le temps de se réorganiser.

– De qui parles-tu quand tu dis «ils»? Tu parles comme s'il y avait eu un complot.

– Viviane Gray a été suivie. Le tueur de la gare était cagoulé, Nadja. Son arme était munie d'un silencieux. Il a attendu qu'elle soit aux toilettes pour l'éliminer. C'est l'œuvre d'un professionnel.

– Qu'est-ce que Viviane Gray t'a dit de si compromettant?

– Honnêtement, je l'ignore. Mais je vais le trouver.

– Le SPVM va lancer un avis de recherche, Vic. Tu vas être traqué, tu ne seras pas plus avancé.

– Pour l'instant, tu es la seule à savoir que c'est moi qui étais impliqué dans la fusillade.

– Victor, je…

– As-tu fait les vérifications que je t'avais demandées?

– Non.

– (Silence.) Bon, ben...

– Ne fais pas ça, Victor! Je t'en prie! Victor!?

Il a raccroché.

21.

Armée d'une photo de Laila François qu'elle brandit devant tous ceux qui portent un anneau ailleurs qu'à l'oreille, qui fument des joints ou des bouts de clopes ou en quémandent, ou encore à tout bipède qui a plus d'un chien en sa possession, la grosse Taillon a arpenté la rue Sainte-Catherine des deux côtés, entre les rues Berri et Amherst.

Elle a repéré son pigeon à la seconde où celui-ci a posé les yeux sur la photo de la jeune fille ou, plutôt, à la seconde où il a fait semblant de ne pas la reconnaître.

Ce genre de détails n'échappe pas à Taillon, pas plus que son tour de taille, qui ne cesse d'augmenter malgré ses régimes – et ça la fout en rogne ! Souffrir à s'affamer, pendant que le Gnome s'empiffre à s'en éclater l'intestin grêle et la vessie sans prendre un gramme.

Il n'y a aucune justice en ce bas monde !

C'est d'ailleurs une phrase du même genre, une ânerie du même acabit que s'apprête à lui débiter le jeune gothique boutonneux qu'elle entraîne dans la ruelle en lui serrant le bras sans ménagement.

– Ayoye ! Vous avez pas le droit de me toucher ! C'est contre la Charte, pis...

– Calme-toi, mon homme. Calme-toi. Si tu réponds à toutes ses questions, matante Jacinthe te laisse partir et tu pourras retourner écouter les petits bonshommes à la télé.

– ...

– C'était toi qui as appelé au 9-1-1 pour signaler l'enlèvement, je le sais.

– J'ai rien à vous dire ! Je sais rien !

D'une main agile et vive, Taillon saisit, à travers son pantalon, les testicules du jeune homme comme s'il s'agissait d'une poignée de porte.

Et, comme de raison, que fait-on avec une poignée de porte?

Généralement, on tourne, non?

Le boutonneux veut crier mais il en est incapable, toute son attention est centrée sur son petit paquet.

– Écoute, mon coco, ça fait longtemps que matante Jacinthe a pas joué avec un jeune pénis. Elle a peut-être perdu le tour... Tu voudrais quand même pas qu'elle te fasse mal, hein?

Tête de comédon répond non de ses yeux paniqués, où roulent quelques larmes de douleur.

– Voilà qui est mieux. Je desserre un peu pour te mettre à l'aise, mais si tu cries ou si tu me dis des niaiseries... couic!

La langue de Taillon claque aux oreilles du garçon, qui a commencé à trembler. Cette petite mascarade lui procure un certain plaisir sadique.

– Bon! Pourquoi tu n'as pas attendu la voiture de patrouille l'autre soir?

– Parce que j'avais pris de la drogue...

La poigne de fer de Taillon se referme sur les noisettes où grouillent, par millions, les ambitions du garçon.

– Arrêtez! Arrêtez! J'attendais juste un client pour finir un *deal*.

– Héro?

– *Crystal meth*.

– Quand même! Monsieur n'est pas le dernier venu...

Taillon relâche un peu la pression et s'approche pour lui susurrer à l'oreille:

– Je m'en câlice, de ton petit trafic. C'est retrouver la fille qui m'intéresse. Tu la connaissais?

– Je l'avais vue une couple de fois à la roulotte.

– Elle a déjà vécu dans la rue?

– Je pense que oui. Mais ça fait déjà quelques années.

– Tu sais ce qu'elle faisait dans la vie?

– J'ai entendu des rumeurs.

– Quelles rumeurs?

– Qu'elle faisait du *porn*. Sur le Web.

Taillon pense immédiatement au matériel audiovisuel découvert chez la jeune fille.

– Sur webcam?

– Ouin, genre.

– Tu as entendu des rumeurs... Qui?! Donne-moi des noms!

– C'était juste des rum... Haaaa! OK! OK! Je vais parler mais serrez moins fort...

– Tu deviens raisonnable, mon homme.

– C'est Steve Côté qui m'en a parlé.

– Côté? C'est qui, lui?

– Un des hommes de Nigel. Il fait une fixation ben raide sur elle.

– Nigel Williams? Le *pimp*?

– Oui. Je vous ai pas parlé, hein?

– Tu t'en fais trop, mon coco. Autre chose dont tu te souviens et que tu veux raconter à matante Jacinthe? La camionnette, le conducteur, des détails qui remontent à la surface?

– C'est comme j'ai dit au 9-1-1. J'ai rien vu d'autre.

– Je te crois, mon poussin. Je te crois.

Elle lâche brusquement l'entrejambe du garçon qui, soulagé, se vide de son air.

– Pense à moi la prochaine fois que tu t'amuses avec ton machin, lance Taillon avec un clin d'œil coquin au jeune boutonneux, tandis qu'elle s'éloigne vers la rue.

• • •

À mesure que Laila tente d'identifier son ravisseur, les lents moments d'agonie qu'elle a vécus avec LUI affluent dans sa mémoire et défilent devant ses yeux.

Pascal Pierre.

Juste le fait de prononcer le nom de son beau-père suffit à lui donner des haut-le-cœur, à lui soulever l'estomac. De toute sa courte existence, elle n'a rencontré d'être plus vil, plus abject et plus retors que LUI. Même s'il œuvre à plus petite échelle, Laila croit qu'au chapitre de la cruauté IL mérite d'être classé au même rang que les pires dictateurs de l'histoire de l'humanité.

Pascal Pierre est une bête sauvage, une brute, un batracien, une tache de sperme qui aurait dû être oubliée dans les draps.

Elle estime qu'IL réunit à lui seul tous les critères auxquels elle vient de réfléchir. IL a la force physique nécessaire, peut se procurer la drogue et la camionnette sans problème et, en plus, c'est un pur psychopathe.

Pour Laila, Pascal Pierre, c'est un 10 sur 10. Rien de moins.

Si c'est LUI qui est derrière cet enlèvement, elle n'est pas mieux que morte. Mais comment a-t-IL fait pour la retrouver?

Laila s'enfouit le visage dans les mains et éclate en sanglots. Tous les autres scénarios, même ceux où sa vie est en jeu, lui apparaissent moins dramatiques que celui-là.

La jeune fille a tout tenté pour oublier, pour enfermer son passé à double tour dans les lacets de son esprit, mais en ce moment, l'isolement, le silence et l'obscurité font céder le barrage avec violence et libèrent un torrent intérieur.

• • •

Jacinthe Taillon et le Gnome ont les yeux rivés sur l'écran où Julie Roy, la lectrice de nouvelles de la SRC, s'entretient avec Maxime Savoie, son collègue journaliste :

Julie Roy : Alors, Maxime, vous avez eu l'occasion de parler avec Pascal Pierre, le beau-père de Laila François, disparue depuis hier soir. *Maxime Savoie* : C'est exact, Julie, et c'est un véritable cri du cœur que l'homme de cinquante-quatre ans livre au ravisseur et à la population du Québec. Je vous rappelle, Julie, que, selon ce qu'avance monsieur Pierre, Laila François, dont la mère est décédée, était en fugue depuis trois ans. Monsieur Pierre est sans nouvelles de la jeune fille depuis et, évidemment, ce qui vient de se passer n'atténue en rien ses inquiétudes, même s'il se dit heureux et soulagé de savoir qu'elle était toujours en vie au moment de l'enlèvement.

On l'écoute : « Monsieur le ravisseur, je suis arrière-petit-fils d'esclaves, un homme de condition modeste, mais je suis prêt à vous donner tout ce que je possède pour retrouver Laila. Je prie pour que le Seigneur vous vienne en aide dans votre décision et je demande à la population du Québec de se joindre à moi. Choisissez l'amour, choisissez le courage, choisissez la vie, monsieur ! Et toi, ma belle, ma douce, ma lumineuse Laila, si tu vois ceci, garde espoir et courage. Je veux que tu saches que je serai là pour toi, quoi qu'il arrive. Et que Dieu nous vienne en aide à tous ! »

– Je n'aime pas la gueule de ce type, dit Taillon en baissant le volume, après avoir visionné l'entretien avec Pascal Pierre. Sa face ne me revient pas.

– Pourquoi? demande le Gnome. Je l'ai trouvé très bien, au contraire. Très digne.

– Sais pas. Les yeux fuyants, cette façon de répondre aux questions des journalistes, comme s'il prêchait l'Évangile. J'ai l'impression qu'il est content de se retrouver sous le feu des projecteurs.

– C'est vrai qu'il est à l'aise et qu'il passe bien à la télévision. C'est un pasteur, il sait s'exprimer. Et pis après?

– Et pis après, rien.

22.

Les traits de pluie fendent le ciel, crèvent le dôme statique des nuages qui roulent en suspension au-dessus de la ville.

Le poil jauni, maculé de déjections, un chien famélique traverse la rue Notre-Dame avec peine, comme s'il portait sur son dos voûté un mal-être écrasant, une mélancolie annihilant tous ses moyens.

Le sergent-détective ralentit l'allure, effleure le klaxon.

Au lieu de déguerpir, le chien s'arrête en plein milieu de la rue, tourne lentement le museau et fixe sur le conducteur un regard à la fois arrogant et résigné, l'air de dire : « Allez, vieux, qu'on en finisse. »

Lessard immobilise le pare-chocs à quelques centimètres du poitrail de l'animal.

Quand il devient évident que la collision est évitée, le chien détourne les yeux, où passent de silencieux reproches à l'intention du policier, et gagne mollement le trottoir.

Un autre qui n'a plus rien à perdre.

Son mobile se met à vibrer alors qu'il se prépare à l'éteindre pour empêcher toute tentative de Tanguay ou de l'état-major de le retracer par triangulation.

– Ça n'a aucun sens, tu ne peux pas faire ça !

– Arrête, Nadja ! Ma décision est prise.

– Mais je…

– Rends pas ça plus difficile que ça l'est ! s'époumone le sergent-détective d'un ton tranchant.

Lessard soupire en hochant la tête : il est sorti de ses gonds malgré lui.

– Excuse-moi, Nadja. Je suis nerveux.

– Je ne te ferai pas changer d'idée? persiste Fernandez. Vraiment?

– Non, aucune chance, murmure-t-il.

Un silence éloquent s'invite dans leur conversation.

– J'ai menti tout à l'heure, confesse la policière, après une éternité. J'ai quelque chose pour toi. (Hésitation.) As-tu de quoi écrire?

– Attends.

Lessard range la voiture sur l'accotement et palpe ses poches à la recherche de son carnet.

– Vas-y, marmonne-t-il en dégoupillant son stylo avec les dents. *Shoote.*

– Juin 2006, Sherbrooke. L'affaire Sandoval. Un meurtre suivi d'un suicide.

– Ça ne me dit rien. Raconte?

– Une femme de quarante-six ans tuée par son mari. L'homme de soixante et un ans, Richard Sandoval, se suicide ensuite. Une histoire qui a fait beaucoup jaser à l'époque, parce qu'il était impliqué en politique municipale dans la région et que les deux formaient un couple modèle.

– Et les similitudes avec notre affaire? demande le sergent-détective.

– Présence inhabituelle de mouches dans la maison, crache Fernandez.

– Des mouches. Voilà…, répond-il, laissant ses mots en suspension tandis qu'il réfléchit.

– Le responsable de l'enquête était Sylvain Marchand, du SPVS[6].

Lessard note le numéro de Marchand dans son carnet.

– Merci, Nadja. Merci pour tout.

– De rien. Écoute, j'ai pensé à tout ça, Vic. Je vais prendre une couple de journées de congé et venir te rejoindre. Tu vas avoir besoin d'aide.

Lessard ferme les yeux, fait la grimace. Il aurait envie de la voir à ce moment précis, mais pas pour les bonnes raisons. Même après cette nuit passée avec Élaine Segato, depuis qu'il

[6] Service de police de la Ville de Sherbrooke.

a surpris Fernandez avec Miguel, il ne cesse d'être habité par son absence.

– Oublie ça, Nadja. C'est un suicide professionnel si tu m'aides au grand jour et que ça vire mal. Et tu prends déjà assez de risques pour moi comme ça.

– Mais, Vic, je…

– Arrête. C'est non! En plus, je vais encore avoir besoin de toi pour des recherches.

Dommage que Lessard ne puisse voir Fernandez ainsi, à se torturer d'inquiétude pour lui, ses beaux yeux liquides figés dans le vide, sinon il en serait ému et peut-être ébranlé au point de mettre sa timidité pathologique de côté et oser un premier geste.

Le silence perdure, devient aussi éloquent qu'une flopée de paroles inutiles.

– Je v…

– À plus tard, Nadja.

Lessard éteint son mobile et le rempoche.

Dans la rue, un ado vêtu d'un chandail des Canadiens passe, en se traînant les pieds.

Le chandail bleu-blanc-rouge lui fait repenser à Pat Burns, son préféré parmi les anciens *coaches* de l'équipe, peut-être parce que Burns était un ex-policier et, comme lui, un gentil bougonneux. Et, pour paraphraser Burns, le sergent-détective n'a, à ce point, pas du tout l'intention «d'aller à la chasse à l'ours armé d'un couteau à beurre».

Ainsi, avant de mettre le cap sur Sherbrooke pour aller rencontrer Sylvain Marchand, il a besoin de certains outils de travail, lire: quelques armes à feu et des munitions additionnelles.

Lessard n'en a pas à la maison et en acheter chez l'armurier risquerait d'attirer l'attention, ce qui ne serait pas une bonne idée. Il sait cependant où en trouver: Saint-Henri, là où vit son ancien mentor, Ted Rutherford.

Le sergent-détective est aux abois, il roule sur le fil du rasoir, scrute le rectangle du rétroviseur.

Au feu rouge, il s'immobilise.

– On va chez ton ami? Ton ami Ted?

– Oui, répond Lessard, sans se retourner vers le siège du passager.

– Ça fait longtemps que tu es allé le voir!

– Oui, ça fait longtemps.

– Ça fait presque trois ans, Victor.

– Tant que ça?

– Tu le sais très bien, Victor... Tu as été le voir juste quatre fois depuis son attaque. Quatre fois en sept ans.

Le policier baisse la tête, la honte le submerge.

– Quand tu le vois, tu es incapable d'exprimer ta compassion, Victor. As-tu honte?

– Non.

– Oui, c'est ça. Et tu le sais très bien! Ça te fait honte, mais il te répugne, Victor, avoue-le. Il te répugne parce qu'il est en fauteuil, il te répugne parce qu'il bave, il te répugne parce qu'il porte une couche, il te répugne parce qu'il est vieux et qu'il sent la merde.

– C'est faux! lance Lessard avec véhémence, pointant un doigt réprobateur vers son frère.

– Allons, Victor, cesse de te mentir à toi-même. Tu aimerais qu'il soit pareil au policier que tu admirais jadis, qu'il n'entache pas l'image d'autorité paternelle que tu as gardée de lui, cette image d'invincibilité que tu as idéalisée.

– Ta gueule! Ferme ta gueule, Raymond!

La vieille qui traverse la rue devant la Corolla sursaute en entendant les jurons que son conducteur profère. Comme il est seul dans la voiture, elle ne doute pas un instant qu'il s'agit d'un schizophrène du téléphone, un de ces obsédés de la conversation qui déambule en parlant dans le vide, un dispositif vissé dans l'oreille.

Avant, il n'y avait que le fou du village pour paraître aussi ridicule.

Rue du Square Sir-George-Étienne-Cartier.

Face au parc du même nom, Lessard sonne au rez-de-chaussée d'un immeuble de blocs gris. Pivotant sur ses gonds, la porte s'ouvre sur un bel homme dans la soixantaine, élégant dans sa chemise blanche à col Mao.

Celui-ci marque sa surprise en plaquant une main sur sa bouche.

– Victor?! Oh, mon Dieu!

– Salut, Albert.

Albert Corneau et Victor Lessard se connaissent depuis près de trente ans. Ils se donnent de grandes claques sonores dans le dos, puis se font la bise, émus aux larmes.

– Bon sang, mais ça fait si longtemps, Victor! Deux, trois ans?!

– Ça fait longtemps en effet, renchérit Lessard, la mine basse. Beaucoup trop longtemps. (Il relève la tête.) Et toi, comment vas-tu, Albert?

Les lèvres de Corneau se plissent à la Mona Lisa, en une ébauche de sourire.

– Oh, moi tu sais... (Son regard se voile un instant.) Je vais comme tous ceux qui deviennent, par la force des choses, des aidants naturels, Victor. Parfois épuisé, souvent au bout du rouleau, mais j'avance toujours avec la même conviction de faire ce qui est bien, d'accomplir ce qui doit être accompli. Les choses de la vie, quoi...

– Ted est très chanceux de t'avoir...

– Ah, ça... Mais toi, regarde-toi! reprend Corneau en entraînant Lessard à sa suite dans le vestibule. Tu as perdu du poids! Et rafraîchi ta garde-robe aussi, s'exclame-t-il, le reluquant en connaisseur.

– C'est vrai que j'ai un peu maigri, admet le policier en rougissant.

– Pas encore une histoire de cœur qui a mal tourné, dis-moi?

– Des couples qui durent comme Ted et toi, il ne s'en fait plus, Albert.

– Trente-cinq ans cette année, Victor! Tu te rends compte?!

– De nos jours, trente-cinq mois, c'est déjà beaucoup.

– Oui, mais c'est compliqué, vos affaires aussi, les hétéros, avec les enfants, les deux carrières, pis tout le reste…

Sans se consulter, par habitude, les deux hommes gagnent la cuisine.

Lessard connaît le logement comme le fond de sa poche.

Si l'homosexualité n'avait pas été un sujet aussi tabou et les mentalités aussi rétrogrades à la fin des années 1970, c'est ici qu'il aurait atterri après le massacre de sa famille. Au lieu de ça, il s'est farci une procession de familles d'accueil, au sein desquelles il n'a vécu que rejet, violence et humiliation. Plusieurs de ses fugues se sont d'ailleurs terminées dans cet appartement, où Ted et Albert l'hébergeaient clandestinement aussi longtemps qu'ils le pouvaient, sans courir le risque d'attirer l'attention des autorités. Quand ce n'était plus possible, Lessard couchait dans la rue, traînait dans le coin de la roulotte de monsieur Antoine, qui en était alors à ses premiers balbutiements.

Les choses ont pris un tournant heureux le jour où Ted a convaincu sa secrétaire et son mari, ceux qui allaient devenir ses parents adoptifs, de le recueillir chez eux alors qu'il avait seize ans.

– Donc, si je comprends bien, tu n'as personne en ce moment? insiste Corneau.

L'image de Véronique et puis celle de Fernandez passent à la vitesse de l'éclair devant les yeux du policier, pendant qu'il secoue la tête négativement.

– Victor Lessard, je te connais comme si je t'avais tricoté! Elle est mariée? En couple?

– Quelque chose comme ça…, répond-il sans pouvoir réprimer un sourire. Comment va-t-il?

– Physiquement, c'est du pareil au même. Mentalement, il a des hauts et des bas. Plus de bas que de hauts, pour être honnête. Mais il est dans une bonne période ces temps-ci.

– Il dort?

– Non, il est dans la bibliothèque.

– Je peux le voir?

– Bien sûr! (Corneau hésite l'espace d'un instant.) Il va être content, mais tu le connais, Victor... La maladie ne l'a pas rendu plus...

– Je sais...

– Attends-moi ici, je vais le prévenir.

Corneau pourrait ajouter que Rutherford déteste être surpris, mais le sergent-détective connaît le personnage.

Lessard s'avance, transpercé par le regard de braise de Rutherford, qui est assis dans son fauteuil roulant, encerclé de livres, de souffrance et de silence.

L'homme est la dernière pièce vivante d'une mosaïque complexe, la troisième pointe du triangle paternel qui a façonné la personnalité de Lessard, peut-être celui qui a eu la plus grande influence sur lui, entre l'assassin qui lui a tenu lieu de père biologique et le père adoptif aimant qui lui a redonné le privilège d'une vie de famille.

Lessard se compose une attitude, un masque censé exprimer la joie des retrouvailles.

Les bras ballants, figé et incapable de franchir le mètre qui les sépare, il se tient devant celui qui l'a encouragé à entrer à l'école de police et qui a ensuite été à la fois son mentor et son partenaire, alors qu'il faisait ses premiers pas dans le métier.

– Content de te voir, Ted!

Désolé si je ne viens pas plus souvent. C'est trop dur.

La réplique est cinglante, glaciale. Il s'agit plus d'une affirmation que d'une interrogation.

– T'as des ennuis?

Depuis le deuxième accident vasculaire cérébral, le coin droit de la bouche de Ted est déformé par la paralysie; l'élocution est empâtée et difficile.

– Pourquoi tu dis ça?

– Juste à te voir la face, je le sais.

Lessard n'a jamais pu dissimuler quoi que ce soit à Rutherford, pourtant il s'entête à essayer de donner le change.

– T'as l'air en forme.

– Arrête, Victor. On sait tous les deux que tu n'es pas ici pour prendre de mes nouvelles.

La tête penchée vers le sol, une boule dans la gorge, Lessard s'efforce de ne pas perdre le contrôle et, surtout, de ne pas évacuer le trop-plein d'émotions qui lui ronge les sangs et lui fendille le cœur.

– C'est vrai, murmure-t-il en approchant une chaise du fauteuil roulant de Ted.

– Allez, raconte.

Lessard vide son sac, sans rien omettre : l'enquête sur la mort des Cook, ses doutes, ses intuitions, le message trouvé dans la remise, le témoignage de Faizan, les mouches, le meurtre de Viviane Gray, son œil qui pendait hors de sa boîte crânienne, la fusillade à la gare Centrale. Et tout le reste.

Tout y passe.

– Donne-moi une cigarette, ordonne Ted d'un ton qui n'ouvre la porte à aucune réplique.

Lessard va objecter qu'il lui est interdit de fumer depuis son AVC, mais à quoi bon priver un homme dans son état du plaisir coupable de la nicotine ? Il allume deux clopes et en visse une au bec de Rutherford, qui tire chaque taffe avec l'avidité d'un chercheur d'or venant de découvrir le Klondike.

– Qu'est-ce que tu vas faire ?

– Retrouver ceux qui sont derrière ça avant qu'eux me retrouvent.

Les yeux clos, Rutherford semble méditer sa prochaine réplique comme si le sort du monde en dépendait. Dans les faits, c'est un peu le cas et il le sait : son opinion compte par-dessus tout pour Lessard et celui-ci est, avec Albert, tout ce qui lui reste. Il ne se le pardonnerait jamais s'il lui arrivait malheur.

– C'est dangereux, dit-il en fixant son visiteur. Mais c'est la seule chose à faire.

La tension qui étranglait Lessard se dissipe.

L'homme qui lui a tout appris dans le métier et à qui il a confié tant de fois sa vie vient de le conforter dans sa décision.

Lessard met une main sur le bras de Ted. L'espace d'un instant, tout l'amour et toute l'affection du monde passent dans le regard des deux hommes.

– T'as ce qu'il te faut? reprend Rutherford, bourru à dessein, pour éviter de devenir sentimental.

– Je descendrais bien au sous-sol t'emprunter deux ou trois trucs.

– Me semblait aussi que tu venais pas seulement pour avoir ma bénédiction.

Au moment où Lessard va franchir le seuil, Rutherford l'interpelle :

– Victor, si j'avais encore mes jambes, je...

Le sergent-détective s'arrête, mais ne se retourne pas.

– Je sais, Ted, je sais...

La porte se referme derrière Lessard.

Une larme coule sur la joue du vieil homme. Il y a tant de choses qu'il aimerait dire à celui qu'il a toujours considéré comme son propre fils.

Emmuré dans des décennies de silence, il en est incapable.

Dès qu'il a traversé le pont Champlain et qu'il roule en direction de Sherbrooke, Lessard appelle Sylvain Marchand, le policier du SPVS dont Fernandez lui a donné le numéro.

Pendant que la sonnerie retentit, il repense à Albert Corneau et à Ted Rutherford, à qui il a fait ses adieux quelques minutes auparavant.

Combien de temps se passera-t-il avant qu'il ne les revoie?

Boîte vocale. Il laisse un message.

• • •

Après avoir rangé la valise métallique sous son lit, l'agent du SIV a prié avec ferveur, comme il le fait chaque matin, à genoux sur le plancher. Ensuite, il a mangé son unique repas de la journée, deux œufs durs pris à la cuisine, s'est douché jusqu'à engourdissement à l'eau glacée – rituel qu'il s'impose comme une torture – et a enfilé sa soutane. Cette hygiène de vie rigide, qu'il cultive depuis le début de sa fonction ecclésiastique, lui permet de dompter son corps et d'élever ainsi son âme jusqu'à la contemplation. Avant de recevoir l'appel du Christ et d'être ordonné prêtre, sa gloutonnerie avait fait de lui un jeune homme obèse, vide et tourmenté, un être banal sur qui les aléas de l'existence et les railleries des autres enfants collaient à la peau.

Il sort de l'archevêché par une porte donnant sur la rue de la Cathédrale et remonte vers le boulevard René-Lévesque, en direction du centre-ville.

L'agent du SIV connaît bien Montréal et s'y repère avec facilité, puisqu'il a exercé comme nonce apostolique au Canada de 1985 à 1990 et qu'il y venait fréquemment. À ce titre, il a représenté le Saint-Siège auprès du gouvernement canadien, en jouant un rôle semblable à celui d'un ambassadeur.

Regardant droit devant lui, Noah marche d'un pas décidé, mais sans se presser, ni se soucier de la pluie ou des passants. Après sa discussion avec le pape rouge, ses prochains objectifs lui paraissent aussi clairs que le plan à mettre à exécution pour y parvenir.

Au coin des rues Drummond et Sainte-Catherine, l'agent du SIV s'engouffre dans un immeuble commercial.

• • •

Avant de reprendre la route, Lessard a retiré mille dollars au guichet automatique. Tôt ou tard, on finira par l'associer à la fusillade de la gare, alors pas question de se servir de sa carte de crédit, qui pourrait facilement permettre à ses collègues de le retracer. Pour les mêmes raisons, il s'est arrêté dans une boutique où il s'est acheté, en payant en liquide, un nouveau BlackBerry avec forfait prépayé afin d'éviter d'utiliser son mobile de fonction.

Il jette l'appareil sur la banquette du passager, laquelle est encombrée du couteau de chasse et du pistolet qu'il a empruntés à Ted. Dans le coffre, il a aussi déposé un fusil de calibre 12, une carabine avec lunette de visée et plusieurs boîtes de munitions.

Les paroles de son ancien mentor lui reviennent en mémoire.

« Me semblait aussi que tu venais pas seulement pour avoir ma bénédiction. »

La bénédiction de Ted.

N'était-ce pas ce qu'il était réellement allé chercher?

Avaler les kilomètres d'asphalte détrempé de l'autoroute 10 l'aide à faire le vide.

Il repense à ce qui s'est passé dans les dernières heures. À cet assassinat insensé qui s'est produit sous son nez et à la tentative de meurtre dont il a ensuite été victime.

Tout semble irréel.

Jamais dans sa carrière de policier il n'a vécu quelque chose d'aussi invraisemblable.

À part au cinéma, quel secret peut être assez important pour qu'on décide d'éliminer deux personnes en plein jour?

• • •

L'agent du SIV descend quelques volées de marches et se retrouve dans le ventre de la terre, là où Vincenzo lui a déniché une cave désaffectée sous un édifice à bureaux du centre-ville. L'endroit est insonorisé, en retrait et à l'abri des regards indiscrets.

Des attributs essentiels lorsqu'on considère la nature des activités qu'ils ont à y mener.

Bien entendu, il n'a pas poussé l'audace jusqu'à diriger ses opérations à partir des locaux de la cathédrale Marie-Reine-du-Monde.

Il y a quand même des limites à tester l'irénisme de l'archevêque! s'est-il dit.

À voir sa mine renfrognée et ses yeux boursouflés, l'agent du SIV sait que Vincenzo Moreno, qui a passé la nuit dans la cave, sur un lit de fortune, a mal dormi.

– Des nouvelles du guetteur que tu as posté dans le *Chinatown*?

– Aucun mouvement pour l'instant, *padre*, répond Vincenzo en écartant du bout des doigts une mèche de cheveux qui lui retombe sur l'œil.

– As-tu encore quelqu'un qui surveille son appartement?

– Le gars qu'on cherche n'est toujours pas retourné chez lui depuis les meurtres. Mais on manque de ressources, *padre*. Je ne pourrai pas laisser un homme sur place indéfiniment. On ne peut pas être partout en même temps.

– Il se terre quelque part. Il s'agit de localiser l'endroit.

– Oui, mais comment? Le temps joue contre nous, *padre*. Et le policer se rapproche: j'ai failli perdre un homme à la gare ce matin.

– Je sais, Vincenzo, ton frère m'a envoyé un texto. J'ai quelqu'un qui analyse au microscope son dossier de crédit, ses comptes bancaires et toutes les informations disponibles dans les banques de données.

– Si votre gars reste caché et qu'il n'utilise pas sa carte de crédit, ça ne changera rien.

– Justement. Quand tu auras terminé ici, tu retourneras fouiller son appartement.

– Mais j'ai déjà passé l'endroit au peigne fin, *padre*.

– Alors, recommence. Il suffit d'un détail qui t'a échappé la première fois. À force de chercher, on va finir par trouver une information qui nous mènera jusqu'à lui.

– Vous auriez dû me laisser vous accompagner sur la rue Bessborough. Vous n'auriez jamais perdu sa trace.

– Tu n'as pas besoin de me le rappeler, Vincenzo.

Le ton est cassant. L'agent du SIV pointe l'index vers une porte d'acier close.

– Et lui, fais-le parler, ajoute-t-il. Jusqu'à preuve du contraire, c'est encore notre meilleure option.

Moreno a un rictus cruel.

– Comptez sur moi, *padre*. S'il sait où se trouve votre gars, Dorion va cracher le morceau.

• • •

Lessard a beau retourner la question dans tous les sens, formuler des hypothèses, il n'arrive pas à délimiter clairement les contours d'une piste solide.

Quels éléments possède-t-il?

Puisque prendre des notes dans son carnet en conduisant sous la pluie serait périlleux, il se contente de ressasser l'information, de l'organiser, de la grouper de façon logique dans ses pensées :

Un : Cinq personnes sont mortes rue Bessborough.

Deux : Il a retrouvé, dans la remise, un message écrit par John Cook et qui tend à le disculper.

Trois : Faizan affirme avoir vu un nuage de mouches derrière la vitre de la cuisine et un prêtre avec une hache à la main dans la cour des Cook.

Quatre : L'analyse médicolégale pratiquée par Jacob Berger conclut que Cook a tué sa femme et ses enfants de ses mains, avant de se donner la mort. La seule question demeurée en suspens, pour Berger, est cette blessure à l'épaule. A-t-elle été infligée à Cook par sa conjointe, dont les empreintes ont été relevées sur le manche ? Lessard lui a fait remarquer que Munson était gauchère, alors que la blessure semblait être l'œuvre d'un droitier. Berger a invoqué la théorie de la main préférentielle pour justifier sa conclusion. Cette logique est inattaquable, mais son instinct lui dit que quelque chose cloche.

Cinq : Quelque chose cloche au point que Viviane Gray le contacte et lui donne rendez-vous à la gare, confirmant du même coup que le papier trouvé dans la remise des Cook n'avait pas été déposé là par hasard. Gray est ensuite tuée alors qu'elle s'apprêtait à lui en révéler davantage. Quelqu'un a donc cru ses confidences assez importantes pour la supprimer et essayer d'éliminer le policier par la même occasion.

Lessard actionne les essuie-glaces.

La pluie redouble d'ardeur.

Pour le sergent-détective, le meurtre de Gray n'invalide pas pour autant la conclusion de Berger selon laquelle Cook a lui-même tué sa femme et ses enfants.

Mais il ne peut s'empêcher de penser que Cook a peut-être reçu une aide extérieure, ce qui donnerait un sens au témoignage de Faizan. Il se questionne : a-t-il mis des mots dans la bouche du jeune garçon ? Si celui-ci a vu quelque chose et non pas imaginé toute la scène, était-ce bien un prêtre ou seulement une personne habillée en noir qu'il a aperçu dans la cour ce soir-là?

Lessard n'écarte pas non plus l'hypothèse que Cook ait agi sous la menace. Une partie de la conversation avec Gray lui revient en mémoire. Qu'avait-elle dit quand elle parlait des rêves étranges dont Cook était victime?

«Cook rêvait qu'un homme lui parlait dans son sommeil.»

Le policier tente de donner un sens à l'affirmation, sans y parvenir.

Quoi qu'il en soit, un fait lui paraît incontestable: l'assassinat de la maîtresse de Cook prouve que les meurtres de la rue Bessborough cachent autre chose qu'un simple drame familial.

C'est une lapalissade: les deux événements sont liés au cœur d'une même séquence. Un individu déterminé à enterrer la vérité a pris le risque de faire exécuter deux personnes en plein jour.

Mais qui?

Et, surtout, pourquoi?

La sonnerie du BlackBerry l'arrache à son monde intérieur.

– Lessard.

– Ici Sylvain Marchand, du SPVS. Vous m'avez laissé un message, dit une voix enjouée.

– Oui! Bonjour, Sylvain. Merci de me rappeler si vite. Je suis en route pour vous rencontrer.

– Ah? À quel sujet?

– J'aurais aimé consulter le dossier Sandoval.

Une page blanche accueille l'entrée en matière du sergent-détective. Un policier n'apprécie jamais qu'un collègue vienne renifler ses plates-bandes. Quand Marchand reprend la parole, toute trace d'aménité a disparu de sa voix:

– Je peux savoir pourquoi?

– Je ne sais pas encore très bien. Il y a peut-être un lien avec une enquête en cours.

– …

– Il y a un problème, Sylvain?

– Non, non… Aucun problème. (Marchand hésite.) C'est juste que le dossier est aux archives. Ça va me prendre un temps fou à le récupérer, dit-il avec mauvaise humeur.

– Je ne serai pas là avant au moins une heure. Ça va vous donner le temps, réplique le sergent-détective.

Il raccroche avant que l'autre ne proteste.

Passé Carignan, il se rend compte que la jauge à essence crie famine : l'aiguille est accotée au « E » et le voyant prévenant le conducteur que la voiture a le gosier sec est allumé depuis déjà plusieurs minutes.

Après une série de manœuvres complexes pour s'assurer qu'il n'est pas suivi, Lessard sort de la 10.

Merde !

On s'est bien gardé de mentionner, sur le panneau de signalisation planté au bord de l'autoroute, qu'il faut rouler sur un chemin secondaire pendant presque dix minutes avant d'arriver à la station-service. Le sergent-détective parvient enfin à une pompe vétuste assortie d'une cabane aux fenêtres de plexiglas grafigné, où somnole un pompiste. Les mains couvertes de cambouis, l'homme s'avance vers la Corolla en marmonnant, tandis que Lessard ouvre la vitre du conducteur de quelques tours de manivelle.

– Le plein.

Derrière le poste à essence, il y a un stationnement boueux rempli de poids lourds qui mène à un bâtiment de tôles. Sur la devanture, une pancarte indique : Rest-O-Bar.

Le policier n'est pas d'humeur à goûter un jeu de mots aussi suave, mais il a faim. C'est décidé : il ira manger un morceau dès qu'il en aura terminé ici.

Alors que le pompiste fait le plein, le dos courbé par toute une vie de labeur et de misère, Lessard marche dans le stationnement pour se dégourdir les jambes. Avant de sortir de la voiture, il a pris soin de couvrir avec son pardessus l'artillerie qu'il a déposée sur le siège du passager.

Pas question d'attirer l'attention d'un quidam, même ici.

Une bruine légère glisse des nuages qui défilent.

Il recrache la fumée de sa cigarette en pensant à Fernandez. Trouvera-t-il un jour le courage de s'ouvrir, de faire le premier pas?

Assis parmi les routiers, il savoure sans se presser son cheeseburger et ses frites et boit, de temps à autre, une gorgée de Coke tiède.

Fanée, la serveuse en uniforme de polyester sourit aux commentaires grivois des clients, réplique du tac au tac aux remarques salaces. Lessard l'observe depuis un moment. Au fond, elle semble prendre plaisir à ce petit jeu sans conséquence.

Il n'a adressé la parole à personne, n'a pas cherché à percer le cercle des habitués. Un cure-dent en équilibre à la commissure des lèvres, il pose sa main sur son estomac à deux reprises alors qu'il regagne la Corolla.

La tarte au sucre était peut-être de trop.

Il essaie de téléphoner à Martin. Pas de réponse. Il lui laisse un message et son nouveau numéro de mobile.

Ce silence commence à l'inquiéter.

Malgré un effort pour se raisonner, le policier ne peut s'empêcher de penser que ceux qui ont tenté de l'éliminer pourraient s'en prendre à sa famille.

Il est à deux doigts d'appeler Marie, son ex-femme, mais il s'en abstient, de crainte de l'alarmer indûment.

Pour se rassurer, il se répète que Martin a l'habitude de ce genre de fugues.

Mais c'est plus fort que lui, soudain il se met à avoir très peur.

– Ils vont le tuer, Victor. Ça en fera un de plus que tu as abandonné, murmure Raymond, resté dans l'auto à regarder glisser les gouttes de pluie sur la vitre.

23.

Division des enquêtes criminelles
Ville de Sherbrooke

À la réception, Lessard décline son nom et son titre à une jeune policière en uniforme. Il a peur un instant de voir surgir une meute d'agents venus pour le maîtriser, craint que son signalement n'ait déjà commencé à circuler en raison des événements de la gare. Au contraire, la policière le conduit avec enthousiasme à travers les corridors du bureau en lui posant, d'une voix surexcitée, une multitude de questions sur les conditions de travail à la Ville de Montréal, avant de lui murmurer à l'oreille qu'elle rêve depuis longtemps de déménager dans la métropole.

Il a envie de lui dire de revoir ses positions et de rester à Sherbrooke, que la vie d'un policier montréalais est un vrai cauchemar, mais il n'a pas la force d'anéantir tant de candeur.

La salle de réunion où il attend Marchand est sobre, mais décorée avec soin.

Il ne manque pas de remarquer la fraîcheur des lieux et l'équipement technologique dernier cri, le grand luxe s'il le compare à la vétusté des bureaux dont ses collègues et lui disposent.

La porte s'ouvre pour laisser apparaître une femme corpulente. À bout de souffle, elle pose une boîte de carton sur la table, devant lui.

— Sylvain est en réunion. Il m'a chargée de vous remettre ceci.

— C'est le dossier Sandoval?

La femme lui lance un regard furtif à travers ses épaisses lunettes. Des poils noirs et drus lui truffent le menton.

– Je ne sais pas si c'est le dossier Sandoval, mais je peux vous confirmer qu'il est lourd!

– Merci, madame.

– Aucun problème. Vous avez besoin d'autre chose? Un café, peut-être?

Lessard hésite, mais résiste.

– Non, merci.

– Sylvain m'a demandé de vous dire qu'il viendra vous voir après sa réunion.

– Parfait.

La femme referme la porte derrière elle.

Le sergent-détective reste quelques instants à contempler la boîte, incertain de ce qu'il va y trouver et redoutant l'ampleur du travail qui l'attend. Chaque fois qu'il s'attaque ainsi à un nouveau cas, il éprouve ce sentiment de vide, cette impression qu'il faillira à la tâche, qu'il ne pourra franchir l'Himalaya qui se dresse devant lui.

Il prend une première chemise cartonnée, la parcourt en diagonale et la met de côté. Il en saisit une deuxième et répète le même manège jusqu'à ce qu'il trouve celle qui contient les photos.

Lorsqu'il consulte le dossier d'une enquête qu'il n'a pas menée lui-même, Lessard commence toujours par les photos; c'est le seul moyen de se faire sa propre idée sur l'affaire, sans influence extérieure, sans l'incontournable subjectivité que l'enquêteur chargé du dossier finit par y imprimer, même sans le vouloir.

Une première série de clichés montre la scène du crime dans son ensemble.

Le premier élément qui saute aux yeux de Lessard est le même que pour les meurtres de la rue Bessborough: la quantité inhabituelle de mouches.

Beaucoup sont photographiées en plein vol; elles sont surtout concentrées dans la cuisine.

Après un moment, le policier met la pile de côté.

Il veut voir les corps, savoir à qui il a affaire.

Sur la première photo de la deuxième série, il distingue le corps nu d'une femme, étendu sur le plancher d'une chambre.

La victime gît face contre terre, dans une mare de sang.

Les jambes sont légèrement écartées, les bras repliés sous le tronc dans une pose improbable.

Sans doute cassés, se dit Lessard.

Les cheveux noirs, pour autant qu'il puisse en juger, recouvrent les côtés du visage. La peau du dos ne présente aucune meurtrissure ou marque de violence.

Un deuxième cliché montre la même victime, mais d'un angle différent.

Lessard ratisse la pile de photos avec frénésie jusqu'à ce qu'il en trouve une de l'homme.

Le tueur. Celui qui a assassiné sa femme avant de s'enlever la vie.

Le sergent-détective détourne le regard trop tard, son cerveau a enregistré l'image à jamais.

Le cadavre est éborgné.

• • •

Un sourire pernicieux barre le visage empâté de Jacinthe Taillon.

L'homme qu'elle cherche est attablé devant quatre hot-dogs garnis et une poutine au restaurant *La Belle Province*, au coin de Sainte-Catherine et d'Amherst.

Le prototype même du petit truand sans envergure : air vaguement demeuré, gros bras aux tatouages multiples, t-shirt avec têtes de mort, bronzage de cabine, chaînes, bracelets et autres breloques en toc qui pendent de partout.

– Steve Côté ? lâche Taillon à voix haute.

Les regards se tournent vers eux.

– T'es qui, toé ? réplique Côté en levant les yeux.

– Police, mon coco. Il faut qu'on se parle de Laila François.

– J'ai rien à dire, câlice.

Côté a les joues et les oreilles rouges. Sur le plateau, Taillon saisit un de ses hot-dogs et en prend une bouchée, l'entamant à moitié.

– Viens, on va faire un tour, mon Steve, dit-elle en brandissant ses menottes.

• • •

Lessard boit une gorgée d'eau dans le verre que lui a apporté l'adjointe de Marchand. Il a sorti l'ensemble des documents de la boîte et posé le tout en piles ordonnées sur la table, devant lui.

Il prend une profonde inspiration et se lance dans la lecture du rapport d'enquête principal, véritable musée des horreurs :

MÉMORANDUM

DE : Sylvain Marchand
À : Dossier
DATE : 27 juillet 2006
OBJET : Rapport d'enquête final sur la mort de Richard Sandoval et de Sophie Landreville

Sommaire

Le soir du 13 juin 2006, à 21 h 24, un appel de Pierre Sandoval, le père d'une des victimes, a été reçu par le 9-1-1. M. Sandoval venait de découvrir les corps inanimés de son fils, Richard, 61 ans, et de sa belle-fille, Sophie Landreville, 46 ans, dans leur maison de la rue Marquette.

Le décès des victimes a été constaté sur place par les ambulanciers. Premiers arrivés sur les lieux, les patrouilleurs Guy Pelletier et François Corriveau ont

> immédiatement appliqué les procédures d'usage en sécurisant la scène de crime et en établissant un périmètre de sécurité autour de la maison.
>
> Je suis arrivé sur les lieux en compagnie de mon collègue, l'enquêteur Pierre Marion, à 23 h 22. Le médecin légiste, le Dr Yvon Dufour, et les techniciens en scène de crime étaient déjà sur les lieux.
>
> Dès notre arrivée, l'enquêteur Marion et moi avons examiné les lieux et la disposition des corps.
>
> […]
>
> Sophie Landreville était étendue sur le sol de la chambre à coucher principale. De nombreuses traces de lutte y ont été notées, tel qu'il appert de l'analyse technique jointe aux présentes en Annexe 1 (l'« Analyse »).
>
> […]
>
> Le corps de Landreville portait de multiples lacérations et de sévères fractures et contusions au visage, au point de la rendre méconnaissable, comme si son assassin avait littéralement essayé d'effacer ses traits. […] L'expertise médico-légale jointe au présent rapport en Annexe 2 (l'« Expertise »), montre que la victime a reçu plus de quarante coups de batte de baseball au visage et que ses deux bras ont aussi été fracturés à coups de bâton.

Lessard saute des passages, ayant vu les photos d'autopsie insoutenables de Sophie Landreville.

> […] Richard Sandoval a été retrouvé dans la salle de cinéma maison. Le téléviseur

> était allumé sur une chaîne d'information continue lorsque le corps a été découvert. [...] Le cadavre était affalé dans un fauteuil. [...] Sandoval s'est tiré une balle dans la bouche avec son fusil de chasse, ce qui a fait exploser l'arrière de sa boîte crânienne. [...] Sur une table basse, à côté du fauteuil, on a retrouvé un bol pris à la cuisine. Le bol contenait les deux yeux de Sandoval, qu'il s'est arrachés, selon l'Expertise, à l'aide d'un couteau à évider le gibier. [...] Le corps ne portait aucune autre marque de blessure.

Le policier jette quelques notes dans son calepin :

- ⇨ Sandoval s'est arraché les yeux, Cook, la langue. Lien ? Symbolique ?
- ⇨ Est-ce possible de s'arracher les deux yeux si on est dans son état normal ? Drogue ?

Lessard continue de lire des passages du sommaire pour bien ingérer les éléments de base de l'affaire Sandoval.

Le couple n'avait pas d'enfants.

Sophie Landreville mesurait un mètre soixante-cinq pour cinquante-cinq kilos. D'après ce que le sergent-détective avait pu voir sur les photos, c'était une femme au physique agréable, qui aurait pu être jolie si elle n'avait pas eu une coiffure quelconque et un style vestimentaire aussi conventionnel, voire terne, dominé par les tons de beige et de brun. Lessard n'est pas étonné de constater qu'elle travaillait comme comptable dans un cabinet du centre-ville de Sherbrooke. Landreville s'exerçait, en outre, plusieurs fois par semaine dans un gym et suivait des cours de peinture.

Au contraire de sa conjointe, Richard Sandoval était grand, charpenté comme un culturiste dopé et plutôt bel homme. Avec sa chemise ouverte sur un torse imberbe, il avait l'air dix ans plus jeune que son âge, et donnait l'impression du *playboy* déjanté et charismatique. Sandoval était conseiller municipal et bras droit du regretté maire Jean-Guy Applebaum, mort depuis des suites d'une longue maladie. Son suicide et le meurtre de sa femme ont été largement médiatisés, non seulement en raison de la nature scabreuse du crime, mais aussi parce que l'homme était connu, apprécié et impliqué dans sa communauté.

Lessard ouvre la chemise cartonnée contenant le dossier de presse et parcourt rapidement quelques grands titres parus dans les journaux de la région dans les jours suivant la découverte des corps :

La Tribune :
Mort du conseiller Sandoval : meurtre suivi d'un suicide ?

La nouvelle de Sherbrooke :
Drame familial : Richard Sandoval tue sa conjointe et se suicide

Le Journal de Sherbrooke :
Le boucher de l'hôtel de ville

Les détails dits « croustillants » concernant les défunts (cadavre éborgné, visage réduit en bouillie, etc.) ne sont pas mentionnés dans les articles que Lessard lit en diagonale, signe que Marchand ne les a pas divulgués, par respect et compassion pour les familles, ou que les médias ont fait preuve de retenue. Sans connaître les dessous de l'affaire, Lessard opte d'expérience pour la première possibilité.

Devant l'absence de note expliquant son geste, les journalistes se perdaient en conjectures quant aux motifs de Sandoval. Surmenage, maîtresse, problèmes financiers, moment de folie, dépression, toutes les hypothèses classiques étaient invoquées sans parvenir à faire consensus.

Chroniqueur au *Journal de Sherbrooke*, Mario Desjardins avançait quant à lui que Sandoval avait craqué sous les pressions occasionnées par sa gestion d'un dossier épineux, celui de la construction du nouvel hôpital universitaire, qui avait donné lieu à des débats houleux en audiences publiques et pour lequel, selon le journaliste, « Sandoval avait été critiqué de façon mesquine, arbitraire et partisane ».

D'autres manchettes faisaient état des réactions du maire Applebaum, qui se disait à la fois « attristé par la perte d'un homme du peuple, travailleur infatigable », mais, surtout, dévasté par « la disparition d'un ami personnel dans des circonstances inimaginables ». Applebaum ajoutait cependant qu'il condamnait le geste de Sandoval, « un geste impardonnable et indigne de l'être humain qu'il connaissait ».

Un autre entrefilet parlait de l'amitié entre Sandoval et Applebaum, qui avaient environ le même âge. Elle remontait à leurs années d'études au Séminaire de Sherbrooke et était devenue encore plus forte alors qu'ils faisaient tous les deux partie des défunts Castors de Sherbrooke, de la Ligue de hockey junior majeur du Québec. Sandoval y jouait le rôle de « policier » et de protecteur attitré d'Applebaum, dont les statistiques offensives en faisaient l'un des meilleurs joueurs de son époque dans la LHJMQ. D'aucuns considéraient que Sandoval exerçait les mêmes fonctions en politique, étant à Applebaum ce que Jean Chrétien était à Pierre Elliott Trudeau : une sorte d'exécuteur des basses besognes.

L'article mentionnait en outre la passion commune des deux hommes pour la matchitecture, « un loisir qui compte de plus en plus d'adeptes un peu partout dans le monde, lesquels s'appliquent à bâtir des maquettes à l'aide de colle et de micromadriers (bâtons d'allumettes sans le soufre). »

– Ç'a l'air chouette, lance Raymond en regardant la photo d'une maquette par-dessus l'épaule du policier, avant de retourner dessiner des formes avec l'index, sur la vitre embuée.

Au bout d'un moment, Lessard range la revue de presse dans la chemise cartonnée, et se lève pour se dégourdir les jambes. Il rejoint son frère à la fenêtre. Les gouttes de pluie claquent sur le sol.

Déprimant, toute cette flotte.

Il a envie d'une cigarette, mais se résout à attendre encore un peu avant de pourrir son système d'une autre dose de nicotine.

Il sort le dossier d'interrogatoires.

Interrogatoire de Claire Sandoval

[...]

Q : Madame Sandoval, votre fils vous semblait-il déprimé ces derniers temps?

R : Je... (Note de la sténographe : Le témoin doit prendre une pause avant de répondre.) Richard semblait effectivement différent depuis quelques semaines...

Q : Qu'entendez-vous par «différent»?

R : Je ne sais pas. Il était cerné. Il m'avait dit qu'il dormait mal.

Q : Il était stressé par le travail? Il avait des soucis financiers?

R : Non, je ne crois pas. Je pense juste qu'il était dans une mauvaise passe.

Q : Il avait déjà parlé de se suicider?

R : (Note de la sténographe : Le témoin doit prendre une pause avant de répondre.) Non.

Q : Avait-il déjà proféré des menaces à l'égard de Sophie Landreville?

R : Jamais! Il adorait Sophie.

Q : Pouvez-vous me donner une explication au fait qu'il l'ait tuée?

R : (Note de la sténographe : Le témoin doit prendre une pause avant de répondre.) Non.

Lessard lit entre les lignes.

Le désarroi de la vieille dame, en état de choc face aux agissements inimaginables de son fils, exsude de chaque mot de son témoignage.

Cela dit, le sergent-détective estime que Marchand a bien mené son interrogatoire.

D'ailleurs, plus il feuillette la documentation, plus il acquiert la conviction que Marchand a fait son travail de manière impeccable.

Le rapport est d'une clarté et d'une rigueur rares.

Le père de Sandoval et la mère de Landreville ont aussi été rencontrés par Marchand et son collègue. Lessard lit leurs dépositions sans y apprendre quoi que ce soit de neuf, à part le fait que le geste de Sandoval a plongé tous ses proches dans un état de profonde incompréhension, que toutes les hypothèses d'usage ne sont pas parvenues à éclairer.

Marchand affirme dans sa conclusion qu'à la lumière de l'enquête et du rapport d'autopsie, «Sandoval a sans l'ombre d'un doute tué Sophie Landreville avant de se suicider». Il ajoute que ses collègues et lui sont incapables de déterminer les motifs exacts qui l'ont poussé à agir ainsi, mais que, selon le psychiatre qu'ils ont consulté dans le cadre de l'affaire, il est «plausible de penser que Sandoval, dépressif, surmené et profondément blessé par les critiques dont il avait fait l'objet au cours des derniers mois, ait voulu mettre un terme à sa douleur et qu'il ait songé, du même coup, qu'il était préférable d'emmener Sophie Landreville avec lui, afin de la soustraire aux souffrances que ne manquerait pas de lui causer son départ».

Avant de refermer le dossier, Lessard note qu'une rubrique, présente uniquement dans le cas d'individus possédant déjà un casier judiciaire, figure à la dernière page:

Antécédents judiciaires.

Se référer à la pièce jointe à titre d'Annexe 19.

Le sergent-détective a beau chercher dans les pièces, il ne trouve pas l'Annexe 19, les annexes étant numérotées de 1 à 18. Il en conclut que Marchand a probablement utilisé un rapport antérieur comme modèle pour créer celui de Sandoval et qu'il a tout simplement oublié d'effacer cette rubrique, ce qui lui arrive d'ailleurs de temps à autre.

Lessard relève la tête ; la porte de la salle de réunion vient de s'ouvrir brusquement.

Sylvain Marchand entre en coup de vent, les cheveux en broussaille.

• • •

– Arrête ! Arrête, tu vas m'estropier !

– Ben, dis-moi ce que je veux savoir, mon homme !

– OK ! OK ! Je vais parler, je vais parler ! Mais serre ton couteau !

Malgré les protestations de Côté, Taillon l'a menotté en sortant du restaurant, avant de le projeter violemment sur la banquette arrière de son véhicule. Sans lui adresser la parole, elle a ensuite roulé jusqu'à un terrain vague, sous le pont Jacques-Cartier.

Là, Côté n'a pas aidé sa cause. Il a commencé par débiter des âneries qui ont fait perdre à Taillon un temps précieux et la tête par la même occasion : il ne travaillait pas pour Nigel Williams, n'avait jamais entendu parler de Laila François, etc.

D'ordinaire, Taillon ne s'enfarge pas les pieds dans les fleurs du tapis pour obtenir les informations qu'elle cherche. À plus forte raison si la vie d'une jeune fille est en jeu, elle n'hésitera pas à transgresser les règles, dans la mesure où il y a urgence et qu'on lui dissimule des faits importants.

C'est le cas, en l'occurrence.

Elle a d'abord ouvert l'arcade sourcilière droite de Côté d'un coup de crosse, ce qui a eu pour effet de lui délier la langue : oui, il travaille pour Williams ; oui, il connaît la jeune fille, non il ne conduit pas une camionnette blanche ; oui, il a un alibi (le soir de l'enlèvement, il soupait en compagnie d'amis dont il peut lui fournir les coordonnées) ; non, il n'a rien à voir avec la disparition de Laila François.

Taillon a fouillé dans tous les coins et elle est satisfaite des réponses de Côté. Cependant, elle a assez d'expérience avec les couvercles de poubelles pour savoir que celui-ci lui cachait encore quelque chose.

Comme il s'entêtait à nier, elle a sorti son couteau. À chaque mensonge, elle lui a fait une entaille sous l'œil, en prenant soin de faire vriller la lame à quelques centimètres de sa pupille.

Côté a le visage maculé de sang, mais Taillon a obtenu l'information qu'elle cherchait.

• • •

Marchand est petit et replet, avec un ventre surdimensionné par rapport à la délicatesse de ses membres. Il glisse une main fine et moite, presque féminine, dans celle du sergent-détective.

– Désolé, réunion de dernière minute, dit-il à bout de souffle.

– Aucun problème, ça m'a permis de passer à travers le dossier.

– Parfait. As-tu… On peut se tutoyer, hein?

– Absolument.

– J'imagine que tu as des questions?

Marchand se laisse choir sur une chaise.

– Oui, mais pas des tonnes, le rapport est très bien rédigé et très complet.

Marchand bombe le torse de fierté; la graisse de son menton tremblote.

– Merci. Avant qu'on commence, je peux te demander ce qui t'amène?

Lessard lui fait un bref résumé de l'affaire Cook, en omettant bien entendu de parler de la fusillade.

– Excuse-moi, mais outre le fait qu'il s'agit de deux drames familiaux, quel est le lien avec l'affaire Sandoval?

– Les mouches.

– Les mouches? répète Marchand.

– On a retrouvé un nombre inhabituel de mouches sur la scène du crime. Tu avais noté la même incongruité dans ton rapport.

Le regard de Marchand se fixe un instant, comme s'il fouillait dans ses souvenirs.

– Oui! Je me rappelle maintenant. Mon Dieu! c'est déjà loin tout ça.

– J'ai parcouru le dossier, mais cet aspect est abordé de façon très succincte. Qu'est-ce que tu peux m'en dire de plus?

Marchand prend un document sur la table et le feuillette rapidement.

– À moins que je me trompe, Dufour, le légiste, s'était intéressé à la question parce que, étant donné le moment du décès, les patrouilleurs semblaient avoir vu plus de mouches que la normale à leur arrivée sur la scène du crime. Sauf que l'un d'eux a ouvert une fenêtre. Quand l'Identification judiciaire s'est présentée sur les lieux, la concentration de mouches avait beaucoup diminué. Après, de nombreuses carcasses de rats ont été trouvées dans la cave. À cause de ça, l'Identification judiciaire et Dufour ont conclu qu'il y avait déjà une forte présence de mouches dans la maison avant les événements.

– As-tu le numéro du légiste?

– Dufour? Il est mort l'année dernière. Pancréas.

– Oh, désolé.

Lessard abandonne les mouches et oriente la discussion sur un autre sujet.

– Parle-moi de Sandoval. Si j'ai bien compris, vous n'avez rien trouvé pour expliquer son geste?

– Exact. On n'avait pas beaucoup de pistes. Il n'a rien laissé derrière, pas de note pour se justifier, pas de courriel. Sauf qu'en interrogeant son entourage professionnel et familial, on a vite constaté qu'il était surmené et fort probablement dépressif. Le psychiatre qui nous a donné un coup de main croit qu'il était peut-être psychotique.

– J'ai lu dans la revue de presse qu'il avait été sévèrement critiqué pour le projet d'hôpital universitaire, lance Lessard, qui tend une perche.

– C'est vrai. Jusqu'à quel point ça a pu avoir une incidence, je ne sais pas. Entre nous, Sandoval en menait tellement large dans l'administration que ce n'est pas surprenant qu'il ait croulé sous la pression. N'importe qui d'autre dans sa situation aurait fait un *burn-out*.

– C'était l'homme de confiance d'Applebaum…

– Ça et davantage. Ces deux-là avaient des liens qui remontaient à l'adolescence, des liens plus forts que le sang.

– Sandoval avait été le protecteur d'Applebaum au hockey junior…

– Quand quelqu'un est prêt à donner et à recevoir des coups de poing sur la gueule pour te protéger, ça crée une relation privilégiée. Applebaum avait une confiance inébranlable en Sandoval. On parle ici d'une relation qui s'étendait au-delà de la sphère professionnelle. Sandoval, Applebaum et leurs conjointes respectives se côtoyaient en dehors du travail. Les deux hommes partageaient notamment une passion pour la matchitecture.

– Oui, j'ai vu ça. Drôle de hobby.

– La petite histoire veut que nombre de dossiers aient été réglés autour d'un tube de colle et de bâtons d'allumettes.

– Applebaum est décédé, non?

– Oui, au printemps dernier.

– Il y a ce qu'on écrit dans le rapport et l'impression qu'on garde des événements par la suite. Avec le recul, que s'est-il passé selon toi?

– L'expertise médicolégale a permis de déterminer que Sandoval a assassiné sa femme avant de s'enlever la vie.

– Je comprends qu'il se soit suicidé, mais pourquoi tuer sa femme?

– On ne connaîtra jamais ses véritables motifs avec certitude. As-tu vu dans le dossier l'hypothèse du psychiatre que nous avons consulté?

– Oui. Il suggère que Sandoval l'a tuée pour lui éviter de souffrir. Ça arrive souvent dans le cas de parents qui tuent leurs enfants, mais sa conjointe…

– Il faut comprendre que Sophie Landreville était beaucoup plus jeune que Sandoval, extrêmement fragile et dépendante de lui, tant psychologiquement que financièrement.

L'explication est plausible. Lessard repense aux photos de la jeune femme, à ce visage cireux, à ce regard éteint, chassieux.

– D'après le rapport toxicologique, Sandoval était *clean*, reprend Lessard.

– Il me semble que oui.

– Comment peut-on s'arracher les yeux à froid?

Marchand grimace.

– On en avait discuté avec Dufour à l'époque. C'est horrible, mais il y a d'autres cas. Le chanteur des Colocs, Dédé Fortin, s'est fait hara-kiri.

– Il était gelé, non?

– Négatif, si mes souvenirs sont exacts. Quoi qu'il en soit, d'après le psychiatre que nous avons consulté, un épisode psychotique peut parfois être un puissant anesthésiant.

– Il avait un dossier criminel? demande Lessard qui saute du coq à l'âne.

Il tend le rapport à Marchand en lui montrant la mention relative à l'Annexe 19.

– Non. C'est une coquille.

Marchand a-t-il hésité?

L'espace de quelques secondes, le sergent-détective jurerait que oui, puis l'impression se dissipe.

Lessard a cuisiné Marchand jusqu'à ce que ses questions soient épuisées.

Il ressort de la salle de réunion avec l'adresse de la maison de Sandoval et les coordonnées de la veuve du maire Applebaum en poche.

Du poste de police, il roule dans la rue Marquette.

Il ralentit et, sur sa gauche, jette un long coup d'œil au Séminaire de Sherbrooke, où le premier ministre Jean Charest a étudié.

Quelques mois plus tôt, il a fait une promenade de plusieurs heures dans le Vieux-Nord de Sherbrooke en compagnie de Véronique, native de la région. Outre son intérêt pour la peinture, celle-ci est férue d'histoire et d'architecture. Par un bel après-midi d'automne, Lessard en a été quitte pour un cours accéléré sur le séminaire, ce qui l'a captivé.

En le dépassant, il remarque machinalement, au sommet du vieil édifice de briques rouges, les statues de Lord Elgin, de Frontenac et de saint Charles Borromée qui trônent sur la ville. Le policier ne s'étonne pas de se souvenir de ces détails.

J'ai une mémoire infaillible pour les choses inutiles.

Lessard immobilise la Corolla près d'une imposante construction de style néo-Tudor, au coin des rues Ball et Brooks. Il voit tout de suite la pancarte «À vendre» devant la maison de feu Richard Sandoval et Sophie Landreville. Sans trop réfléchir, il compose le numéro de téléphone de l'agente immobilière, dont le sourire figé sur la photo ornant la pancarte lui semble trop blanc pour ne pas avoir été *photoshopé*.

– Christine Paint?

– Moi-même.

Lessard se présente simplement comme un quidam désireux de visiter la maison.

– Quand êtes-vous disponible? demande l'agente, qui a semblé se renfrogner lorsqu'il lui a donné l'adresse de la maison.

– Est-ce que je pourrais la visiter aujourd'hui? (Lessard fait la grimace en se croisant les doigts.) Je ne suis de passage en ville que pour quelques heures.

– Vous êtes chanceux. Je termine une visite dans le coin avec un autre client. J'en ai encore pour quelques minutes, mais je pourrais vous rejoindre, disons… dans trente minutes? Ça vous irait?

– Ce serait parfait, dit-il avec empressement. Je vous attendrai devant la maison.

• • •

– Jacinthe, tu vas nous mettre dans le trouble! As-tu pensé que Côté pourrait déposer une plainte pour brutalité policière? Sans compter que son arrestation était illégale!

Taillon lève les yeux vers les néons de la salle de conférences.

Le Gnome est un excellent policier, mais il joue trop *by the book*.

– Gilles, il sait que s'il ouvre la trappe, je n'ai qu'à raconter à son boss qu'il harcelait une de ses filles. Crois-moi, Williams n'est pas du genre à niaiser avec la *puck*. Tous ses hommes en ont peur.

– OK, Jacinthe. (Soupir.) Je vais vérifier son alibi et lire tous les messages qu'il a envoyés à Laila François sous le nom d'utilisateur qu'il t'a donné, HO...

– HORNY_PRIEST.

– C'est ça. Es-tu bien certaine que Côté n'a rien à voir avec notre histoire, Jacinthe?

– Gilles, penses-tu vraiment que je l'aurais laissé partir si j'avais le moindre doute?

Le Gnome a posé la question par acquit de conscience, parce qu'il sait que si sa collègue avait cru Côté responsable de l'enlèvement de Laila François, celui-ci serait en train de passer un sale quart d'heure.

24.

« Aujourd'hui, maman est morte. Ou peut-être hier, je ne sais pas. »

Ces phrases ne sont pas de moi. Elles appartiennent à Albert Camus, Prix Nobel de littérature. Sa voiture s'est enroulée autour d'un arbre il y a déjà trop longtemps.

Si monsieur Camus peut revendiquer la paternité de ces mots, la mort de sa propre mère est un événement sur lequel on ne voudrait revendiquer ni paternité ni maternité. Pourtant, c'est un moment inévitable de l'existence, qui vous met au monde une seconde fois.

Il y a d'abord cette première naissance, celle où vous êtes propulsé hors de son utérus pour atterrir dans ses bras. À moins d'une malchance colossale, votre mère vous attend pour vous prodiguer petits soins et amour.

C'était mon cas.

Après, lorsque votre mère meurt, c'est une deuxième naissance. Cette fois, vous êtes propulsé dans le vide et vous atterrissez sur le cul.

Pas de tendres bras pour vous saisir, pas de sein chaud sur lequel vous allonger.

Vous êtes seul.

Pour oublier que vous êtes seul, il y a toutes sortes de succédanés de mère, tout plein d'artifices et de faux-semblants.

Mais en fin de compte, ça ne change rien. Vous restez seul pareil.

Si je parle de ça maintenant, c'est que *L'étranger* de monsieur Camus est le premier livre que j'ai lu après la mort de maman.

Quand tout s'est cassé.

C'est à huit ans que je suis née une seconde fois et que j'ai atterri sur le cul.

Monsieur Camus ne sait pas exactement quel jour sa maman est morte. Moi, la mienne, je me souviens très bien du jour où elle a trépassé.

C'était un dimanche de juin. À midi pile.

Ça, j'en suis certaine, parce qu'on m'avait montré à quel moment le soleil est à son zénith.

Il faisait un temps radieux, les oiseaux chantaient dans le bois où nous vivions et l'odeur des épinettes embaumait l'air cristallin.

À jeun, nous étions réunis depuis 5 h du matin autour de l'autel. Deux hommes, une douzaine de femmes et six enfants. LUI seul était assis, calé dans une chaise rembourrée. À genoux sur la terre humide et bosselée, il nous fallait prier en silence, les yeux fermés, afin que Dieu purifie nos âmes.

Les quintes de toux de maman résonnaient dans la forêt, qui les habillait du mieux qu'elle le pouvait de ses mille sons lénifiants, comme pour restaurer l'équilibre des choses.

Il arrivait parfois que quelqu'un tombe d'épuisement pendant nos séances de prière.

À ce moment, seulement, il était permis de boire un peu d'eau. Ensuite, d'autres fidèles nous aidaient à nous remettre sur les genoux pour continuer à prier.

Ce jour-là, maman n'avait ni bu ni continué à prier.

Elle était déjà morte en touchant le sol.

Il y avait plusieurs jours que maman crachait du sang.

LUI disait qu'elle ne craignait rien, que DIEU la mettait à l'épreuve.

Que faire pour recouvrer la santé?

Rien de plus simple: elle devait juste se purger de ses péchés.

Pour ce faire, IL lui faisait avaler des décoctions de SON cru, de sordides potions jaunâtres et malodorantes qui n'avaient d'autre effet que de donner à maman la nausée et des crampes intestinales qui l'obligeaient à courir hors de notre baraquement pour déverser à tout va sa fange entre les troncs.

Un jour qu'elle était rentrée les jambes souillées, IL l'avait rouée de coups devant tous les autres et l'avait forcée à récurer les planchers et à laver les paillasses de nos quartiers.

Complètement nue, maman s'était exécutée sans un mot, un air avenant fixé sur son beau visage de porcelaine.

À cette époque, je ne connaissais rien d'autre que mon nom, Laila François, et la vie rude de la pinède. Mais, aujourd'hui, je peux l'affirmer sans l'ombre d'un doute : médicalement, maman est morte de déshydratation et de pneumonie. Des antibiotiques et quelques soins de base lui auraient à coup sûr sauvé la vie.

Pourtant, et je ne l'ai compris que beaucoup plus tard, plus que l'absence de quelques pilules ou la folie d'un sadique qu'elle avait adopté comme gourou, c'est sa soif jamais étanchée d'amour, sa trop grande naïveté et sa confiance aveugle dans la bonté naturelle des hommes qui l'ont perdue.

Je n'ai jamais connu mon vrai père.

Quand maman était arrivée dans les bois, j'étais déjà dans son ventre.

Maman disait que mon père était un homme méchant et violent. Difficile d'accepter que son sang coule dans mes veines.

LUI l'avait accueillie à bras ouverts malgré sa grossesse.

Comment avait-elle atterri parmi SES disciples?

Je me suis toujours demandé pourquoi personne ne lui était venu en aide avant qu'elle soit poussée à cette extrémité. D'accord, elle était arrivée seule de son lointain pays, sans le moindre ami sur qui compter. Mais je ne peux me résoudre à admettre que personne n'ait été en mesure de lui tendre la main.

C'est vrai qu'il est plus facile de détourner le regard et de se mêler de ses affaires.

Elle disait qu'IL l'avait recueillie, qu'elle LUI devait tout.

Je crois qu'elle était vraiment amoureuse de LUI et qu'elle s'accommodait de le partager avec plusieurs autres femmes. Elle disait qu'IL était sa LUMIÈRE.

Le fait qu'ils avaient la même couleur de peau et qu'ils venaient du même pays justifiait-il l'attachement inconditionnel que ma mère LUI témoignait?

Maman, je t'ai crue sur parole quand tu affirmais que mon père biologique était méchant et cruel. Je me demande seulement pourquoi tu n'as pas su reconnaître que Pascal Pierre était un monstre hideux, sanguinaire et assoiffé de chair?

Le diable en personne.

25.

En ouvrant la porte d'acier, Vincenzo Moreno pénètre dans un réduit et bute sur le regard d'Aldéric Dorion. Sanglé et bâillonné, le vieil homme n'a plus la force de se débattre, mais ses yeux implorent la clémence de son tortionnaire.

Moreno referme le battant derrière lui et s'avance dans la pièce. Les gazes qu'il a posées sur les bouts des doigts à vif du vieillard, après lui avoir arraché les ongles, sont imbibées de sang écarlate.

S'il est bien coagulé, l'homme de main de Noah pourra tirer sur les pansements.

Resté derrière, l'agent du SIV promène un instant son regard sur les murs de béton brut de la cave, puis prend place à la table que Moreno a installée dans un coin.

Du sac qu'il portait en bandoulière, il sort un épais dossier : une partie des archives qu'il a récupérées dans le coffre-fort de Dorion, de qui Moreno avait soutiré la combinaison.

Même si les choses ne se déroulent pas comme prévu, l'agent du SIV ne montre aucun signe d'impatience ou de contrariété. Il ne considère pas la disparition momentanée de l'homme sur lequel les *Milites Christi* fondent tant d'espoir comme un mauvais présage, tout au plus y voit-il un contretemps ponctuel, un simple conflit d'horaire.

Bien que regrettables, les séances d'interrogatoire musclées auxquelles il a soumis Dorion, la mort de cette pauvre femme à la gare et la tentative avortée d'éliminer le policier ne constituent rien de plus que des éléments accessoires à l'objectif noble qu'ils poursuivent, au nom de la plus haute autorité qui soit, celle du Christ.

L'agent du SIV extirpe le journal de Dorion de la liasse de documents.

Le vieux prêtre pousse ses premiers hurlements au moment où l'agent du SIV ouvre le livret afin de continuer cette lecture fascinante qu'il a entamée la veille.

• • •

Mercedes rutilante, tailleur de designer, bagues aux verroteries clinquantes, bracelets claquant entre eux au moindre mouvement, ongles vernis rouge sang: parfaite *fashion victim*, Christine Paint s'avance vers Lessard.

– Monsieur Lessard?

– Bonjour, madame Paint.

Contre toute attente, son sourire n'a pas été retouché à l'ordinateur: ses dents blanches lui donnent un petit air carnassier.

Cependant, le coup d'œil dédaigneux qu'elle a lancé à la Corolla du sergent-détective n'a pas échappé à ce dernier.

– Heureusement que je conserve toujours un jeu de clés dans le coffre à gants de ma voiture, dit-elle avec un entrain aussi factice que ses seins.

– Vous m'en voyez ravi.

– Il y a longtemps que vous cherchez une maison dans le coin?

– Laissez-moi vous expliquer, dit Lessard, s'apprêtant à déballer l'histoire qu'il a imaginée en attendant l'agente. Ma femme et moi habitons à Montréal présentement, mais je travaille à Sherbrooke et notre fils commence le secondaire en septembre. La seule façon de parvenir à la convaincre de déménager est de trouver une maison à proximité du Séminaire. En faisant les rues du quartier, je suis tombé sur celle-ci.

– Écoutez, monsieur Lessard, je ne sais pas trop quels sont vos besoins ni votre budget, mais je pourrais vous faire visiter d'autres maisons dans le voisinage.

– Pourquoi pas? Visitons d'abord celle-ci, nous verrons ensuite pour le reste.

– Vous savez qu'elle est sur le marché depuis presque deux ans?

– Ah oui? s'exclame Lessard en feignant la surprise. Et pourquoi? Elle est trop chère?

– Non, il ne s'agit pas de prix.

– Alors?

– C'est que…

La femme se penche vers l'oreille du policier et lui murmure sur le ton de la confidence:

– Un meurtre sordide et un suicide ont eu lieu ici…

– J'imagine que tout a été nettoyé depuis.

– Là n'est pas la question, mais vous voudrez probabl…

– Je ne suis pas superstitieux, madame Paint. Si la maison me plaît, elle me plaît et même si Hitler y avait vécu, cela n'y changerait rien.

Un rictus – d'horreur, de dégoût? – fige les traits de la femme.

– Qui est le vendeur? enchaîne le policier.

– C'est une vente de succession.

– On y va? demande Lessard, affectant une totale désinvolture.

– Je vais vous ouvrir la porte, mais je préfère vous attendre dans la voiture, si ça ne vous dérange pas. Cet endroit me donne froid dans le dos.

– Aucun problème.

Il se garde bien d'ajouter que ça l'arrange tout à fait de ne pas l'avoir sur les talons. Il pourra explorer le bâtiment à son aise.

Lessard ne se fait pas d'illusions: la maison a été passée au peigne fin par les techniciens en scène de crime durant l'enquête et il suppose qu'elle a été vidée de son mobilier par la suite pour en faciliter la vente. Trouver un nouvel indice dans ces conditions est aléatoire, mais il sait d'expérience que ce n'est quand même pas impossible. D'autant qu'il possède un atout que les enquêteurs de Sherbrooke n'avaient pas à l'époque : s'il y a un lien entre les deux affaires, il pourra peut-être noter des similitudes qui leur avaient échappé.

Cela dit, Lessard veut, avant toute chose, sentir l'atmosphère dans laquelle a baigné Sandoval, renifler les lieux en espérant que l'exercice l'aidera à y voir plus clair.

La porte d'entrée s'ouvre sur un hall de bonne dimension. La pièce est entièrement vide. Les murs de plâtre blanc sont traversés de boiseries. Le policier touche l'interrupteur et allume le grand lustre qui surplombe l'escalier menant à l'étage. Les fenêtres sont couvertes de vitraux originaux ; le plancher de chêne est ciré, impeccable.

Lessard siffle d'admiration entre ses dents, à mesure qu'il s'avance et découvre le salon avec son foyer monolithique.

Méchante piaule !

Une maison vide est un corps sans âme.

Dans la salle à manger, le sergent-détective peut toutefois imaginer la vie qui a régné ici autrefois, les rires qui fusaient, les conversations enflammées qui s'éternisaient jusqu'au petit matin, les pièges de l'habitude s'insinuant dans le couple Sandoval-Landreville, les repas préparés à la cuisine, tantôt un verre à la main, tantôt à la hâte, avec l'envie de se débarrasser d'un fardeau ; et s'il tend l'oreille, il lui semble qu'il pourra même entendre les peines, les déceptions et les engueulades dont les murs ont été témoins au fil des ans.

Il ne perd pas de temps à taper sur les cloisons pour en trouver une creuse ou à observer les anfractuosités dans les lattes du plancher en espérant découvrir, comme dans un film, un compartiment caché qui lui fournirait un indice susceptible de le mener à la résolution de l'affaire.

Il sait que l'exercice sera vain.

Il avance plutôt en tentant de vidanger son esprit de toutes ces pensées qui y ricochent et qui l'empêchent d'y voir clair.

Lessard délaisse le premier niveau au profit de la cave, laquelle dégage une odeur d'humidité. Il allume les néons : sol de ciment, murs recouverts de panneaux de polystyrène, étagères métalliques.

Il marche jusqu'au milieu de l'espace, explore les lieux du regard. Visiblement, l'endroit n'a jamais servi à autre chose qu'au rangement. Un tas de planches traîne dans un coin ; un vélo rouillé est appuyé dessus.

Il s'approche d'un vieux lavabo d'acrylique taché de résidus de peinture et remarque des fissures et de la moisissure près de la fenêtre donnant sur la rue.

La fondation nécessiterait des travaux de réfection, ce qui n'a rien d'étonnant, vu l'âge de la bâtisse.

À l'étage, Lessard termine sa visite par la chambre principale, où il ne reste plus aucune trace du carnage qui y a eu lieu, si ce n'est un relent d'odeur de produits chimiques, probablement ceux qui ont servi à désinfecter l'endroit après l'enlèvement des corps.

La présence de quelques boîtes de carton le surprend à peine.

Dans le cas d'une succession, les familles ont parfois de la difficulté à se débarrasser des biens ayant appartenu aux disparus, tant certaines personnes ont une tendance maladive à accumuler toutes sortes de choses. Il se souvient qu'à la mort de ses parents adoptifs, sa sœur et lui avaient commencé à trier les affaires de leur père pour finalement se décourager et se résoudre à jeter de pleins conteneurs d'objets et de souvenirs, glanés patiemment sur le trajet de la vie.

À la fin, épuisés, ils avaient laissé plusieurs meubles sur place en disant à l'agent immobilier de les offrir aux acheteurs de la maison et, dans le cas où ceux-ci n'en voudraient pas, de carrément les balancer aux ordures.

Le sergent-détective fouille dans les cartons, met de côté une cathédrale en bâtons d'allumettes en se demandant quel plaisir Sandoval pouvait prendre à coller les uns sur les autres des milliers de bâtonnets.

Il faut préciser que lui-même n'a jamais été particulièrement doué pour le bricolage, quel qu'il soit. Il se souvient encore d'un de ses profs d'arts plastiques du secondaire qui annonçait les notes octroyées à voix haute : « Lessard, une note qui roule. »

La classe s'était écroulée de rire et lui aussi.

Des vêtements, quelques paires de souliers, un livre de recettes, des revues, une vieille antenne de télé, des cintres, de la menue monnaie, des crayons, des trombones multicolores, bref, le policier se sent voyeur tandis qu'il écume ces maigres fonds de tiroirs.

En soulevant la cathédrale pour la remettre en place, il remarque quelque chose de coincé dans la portion inférieure de la base.

C'est un morceau de plastique qu'il dégage facilement en le tirant entre le pouce et l'index.

Une carte magnétique.

Ayant déjà fait le tour de la maison, il n'a pas aperçu de lecteur optique.

Il empoche l'objet par habitude, en se disant que ça pourrait toujours servir.

Probablement une carte qui donnait accès au bureau de Sandoval ou à celui de sa conjointe.

Christine Paint l'attendait en parlant au téléphone.

– Il reste encore quelques boîtes dans la chambre principale, précise Lessard en lui tendant les clés.

– Oui, ça fait des mois que je demande à la famille de venir les chercher. Quant à moi, l'acheteur pourra tout mettre à la poubelle. La maison vous intéresse?

– La cuisine n'a pas été rénovée, la cave n'est pas finie, il y a des traces de moisissure et la fondation a besoin d'être revue. Je crois que nous avons en tête quelque chose qui nécessiterait moins de travaux.

Les politesses d'usage sont vite expédiées, l'agente immobilière promettant à Lessard de l'appeler bientôt pour convenir d'une rencontre.

Le pot d'échappement de la Mercedes émet un petit nuage blanc qui reste en suspension, tandis qu'il regarde s'éloigner le véhicule de Christine Paint.

Lessard laisse la Corolla devant la maison et marche quelques minutes pour rejoindre celle du maire Applebaum, située dans la même rue.

Il distingue de la lumière derrière les rideaux tirés et espère que la veuve sera chez elle.

En cognant à la porte, il ne sait pas encore sous quel fallacieux prétexte il va se présenter. Il n'a aucune autorité hors de sa juridiction, ni aucun motif valable pour effectuer un interrogatoire officiel. Cependant, il présume que, s'il se présente comme enquêteur du SPVM, ça risque d'effaroucher la veuve et lui attirer des ennuis.

Mi-soixantaine, une femme qui respire la bonté lui ouvre. Le tablier qu'elle a passé sur sa robe et l'odeur de vanille qui embaume l'air confirment à Lessard qu'elle s'activait aux fourneaux.

– Oui?

– Bonjour, madame. (Le sergent-détective a son calepin à la main.) Mon nom est Victor Lessard. Est-ce que je peux vous déranger cinq minutes? J'ai quelques questions à vous poser pour remettre à jour vos informations concernant l'évaluation du rôle foncier.

– Vous travaillez pour la Ville de Sherbrooke?

– Oui, madame. Je fête ma dixième année cette année!

– Entrez, je vous en prie.

– J'aurais dû vous téléphoner avant, mais j'étais de passage dans le coin et j'ai vu qu'il y avait de la lumière.

– J'étais en train de faire des pâtisseries. Vous aimeriez un café? Je viens juste d'en préparer.

– Non, je vous remercie. Je veux vous déranger le moins longtemps possible.

– Vous ne me dérangez pas du tout. Tout ce qu'il me reste à faire depuis la mort de mon mari, c'est de cuisiner.

– Avant de vous importuner avec mes questions, laissez-moi vous dire que tout le monde à la Ville s'ennuie de monsieur Applebaum. C'était vraiment un bon maire.

Un triste sourire barre le visage de la dame.

– Vous êtes gentil. Vous le connaissiez?

– Pas personnellement, mais monsieur Sandoval et lui formaient un duo irremplaçable. C'est dommage qu'ils soient disparus tous les deux.

– Venez, allons nous asseoir au salon. Vous me ferez un peu de compagnie.

Lessard n'en attendait pas tant.

Il suit la femme, qui le conduit dans une pièce luxueuse, alliant avec goût le jaune et le bourgogne. Un piano à queue recouvert d'une série de photos encadrées trône dans un coin.

Parmi divers clichés qu'il suppose être des portraits de famille, Lessard reconnaît le maire Applebaum et son bras droit.

– Monsieur Sandoval et votre mari étaient de grands amis? risque-t-il en s'approchant, les mains jointes derrière le dos.

– Jean-Guy et Richard étaient des passionnés. Ils passaient tout leur temps libre dans l'atelier de mon mari, dans la cour, à construire des ouvrages en bâtons d'allumettes et à régler des dossiers.

Lessard écoute d'une oreille distraite.

Par la porte-fenêtre, il regarde dans la cour arrière.

Au travers des trombes de pluie, le policier distingue l'atelier, une construction rectangulaire sans rien d'autre de remarquable qu'une cheminée.

– Quand ils rentraient là, pas question de les déranger. Ils revenaient seulement pour manger en vitesse et ils y retournaient ensuite. Ils faisaient ça douze mois par année. Des gros travaillants.

– Douze mois par année? C'est chauffé?

– J'imagine que oui. À vrai dire, je ne sais pas, personne n'y entrait. Même moi, je n'avais pas le droit d'y mettre les pieds.

– Pourquoi?

– Jean-Guy disait que c'était sa bulle et qu'il ne voulait pas mélanger amour et travail. La seule fois où je suis allée dans son atelier, il s'est mis dans une telle colère que je n'y suis jamais retournée. Je n'y suis d'ailleurs pas allée depuis qu'il est mort. J'imagine qu'il faudra que je le fasse un jour.

Une question brûle les lèvres de Lessard, mais il se retient de la poser, de crainte d'éveiller les soupçons de la dame quant aux véritables motifs de sa visite.

Il reporte son attention sur les photos.

– Vos petits-enfants?

– Ils sont mignons, n'est-ce pas? J'en ai cinq. Une chance que je les ai, sinon je ne serais pas passée à travers la mort de Jean-Guy. Vous voulez vous asseoir?

– Mmm?

Le sergent-détective est de nouveau ailleurs.

C'est qu'une photo vient d'attirer son attention: on y voit Sandoval et le maire Applebaum qui chantent dans une chorale, au milieu d'une douzaine de personnes. Prise sur le vif, la pose a quelque chose de grotesque, les choristes ayant la bouche ouverte pour la plupart et les yeux fermés pour quelques autres.

Mais ce n'est pas ce qui a piqué l'œil de Lessard.

Dans le coin supérieur droit, un prêtre se tient derrière les chanteurs.

– Ils chantaient dans une chorale?

– Oui. Tous les dimanches.

– Pardonnez-moi, mais j'ai un blanc. Qui est le prêtre qu'on voit avec eux?

– Je ne me souviens pas de son nom. Vous êtes sûr que vous ne voulez pas un café?

– Certain! Bon, je vous pose mes questions et je file.

Un prêtre... Simple coïncidence?

Il ne peut s'empêcher de se remémorer sa conversation avec Faizan.

Lessard s'est surpris à mentir avec aisance en inventant des questions vraisemblables relatives au rôle foncier. À moins qu'elle ne soit une formidable actrice, la bonne dame n'a vu que du feu dans sa mise en scène. Il a coupé au plus court, car il trépigne d'impatience à l'idée qu'il vient de découvrir une piste. En regagnant la Corolla, il compose le 4-1-1 et demande le numéro de l'archidiocèse de Sherbrooke.

En quelques secondes, la communication est établie. Lessard n'y va pas par quatre chemins : il cherche à retrouver un prêtre du diocèse dont il ignore le nom.

– Ça ne va pas être facile. Quelle paroisse?

Il n'a pas pensé à le demander à la femme d'Applebaum, mais il y a de fortes chances que ce soit dans la paroisse où résidaient les deux hommes.

– Saint-Michel, je crois. Pourquoi? Il y en a plusieurs?

– Des dizaines. Ça représente presque deux cents prêtres si on compte les retraités.

– J'ai une photo, dit-il en regardant le portrait qu'il a subtilisé dans la maison des Applebaum, pendant que la bonne dame était retournée dans la cuisine pour éteindre son fourneau. Vous devez garder un registre?

– C'est que…

– Puis-je passer vous voir?

– C'est à quel sujet exactement?

– Je travaille pour la police. C'est dans le cadre d'une enquête pour meurtre.

Un silence blanc salue sa dernière phrase.

– Vous êtes?

– Victor Lessard. Et vous?

– Le père Brunelle. Je vous attends.

– Très bien, je serai là d'ici une heure.

Les bureaux de l'archidiocèse ne sont qu'à cinq minutes de l'endroit où il se trouve.

Mais, avant de s'y rendre, il veut vérifier quelque chose.

Une phrase que la femme de feu Jean-Guy Applebaum a prononcée le chicote :

« La seule fois où je suis allée dans son atelier, il s'est mis dans une telle colère que je n'y suis jamais retournée. »

• • •

Dans les entrailles du centre-ville, fasciné par ce qu'il y découvre, l'agent du SIV est toujours avidement plongé dans la lecture du journal de celui qu'il a livré aux mains de Moreno :

> Juin 1986
>
> Aujourd'hui, nous avons tenu une répétition avec la chorale. Sa voix vaporeuse est l'incarnation de la félicité. Après, nous sommes allés manger à la sacristie et il a insisté pour partager son sandwich avec un autre chanteur. [...] À chaque répétition, il me semble s'ouvrir davantage aux autres. [...] J'ai peut-être posé un jugement trop virulent, trop hâtif dans son cas...

Il ne porte pas attention aux hurlements.

Heureusement, la cave est insonorisée, parce que Dorion s'époumone. Cependant, Noah relève la tête à la seconde où la sonnerie de son mobile retentit.

• • •

La nuit s'est installée aussi brusquement qu'un coup de griffe lacérant la chair, sans toutefois dissiper la pluie.

Accroupi, Lessard s'assure qu'il est dissimulé dans l'ombre tandis qu'il crochète les serrures de l'atelier de l'ancien maire. Il n'a aucune raison de croire que Jean-Guy Applebaum avait quelque chose à cacher mais, si c'était le cas, c'est là qu'il faut chercher, un endroit auréolé de secret et de mystère où Sandoval et lui se réunissaient régulièrement, un lieu où même sa propre femme ne pouvait mettre les pieds.

La deuxième serrure est coriace ; aussi le sergent-détective ruisselle-t-il de sueur lorsqu'il entend finalement un déclic. La porte s'ouvre sans bruit. Il se glisse à l'intérieur et referme derrière lui. À genoux, il reprend son souffle quelques secondes dans la pénombre, tend l'oreille, guette le moindre son suspect.

Lorsqu'il est sûr de n'avoir attiré l'attention de personne, il se relève, protège le faisceau de sa lampe de poche avec la main et parcourt la pièce. Il remarque un rideau noir à l'unique fenêtre, mais hésite à allumer.

Un rai de lumière suffirait à le démasquer.

Lessard promène le pinceau de la lampe au hasard.

Deux tabourets sont rangés sous un établi muni d'un étau et d'une lampe articulée ; un navire en bâtons d'allumettes à la coque inachevée est posé sur la table ; au-dessus du plan de travail, suspendue à des panneaux à trous, une panoplie d'outils variés attend d'être utilisée.

Dans un coin, il y a deux fauteuils de cuir sur un tapis, face à une bibliothèque qui contient une cafetière électrique, un téléphone et un télécopieur. Quelques tasses sont empilées sur un classeur métallique.

Pas de doute, les lieux correspondent au portrait qu'on lui a tracé. Ils n'ont rien de luxueux, les murs sont en contreplaqué et le sol est en ciment, mais Lessard imagine tout à fait Sandoval et le maire en train de travailler ici, tantôt présidant aux destinées de la ville de Sherbrooke, tantôt se livrant à leur passe-temps favori pour décompresser.

Après l'avoir déverrouillé, il ouvre le classeur et fouille dans les documents avec minutie.

Un dossier sur la construction de l'hôpital universitaire s'y trouve, mais il ne contient rien d'explosif, du moins rien qui le fasse sourciller.

Il remet les papiers en place et reprend son exploration.

En poussant subrepticement les rideaux, il constate que la fenêtre est munie de barreaux. Pas surprenant si l'on considère qu'Applebaum conservait ici des informations confidentielles.

Ce qui l'est davantage, toutefois, ce sont les longues barres métalliques qui, vissées derrière la porte, permettent de se barricader de l'intérieur. Lessard comprend qu'Applebaum ait voulu se prémunir contre les intrusions, mais pourquoi se ménager la possibilité de s'enfermer?

Quelque chose lui échappe, c'est certain.

En tentant de minimiser le bruit, il déplace la bibliothèque pour voir derrière.

Il n'y a rien.

Alors, il tasse le classeur, qui est muni de roulettes.

Dans l'espace ainsi dégagé, une fissure dans le plancher attire son attention. Régulière, la fente court sous le tapis. Enlevant les fauteuils à la hâte, le policier retire ce dernier.

Un frisson d'adrénaline l'électrise.

Sur le sol, dissimulé sous le tapis et les fauteuils, un rectangle se découpe dans le ciment.

Une trappe!

26.

Dix minutes que Lessard tente d'ouvrir cette saleté de trappe!

Même un pied de biche pris sur le mur d'outils ne l'aide en rien à soulever le couvercle. Alors, il se met en quête : il y a certainement, caché quelque part, un bouton qui permet d'actionner le mécanisme commandant l'ouverture.

Il fait de nouveau le tour de la pièce, mais ne trouve pas ce qu'il cherche. En désespoir de cause, il revient s'accroupir près de la trappe, qu'il essaie encore de forcer avec le pied de biche.

Sans succès.

Une évidence le frappe alors de plein fouet.

Il y a un seul endroit où il n'a pas regardé : sous l'établi.

D'abord le policier ne voit rien, puis le faisceau de sa lampe torche révèle une boîte rectangulaire de plastique noir, environ de la taille d'une prise de courant. Il s'approche et examine l'objet pour finalement acquérir la certitude qu'il s'agit d'un lecteur optique.

Les mains tremblantes, il tâte ses poches à la recherche de la carte magnétique qu'il a trouvée chez Sandoval.

Il la glisse dans le lecteur.

Un point rouge clignote, la trappe refuse de bouger.

Il change la carte de côté et fait une nouvelle tentative : le point rouge passe au vert.

La trappe pivote silencieusement, découvrant une volée de marches de ciment.

Lessard dégaine son Glock et s'y engouffre sans réfléchir.

• • •

J'étire le cou et je tends l'oreille, je guette, à l'affût.

Est-ce mon imagination qui me joue des tours ? Non, j'entends des bruits de pas dans le couloir. Est-ce mon beau-père chéri, qui vient pointer dans ma cellule son sale visage de punaise ?

Qu'IL entre, je l'attends.

IL ne me fait plus peur à présent. Je suis déjà morte, IL m'a déjà tuée.

Après, je suis née une deuxième fois.

Pascal Pierre a volé la vie de maman et mon enfance.

IL a soupesé nos cœurs dans le creux de sa main et les a broyés pour en faire une poudre amère que le vent a transportée sur des kilomètres, à travers les ténèbres de nos existences.

Mais je ne suis plus la petite fille qu'IL prenait un plaisir sadique à terroriser. Je me suis affranchie de ces craintes qui peuplaient mes délires nocturnes et qui me clouaient sur place, m'empêchant de prendre mon envol et de quitter ce mouroir où j'avais échoué.

Je suis repartie de zéro.

J'ai vécu dans la rue, sans rien d'autre que les vêtements que j'avais sur le dos quand je me suis enfuie, j'ai combattu mon désespoir avec détermination, je me suis battue bec et ongles.

Et j'ai survécu.

Puis, après moult détours dans les pièges des paradis artificiels, j'ai eu la chance de faire la connaissance de gens d'exception, des gens dont les qualités de cœur transcendent tous les cafards de l'existence.

Après le démon, j'ai rencontré des anges. Et ils m'ont ouvert les bras.

J'étais morte et ils m'ont redonné la vie.

Les pas se rapprochent...

S'IL est venu pour la reprendre, je n'aurai qu'un seul regret.

Celui de ne pas L'avoir achevé quand j'en avais l'occasion.

• • •

Il n'a pas fait trois pas dans le couloir que la trappe se referme derrière lui.

D'abord affolé, Lessard se rassure lorsqu'il découvre, fiché dans le mur, le même boîtier noir que celui qu'il a trouvé sous l'établi. Un coup de carte rapide lui montre qu'il n'a pas à s'inquiéter s'il veut battre en retraite.

Le corridor aux murs de béton nus tourne en coude sur la droite et débouche sur une porte capitonnée, fermée par trois barres de métal solidement fixées au mur. Le sergent-détective fait aisément glisser les loquets et ouvre la porte.

Il touche un interrupteur.

Il n'y a plus aucune raison de ne pas allumer, puisque cette pièce se trouve sous le sol, sous l'atelier en fait, pour autant qu'il puisse en juger.

La lumière des néons dévoile une pièce d'environ dix mètres carrés. Au plafond, il note tout de suite la présence de conduits de ventilation. Le chauffage étant assuré par un calorifère électrique fiché au mur, il parierait que le souterrain est alimenté en air par la cheminée qu'il a aperçue à l'extérieur.

Perplexe, Lessard fait rapidement l'inventaire des lieux : un lit avec des sangles, une douche, des toilettes, un petit frigo, un four à micro-ondes, une chaise, une table avec des pièces de matchitecture et un mur d'outils comme dans la remise ; une armoire remplie de vêtements sexy et de dessous féminins ; des chaînes fixées au mur terminées par des bracelets d'acier ; dans un coin, une caméra vidéo sur trépied qui pointe en direction du lit.

Le policier tourne la tête. Sur une tablette, il trouve une mallette et une valise métallique.

Le contenu de la valise le fait sourciller : il semble y avoir là-dedans un éventail de tous les jouets sexuels les plus déviants qu'on puisse se procurer dans un *sex-shop*. Il imagine mal la bonne dame qu'il vient de rencontrer, gainée de latex, s'envoyer en l'air avec son mari dans cette pièce, d'autant qu'elle paraissait sincère lorsqu'elle a affirmé n'avoir pénétré dans l'atelier qu'une fois.

La colère noire du maire lors de cette visite et le fait que Sandoval gardait chez lui une carte magnétique permettant d'ouvrir la trappe laisse présager le pire à Lessard.

La mallette contient un portable.

Le sergent-détective l'allume.

Au départ, il trouve étonnant que l'ordinateur n'ait pas de mot de passe, puis se dit qu'Applebaum était sans doute convaincu que son repaire ne serait jamais découvert. De prime abord, c'est non seulement la boîte courriels, mais aussi tout le contenu du disque dur qui semblent vides. Jusqu'à ce que Lessard clique sur le fichier «Mes vidéos» et qu'il ouvre un dossier sans titre, contenant plus d'une centaine de clips vidéo.

Une chute libre dans le puits sans fond de l'horreur commence. La vie parallèle de Richard Sandoval et de Jean-Guy Applebaum étalée au grand jour.

Nauséeux, au bord de la crise de larmes, Lessard met à peu près une heure à comprendre de quoi il retourne, à reconstituer le puzzle. Les vidéos s'échelonnent sur une période d'environ cinq ans, soit de 2000 à 2005. Elles montrent Sandoval et Applebaum, tantôt seuls, tantôt ensemble, infligeant à une jeune fille les plus horribles sévices sexuels qu'on puisse imaginer, parmi lesquels la sodomie ne fait office que de préliminaire.

Sandoval et Applebaum, deux pédophiles, deux monstres de la pire engeance.

À plusieurs reprises, Lessard doit interrompre le visionnement, serrant les poings de rage, refoulant ses larmes. S'il ne se trompe pas, sur les premières vidéos, la petite devait avoir entre dix et douze ans.

Les scènes sont d'une cruauté telle qu'elles le hanteront jusqu'à sa mort. Dans toutes les séquences, la jeune fille ne cesse de pleurer, d'implorer la clémence de ses tortionnaires, qui restent insensibles à ses suppliques.

Comment peut-on bafouer la vie d'autrui ainsi, en toute impunité?

En recoupant les informations glanées sur plusieurs enregistrements, le policier finit par comprendre que les deux bourreaux ont abusé de la jeune fille qu'ils avaient enlevée, et qui se prénommait Sandrine, presque chaque jour.

Sur plusieurs vidéos, Sandrine confectionne des objets en bâtons d'allumettes, ce qui laisse croire à Lessard que c'était elle qui créait les pièces et non les deux ordures qui s'en attribuaient ensuite le mérite et les utilisaient comme couverture pour se livrer à leurs atrocités. Un plan aussi ingénieux que machiavélique, mis au point par deux cerveaux détraqués, deux êtres immondes jusqu'à la lie.

• • •

Aldéric Dorion s'est tu depuis quelques instants lorsque l'agent du SIV coupe la communication sur son mobile et ouvre la porte du réduit. La tête du vieux prêtre retombe sur sa poitrine. Ses mains ne sont plus que deux masses difformes, ensanglantées.

– Il a perdu connaissance, *padre*, dit Marino en se tournant vers lui, la chemise tachée de sang.

– Il a parlé?

– Non. Et il ne tiendra pas le coup encore longtemps.

– Laisse-le. Il y a plus urgent à faire.

– Qu'est-ce qui se passe?

– Je viens de recevoir un rapport d'écoute électronique. Le policier... Celui que Pasquale a manqué à la gare...

– Lessard, complète l'homme de main.

– Il vient de contacter l'archevêché de Sherbrooke. Il est sur la piste de Dorion.

• • •

Sandrine est morte.

Lessard le comprend en visionnant un enregistrement où Sandoval, paniqué, tente de la ranimer, après qu'Applebaum ait tiré trop fort sur la chaîne passée autour de son cou comme une laisse. La vidéo coupe sec et constitue la dernière de la série.

L'image du visage bleui et du regard vide de la jeune fille lui colle aux rétines.

D'un clic de souris, il apprend que la vidéo date du 24 décembre 2005.

Qu'espérait encore Sandrine ce jour-là?

Savait-elle qu'elle ne verrait pas Noël vivante?

Savait-elle seulement quel jour on était et depuis combien de temps ces deux rebuts la gardaient captive, lorsqu'ils l'avaient dépouillée de sa vie?

Avait-elle souhaité mourir?

Lessard a vu des abjections et de la crapulerie dans sa carrière, mais jamais rien d'aussi monstrueux, sale et sordide.

Il ne peut se retenir davantage.

Les sanglots lui font tressauter les épaules; des larmes amères déboulent sur ses joues.

Raymond passe un bras autour du cou de son grand frère pour le réconforter. Le policier ne l'a pas entendu arriver.

– Pleure, Victor. Vas-y, ça fait du bien de pleurer. Moi, je n'ai plus de larmes.

Le sergent-détective tente de joindre Marchand, mais il est incapable d'obtenir le signal sur son mobile. Il est sur le point de craquer, la pièce semble se contracter sur elle-même. Il a le souffle de plus en plus court, il doit sortir de ces ténèbres, de ce gouffre opaque au plus tôt.

Mais, avant de partir, il lui reste une dernière chose à vérifier.

Il n'est pas en mesure de se connecter à Internet avec le portable, n'ayant accès en Wi-Fi qu'à des réseaux fermés. Cependant, dans l'historique du fureteur Web, à l'endroit où on peut consulter les dernières adresses visitées, il n'y a qu'une seule entrée. Intrigué, il note dans son calepin l'adresse du site Web en question.

Après l'avoir minutieusement essuyé avec un chiffon trouvé près de la douche, Lessard replace le portable dans la mallette et remet celle-ci à l'endroit où elle était.

Il prend ensuite soin d'effacer ses empreintes sur tous les objets qu'il a touchés, l'interrupteur, la poignée de porte, les barreaux. Il se livre au même exercice dans l'atelier d'Applebaum.

Comme il a pénétré dans les lieux illégalement, il veut éviter de contaminer la preuve et ainsi la rendre inadmissible en cour.

Sandoval et Applebaum sont morts, certes, mais on ne peut exclure la possibilité qu'ils aient eu un complice et que ce dernier puisse être traduit en justice.

Dès qu'il est assis dans la Corolla, Lessard laisse un message à Marchand, au numéro de mobile inscrit sur sa carte professionnelle.

Installé dans un café Internet, il ne met qu'une dizaine de minutes à trouver ce qu'il cherche en naviguant sur Google : Sandrine Pedneault-King, neuf ans, a été portée disparue le 5 mars 2000, alors qu'elle rentrait à pied d'une école du quartier Vieux-Nord, à Sherbrooke. La police a été contactée par les parents vers 18 h, ceux-ci s'inquiétant de l'absence de leur fille, qui rentrait d'ordinaire vers 16 h 30. Plus tard dans la soirée, une camarade de classe de Sandrine a affirmé qu'elle l'avait vue monter à bord d'un VUS noir.

Le signalement de la jeune fille disparue et la description du véhicule ont été largement diffusés par les médias à l'échelle de la province. L'affaire a défrayé la chronique pendant plusieurs semaines. Une traque sans précédent lancée par la police, assistée par un groupe de bénévoles, s'était avérée vaine.

Pour autant que Lessard puisse en juger en lisant en ligne les manchettes de l'époque, l'enquête a piétiné dans le mois qui a suivi l'enlèvement. À un certain point, la police a interrogé un témoin mystérieux en relation avec l'affaire, soit le propriétaire d'un VUS de couleur noire correspondant à la description fournie par l'amie de la victime. Certains médias ont émis l'hypothèse que le témoin en question, un homme, était une personnalité connue dans la région de Sherbrooke, sans toutefois que son identité soit divulguée.

Une personnalité connue.

Lessard relit le passage à plusieurs reprises avant que son cerveau n'établisse les connexions.

Le voilà qui bouillonne de rage.

Les imbéciles !

Sans décolérer, le policier continue de parcourir les articles concernant l'enlèvement de la jeune Sandrine, mais il n'apprend rien de vraiment capital.

Ayant fait fi de sa résolution de ne plus boire de café, il s'installe sur une banquette et en termine un deuxième lorsque Marchand franchit le seuil.

Irrité, ce dernier commande un Coke et s'assoit face au sergent-détective.

– On ne se connaît pas beaucoup, Lessard, mais ç'a besoin d'être important pour que tu me fasses venir ici d'urgence.

Malgré sa mauvaise humeur, Lessard se force à adopter un ton neutre.

– Ça l'est. Je reviens de chez Jean-Guy Applebaum.

– Et?

– Sandrine Pedneault-King.

Il guette la réaction de l'autre: soit Marchand ne comprend pas, soit il est un fieffé menteur.

– Quel rapport avec Applebaum?

– Est-ce toi qui as enquêté sur la disparition de la petite?

– J'assistais le chef à l'époque, oui.

– Cet après-midi, quand je t'ai demandé si Sandoval avait un casier judiciaire, tu m'as menti.

Le visage de Marchand devient cramoisi.

– Je ne sais pas ce que tu as derrière la tête, Lessard, mais t'es baveux de me dire ça! L'enquête sur la petite Sandrine a été la plus pénible que j'aie menée de toute ma carrière. Elle m'a coûté mon mariage, une pension exorbitante et un *burn-out*. Chaque année, j'emprunte le dossier aux archives et j'y consacre une semaine de mes vacances. Alors, explique-moi où tu veux en venir!

– Je viens de te le dire, Marchand: tu m'as menti.

– Je ne t'ai pas menti, Sandoval n'avait pas de casier!

– Vous avez interrogé Sandoval en relation avec la disparition de Sandrine. Non?

– C'est donc ça!? Hostie de charogne! Tu travailles pour les enquêtes internes?

– Non. Je t'ai donné l'heure juste. J'enquête sur un drame familial survenu à Montréal.

– Alors, qu'est-ce que tu veux, Lessard?

– J'y arrive. Mais, avant, réponds-moi: as-tu interrogé Sandoval en relation avec la disparition de Sandrine Pedneault-King?

– Pas moi. Le chef l'a interrogé.

Lessard a frappé dans le mille! Il savoure son triomphe en commandant un troisième café.

– Dans le rapport que tu m'as refilé cet après-midi, ça aurait dû être consigné dans la rubrique «Antécédents», non?

– Je ne t'ai pas menti. Tu m'as demandé s'il avait un casier et je t'ai répondu qu'il n'en avait pas.

– Arrête de jouer sur les mots, Marchand, et réponds à ma question.

– Oui, ç'aurait dû y être.

– Pourquoi ça n'y est pas?

– Tu ne comprends pas... Sandoval n'était pas n'importe qui à Sherbrooke et nous n'avions rien contre lui. Juste un témoin qui pensait avoir vu un Jeep ressemblant au sien, près de l'endroit présumé où la fillette a été enlevée. Après vérifications, Sandoval était en réunion avec le maire entre le moment où Sandrine a quitté l'école et celui où les parents ont signalé sa disparition.

– *Fuck*, Marchand, c'est bien ton nom qui est signé en bas de ce rapport? Pourquoi ce que tu viens de me dire n'y figure pas?

– Nous avions reçu des consignes du maire! (Marchand baisse les yeux, honteux.) Le chef m'a demandé de retirer du dossier sur la mort de Sandoval l'annexe où j'avais inséré un résumé du témoignage que ce dernier avait livré au chef lors de l'enquête sur l'enlèvement de Sandrine. Quand je lui ai demandé pourquoi, il m'a dit que ça venait d'en haut. Plus tard, j'ai vérifié le dossier d'enlèvement.

– Laisse-moi deviner. Le rapport d'interrogatoire de Sandoval ne s'y trouvait plus.

– Exact.

Non seulement Applebaum avait lui-même fourni un alibi à l'exécuteur de ses basses œuvres mais, en plus, il s'était arrangé pour effacer toute trace de l'interrogatoire des deux dossiers. Ces monstres devaient bien se marrer quand ils repensaient à leur coup.

Lessard ne juge pas Marchand.

Il aurait peut-être agi de la même manière s'il s'était trouvé dans pareille situation. N'empêche que, en retirant l'interrogatoire de Sandoval du dossier, Marchand et ses collègues avaient, peut-être, du sang sur les mains.

Avaient-ils retardé la résolution de l'affaire? Sandrine était-elle la seule victime du tandem de pédophiles? Le cas échéant, avec cet élément dans le dossier d'enlèvement, un policier enquêtant sur une affaire similaire aurait-il pu effectuer les recoupements qui auraient permis de les arrêter avant qu'ils n'assassinent Sandrine?

On ne le saura peut-être jamais.

– Obtiens un mandat pour perquisitionner l'atelier d'Applebaum, dit Lessard en déposant la carte magnétique sur la table, devant Marchand. Cette carte te permettra d'accéder au réduit où Sandoval et Applebaum ont séquestré, violé et tué la petite.

– Quoi?!

Lessard voit les yeux de Marchand se remplir d'horreur tandis qu'il lui raconte ce qu'il a découvert quelques heures plus tôt. Des larmes coulent sur les joues du policier sherbrookois alors qu'il fixe le mur derrière Lessard.

Il semble sonné, détruit.

– Je n'arrive pas à y croire, murmure-t-il. Tu es sûr qu'elle est…

– Elle est morte. Tout est là-bas, sur les vidéos. Soyez prévenants avec madame Applebaum, c'est une brave femme et elle ne se doute de rien.

Lessard songe un instant au gouffre qui va s'ouvrir sous les pieds de la veuve. Toute une vie de mensonges à laquelle elle aurait refusé de prendre part, en marge de la réalité, va maintenant lui revenir au visage.

– Je n'arrive pas à y croire, répète Marchand comme une litanie.

Lessard consulte sa montre : il doit se rendre à l'archidiocèse avant la fermeture. Il amorce un geste pour se lever.

– Je te rejoins chez Applebaum dans quelques heures. Ce sera plus facile d'en parler quand tu auras vu les vidéos.

Marchand s'extirpe brusquement de sa catatonie et le tire par le bras, le forçant à se rasseoir.

– Reste là, ordonne-t-il.

– On se voit plus tard, insiste le sergent-détective. J'ai quelque chose à vérifier.

– Attends, Lessard. Ne sors surtout pas maintenant.

– Pourquoi? C'est quoi le problème?

– Il y a une voiture de patrouille prête à te cueillir dehors.

D'abord incrédule, le sergent-détective plisse les yeux et aperçoit le véhicule garé de l'autre côté de la rue. À cause de la pluie, il ne peut discerner les visages à l'intérieur de l'habitacle, qui est plongé dans l'obscurité, mais le ballet intermittent des essuie-glaces lui confirme qu'il y a de l'activité.

Il met quelques secondes à comprendre les motifs justifiant la présence de la voiture et son éventuelle arrestation.

– La fusillade de la gare?! s'exclame-t-il.

– J'étais en route pour venir te rejoindre quand j'ai entendu l'appel sur les ondes.

– C'est dans les médias?

– Pas pour l'instant. Mais tu sais comme moi que c'est une question de temps avant que les journalistes l'apprennent.

– J'avais vraiment pas besoin de ça. J'imagine que tu as sonné l'alerte?

– J'ai dit aux patrouilleurs qui guettent en face que j'aurais peut-être besoin d'aide pour appréhender un suspect. Ils n'en savent pas plus. Ils attendent mes instructions pour intervenir.

– Pourquoi tu n'as rien dit?

– Ton message m'intriguait, je voulais savoir ce que tu avais découvert. En t'arrêtant d'abord, je courais le risque que tu refuses de me parler. Et en te laissant parler, je ne risquais rien, puisque j'avais du *back-up* prêt à m'épauler.

– Ils disent que je suis dangereux?

– Seulement instable psychologiquement.

Si seulement ils savaient pour Raymond.

– Tu vas me coffrer?

– Avant d'arriver, ça ne faisait aucun doute dans mon esprit. Mais maintenant...

– ...

– Je sais que tu penses que je suis un pourri parce que j'ai falsifié le rapport. Mais ce n'est pas le cas. Je suis intègre et je n'ai fait qu'obéir aux directives.

– ...

– Cet après-midi, après notre rencontre, j'ai parlé de toi à un de mes collègues. Quelqu'un qui te connaît bien...

– Qui?

– Marc Bernard.

Lessard a travaillé plusieurs années avec Bernard aux crimes majeurs. Un des meilleurs policiers qu'il lui ait été donné de côtoyer.

– Marc est rendu à Sherbrooke?

– Ça fait deux ans... Il n'a eu que des bons mots pour toi.

Le sergent-détective ne peut s'empêcher de sourire. Le fait que Bernard ait une haute estime de lui le réconforte, même si celle-ci a été exprimée avant que son ancien collègue apprenne qu'on le recherchait.

– Cette enquête que tu mènes, tu crois qu'il y a un lien avec Sandrine? reprend Marchand.

C'est encore confus dans sa tête, mais Lessard a bien sa petite idée.

Il hésite cependant à livrer le fond de sa pensée à son interlocuteur, qu'il connaît à peine. Puis il se dit, à la réflexion, qu'il n'a aucun intérêt à garder Marchand dans l'ombre, considérant que celui-ci tient son sort entre ses mains.

– Je ne sais pas encore exactement comment ni pourquoi, mais j'ai le sentiment que oui.

Lessard relate à Marchand les circonstances du prétendu drame familial, la conversation qu'il a eue avec Viviane Gray, avant qu'elle soit tuée, et la fusillade dans laquelle il a été impliqué.

– Je suis arrivé à Sherbrooke avec la conviction que John Cook et sa famille ont été assassinés par des gens qui sont prêts à tout pour protéger un secret. Je n'ai pas changé d'idée depuis, mais maintenant, je ne peux m'empêcher de me demander jusqu'à quel point Cook et sa femme étaient des victimes innocentes.

– Qu'est-ce que tu veux dire?

– J'ai trouvé des cassettes vidéo des Cook en train de se livrer à des jeux sexuels pour le moins inhabituels. Sur les mêmes cassettes, il y avait aussi des scènes des premiers mois de vie de l'aînée de la famille.

– NON?! Tu crois qu'ils auraient pu faire des vidéos de pornographie juvénile avec leurs propres enfants?!

– J'avoue que ça ne cadre pas avec le portrait qui se dégageait de mon enquête jusqu'à maintenant, et que ça me répugne juste d'y penser, mais ça s'est déjà vu, réplique Lessard.

– Dans ce cas, Sandoval et Cook ont peut-être été victimes de la vengeance d'une personne qu'ils ont abusée?

– Ça, ou alors on voulait les faire taire.

– Pourquoi?

– Je suis peut-être dans le champ, mais le seul élément commun que j'avais au départ, celui qui recoupait l'affaire Cook et la mort de Sandoval, c'était cette histoire de mouches.

– T'as trouvé autre chose là-dessus?

– Non. Mais maintenant je crois que j'ai un autre lien.

– Lequel?

– Un prêtre.

– Un prêtre?

Lessard lui raconte le témoignage de Faizan et lui parle de la photo qu'il a discrètement subtilisée chez les Applebaum.

– J'ai donc un prêtre sur la scène du crime chez les Cook et un autre sur une photo en compagnie d'Applebaum et de Sandoval. Tu me suis?

– Oui, mais c'est peut-être une simple coïncidence, objecte Marchand. Il ne s'agit pas nécessairement de la même personne.

– Peut-être, convient le sergent-détective. Mais j'ai le *feeling* qu'il existe une connexion, j'en mettrais ma main au feu, s'emporte-t-il. Et s'il y a un lien entre ce ou ces prêtres, John Cook et nos deux pédophiles, je ne peux m'empêcher de me demander s'ils agissaient de concert.

– Pourquoi?

– J'ai retrouvé l'adresse d'un seul site Web dans l'historique de l'ordinateur d'Applebaum. J'ai essayé d'y avoir accès tout à l'heure, avant que tu arrives, mais c'est un site privé, réservé uniquement aux membres. L'accès est protégé par un mot de passe. Tout ce qui est visible pour les non-membres, c'est une adresse de courrier électronique.

– Attends, tu crois que Sandoval et Applebaum partageaient les vidéos de Sandrine sur le site? C'est ça? Tu penses à un réseau?

– C'est ce que je crois, oui.

– Un réseau de pédophiles, des prêtres, murmure Marchand, comme pour mesurer l'ampleur des implications. Tu ne penses tout de même pas à un scandale de l'ampleur de ceux des prêtres pédophiles en Irlande et aux États-Unis?!

– On croit que ça n'arrive qu'ailleurs, mais il y a eu des cas au Canada aussi.

– Une congrégation religieuse ne serait quand même pas prête à cautionner le meurtre pour camoufler ça!

– Attention! Il ne faut pas aller trop vite en affaires. Ce n'est pas parce que quelques prêtres y sont mêlés que l'Église l'est nécessairement. De plus, rien ne permet de conclure que, le cas échéant, les tueurs sont à sa solde. Tout ce que je sais, c'est que ceux qui sont impliqués ne reculeront devant rien. Ils ont assassiné Viviane Gray et essayé de me tuer en plein jour à la gare Centrale.

Marchand semble tout à coup frappé d'une illumination.

– Attends! Et si on avait assassiné Cook et Sandoval pour les empêcher de parler du réseau et qu'on avait ensuite maquillé ces meurtres en drame familial?

– Pourquoi pas? lance Lessard. Imagine que Cook et Sandoval aient, pour une raison ou une autre, menacé de dévoiler l'existence du réseau. Ses dirigeants ont peut-être eu recours à des mesures radicales pour les faire taire.

– Dans ce cas, ça voudrait dire que j'ai totalement manqué le bateau dans mon enquête sur la mort de Sandoval, soupire Marchand d'un air dépité.

– C'est dommage, mais c'est une possibilité qu'il faut considérer.

– Alors, pourquoi ne pas avoir aussi éliminé Applebaum?

– Peut-être à cause de sa maladie, on le savait condamné, répond Lessard.

– Ou encore parce qu'il faisait partie du cercle du pouvoir, de ceux qui tiraient les ficelles, suggère Marchand.

Lessard avale les dernières gorgées de son café d'un trait. Marchand regarde le fond de sa canette comme s'il se préparait à y lire un oracle.

– Mais une chose m'échappe, reprend-il. Pourquoi Cook et Sandoval auraient-ils voulu dénoncer un tel réseau s'ils y participaient? Les remords?

– Possible. Sandoval a peut-être disjoncté après la mort de la petite. Un pédophile n'est pas nécessairement un tueur.

– Et Cook?

Lessard réfléchit en silence quelques secondes. Il a soudain un *flash*.

– On part de l'hypothèse que Cook et Sandoval étaient tous les deux pédophiles, mais il n'y a que dans le cas de Sandoval qu'on en a la preuve, *right*?

– Oui, et alors? réplique Marchand.

– Imagine que Cook était une ancienne victime d'un membre du réseau. Plusieurs années plus tard, il veut dénoncer cette personne. En faisant des recherches pour la retracer, il découvre l'existence du réseau et décide de divulguer ce qu'il sait.

– Tordu, mais ça se tient, opine Marchand. Mais tu disais tout à l'heure que Cook n'était peut-être pas une victime innocente. Et là, tu viens d'affirmer le contraire.

La tête de Lessard tourne. Trop de possibilités y virevoltent.

– Je ne sais plus, avoue-t-il.

Les secondes s'égrènent, s'entortillent entre elles jusqu'à devenir des minutes, sans qu'aucun des deux hommes ne prononce un mot. À un moment, la serveuse s'avance vers leur table dans le but de réchauffer le café du sergent-détective, mais, en voyant leur air grave, elle rebrousse chemin sur la pointe des pieds.

C'est Lessard qui brise finalement le silence :

– Outre la perquisition dans l'atelier d'Applebaum, je voudrais que tu rouvres l'enquête sur la mort de Sandoval. S'il existe des preuves que sa femme et lui ont été assassinés, tu dois les trouver. Je vais continuer mes recherches de mon côté, mais on pourrait rester en contact et s'échanger des informations. (Silence.) Dans la mesure où, bien entendu, tu décides de ne pas me faire arrêter.

Lessard n'a pas besoin d'expliquer à Marchand les conséquences désastreuses qu'une telle décision aurait sur l'enquête en cours. Celui-ci sait très bien que le sergent-détective perdrait des jours à rétablir les faits, à se plier aux nombreuses mesures disciplinaires qu'on ne manquerait pas de lui imposer et à remplir des monceaux de papiers. Mettre un de ses collègues dans le bain pour qu'il continue l'enquête prendrait aussi un temps considérable.

L'homme aux mains féminines ne peut s'empêcher de sourire.

– Il y a une heure, je n'aurais pas donné cher de ta peau, mais maintenant c'est autre chose. (Marchand perce son interlocuteur du regard.) S'il y a un autre enfant abusé qui attend qu'on le délivre, trouve-le, Lessard !

27.

Je ne sais pas depuis combien d'heures je suis enfermée dans cette cellule.

J'essaie de le déterminer en comptant les repas. Alors, je dirais que ça fait trois repas, donc à peu près une journée. Est-ce bien trois, ou plutôt quatre?

Qu'importe!

Tout ce que je sais, c'est que je suis là depuis assez longtemps pour avoir perdu la notion du temps. Et que, quand ça vous arrive, je le dis même s'il s'agit d'une évidence, le temps ne compte plus, n'est plus qu'une abstraction de l'esprit.

Les heures passées à prier sur les genoux dans les bois n'ont jamais constitué une expérience aussi utile qu'en ce moment. Ces longues séances enfiévrées de prières obligatoires m'ont habituée à descendre en moi-même, à faire le vide complet dans ma tête, jusqu'à ce qu'il n'y ait plus rien d'autre que le noir intégral derrière mes paupières closes.

Après la mort de maman, les autres femmes de la communauté se sont occupées de moi.

Olga, en particulier, une grosse fille blonde avec un accent des pays de l'Est. Mais, endoctrinées, elles agissaient toutes à l'intérieur des paramètres qu'IL délimitait.

Et LUI s'est aussi occupé de moi. Ça oui.

C'est la troisième nuit après la mort de maman que Pascal Pierre a commencé à se glisser dans mon lit. Une main moite plaquée sur ma bouche, une haleine empestant l'alcool, des lèvres proférant un mélange de menaces et de mots aigres-doux à mon oreille et son membre dur fourrageant dans mes entrailles.

Quand il est parti, j'ai pleuré en silence pour la première fois depuis le départ de maman. Je ne sais plus très bien si je pleurais son décès ou cette deuxième naissance que je maudissais.

Petit à petit, mon existence est devenue une ronde incessante où alternaient séances de prières, visites impromptues de Pascal Pierre dans mon lit et, lorsque j'osais me rebeller ou me refuser à lui, périodes d'isolement et de privation d'eau et de nourriture.

Ça, c'était quand IL ne me battait pas, avec la même application clinique et froide que les tortionnaires de la Gestapo.

Vous connaissez l'adage: il faut rendre à César ce qui appartient à César. Croyez-moi sur parole, IL savait s'y prendre en matière de torture, tant physique que mentale.

Tout cela se passait sous les yeux et dans le silence terrorisé des autres femmes. Du bout des lèvres, Olga a bien tenté une fois d'intercéder en ma faveur. Mal lui en a pris, puisqu'elle s'est retrouvée avec un bras cassé, une mauvaise fracture ouverte qui a mis plusieurs mois à guérir, faute de soins appropriés.

Car il était évidemment hors de question de sortir pour requérir une aide extérieure.

IL nous tenait sous SON joug d'une main de fer.

Quand j'ai eu douze ans, IL m'a forcée à coucher avec Monique, une femme de la communauté dans le milieu de la vingtaine. Elle avait un pubis touffu et noir. J'ai un peu honte de l'avouer, mais j'aimais beaucoup ces séances car, en plus de me tirer de SES griffes et d'être douce et prévenante, Monique m'a fait connaître mes premiers orgasmes. Sans compter que, la plupart du temps, IL se contentait de nous regarder en SE masturbant. Quand IL n'était pas trop soûl pour finir par s'endormir pendant le spectacle, c'est Monique qui prenait les devants et s'arrangeait pour «finir la job».

Cette période, qui a duré quelques années, m'a donné les seuls beaux moments de ma triste vie en captivité dans les bois. Petit à petit, IL s'est désintéressé de moi, de telle sorte que je n'avais plus à subir SES assauts de façon aussi répétée, les raids-surprises dans ma couchette se faisant de plus en plus rares.

Je ne sais pas comment IL a réussi à me retrouver, si longtemps après ma fuite, ni à quel miracle IL doit d'être encore en vie. Et pour être honnête, ça m'importe assez peu.

Ce que je sais, par contre, c'est que je préfère m'éclater la cervelle plutôt que de retomber entre SES mains. Mais n'allez pas croire que j'en suis là pour autant.

J'ai manqué mon coup la première fois.

Pourtant, le soir de ma fuite, la nuit de ma grande évasion, j'étais certaine de L'avoir tué avant de quitter SA maisonnette.

La prochaine fois, je le jure, je ne raterai pas ma chance.

Dans le noir de ma cellule, je m'active comme une fourmi.

D'ici quelques heures, je le jure sur ma vie, mes dents seront venues à bout du cuir de ma ceinture. Et la pointe de la boucle sera bien assez aiguisée pour s'enfoncer dans SES orbites ou dans SA gorge.

C'est cette même ceinture enroulée autour de SON cou qui, cette fois, «finira la job».

28.

Immeuble aux allures de château en pierre grise, l'archevêché de Sherbrooke abrite une chapelle de style néogothique.

Lessard n'a eu aucun problème à s'y rendre.

Marchand sorti, il l'a vu parlementer quelques secondes avec les patrouilleurs, avant que ces derniers, bien élevés, ne lèvent le camp sans demander leur reste. Comme pour se souhaiter réciproquement bonne chance, les deux hommes ont échangé un signe de la main à travers la vitre du café, puis l'autre a disparu, sous la pluie.

Le sergent-détective a payé l'addition et il s'est ensuite rendu tout droit à sa voiture.

Il bute contre une porte barrée, mais un déclic suit de près son coup de sonnette.

Il pénètre dans un vestibule vaste, où l'éclairage tamisé et un comptoir de marbre donnent l'impression de se trouver, si on y regarde ni de trop près ni trop longtemps, à la réception d'un hôtel chic.

– Monsieur Lessard? Bonjour, je suis le père Brunelle. On s'est parlé tantôt.

Un gaillard à la carrure de docker broie la main que le policier a eu la négligence de lui tendre. Le genre de type qu'on n'a pas envie de croiser dans une ruelle sombre. Sa voix onctueuse désamorce pourtant toute impression de violence que son physique aurait pu, de prime abord, susciter.

– Oui, bonjour, répond Lessard en frottant ses jointures endolories. Désolé de vous avoir fait attendre. Vous avez eu mon message?

– Oui, je l'ai pris. En fait, ça faisait mon affaire que vous arriviez plus tard, ça m'a permis de regrouper les documents dont nous pourrions avoir besoin pour identifier le prêtre que vous cherchez. Venez par ici.

Il entraîne Lessard à sa suite dans un corridor et s'engouffre dans la première pièce dont la porte est ouverte. L'intérieur est dépouillé : un bureau de bois avec quelques dossiers dessus et deux chaises droites.

– Voulez-vous un café ?

– Non, je vous remercie. Je viens d'en prendre trois.

– Très bien. Avant de me montrer la photo et que nous commencions nos recherches, vous serait-il possible de m'expliquer de quoi il retourne exactement ? Vous avez été assez laconique au téléphone, mais vous avez mentionné qu'il s'agissait d'un meurtre. Le prêtre que vous cherchez a-t-il commis un crime ? Le cas échéant, l'archevêque va sûrement vouloir que je le tienne au courant.

S'il est véritablement sur les traces d'un réseau de pédophiles impliquant des prêtres, la dernière chose dont Lessard a besoin, c'est d'ameuter les ecclésiastiques.

– Rassurez-vous, le prêtre que je recherche n'a commis aucun crime. Nous tentons seulement de trouver des personnes qui ont connu une victime d'acte criminel, pour valider certains éléments de l'enquête.

En quelques phrases, il donne au père Brunelle le minimum d'informations requises sur les meurtres de la rue Bessborough pour satisfaire sa curiosité et ne pas éveiller ses soupçons.

Dix minutes plus tard, Lessard est de retour dans sa voiture avec le nom et les coordonnées du prêtre photographié en compagnie d'Applebaum et de Sandoval. Il a eu beaucoup de chance car, en posant les yeux sur la photo, le père Brunelle a immédiatement reconnu le prêtre en question, puisqu'ils ont déjà œuvré ensemble au sein de la même paroisse. En moins de temps qu'il n'en faut pour le dire, Lessard avait tous les renseignements voulus.

En démarrant, il tente de joindre l'homme au téléphone, mais doit se résigner à lui laisser un message dans sa boîte vocale. Il n'entre pas dans le détail, demande juste à l'autre de le rappeler.

Il met le cap sur Montréal.

Destination : oratoire Saint-Joseph, où le père Aldéric Dorion exerce son ministère depuis son départ de l'archidiocèse de Sherbrooke, deux ans plus tôt.

En appuyant sur l'accélérateur, malgré les images horribles de Sandrine qui lui reviennent en mémoire, il s'efforce de ne pas condamner Dorion avant d'avoir réuni les preuves nécessaires : peut-être que ce dernier n'a rien à voir avec les pédophiles et n'est pas le prêtre que Faizan a aperçu avec une hache à la main. Mais comme avait l'habitude de lui rappeler Ted :

« Le seul endroit où il y a de la fumée sans feu, c'est dans tes rêves ».

• • •

Après avoir donné les instructions appropriées à Moreno, l'agent du SIV a senti le besoin de quitter l'atmosphère viciée de la cave pour prendre une pause et s'aérer l'esprit.

Vêtu d'un imperméable qui couvre sa soutane, il marche sur le trottoir de la rue Sainte-Catherine. La pluie tombe avec une violence telle que les gouttelettes deviennent des projectiles qui claquent sur la peau de son visage.

L'ecclésiastique déambule au hasard, pour faire le vide ; son regard file sur les façades polychromes des boutiques, sans s'y attarder. Le trafic provoque l'embouteillage de la rue, comme d'habitude ; une longue procession de voitures roule au ralenti, pare-chocs contre pare-chocs.

Alors qu'il traverse la rue Peel, un jeune homme sort devant lui d'un comptoir de restauration rapide, tenant un sac-repas d'une main nonchalante et un parapluie de l'autre. Noah module son pas sur le sien, l'observe. Un étudiant de McGill, sans doute, à en juger par l'écusson brodé sur son sac à dos.

Bientôt, ils passent à côté d'un sans-abri assis en tailleur sous un porche. Les ongles sales, les cheveux hirsutes, les vêtements crottés, l'homme demande la charité à l'étudiant.

Celui-ci détourne la tête.

Mais, soudain, dix mètres plus loin, il pivote sur ses talons et rebrousse chemin.

Arrivé à la hauteur du mendiant, il dépose son sac-repas devant lui, sans dire un mot.

Ému par la scène, par ce qu'il perçoit comme de la charité chrétienne, Noah regarde avec empathie le garçon, qui a repris sa route, tandis que le clochard mâchouille un hamburger caoutchouteux.

Il y a encore de l'espoir pour les croyants.

• • •

Lessard roule vers Montréal depuis une quinzaine de minutes et commence à décompresser quand il se rend compte qu'il aurait dû aller aux toilettes avant de quitter l'archevêché. À la hauteur de Saint-Élie-d'Orford, lorsqu'il aperçoit un panneau annonçant une halte routière, il n'en peut plus, sa vessie est sur le point d'éclater.

Il sort et réalise qu'il s'agit d'une aire de repos permettant aux camionneurs de vérifier l'état de leur chargement, mais sans bloc sanitaire.

Tant pis! Il ne peut plus attendre.

Il sautille jusqu'à un bosquet en dégrafant sa braguette et se soulage dans le feuillage.

L'endroit est désert.

Le sergent-détective s'allume une cigarette. Sans se soucier du crachin tenace, il tire quelques taffes, debout à côté de la voiture, la portière du conducteur entrouverte, et appelle Fernandez.

– Victor? Mon Dieu, où es-tu?

Elle a décroché dès la première sonnerie.

Considérant l'heure tardive, Lessard l'imagine chez elle.

Que faisait-elle? Est-ce qu'il rêve ou il y a un homme avec elle?

– J'te dérange?

– Non, pas du tout.

Y a-t-il eu une hésitation dans sa voix? Est-elle seule ou avec ce minable de Miguel? Il préfère se concentrer sur autre chose, ça le rend malade rien que d'y songer.

– Je suis toujours à Sherbrooke.

– As-tu changé de téléphone? Ça fait des heures que j'essaie de te joindre.

– Oui. Je voulais éviter que vous puissiez me localiser par triangulation.

– C'est ce que j'ai pensé. (Silence.) C'est sorti, Vic. On t'a identifié sur la vidéo de surveillance de la gare.

– Oui, je sais.

– Comment ça?

– Je t'expliquerai.

– Il y a pire, Vic…

– Quoi?

– Ils ne trouvent pas le corps de Viviane Gray.

– Qu'est-ce que tu veux dire?!

– Le corps a disparu et les analyses préliminaires des toilettes où tu prétends l'avoir retrouvé ne sont pas concluantes: pas de traces de violence, pas de sang, pas de débris humains, pas de fluides, pas de fibres, *nada*.

– Je ne prétends rien, Nadja, c'est arrivé! Je sais ce que j'ai vu! C'est pas une hallucination que j'ai eue. Tu iras demander aux gens qui étaient à la gare s'ils ont imaginé les balles qui leur sifflaient aux oreilles.

– Excuse-moi, je me suis mal exprimée. N'empêche, retrouver le corps aurait pu faciliter les choses auprès de Tanguay et t'aider à réintégrer la section.

– Encore drôle! Il serait bien capable de m'accuser de l'avoir tuée.

– Tu es de mauvaise foi, Victor!

– Oublie ça, Nadja! Je n'ai pas l'intention de revenir pour qu'on me mette des bâtons dans les roues. Et je m'en sacre que Tanguay ait besoin d'un corps pour penser que les meurtres de la rue Bessborough puissent avoir des ramifications plus complexes qu'un simple drame familial! Avec ce que je viens de trouver, moi je n'ai plus aucun doute. Et je continue à avancer.

Les phares d'un véhicule qui s'engage dans le stationnement l'aveuglent. Absorbé par la conversation, il n'y prête pas attention.

– Vic… je… Peut-être que tu vois les choses plus compliquées qu'elles le sont vraiment? Si tu rentrais, on pourrait regarder tout ça à tête reposée. Tanguay est parlable, quand même.

– Tu crois que mon état mental affecte mon jugement, c'est ça?

– Je n'ai pas dit ca!

– Mais c'est ce que tu penses pareil! Je n'arrive pas à y croire… Ils ont réussi à sortir le corps et à nettoyer les lieux. L'Identification judiciaire a-t-elle passé la pièce au Luminol[7]?

– Non, pas encore.

– Pourquoi?

– Il y a eu un double meurtre à Ahuntsic et les gars de l'Identification sont pris là.

– Qui mène les opérations?

– Les gars du poste 21.

– Roussel, le rouquin?

– Oui.

– Il est bon, mais il n'arrive pas à la cheville d'Adams.

– S'il reste des traces, ils vont les trouver, Vic. C'est une question de temps.

Lessard murmure, comme pour lui-même:

– Ils ont profité de la panique qui a suivi la fusillade pour agir. Ils devaient avoir au moins une autre personne sur les lieux. *Fuck*, ils sont encore mieux organisés que je l'avais pensé.

Le véhicule s'immobilise à cinquante mètres de lui; les phares l'aveuglent, le forçant à mettre sa main en visière au-dessus de ses yeux.

– Attends-moi une seconde, Nadja.

S'adressant au chauffeur de la voiture, il crie:

[7] Substance chimique qui, vaporisée sur une surface, émet une lumière de couleur bleue indiquant la moindre présence de sang, même si celui-ci a été nettoyé avec un détergent.

– Hé! C'est quoi, le problème?!

Une détonation fend le silence.

Une douleur fulgurante traverse le bras droit de Lessard, juste sous l'épaule, l'obligeant à lâcher son mobile qui valse dans les airs.

D'instinct, il se jette au sol, s'abrite derrière l'auto.

Il sait qu'il vient d'être atteint par un projectile, mais il ne comprend pas ce qui s'est passé : il n'a pourtant repéré aucun véhicule suspect dans son rétroviseur, aucun signe laissant supposer qu'il aurait pu être suivi.

Et voilà que tout déboule, que les feux de l'enfer se déchaînent sur lui.

Il ne s'est tout simplement pas méfié. Et, maintenant, il a une balle fichée dans le bras, la trouille au ventre et le cœur au bord des lèvres.

Des projectiles ricochent sur le métal de la voiture, juste au-dessus de sa tête.

Le policier touche son bras en grimaçant et en retire des doigts poisseux de sang, bientôt lavés par la bruine. Il empoigne son Glock en se disant que la situation n'est guère brillante : il n'a jamais tiré de la main gauche.

Sa décision est prise entre deux détonations : atteindre le boisé derrière est sa seule chance, car fuir avec la Corolla n'est pas une option : inutilisable, son bras droit pend mollement le long de son corps, de telle sorte qu'il serait incapable de déboîter et deviendrait une cible facile pour son assaillant. Et pas question qu'il reste tapi derrière la voiture, que les phares éclairent comme des projecteurs, c'est la mort assurée.

Il vide un demi-chargeur en direction des phares et se met à courir comme si sa vie en dépendait.

Et, *guess what*? Sa vie en dépend effectivement.

De nouvelles détonations. Trois ou quatre.

Lessard entend un sifflement aigu lorsque les balles passent au-dessus de sa tête et le craquement sec des branches cassées par les projectiles ; et il plonge en arrivant à la lisière des arbres et atterrit dans le bois ; et il se relève le plus rapidement possible et court entre les troncs aussi vite qu'il le peut et…

Et il se laisse choir derrière un arbre couvert de mousse, affaissé sur un petit promontoire de terre. Son cœur cogne comme s'il allait exploser dans sa poitrine.

La forêt l'a avalé, s'est refermée sur lui en retenant son souffle, l'enveloppant de sa chape opaque, de son écrin de silence. Les bruits de l'autoroute sont brusquement lointains, à peine perceptibles.

Il se replie sur lui-même pour se faire aussi petit que possible, tend l'oreille et tente de reprendre haleine sans attirer l'attention.

Quelques secondes après son arrivée fracassante, la vie poursuit son cours, le bois se remet à vibrer et à chuchoter, les insectes et les animaux tapis dans l'ombre reprennent peu à peu leurs droits et recommencent à s'activer.

Tandis que le policier tente de discerner les pas du tueur sur le sol, le son de la pluie et les bruits ténus de cette flore et de cette faune lui emplissent les oreilles avec violence.

Tout à coup, la peur le fige.

Cinq mètres en contrebas, son agresseur avance prudemment en scrutant avec attention les fourrés qui les séparent.

L'homme aperçoit Lessard au moment où un trait de feu éventre les ténèbres.

Les arbres vacillent, le temps se comprime sur lui-même tandis que la silhouette disparaît du champ de vision du sergent-détective.

• • •

Sa promenade terminée, l'agent du SIV pénètre dans la cathédrale Marie-Reine-du-Monde. Il s'avance dans la nef, repère un banc tranquille et s'agenouille. Les paupières closes, Noah prie sous le baldaquin qui coiffe l'autel, copie identique, à l'échelle, de celui de la basilique Saint-Pierre de Rome.

Les pas qui retentissent sur le sol l'extirpent de sa contemplation. L'endroit est désert : il sait que l'on vient pour lui.

Il lève les yeux et croise le regard torve de Bournival, le chef de la sécurité de l'archevêché.

Lorsqu'il se penche pour murmurer à l'oreille de l'agent du SIV, le malabar s'assure que son veston s'entrouvre suffisamment pour que celui-ci puisse apercevoir la crosse du pistolet qui pend dans un étui, sous son bras gauche.

– Suivez-moi.

Bournival conduit Noah droit à la sacristie, où les attend Charles Millot. C'est la première fois que les deux hommes se rencontrent depuis le meurtre de l'amant de l'archevêque.

Les yeux de Millot luisent de haine.

– Que puis-je faire pour vous, monseigneur? demande l'agent du SIV.

– La mort de François était gratuite et inutile. Elle aurait pu être évitée!

Noah ne peut s'empêcher d'adresser un sourire fourbe à l'archevêque.

– J'ai l'impression que ce ne sont pas ses compétences professionnelles qui vous manqueront le plus, Éminence.

La main de Millot vole dans l'air.

D'un geste vif, Noah attrape le bras de l'archevêque avant que la gifle n'atteigne son visage. Sans cesser de sourire, il y imprime une torsion, forçant Millot à fléchir les genoux pour diminuer la douleur.

Resté en retrait jusque-là, Bournival pointe à présent son pistolet sous l'œil gauche de l'agent du SIV, qui maintient sa prise encore un instant, puis relâche Millot.

Bournival n'attend qu'un mot de l'archevêque pour brûler la cervelle de Noah, qui soutient son regard sans manifester la moindre crainte.

– Assez, Joseph! lance Millot. Rengainez votre arme!

À contrecœur, Bournival finit par obéir.

Les trois hommes se regardent en chiens de faïence. Millot brise le lourd silence le premier.

– J'ai eu vent de ce qui s'est passé à la gare Centrale. Comment comptez-vous résoudre ça?

– Un de mes hommes s'en occupe en ce moment même, Éminence.

Pendant ce qui ressemble à l'éternité, Millot dévisage l'agent de SIV.

– Je vous garde à l'œil, promet l'archevêque. Vous avez vos contacts au Vatican, n'oubliez pas que j'ai aussi les miens.

Noah regarde le gros homme et son malabar s'éloigner dans la nef. Il ne craint pas Millot, mais il est toujours préférable d'éviter les complications.

En composant le numéro de Vincenzo Moreno, il espère que ce dernier a de bonnes nouvelles et que, cette fois, le cas de Victor Lessard est réglé.

Définitivement réglé.

• • •

Les jambes en guenille, Lessard titube jusqu'au corps étendu, la face contre terre, au pied d'une épinette. Un goût de métal lui remplit la bouche. Il vient de descendre un homme.

La vie ramenée à sa plus simple expression, un poncif que toutes les sociétés civilisées considèrent, à juste titre, comme un paradigme du passé : tuer ou crever.

Trop souvent au cours de sa carrière, Lessard a pourtant constaté qu'il y a des moments où la violence demeure la solution de dernier recours.

De sa main valide, il retourne le corps.

Le sergent-détective examine d'abord les traits de l'inconnu, puis les traces d'impact : une balle en plein cœur.

Le tueur n'a eu aucune chance.

Lessard fouille les poches du cadavre.

Comme il s'y attendait, il ne trouve aucun papier d'identité, mais récupère le mobile de son assaillant et une cagoule.

L'homme de la gare ?

Il laisse l'arme près de la dépouille.

Juste avant de sortir du bois, il tombe sur les rotules et vomit sur un lit de brindilles.

Le bras garrotté avec la ceinture du mort qu'il vient d'abandonner derrière, le policier repère un mouchard sous l'aile gauche de la Corolla.

Il arrache l'objet d'un coup sec et le broie sous son talon.

Pas étonnant qu'il n'ait pas remarqué de signes de filature, l'autre le suivait à distance, attendant le moment propice pour frapper, occasion que Lessard lui a offerte bien involontairement, en s'arrêtant de façon impromptue dans un endroit isolé et désert. Le sergent-détective ne peut s'empêcher de penser qu'il fait face à des professionnels, des adversaires hautement organisés, qui disposent de moyens dépassant tout ce qu'il a vu auparavant dans sa carrière.

Il a récupéré son propre mobile, qui semble intact, et téléphoné à Fernandez pour qu'elle ne s'en fasse pas.

Raté !

Elle a entendu les coups de feu et elle est morte d'inquiétude.

Trempé, grimaçant de douleur, Lessard lui assure que tout va bien et qu'il la rappellera dans quelques heures. Il coupe la communication et, du même coup, les protestations qui fusent en jet du récepteur. Il donne ensuite un coup de fil à Marchand, qui ne répond pas. Il laisse un message dans sa boîte vocale, lui expliquant sommairement la situation et lui demandant d'envoyer les spécialistes en scène de crime et quelqu'un pour prendre sa voiture, dont il déposera les clés sous le tapis du côté passager.

Non seulement il a la police de Montréal aux fesses, mais dorénavant il aura aussi celle de Sherbrooke.

Il a des choses à faire et il ne veut pas traîner dans le coin trop longtemps, de crainte qu'un des collègues de son agresseur ne rapplique. Il transfère son arsenal du coffre de la Corolla à celui de la berline du tueur, dont les clés sont demeurées sur le contact. La voiture étant automatique, il pourra la conduire sans problème.

Plus Lessard réfléchit à la présence du mouchard, plus il se convainc qu'on l'a installé dans le stationnement de l'archevêché, pendant qu'il discutait avec le père Brunelle. Si on l'avait posé plus tôt, alors qu'il était à la gare par exemple, on aurait attenté à sa vie avant qu'il n'aille fouiner dans l'ancienne maison de Sandoval et dans l'atelier d'Applebaum. Il en conclut que ces endroits n'étaient pas surveillés et qu'il a donc pris ses adversaires par surprise.

Non, la seule explication logique est que quelqu'un à l'archevêché a communiqué avec le tueur pour l'avertir de ma présence.

Est-ce le père Brunelle lui-même?

Pendant quelques secondes, le sergent-détective songe à retourner demander des comptes à Brunelle, pistolet au poing. Puis il se ravise.

Il a déjà assez d'ennuis comme ça.

Cependant, son sixième sens le trompe rarement quand il s'agit de juger les gens. Dans ce cas-ci, il n'arrive pas à se convaincre de l'implication de Brunelle. Ce dernier aurait-il parlé de sa visite à un collègue qui en a informé à son tour le tueur?

La question reste en suspens dans un coin de son cerveau pour faire place à une autre.

Le tueur et l'homme de la gare ne faisaient-ils qu'un?

Dans la négative, cela signifie que, pour l'éliminer, on a fait appel à un deuxième tueur, quelqu'un résidant à proximité de Sherbrooke.

Dans l'affirmative, il est raisonnable de penser que l'homme de la gare se trouvait toujours à Montréal lorsqu'on l'a informé de la présence du sergent-détective à Sherbrooke. Or, celui-ci n'est resté que vingt minutes avec Brunelle. Le tueur ne pouvait pas parcourir la distance séparant la métropole de Sherbrooke en si peu de temps. Le cas échéant, c'est donc son premier appel à Brunelle qui a déclenché une réaction en chaîne: alors qu'il inspectait le réduit où Sandoval et Applebaum ont séquestré Sandrine, le tueur a bénéficié de quelques heures pour accourir et installer le mouchard.

Tandis que Lessard renonce à essayer de résoudre l'énigme, les implications qui en découlent lui donnent le vertige: que quelques prêtres fassent partie d'un réseau de pédophiles est une chose, mais que certains membres d'une congrégation religieuse disposent et déploient de tels moyens pour éliminer des témoins gênants relève de l'hérésie, au sens propre comme au figuré.

En démarrant, il ne peut s'empêcher de frissonner: il se heurte à quelque chose de beaucoup plus grand que lui, une bête à multiples tentacules qui le dépasse et qui lui flanque une peur irraisonnée.

D'abord s'occuper du plus urgent: son bras nécessite des soins immédiats.

Avec le bandage de fortune qu'il s'est confectionné en utilisant un pan de sa chemise, l'hémorragie semble interrompue, mais il se sent de plus en plus faible. Il faut extraire cette balle le plus rapidement possible, désinfecter la plaie et la panser. Le défi est de taille, car il est hors de question qu'il se pointe dans un centre hospitalier. Le personnel étant obligé de déclarer les blessures par balles, on lui mettrait la main au collet avant même qu'on n'ait terminé de lui prodiguer les soins.

Dans les circonstances, il a beau retourner le problème dans tous les sens, il ne voit qu'une solution.

– Désolé de t'avoir dérangée à cette heure, mais je n'avais pas d'autre choix.

Il faut, comme Simone Fortin, être revenu du royaume des ombres pour comprendre que les gens comme Victor Lessard poursuivent leur course *no matter what*, une trajectoire que seule la mort ou une balle mal placée peut briser.

– Tais-toi et couche-toi sur le côté, Victor, dit-elle. On parlera tantôt. Voilà, comme ça, c'est parfait. On ne bouge plus!

Le sergent-détective a eu du bol: Simone a répondu à son appel dès la première sonnerie et, à son arrivée dans le stationnement du motel de la rue Saint-Jacques, où il lui avait donné rendez-vous, elle l'attendait avec les clés d'une chambre qu'elle venait de retenir, conformément à ses instructions. Elle a aussi eu la prévenance d'apporter un sac contenant quelques vêtements de rechange qui appartiennent à Laurent. Aussi exsangue qu'étourdi, Lessard a eu peine à gagner la chambre par ses propres moyens.

Après l'avoir veillé toute la nuit, elle lui posera quelques questions quand il se réveillera, mais pas des tas, car Simone accepte d'emblée qu'il ne lui confie pas tout. Elle lui dira qu'il a été très chanceux, la balle n'ayant causé aucun dommage important, puisqu'elle est entrée par le biceps sans toucher ni l'artère ni l'os.

Elle lui recommandera de se reposer quelques jours et de demander l'assistance de ses collègues, puis elle le regardera partir à l'aube sous la pluie, le bras en écharpe.

Elle ne lui fera pas la morale, ne tentera pas de le faire changer d'idée et demeurera d'une discrétion absolue.

Mais, pour l'heure, recroquevillée sur elle-même, la balle est toujours fichée dans son bras.

– Les injections que je t'ai faites devraient faire effet bientôt.

– Mon bras est gelé du coude à l'épaule. Je ne sens rien.

– Il ne faut surtout pas que tu bouges pendant que j'extrais la balle, précise-t-elle en ajustant la sangle de la lampe frontale qu'elle vient de passer autour de sa tête.

– Pas de problème.

Lessard serre les dents alors que les pinces maniées par Simone fouillent ses chairs.

– C'est bientôt fini, Victor, le rassure Raymond en lui caressant les cheveux. C'est bientôt fini.

• • •

Une camionnette noire file à toute vitesse sur l'autoroute 10.

Un des hommes de Moreno tient le volant tandis que, sur le siège du passager, ce dernier se recueille en silence. De grosses larmes roulent sur son visage glabre. Dans les entrailles du véhicule, enveloppé dans un sac de morgue, un corps est ballotté de gauche à droite, entre un poste d'écoute électronique et une console de surveillance.

– Sors à la prochaine, dit Moreno en s'essuyant les yeux.

La camionnette emprunte la bretelle sans ralentir.

Le chauffeur fait preuve d'une habileté peu commune pour manœuvrer ainsi le lourd véhicule sur la chaussée mouillée, les risques d'aquaplanage étant élevés.

Moreno compose le numéro de l'agent du SIV, qui a tenté de le joindre.

– Alors, Vincenzo? demande celui-ci. Des nouvelles de ton frère?

– Pasquale est mort. Je viens de récupérer son corps dans les bois, derrière une halte routière bordant l'autoroute.

– (Silence.) Je suis désolé, Vincenzo. Ça ne devait pas se passer comme ça.

– …

– Et le policier? reprend l'agent du SIV.

– Il a trouvé le mouchard et il est reparti avec l'auto de Pasquale. Je crois qu'il est blessé. Il y avait du sang près de sa voiture.

– Qui fait le guet à la place de ton frère dans la rue de La Gauchetière?

– J'ai été obligé d'utiliser l'homme qui surveillait l'appartement. Comme je vous l'ai dit, on manque d'effectifs. En plus, avec la mort de Pas…

La voix étranglée par l'émotion, Moreno est incapable de terminer sa phrase.

– Je comprends ta douleur, Vincenzo, murmure l'agent du SIV avec compassion.

– J'espère qu'on va le retrouver, votre gars, reprend Moreno d'un ton rempli de hargne. Sinon mon frère sera mort pour rien!

– Le sacrifice de Pasquale ne sera pas vain. Nous allons le retrouver, Vincenzo, je te l'assure. À ce propos, tu retourneras fouiller son appartement, dès que tu auras disposé du corps de ton frère.

Une haine insondable filtre dans les pupilles de Moreno.

Il y a maintenant quelque chose de personnel entre le policier et lui.

Victor Lessard est un mort en sursis.

29.

10 mai

Dans la salle de conférences où ils ont fini par établir leur cellule de crise, Jacinthe Taillon balance une liasse de feuilles sur la table, devant le Gnome.

– Je t'avais dit que ce gars-là était pas clair, Gilles.

– De qui parles-tu?

– Ton pasteur, Pascal Pierre. Celui qui passe si bien à la télévision!

– C'est quoi, le problème? fait Lemaire en jetant un coup d'œil aux papiers.

– Le problème? Il est à la tête d'une secte, ton beau pasteur. Ça s'appelle «la Traversée des soleils».

– T'es sûre?

– Certaine! J'avais demandé à Vadnais de vérifier ça. Il n'a pas fini de tout éplucher, mais le rapport qu'il vient de me transmettre le confirme. Regarde!

– Attends! Faudrait quand même pas tirer des conclusions trop hâtives: ce n'est pas parce qu'il dirige une secte qu'il est malhonnête ou impliqué dans l'enlèvement de Laila.

– Crisse que t'es naïf, Gilles! dit Taillon en marchant vers la sortie d'un pas décidé.

– Jacinthe, où vas-tu?

– Rendre une petite visite à ton ami, Pascal Pierre.

Elle s'apprête à faire une folie, il le sait. Il saute sur ses pieds et attrape son manteau au vol.

– Attends, je t'accompagne!

• • •

Lessard est attablé *Chez Cora*, où il s'est envoyé un copieux déjeuner derrière la cravate.

Il a quitté Simone une heure plus tôt, en promettant de «faire attention à lui».

Après une longue tirade où Fernandez lui a manifesté son inquiétude au sujet de son état de santé et exprimé son mécontentement de ne pas avoir eu de ses nouvelles plus tôt («T'aurais pu m'appeler avant, je t'imaginais mort au bout de ton sang sur le bord de l'autoroute!»), reproches pour lesquels il a fait amende honorable («Excuse-moi, ça m'a pris tout mon petit change pour conduire jusqu'à Montréal et, dès que Simone a retiré la balle, je me suis endormi...»), il lui a narré les événements de la veille, depuis sa rencontre avec Sylvain Marchand jusqu'à la mortelle randonnée dans le boisé bordant la halte routière.

Lessard a aussi consacré beaucoup de temps à lui expliquer en détail les raisons pour lesquelles il pense être sur la piste d'un réseau de pédophiles.

– Un réseau de pédophiles, dit Fernandez. Et des prêtres..., ajoute-t-elle, laissant ses mots en suspension.

– En plus de passer l'atelier d'Applebaum au crible, Marchand est en train de rouvrir le dossier Sandoval. Il va essayer de trouver des éléments qui pourraient confirmer la thèse d'un double meurtre, plutôt que celle de la version officielle qui conclut à un meurtre suivi d'un suicide. Nous avons convenu que le premier qui découvre quelque chose contacte l'autre. Pour ta part, j'aimerais que tu te concentres sur trois choses. Un: reprends le dossier Cook et creuse pour voir s'il n'y a pas une piste qui permettrait de relier Cook et sa femme aux pédophiles. N'oublie pas: ils peuvent être tant des participants que des victimes.

– C'est peut-être hors contexte, mais il y a une question qui me chicote. Cook s'est tranché la langue. Sandoval s'est arraché les yeux. Il y a peut-être une signification, Vic. Tu ne crois pas?

– Je l'ai noté aussi, mais je ne sais pas quoi en faire pour l'instant. Il faudra que j'y réfléchisse.

– Excuse-moi, je t'ai coupé.

Lessard met un moment à retrouver le fil de ses pensées.

– Ah oui! Deux: essaie d'en savoir plus sur Dorion. J'ai appris, par le père Brunelle, qu'il vivait à Val-d'Or avant de déménager ses pénates à Sherbrooke. Vois si tu trouves quelque chose de ce côté. Trois: j'aimerais que tu demandes à un des experts de la division de sécurité informatique de craquer le site Web dont je t'ai donné l'adresse. Avec un peu de chance, j'espère qu'on pourra remonter jusqu'aux têtes dirigeantes.

– Juste ça? lance Fernandez, sarcastique.

– Je sais que je t'en demande beaucoup, Nadja. Tu peux peut-être mettre Sirois dans le coup?

– Je... je ne voulais pas t'en parler, mais c'est déjà fait. Il est d'accord pour nous aider.

Lessard est à la fois ému du soutien de son collègue et soucieux des répercussions que cela pourrait avoir. Il n'est que trop conscient que Fernandez et Sirois risquent des mesures disciplinaires pour lui.

– Vraiment? Hum..., fait-il, embarrassé. Je... Merci.

– Pas de quoi.

– N'en parle pas à Pearson, par contre. Il a une famille.

– T'inquiète, je savais que tu dirais ça. Mais il ne te le pardonnera jamais!

– Je peux vivre avec. Puisque tu auras de l'aide, est-ce que je peux te demander de vérifier deux ou trois autres petits trucs pour moi?

– *Shoote!*

– Je vais te texter le numéro de plaque de la voiture du type que j'ai tué et un numéro que j'ai trouvé dans son mobile. Vois ce que tu peux me trouver là-dessus.

– Il a fait seulement un appel?

– Un appel sortant, un appel entrant, mais au même numéro. Ce gars-là était un vrai pro. Il devait effacer régulièrement le registre des appels.

Lessard se garde bien de dire à Fernandez que la veille, alors qu'il roulait entre Sherbrooke et Montréal, après avoir pesé le pour et le contre d'une telle tactique, il a tapé un texto sur le mobile du tueur et l'a envoyé au numéro qu'il vient de lui donner:

«C'est fait.»

Son interlocuteur n'a pas été dupe. Moins de dix minutes plus tard, la réponse arrivait dans la boîte de réception:

«Oubliez cette histoire pendant qu'il en est encore temps.»

– Même chose pour les textos, sauf que j'en ai trouvé un, dans ses brouillons, qui n'a pas été envoyé, continue le sergent-détective. C'est l'adresse d'un immeuble de la rue de La Gauchetière, dans le *Chinatown*. Prends-la en note et essaie de me sortir de l'info sur le propriétaire, les locataires, etc.

Lessard répète deux fois, pour être bien certain qu'il n'y a pas d'erreur.

– Tu as le numéro du mobile de ton agresseur? Je vais essayer de te trouver le nom du titulaire du compte.

Lessard le lui donne.

– Ne perds pas trop de temps là-dessus. C'est soit un téléphone volé, soit un prépayé.

– Je sais. Mais, parfois, même les plus minutieux commettent des erreurs.

– Pas lui, pas ce genre d'erreur. Pour te donner une idée, je n'ai rien trouvé dans sa voiture, à part un tensiomètre et un calepin dans lequel ne figurent que des dates et des mesures de tension artérielle.

– Bizarre, ça. Tu veux qu'on vérifie les empreintes et les traces d'ADN?

– Non. Il portait des gants quand je lui ai fait les poches. Et puis, on n'a pas le temps pour ça.

– Autre chose?

– Oui. J'aurais besoin de la liste des enfants disparus au Québec dans les cinq dernières années.

– Comment vas-tu la récupérer?

– Envoie-la à mon adresse Hotmail, je vais la télécharger sur mon BlackBerry.

– OK.

– Bon, je te laisse. Je vais aller rendre une petite visite à notre ami Dorion.

– Hé, Vic?

– Quoi?

– Et ton bras, tu es sûr que ça va?

Lessard parvient à faire quelques flexions. La douleur est vive, mais supportable.

– Oui, Simone m'a donné des antidouleurs et une ordonnance pour d'autres cachets contre l'infection. J'ai tout ce qu'il faut.

– (Hésitation.) Sois prudent, Victor. Je m'inquiète pour toi.

– Je…

Il aimerait dire quelque chose pour lui marquer son intérêt, n'importe quoi, une parole qui les rapprocherait, mais rien ne vient.

– Merci, Nadja.

En se levant après avoir payé l'addition, il se trouve face à face avec lui-même : sur l'écran plat de l'entrée, on voit son visage en gros plan à RDI. Le volume est coupé, mais la bande défilante est on ne peut plus explicite :

« Le SPVM est toujours à la recherche du sergent-détective Victor Lessard, soupçonné d'avoir été impliqué dans la fusillade qui a eu lieu à la gare Centrale. Monsieur Lessard, qui n'était pas en service au moment des faits, a disparu et le SPVM est inquiet pour sa sécurité. »

Il rentre la tête dans les épaules et se hâte vers la sortie en ronchonnant.

Manquait plus que ça !

• • •

Chronique d'un désastre annoncé : le Gnome voit déjà le visage sympathique de Pascal Pierre dénoncer à la télé les tentatives d'intimidation des policiers et leur incapacité à retrouver sa belle-fille. En clair, il veut éviter que la grosse Taillon ne les mette dans l'embarras et ne le force à gérer une situation impossible. Aussi, dans la voiture, il la convainc de le laisser interroger le pasteur.

La porte de la luxueuse suite du Ritz-Carlton est entrouverte. Vêtu d'un élégant complet anthracite, le pasteur leur fait signe d'entrer, tandis qu'il termine une conversation sur son mobile. Ils apprendront plus tard qu'un généreux donateur anonyme a offert de régler la note d'hôtel pour un séjour d'une semaine, afin de permettre à Pascal Pierre de participer aux recherches visant à retrouver sa belle-fille.

– Merci de nous recevoir, monsieur Pierre, dit Gilles Lemaire avec déférence.

– C'est tout naturel, c'est moi qui devrais vous remercier. Comment l'enquête progresse-t-elle?

Sans se perdre dans les détails, le Gnome lui fait part des faits nouveaux.

– Monsieur Pierre, dans le cadre d'une enquête de ce genre, la procédure norm...

– Vous me soupçonnez, c'est normal. C'est signe que vous faites bien votre travail. Allez-y, enquêteur.

Surpris de l'ouverture dont fait preuve le pasteur, Lemaire ne met qu'une seconde à retrouver son aplomb. Il pose à Pierre une série de questions préliminaires, puis entre dans le vif du sujet:

– Nous avons appris que vous dirigez... hum... un...

– Une secte, tranche Taillon d'un ton rugueux.

– La Traversée des soleils, complète le Gnome, l'air conciliant.

– C'est une Église indépendante, une communauté, reprend le pasteur en les gratifiant d'un sourire mièvre. Je peux vous assurer que tous nos fidèles sont là de leur plein gré et que nous ne pratiquons aucun endoctrinement.

– Parlez-nous de vos installations dans les Cantons-de-l'Est.

– La communauté possède quelques terrains dans la région. Moi-même, j'y habite la plupart du temps. Nous vivons très simplement, dans les bois, en harmonie avec la nature.

– Vos fidèles aussi habitent sur ces terres, non?

– En effet, nous avons des fidèles qui vivent en permanence sur les terrains de la communauté, d'autres qui y font ponctuellement des « retraites ». C'est très variable. Tout ça se fait volontairement.

L'entretien se poursuit durant un autre quart d'heure, au cours duquel le Gnome épuise sa liste de questions, tandis que Taillon assiste à l'interrogatoire sans mot dire, la bouche tordue de colère réprimée.

– Si vous voulez venir sur place, vous êtes les bienvenus, nous n'avons rien à cacher, dit le pasteur.

– Ce ne sera pas nécessaire, monsieur Pierre. N'est-ce pas, Jacinthe ?

Taillon se contente de hocher la tête.

Lemaire marche déjà vers la sortie lorsqu'elle se penche sur Pascal Pierre et lui murmure à l'oreille quelques mots qui lui font écarquiller les yeux.

• • •

Les cachets que lui a donnés Simone avant de partir ne font plus effet, sa blessure le fait grimacer de douleur. En outre, son œsophage et sa trachée qui brûlent rappellent à Lessard qu'il n'a pas pris son médicament contre le reflux depuis plus de vingt-quatre heures.

Au risque d'être reconnu, il entre dans une pharmacie et renouvelle son ordonnance d'inhibiteurs de la pompe à protons, en plus de demander les remèdes que lui a prescrits Simone. Dans la ruelle, il fait descendre les cachets avec plusieurs gorgées de Pepto-Bismol, qu'il boit à même la bouteille format géant qu'il a aussi achetée. Le liquide rose, qui lui procure le même réconfort qu'un café, lui fournira un soulagement temporaire avant que les pilules fassent effet. Avec les lunettes de lecture et la casquette aux couleurs des Canadiens qu'il a dégottées sur les étalages, près de la caisse, il espère passer inaperçu, même si tout le Québec a désormais vu son visage aux nouvelles.

Comme il n'obtient toujours pas de réponse en composant ce qu'il suppose être le numéro de mobile de Dorion, Lessard essaie celui de l'oratoire Saint-Joseph.

– Le père Aldéric Dorion, s'il vous plaît.

– Un instant, je vérifie s'il est là.

Musique d'ascenseur. Les doigts du policier tambourinent sur le tableau de bord.

Plus l'attente perdure, plus l'espoir du sergent-détective grandit : il se met à souhaiter entendre la voix de Dorion.

Déclic. La ligne a été coupée.

Merde !

Il recompose le numéro en maugréant, appuyant sur chaque touche avec force.

– Bureaux de l'oratoire Saint-Joseph.

– Oui, madame… J'attendais qu'on me passe le père Dorion et la ligne a été coupée.

– Ah ? Désolée. Alors, pour le père Dorion, j'ai vérifié son horaire. Il avait une messe plus tôt cette semaine, mais il n'a rien à l'agenda jusqu'à mercredi prochain.

– C'est urgent, madame. Je dois absolument lui parler.

– Vous avez essayé son cellulaire ?

Lessard lui répète le numéro qu'il a tenté de joindre.

– Vous avez le bon numéro, confirme la standardiste.

– Oui, mais il ne répond pas.

– Voulez-vous lui laisser un message ? Il passe parfois quand il n'a pas de célébration.

Irrité que les choses ne tournent pas comme il l'avait prévu, le sergent-détective raccroche, après avoir donné son nom et ses coordonnées.

Même si sa présence sur une photo en compagnie de Sandoval et d'Applebaum est peut-être fortuite, il ne peut s'empêcher de penser que Dorion est en fuite.

À l'archevêché de Sherbrooke, le père Brunelle lui a expliqué que, souvent, les prêtres louent leur propre appartement. C'est le cas d'Aldéric Dorion, qui vit dans un haut de duplex, au coin des rues Stanley Weir et Cedar Crescent.

Lessard gare la voiture devant le parc adjacent, un pâté de maisons plus loin. Le pare-soleil baissé, il éteint le moteur et observe les alentours.

Dans le ciel lugubre, le vent charrie les nuages qui s'agglutinent et roulent les uns sur les autres. Une femme passe, elle se déplace vite et tient son parapluie en diagonale pour éviter qu'il se retourne.

Quand il est certain qu'il n'y a rien à craindre, que personne ne surveille l'appartement, le policier sort de son véhicule, marche jusqu'à l'immeuble et gravit les escaliers.

Quelques coups sur le battant; la sonnette qui retentit plusieurs fois dans le vide.

Lessard n'hésite pas: un regard circulaire pour s'assurer que personne ne le regarde et il se met à l'œuvre sur la serrure. Le bras en écharpe le ralentit, mais le verrou est rudimentaire et, après quelques manœuvres, il se retrouve à l'intérieur.

Derrière le rideau, il scrute de nouveau la rue qui luit.

À quoi bon s'inquiéter?

Avec cette pluie torrentielle, qui prêterait attention à un type qui reste un peu trop longtemps sous un porche?

L'appartement de Dorion est un trois-pièces composé d'une cuisine, servant à la fois de coin repas et de salle de séjour (poêle avec taches de rouille, frigo fossile, table bancale appuyée sur un mur, chaise fatiguée, fauteuil en velours défoncé et vieux poste de télévision avec oreilles de lapin en constituent l'ameublement), d'une chambre exiguë contenant un lit et une commode pour les vêtements, et d'un bureau.

On ne s'y trompe pas: Dorion vit avec le strict minimum.

Cependant, tout est immaculé, d'une propreté maniaque.

Lessard ne met que quelques secondes à inspecter la cuisine et la chambre, qui ne recèlent aucun intérêt. Il a rarement vu un intérieur aussi dépouillé, aussi dépersonnalisé. Les murs blancs sont dénués de tableaux ou autres décorations.

Le sergent-détective reste un peu sur son appétit : il s'attendait à trouver au moins un crucifix ou une image sainte quelque part.

Outre une bibliothèque, qui occupe un pan de mur et semble prête à régurgiter son trop-plein de bouquins, le bureau est meublé d'une table de bois, d'un classeur et d'une chaise flambant neuve, seul luxe que Dorion s'est accordé, signe qu'il passe probablement le plus clair de son temps dans cette pièce.

La surface de travail est vide, ni crayon, ni papier, ni ordinateur.

Étrange…

En y regardant de plus près, Lessard remarque que le classeur est, en fait, un coffre antivol scellé au sol. Il s'aperçoit tout de suite que quelque chose cloche : la porte est entrouverte et, mis à part quelques papiers sans intérêt, il est vide.

Pourquoi Dorion, dont l'appartement est un modèle de simplicité, garderait-il un coffre-fort vide ? Lessard se méfie des conclusions trop hâtives, mais force lui est d'admettre que l'absence du prêtre et ce coffre vide lui paraissent louches.

Dorion a-t-il fui en emportant un ordinateur contenant des fichiers de pornographie juvénile ou des documents compromettants ?

Le sergent-détective s'attaque à la bibliothèque, qui comporte tout autant de classiques de la littérature et de romans noirs que d'ouvrages sur la philosophie et les religions (il y a même une édition du Coran reliée en cuir), ainsi que plusieurs versions de la Bible et de l'Ancien et du Nouveau Testament.

Il sort quelques livres et les secoue en espérant voir quelque chose en tomber. Cependant, son attention est vite attirée par une section de la bibliothèque entièrement consacrée au même sujet.

L'exorcisme.

Il doit y avoir au moins une quarantaine de titres traitant de la question.

Son regard se pose sur une plaquette : *L'exorcisme : un guide pratique à l'intention des prêtres.*

Père Aldéric Dorion et père René Trudeau, prêtres, c.s.c., Presses de la fabrique, Sherbrooke, 2002.

Lessard fait la moue, en feuilletant le document, sourire en coin. Il n'y croit pas une minute ; pour lui, ce genre de truc relève du cinéma, de la fumisterie et du folklore.

Il flâne encore quelques minutes dans le bureau, puis il part, après avoir tout remis en place, mais en emportant la plaquette car, de toute évidence, les deux prêtres se sont côtoyés à Sherbrooke.

René Trudeau pourrait peut-être le renseigner sur son ancien collègue.

Son escapade chez Dorion a duré moins de trente minutes.

En roulant pour rentrer à sa chambre de motel, Lessard s'arrête à une cabine téléphonique et prend, à distance, ses messages dans la boîte vocale de son mobile de fonction. Il en efface plusieurs de Fernandez, à qui il a parlé depuis. Sa sœur aussi lui a laissé quelques messages paniqués, tout comme Marie, son ex, qui lui offre néanmoins son aide s'il en a besoin, ce qui le touche ; Marie s'enquiert en outre de Martin, ce qui ravive ses inquiétudes. Tout en contrôle, comme à son habitude, Véronique se demande s'il va bien. Toutes font référence aux bulletins télévisés où elles ont « appris » la nouvelle. Le dernier message provient d'Élaine Segato. Elle enjoint Lessard de la rappeler le plus rapidement possible, que c'est urgent. Au ton de sa voix, il devine qu'elle est préoccupée.

Après un énième message à l'intention de Martin, il gare la voiture dans le stationnement du motel, devant sa chambre, et compose le numéro d'Élaine Segato.

Elle décroche tout de suite :

– On a cambriolé mon appartement, Vic.

30.

C'était le soir de mes quinze ans et IL m'avait fait venir dans sa maisonnette.

Pour mon plus grand bonheur, IL ne me touchait plus depuis déjà plusieurs mois.

J'étais donc convaincue que les autres membres de la communauté et LUI me préparaient un petit quelque chose pour souligner l'événement. Il m'avait en effet semblé surprendre des conversations à voix basse dans mon dos et des sourires chargés de sous-entendus.

Ce n'est pas que nos rassemblements tombaient dans la démesure, loin de là, car ils demeuraient pour la plupart brefs et austères, mais ils nous permettaient, l'espace de quelques heures, de nous évader d'un quotidien glauque et funeste.

Je m'étais donc rendue dans SES quartiers le cœur aussi léger que possible, compte tenu que SA seule présence m'était insupportable. Quand je suis entrée, j'ai compris en un regard que je m'étais trompée, que j'avais tout faux.

J'aurais aimé qu'IL m'attende pour me donner les clés d'une belle Cadillac rose avec laquelle j'aurais pu mettre les voiles, mais il en allait tout autrement.

IL était assis au centre de la pièce, l'œil déjà luisant de l'alcool qu'IL n'avait sûrement pas manqué d'absorber en quantité.

Sur SES genoux, il y avait Anne, la fille d'une des femmes de la communauté – SA propre fille en somme – , une gamine d'environ dix ans.

La fillette pleurnichait en silence.

Je ne savais que trop bien ce qu'IL avait en tête.

Ce serait à moi d'initier Anne au plaisir «au féminin».

Je ne sais pas pourquoi j'ai réagi ainsi.

J'ai vu rouge.

Est-ce parce qu'il s'agissait du soir de mon anniversaire et que je m'attendais à ce qu'on souligne la chose? Est-ce parce que je voulais tenter d'empêcher Anne de subir les viols répétés et la barbarie que j'avais endurés avant elle?

Je ne me suis pas posé la question sur le coup, car j'aurais sans doute agi différemment.

En effet, les relations homosexuelles que j'avais eues avec Monique avaient été salutaires pour moi, puisqu'elles m'avaient soustraite, dans une large mesure, aux «attentions» de mon bourreau. À l'époque, avec ce que j'avais comme bagage, j'aurais pu trouver ça positif pour Anne de coucher avec moi, au lieu d'être violée et abusée par LUI.

Encore aujourd'hui, j'ai du mal à m'expliquer ce qui s'est passé dans ma tête.

Des années de peur, d'asservissement, de tyrannie, d'humiliation et de violence se sont effacées d'un coup.

Sans que je réalise ce qui était en train de se produire, le couteau planté dans le comptoir s'est soudain retrouvé dans ma main.

J'ai frappé plusieurs fois dans SON dos et SON sang a coulé.

En rémission de SES péchés.

Désorientée et en proie à une violente panique, mais excitée à l'idée d'avoir libéré mes épaules du poids de mille univers, je me suis enfuie à toutes jambes, j'ai couru dans les bois de la liberté.

Depuis ma naissance, je n'étais jamais sortie de l'antre du diable, je n'avais jamais quitté les terrains de la communauté. On m'avait bien donné un semblant d'éducation, je savais par exemple lire, écrire et compter, mais je ne connaissais à peu près rien du monde extérieur, mis à part les miettes d'information que les autres femmes avaient réussi, au fil des ans, à me faire partager.

Je passe sous silence ce qu'il m'a encore fallu subir, depuis la voiture qui m'a prise sur la petite route traversant les terrains de la communauté, jusqu'à mon atterrissage en catastrophe dans les rues de Montréal, où j'ai rencontré après de tortueux détours ceux qui m'ont redonné foi dans l'espèce humaine, Antoine Chambord et Mélanie Fleury.

Je peux simplement dire que rien de ce que j'ai vécu dans ces moments de fièvre et de doute ne pouvait être pire que ce que m'avait fait souffrir mon beau-père chéri.

Alors que je suis couchée sur le dos, l'obscurité me lèche les yeux et m'avale.

Depuis ce qui me semble désormais la nuit des temps, je retourne et soupèse dans ma paume droite la pointe de ma boucle de ceinture.

Dans ma main, le métal dur et froid prend vie et s'anime, devient tout à coup un poignard incandescent, prêt à fendre l'espace pour transpercer les chairs et faire couler le sang impur. Je suis habitée d'une force interstellaire qui pousse mon esprit à s'élever et à franchir les murs opaques de ma prison.

Quand IL entrera, je serai parée et tous les muscles de mon corps m'expulseront comme des ressorts pour fondre avec violence sur LUI et L'achever en silence.

Du silence absolu des victimes qui se relèvent pour affronter leurs bourreaux.

Pour LUI ou moi, ce sera le temps d'un dernier adieu.

Un film sordide joue dans ma tête.

La figure en sang de Pascal Pierre danse devant mes rétines, un liquide purulent coule de SES orbites évidées, rivière venimeuse que j'aurais envie d'aspirer jusqu'à la lie pour ensuite la lui recracher en jets au visage.

IL m'a scrutée dans tous les recoins de ma chair, s'est répandu dans tous mes orifices.

Je me souviens de chaque outrage perpétré par SES doigts effilés.

IL peut m'emprisonner tant qu'IL le voudra, la haine que je LUI porte restera intacte jusqu'à mon dernier souffle.

Les souvenirs de ma vie passée me submergent.

Le doux visage de maman explose et les débris volent aux quatre coins de ma cellule, les éclats de rire de Mélanie ricochent sur les parois matelassées, l'odeur de la peau flétrie de monsieur Antoine monte jusqu'à mes narines.

Mon existence tient à peu de choses : les souvenirs de cette mère qui m'a abandonnée et ces deux personnes que j'aime plus que tout et qui me sont venues en aide.

Je n'ai que dix-sept ans, mais j'ai déjà vécu deux vies.

Je ne me fais plus d'illusions : même si je LE tue, je ne sortirai pas d'ici intacte, je suis arrivée au bout de ma course.

Sur les murs de ma mémoire je grave en lettres de sang :

Ici vivait Laila François.
Ici vivait Laila François.
Ici vivait Laila François.

31.

À la porte de sa chambre, Lessard s'escrime de sa main valide avec la serrure et, en parallèle, tient son mobile entre la tête et l'épaule.

– Quand as-tu été cambriolée, Élaine?

– Je m'en suis aperçue quand je suis rentrée du travail hier.

Le policier s'affale sur le lit, mais se relève d'un bond et grimace de douleur. Il a mis son poids sur son bras blessé.

– Merde!

– Ça va, Victor?

– Oui, excuse-moi. On t'a volé quelque chose?

– Non, c'est ça qui est le plus étrange. On ne m'a rien pris. Ils n'ont pas touché à mes ordinateurs, ni aux bijoux dont j'ai hérité de ma marraine. J'avais deux cents dollars en liquide dans une enveloppe sur le coin de mon bureau pour payer un fauteuil que j'ai acheté sur LesPac, pas touché non plus!

– Ils ont emporté tes papiers, tes documents?

– Non!

– La porte était abîmée, la serrure, défoncée?

– Non.

Lessard plisse le front, perplexe.

– Attends, Élaine. As-tu été cambriolée, ou non?

– Je m'exprime peut-être mal quand je parle de cambriolage, Victor. En fait, je dirais qu'on a visité mon appartement en mon absence. On a fouillé dans mes choses, mais en prenant soin de tout replacer après.

Le pouls de Lessard se met à accélérer.

– Comment t'en es-tu rendu compte?

– Des détails. Tu sais, mon travail me force à être très méticuleuse, j'ai l'habitude de prêter attention aux petites choses. Ça va te paraître complètement ridicule, mais, par exemple, je place toujours mon pyjama de la même manière sur la chaise de mon bureau le matin. Quand je suis rentrée, il était là, mais pas dans la même position. Même chose pour le carnet où je note mes rendez-vous. Il était à sa place dans le tiroir, mais à l'envers. Et le clapet de mon portable était fermé, alors que je le laisse toujours ouvert, même lorsqu'il est éteint.

– Ça ne pourrait pas être ton propriétaire?

– Il est au Mexique pour trois mois, c'est moi qui récupère son courrier.

Lessard pose les questions de routine.

Il a beau se répéter que cette intrusion dans l'appartement d'Élaine n'est qu'une coïncidence, mais, au fond, il est convaincu qu'elle ne fabule pas, que cette violation de domicile a un lien avec l'aide qu'elle lui a apportée dans le cadre de son enquête. La peur l'étreint: ceux qui mettent un peu trop leur nez dans cette affaire, depuis le début, ne battent pas de record de longévité.

– Là où ça devient vraiment étrange, c'est que j'ai eu la même impression ce matin en entrant au bureau. Et ce midi, quand je suis sortie luncher, je crois qu'on m'a suivie sur le boulevard Pie-IX.

Un frisson parcourt l'échine du policier. Il doit puiser dans toutes ses ressources pour essayer de garder son calme et, surtout, pour ne pas inquiéter inutilement Élaine.

– Où es-tu en ce moment?

– Au bureau, pourquoi?

– Ne retourne pas chez toi ce soir.

– Quoi? Victor, je…

– Écoute-moi! As-tu de la famille ou une amie chez qui tu pourrais aller quelques jours?

– Mais pourquoi? Qu'est-ce qui se passe?

– T'as écouté les nouvelles, ces dernières vingt-quatre heures?

– Je ne les écoute jamais, trop déprimant.

– J'ai été impliqué dans une fusillade hier matin à la gare Centrale. On a essayé de me tuer et on a descendu une femme que j'étais en train d'interroger. Regarde RDI ou LCN, c'est partout.

– Mon Dieu! lance l'entomologiste, soudain affolée. Tu n'as rien?

– Je vais bien, mais j'ai dû prendre mes distances pour quelque temps.

– Qu'est-ce que tu veux dire? Je ne comprends pas.

– Écoute, c'est compliqué, mais je mène mon enquête en parallèle de la police, pendant qu'ils me cherchent.

– Comment ça, Victor?

– Je t'expliquerai tout en temps et lieu, mais pour l'instant, je te demande de me faire confiance, Élaine. J'ai le sentiment, je dirais même la conviction, que ces intrusions, dont tu penses avoir été victime, sont réelles et qu'elles ont un lien avec l'aide que tu m'as apportée dans mon enquête.

– Tu crois que…

– Non! S'ils avaient voulu te tuer, tu serais déjà... (Il se tape le front. Quel con! Il va la terroriser.) Ce que je veux dire... Il est préférable que tu ne coures aucun risque. Peux-tu aller passer quelques jours ailleurs? Éviter le bureau serait aussi une bonne chose.

– Mais, Victor, j'ai une super grosse semai…

– Élaine!

– (Silence.) Il y a mes parents qui habitent à Champlain, sur le bord du fleuve.

– Parfait! Je vais te donner le numéro d'une collègue, c'est une amie. Je vais la prévenir que tu vas lui donner un coup de fil dans quinze minutes. D'ici là, tu restes à ton bureau, compris? Et je veux que tu me promettes de faire tout ce qu'elle te dira.

– Je…

– Promets-le-moi!

– Promis, Victor. Promis.

Ses instructions sont simples: envoyer quelqu'un prendre Élaine Segato à l'Insectarium, ne pas lui permettre de retourner chercher ses effets personnels à son appartement et la conduire chez ses parents en s'assurant de ne pas être suivi.

– Je vais demander à Sirois de s'en charger, précise Fernandez. Je te rappelle dès que c'est fait, j'ai des infos pour toi.

– Merci, Nadja! Dis à Sirois que c'est une priorité, je m'en voudrais pour le reste de mes jours s'il lui arrivait quelque chose.

– En effet, Vic, tu sembles tenir beaucoup à elle.

Fernandez est à la pêche; l'allusion est claire.

Lessard pourrait tout désamorcer en une seule phrase:

«C'est toi qui m'intéresses, Nadja, c'est à toi que je pense.»

Ce serait si facile, en effet.

Dans une autre vie.

Il téléphone chez lui, dans l'espoir de parler à Martin.

Son fils n'a pas refait surface et Lessard ne peut se sortir de la tête la folle pensée que ses adversaires pourraient s'en prendre à lui comme ils l'ont fait avec Viviane Gray et, dans une moindre mesure, Élaine Segato.

Il tombe sur lui-même, qui lui enjoint de laisser un message à la tonalité. Le timbre de sa voix lui tape sur les nerfs, il a horreur de s'entendre.

– Martin, téléphone-moi vite, il s'est passé quelque chose, c'est une question de vie ou de mort!

Sous la douche, de multiples contorsions ont été nécessaires pour lui permettre de se laver sans mouiller sa plaie. Lorsqu'il se hâte pour saisir la bestiole qui vibre sur la table, la serviette nouée autour de sa taille lui glisse sur les chevilles. Il prend l'appel de justesse:

– Pour le véhicule de ton agresseur et son mobile, tu avais raison, dit Fernandez: voiture volée, forfait prépayé, obtenu avec une fausse identité et une fausse adresse. Même chose pour le numéro en mémoire: c'est un numéro attribué à un mobile à forfait prépayé.

– Le contraire m'aurait étonné, marmonne Lessard.

– L'immeuble de la rue de La Gauchetière appartient à une compagnie immatriculée au Québec: CLW Solutions inc. Ils offrent des services informatiques de consultation en gestion documentaire. Le seul actionnaire et administrateur de la compagnie est un Chinois, un certain Chan Lok Wan.

– Il a un casier criminel?

– Rien. Il est blanc comme neige. Tout est en ordre aussi du côté de la compagnie.

– Je vais quand même aller lui rendre une petite visite. Et pour le site Web dont j'ai trouvé l'adresse dans l'ordinateur des pédophiles, du nouveau?

– Un gars de l'équipe de sécurité informatique vient de commencer à travailler dessus. Je n'ai pas pu prétendre qu'il s'agissait d'une urgence, sinon on m'aurait posé mille questions, on m'aurait demandé des comptes et j'essaie de rester discrète, tu comprends?

– Je comprends, mais c'est important, Nadja. Craquer ce site est la seule façon de confirmer nos soupçons et de déterminer avec certitude si on a affaire à un réseau ou non. Et les Cook… as-tu trouvé quelque chose qui pourrait les relier aux pédophiles?

– Pas eu le temps, mais j'ai mis Sirois là-dessus. Et je t'ai envoyé par courriel la liste des enfants disparus dans les cinq dernières années.

– Parfait. C'est tout?

– Non. Je pense que j'ai trouvé quelque chose qui va t'intéresser. En fait, j'ai une bonne et une mauvaise nouvelle.

Soudain, le sergent-détective est sur le bout du fauteuil, les muscles contractés, tous les sens en éveil.

– As-tu un papier et un crayon, Vic?

– Attends-moi une seconde.

Il met son mobile sur mains-libres, saisit calepin et stylo dans les poches de son manteau.

– Vas-y!

– Tu sais, la fille qui a été enlevée avant-hier, Laila François?

Ce nom lui dit vaguement quelque chose.

Peut-être a-t-il vu un reportage à la télé concernant son enlèvement.

– Oui?

– J'ai lu le rapport que les crimes majeurs ont fait parvenir à tous les services. Il y est mentionné qu'elle fait du bénévolat comme intervenante pour la roulotte de monsieur Antoine.

– Je connais bien Chambord. C'est un saint! Mais je ne vois pas le lien…

Par honte ou par pudeur, Lessard se garde de parler à sa collègue des années où Antoine Chambord le recueillait quand il se retrouvait dans la rue.

– Laisse-moi finir! Donc, je te disais qu'elle faisait du bénévolat au sein d'un groupe d'aide aux jeunes toxicomanes. Et devine qui était l'une des personnes-ressources de ce groupe?

– J'suis vraiment pas d'humeur à faire des devinettes, Nadja…

– Aldéric Dorion!

– Tu me niaises?

– Pas du tout! Tu m'as demandé de te fournir des renseignements additionnels concernant le passage de Dorion à Val-d'Or. Je n'ai rien trouvé d'intéressant pour l'instant, mais je suis tout de même tombée sur ça dans un document que j'ai obtenu de l'archevêché: Dorion travaillait dans le même groupe que Laila. Quand j'ai lu le rapport des crimes majeurs, j'ai tout de suite fait le rapprochement.

– Aldéric Dorion connaissait Laila François. Et maintenant elle a été enlevée et lui est introuvable! On a notre lien, Nadja! On l'a! T'aurais dû me dire ça en partant! Il faut immédiatement parler au responsable de l'enquête aux crimes majeurs!

– Du calme, Victor. Du calme. Ça, c'était la bonne nouvelle.

– (Silence.) C'est quoi, la mauvaise?

– Veux-tu vraiment la connaître?

– Nadja…?

– C'est Jacinthe Taillon qui est responsable de l'enquête.

32.

La grosse Taillon.

Lessard n'a aucun problème avec elle. Malheureusement, l'inverse n'est pas vrai. Elle le déteste avec un acharnement qui frôle la mauvaise foi. Ça complique les choses. Avec n'importe qui d'autre aux commandes de l'enquête, le sergent-détective n'aurait pas hésité à sortir de l'ombre et à collaborer à visage découvert avec ses collègues. Mais Jacinthe Taillon ne l'écouterait tout simplement pas. Aussi a-t-il laissé le soin à Fernandez de communiquer avec les enquêteurs pour leur refiler les éléments qu'il a réussi à rassembler jusque-là.

Avant de prendre la route, Lessard a lu, sur son BlackBerry, le rapport de l'escouade des crimes majeurs que Fernandez lui a envoyé, concernant l'enlèvement de Laila François.

Il vient d'entrer dans la roulotte qu'Antoine Chambord met à la disposition des jeunes de la rue depuis des temps immémoriaux. L'endroit a beaucoup changé depuis l'époque où il le fréquentait et même depuis la dernière fois où il est passé saluer Chambord, quelques années auparavant.

Ce qui est resté semblable, cependant, ce sont les yeux du vieil homme, ce regard à la fois perçant et bienveillant qui lit en vous, sans qu'il soit possible de rien dissimuler.

Lessard remarque un jeune garçon qui se tient près de lui.

– Victor Lessard!? C'est bien toi?!

– Salut, Antoine!

Les deux hommes tombent dans les bras l'un de l'autre, une accolade franche, sincère et chargée d'émotion qui soutire une grimace de douleur au sergent-détective.

– Ça fait une traite ! Qu'est-ce qui t'est arrivé au bras ?

– Ça ? Rien, un petit accident. C'est qui, le garçon ? demande le policier en faisant un mouvement du menton en direction de Félix, qui s'enfouit le visage dans le pantalon de monsieur Antoine dès qu'il comprend qu'il est question de lui.

– Lui ? C'est mon fils adoptif, Félix.

Chambord lui relate brièvement les circonstances l'ayant amené à adopter le garçon et, comme Lessard est à genoux à essayer d'engager la conversation avec le petit, il lui raconte pourquoi celui-ci ne parle pas.

Le vieil homme ne semble pas au courant pour la fusillade, ce qui évite à son ami d'avoir à lui donner des explications fastidieuses, voire de lui mentir davantage.

– J'aimerais te dire que je passais dans le coin et que je suis là pour prendre de tes nouvelles, mais ce n'est pas le cas, Antoine.

– Tu es là pour la disparition de Laila ?

Lessard acquiesce d'un signe de tête.

– Je m'en doutais. Il y a déjà une de tes collègues qui est venue, tu sais ?

– Oui, je suis au courant. Jacinthe Taillon.

– Pas très sympathique comme personne, lance Chambord.

– Mais d'une efficacité sans borne, rétorque Lessard. Qu'est-ce qu'elle t'a demandé, en gros ?

– Elle a surtout posé des questions sur des caïds du coin.

– Qui ?

– Un certain Razor, affilié aux Red Blood Spillers, Nigel Williams, souteneur et revendeur, de même que Steve Côté, un de ses sous-fifres. Je lui ai dit ce que je sais, c'est-à-dire pas grand-chose.

– Elle t'a donné des indications sur l'orientation de l'enquête, les pistes qu'ils poursuivent ?

– Non, rien. Comme je te l'ai dit, elle n'est pas très amicale. Elle est repartie sans même me remercier.

– Ça lui ressemble. Elle t'a posé des questions sur Aldéric Dorion ?

La surprise suinte de chaque pore de la peau du visage de Chambord.

– Aldéric Dorion? Non, pourquoi?

– Laila François et lui travaillaient ensemble dans un groupe d'aide, non?

– Oui, tu as raison.

– Comment ça s'est passé? C'est toi qui leur as demandé de faire équipe?

– Non, pas exactement. Laila a eu de gros problèmes de consommation dans le passé et, quand elle s'en est sortie, elle a eu envie de faire profiter de son expérience d'autres jeunes aux prises avec le même problème.

– Comment Dorion arrive-t-il dans le portrait? C'est une de tes connaissances?

– Non, pas du tout. Je ne l'avais jamais vu avant, c'est Laila qui me l'a présenté.

– Raconte.

– Un jour, elle m'a dit que le groupe pourrait bénéficier d'un encadrement au niveau spirituel. Elle m'a parlé de Dorion, avec qui elle avait eu des contacts durant sa thérapie ou qu'elle avait rencontré par l'intermédiaire d'amis, je ne me souviens plus. Elle m'a demandé si elle pouvait l'intégrer dans l'équipe comme intervenant. J'ai trouvé que c'était une excellente idée, alors j'ai vérifié ses références auprès de l'archevêché.

– Et?

– Impeccable. Quelque temps après, il a commencé à assister aux réunions. Les jeunes l'aiment beaucoup.

Lessard est surpris d'apprendre que Dorion et Laila François se connaissaient déjà, mais ce qu'il déteste par-dessus tout, c'est le fait que Chambord, qui est pour lui un modèle de jugement, ait été berné par un prédateur sexuel à qui il a donné, sans le savoir, les clés du harem.

– Parle-moi de leur relation.

– Écoute, Victor, j'ai vu Dorion une ou deux fois. Mais, pour autant que je me souvienne, ils avaient l'air de bien s'entendre.

Lessard a toujours eu du mal à se contenir.

Cette fois-ci ne fait pas exception : il explose.

– Merde, Antoine! Tu as laissé un pédophile s'infiltrer dans un groupe de jeunes. Des jeunes en difficulté en plus. Et maintenant, c'est peut-être lui qui a enlevé Laila.

Les joues du vieil homme s'empourprent, mais il réplique d'une voix calme:

– Dorion? Un pédophile? Rien n'est impossible, Victor, mais ça me surprendrait beaucoup.

– Pourquoi?

– Premièrement, Dorion est un homme âgé, Vic. Très âgé. Je doute qu'il ait les capacités physiques voulues pour s'en prendre à Laila. D'autant qu'elle en a vu d'autres. Elle serait capable de se défendre. Cette petite a une énergie et une force hors du commun.

– Il avait peut-être un ou des complices.

– Encore une fois, rien n'est impossible. Mais je serais vraiment surpris qu'il soit impliqué dans son enlèvement. Je ne t'apprends rien en te disant qu'à côtoyer les gens qui vivent dans la rue, on finit par développer un sixième sens pour savoir à qui on a affaire. Tu le sais aussi bien que moi: quand quelqu'un te ment en interrogatoire, la plupart du temps, tu le sais. Je n'ai pas rencontré Dorion souvent, mais quand même assez pour me faire une idée du type de personne qu'il est.

– Et, toi, tu sais comme moi qu'on n'est jamais à l'abri du parfait simulateur, Antoine.

– C'est vrai et je vais mener ma petite enquête en parlant aux jeunes du groupe qui le connaissent. Mais je doute.

– J'ai lu le rapport de la Section des crimes majeurs. On y mentionne qu'elle faisait de la porno par webcam. Tu étais au courant?

– Vaguement, oui. Si tu veux en savoir plus là-dessus, tu pourrais parler à une de ses amies, Mélanie Fleury.

Lessard note le nom dans son calepin.

– C'est peut-être Dorion qui l'a poussée à faire ça!

Chambord fait une moue sceptique.

– Je crois que la disparition de Laila a beaucoup plus à voir avec son passé qu'avec Dorion.

– Qu'est-ce que tu veux dire?

– Il est arrivé quelque chose de grave dans sa vie. Elle cache un secret, dont elle n'a jamais parlé à personne, pas même à moi. J'ai dit la même chose à ta collègue Taillon, quand elle est venue m'interroger.

Le mobile de Lessard sonne.

– Excuse-moi une seconde, Antoine. Oui, Fernandez?

– Notre expert a déjà réussi à craquer le site Web. C'était pas si compliqué, d'après lui. Tu avais raison, Vic, c'est un site d'échange de fichiers entre pédophiles.

Lessard lève les yeux au ciel. Il aurait espéré se tromper, mais ça confirme ses doutes.

– Merde! Nadja, je suis en conversation avec Antoine Chambord, je te téléphone tout de suite après.

– OK.

– Des problèmes? demande Chambord.

– Ça serait trop long à t'expliquer. De quoi parlait-on déjà, Antoine? Ah, oui! Tu parlais du passé de Laila, je crois, du fait qu'elle dissimule un secret, selon toi.

– Oui. Elle cache quelque chose. J'en suis certain. Je réfléchissais pendant que tu étais au téléphone… Me semble que ce serait surprenant qu'elle intéresse des pédophiles, Victor. Tu l'as déjà vue en personne? Elle a dix-sept ans, mais en parait facilement vingt-cinq! Elle a une poitrine opulente, des formes de femme, elle n'a pas du tout l'air d'une petite fille, crois-moi. (Silence.) Je suis loin d'être un expert en la matière mais, d'habitude, les pédophiles ont des goûts beaucoup plus prononcés, ils sont davantage attirés par les corps d'enfants prépubères.

Lessard repense à Sandrine Pedneault-King: elle était âgée de neuf ans lorsque Sandoval l'avait enlevée. Soudain, il a le sentiment de faire fausse route.

Ce que lui raconte Chambord ne cadre pas du tout avec ce qu'il avait imaginé de Dorion, mais il n'est pas prêt pour autant à l'effacer de sa liste de suspects. Surtout pas avec le témoignage de Faizan.

Le sergent-détective sent le tissu de son pantalon se coller contre sa cuisse.

Il baisse la tête et se rend compte que c'est le moustique qui tire sur la jambe de son pantalon pour le forcer à se pencher vers lui.

L'enfant fait un effort qui semble surhumain pour sortir un son de sa bouche. Lessard voit ses lèvres remuer, puis une plainte rauque et graveleuse s'en échappe, sans qu'il arrive à saisir quoi que ce soit.

– Qu'est-ce que tu dis, mon beau?

L'enfant le fixe d'un air réprobateur, comme s'il lui en voulait de ne pas avoir compris. Il articule de nouveau du mieux qu'il peut, les mots sortent drus, les premiers depuis longtemps:

– Att... ent... ion aux m... mar... ques d... ans sss... on dos.

Chambord fond en larmes, attrape le petit et le serre de toutes ses forces dans ses bras.

– C'est un miracle, Victor! Il a parlé! Il a parlé!

• • •

Taillon et le Gnome se sont engueulés à leur retour dans la voiture, la première étant d'avis que Pascal Pierre leur a brodé un tissu de mensonges.

– Tu vois des complots partout, Jacinthe. Ce n'est pas nouveau.

– Réveille, Gilles, c't'un hostie de menteur. Il nous cache la vérité sur plein de choses.

– Et comment tu sais ça, Jacinthe?

– Je le vois dans ses yeux.

Fait inusuel, Lemaire frappe le volant du plat de la main, excédé.

– Jacinthe, écoute-toi!

– Laisse Vadnais fouiller encore un peu dans le tas de marde de ton pasteur, tu vas voir!

– Ce n'est pas *mon* pasteur! Et on a besoin de tous nos effectifs, Jacinthe. Tu le sais mieux que quiconque.

– Eille! Lâche-moi avec tes grandes phrases! Juste quelques heures, Gilles.

Le mobile de Lemaire sonne.

– (...) Très bien, on arrive dans dix minutes.

– C'était qui?

– Vadnais. Ils ont retrouvé la meilleure amie de Laila François.

– Mélanie Fleury?

– Oui. Elle était en visite chez sa grand-mère à Trois-Rivières. Elle vient de rentrer. Ils l'ont installée dans la salle de conférences.

• • •

La porte de la roulotte grince sur ses gonds au moment précis où Lessard s'apprête à sortir.

Celui-ci se fige: son grand dadais de fils se tient sur le seuil, ouvrant et refermant la bouche comme un poisson.

Martin est accompagné d'une truite blonde, boudinée de cuir et chaussée de Doc Martens, qu'une pléthore d'anneaux transperce au nez et aux arcades sourcilières.

– Qu'est-ce que tu fais ici, fils?

– Ben, je venais chercher un café avec Mélodie. Qu'est-ce qui t'es arrivé au bras?

– Rien, j'ai glissé dans la douche. Tu restes où, ces temps-ci?

– Ben...

– Dans la rue?

Martin regarde le bout des bottes de sa compagne.

– Ouin, genre.

– C'est parfait, mon grand, dit Lessard en glissant cinq billets de vingt dollars dans les poches de son rejeton. Tu sais que tu peux revenir à la maison, hein? Tu peux même amener Mélodie.

Il est heureux de retrouver Martin sain et sauf, mais il s'inquiète toujours de savoir qu'il pourrait être mêlé à l'affaire sordide dans laquelle il patauge.

– Mais si tu veux revenir, attends la semaine prochaine, OK? J'ai des choses à régler avant.

Martin regarde son père, médusé, se demandant s'il a recommencé à boire. Pour sa part, Lessard n'ose pas avouer à son fils qu'il est en ce moment plus en sécurité dans la rue que dans leur propre appartement.

– Tu savais que, monsieur Antoine et moi, on se connaît depuis longtemps?

– Heu… non.

– Tu lui diras que tu es mon fils. Ça va lui faire plaisir. Bon, il faut que je me sauve, maintenant. Donne des nouvelles à ta mère, elle s'inquiète.

– T'es pas fâché, p'pa?

– Fâché? Pas du tout! Alors, c'est d'accord? On se voit à la maison la semaine prochaine? Tu m'appelles avant de venir, OK? Ah, pis tiens! Je te l'ai laissé sur ta boîte vocale, mais reprends donc mon nouveau numéro de BlackBerry en note.

– *Whatever*, murmure Martin en tapant les chiffres sur son téléphone, déçu que sa fugue n'ait pas eu les résultats escomptés : faire chier le paternel.

– Wow! Trop malade, ton père, s'extasie Mélodie, tandis que le policier regagne sa voiture.

Cher stupide journal,

Les grandes personnes sont dures de la comprenure, elles ont de la sciure dans les oreilles ou font toujours exprès pour faire répétitionner. J'ai expliqué au shérif la Grande Fracture et je lui ai tracé sur mon ardoise les lettres du nom du petit ami de Laila, le type qui a haché le patron quand celui-ci cognait le mur avec ma tête et glissait ses doigts dans mon pantalon. J'ai dit aussi au shérif pour les marques dans le dos du type. C'est peut-être que des suppositoires de ma part, mais si Laila avait su pour la Grande Fracture et si elle avait vu les marques, elle aurait peut-être pas traîné dans les rues avec le type, et peut-être qu'elle aurait pas été pique-niquée. Mais le shérif, il est lent comme une bouilloire et il m'a d'abord regardé comme si j'avais de la gélatine à la place du ciboulot. Il n'a pas tout de suite compris là où je voulais le faire parvenir, là où je voulais faire arrêter mon char. Puis un éclair a foudroyé ses papilles et il est reparti en se confondant en remerciements.

• • •

Mélanie Fleury se mouche bruyamment.

Ses larmes coulent en continu depuis le début de l'interrogatoire, laissant des traînées brillantes sur ses joues.

Sous l'éclairage chirurgical des néons, elle paraît frêle et pâle dans son jean troué et sa camisole moulante.

Taillon soupire, exaspérée. L'empathie n'est pas son fort.

– OK, Mélanie, je résume. Tu n'as pas eu de nouvelles de Laila depuis le 7. De ton côté, tu es partie chez ta grand-mère à Trois-Rivières. Tu reviens ce matin et tu essaies sans succès de la joindre parce que vous aviez prévu faire un show de webcam dans l'après-midi. C'est ça?

La jeune fille hoche la tête, essuie du dos de la main les larmes qui perlent sur son nez.

– Sinon, elle ne t'a jamais parlé de Pascal Pierre, son beau-père. Elle a reçu des courriels bizarres d'un certain HORNY_PRIEST quand vous faisiez de la webcam. (Taillon ne juge pas opportun de lui dire qu'elle a déjà contrôlé Steve Côté à cet égard.) Elle a été menacée par Razor, un pourri des Red Blood Spillers, précise-t-elle, prononçant le nom avec dégoût, relativement à une vieille dette de drogue et elle ne fréquente aucun garçon, sauf ce... (Elle consulte ses notes.) Oui, c'est ça, ce Cortiula, qu'elle aime bien, mais avec qui elle n'a jamais couché. Exact?

– Oui.

Mélanie se remet à sangloter.

Une lueur méphistophélique brille dans le regard de Taillon.

Elle ne connaît pas ce Razor.

Mais tout ce qui touche aux Red Blood Spillers ravive ses instincts meurtriers.

• • •

– Ça vaut ce que ça vaut, Nadja, mais, selon Antoine, le petit n'avait pas parlé depuis l'agression, affirme Lessard en marchant vers sa voiture. Et il a quand même drôlement insisté pour écrire le nom du gars.

– Chambord, il connaît le type, ce Cortiula?

– Non, il ne l'a jamais rencontré et Laila ne lui en a jamais parlé.

– Mais, selon le petit, Cortiula serait un ami de Laila?

– Oui, exactement. Et Félix insistait pour dire qu'il avait plein de marques dans le dos. Ça peut toujours être utile pour l'identifier.

– Et Cortiula aurait tué un proxénète qui s'en était pris à lui?

– C'est ça. Félix a été agressé par son propre souteneur alors qu'il se prostituait dans un parc. L'homme était autant patron que client, d'après ce que je comprends. Pendant l'agression, le souteneur a été assassiné d'un coup de hache derrière la tête. Avant aujourd'hui, Félix avait été incapable d'identifier l'assassin et n'avait jamais prononcé un mot.

– Il n'avait jamais reparlé depuis le meurtre?

– Jamais. Tu devrais pouvoir retrouver le dossier avec les informations que je t'ai données. D'après ce qu'Antoine m'a expliqué, le meurtre n'a jamais été élucidé. Il m'a aussi confié que Félix souffrait d'un syndrome post-traumatique et que, selon les médecins, il pouvait recouvrer ses souvenirs à tout moment. Il semble que c'est ce qui vient d'arriver.

– Si je comprends bien, Félix pense que Cortiula est derrière l'enlèvement de Laila et toi, à cause de l'arme utilisée pour tuer le proxénète, tu crois qu'il aurait quelque chose à voir dans les meurtres de la rue Bessborough?

– N'oublie pas que les Cook ont été tués à coups de hache, Nadja.

– Oui, mais il serait impliqué aussi dans l'enlèvement de son amie?

– Tu sais comme moi que souvent, dans les cas d'enlèvement, la victime connaît son agresseur.

– Je comprends, mais le réseau de pédophiles là-dedans? Quel serait le lien avec Sandoval et Applebaum?

– Ils étaient peut-être en contact avec le proxénète assassiné, qui sait? Au fait, qu'est-ce que vous avez trouvé pour le site Web?

– C'est un site de partage de fichiers de pornographie juvénile. Il semble y avoir une trentaine de membres. Ça va prendre un peu de temps pour remonter jusqu'à ceux qui se cachent derrière les adresses IP, tout est encodé, mais c'est faisable, selon notre expert en sécurité informatique.

– Ça veut dire qu'on ne peut pas compter sur ça pour nous aider à court terme.

– Exact. Mais si je me fie à la vitesse à laquelle il a craqué le site, ça ne devrait pas prendre des semaines.

– Mets ton expert et Marchand en contact, Nadja. Ça concerne directement son enquête. À l'inverse de toi et moi, qui travaillons dans l'ombre, Marchand pourra mettre toutes ses ressources là-dessus. Mais demande-lui de nous tenir au courant. Et donne-lui les noms de Cortiula, Wan et Dorion. Et celui du proxénète, quand on l'aura. Qu'il nous fasse signe, s'il découvre qu'ils font partie des membres du réseau.

– OK, mais il y a quelque chose qui nous échappe, Victor. Que vient faire Dorion dans le portrait? Et cette histoire de marques dans le dos?

Les questions de Fernandez tourbillonnent dans les synapses de Lessard, vrillent ses neurones et lui donnent le vertige.

– Honnêtement, je ne suis pas certain que ce que Félix m'a dit tienne la route, reconnaît-il. Mais trouve-moi quand même les coordonnées de Cortiula. Je veux l'interroger dès que possible. Dans l'intervalle, je vais aller faire un tour dans le *Chinatown*, pour rencontrer… Chan… Lok… machin.

Le sergent-détective a noté le nom dans son calepin, mais il renonce à le sortir, il ne peut tout faire d'une seule main.

– Wan, Victor. Chan Lok Wan. OK. Je te reviens dès que possible, pour Cortiula.

Chinatown

Un monde dans un monde, une ville dans la ville.

Le *Chinatown*, dont les origines sont inextricablement reliées à l'établissement du chemin de fer par les pères du Canada. Le *Chinatown*, d'abord peuplé, dès 1860, par des Cantonnais venant majoritairement de Colombie-Britannique et du sud de la Chine. Le *Chinatown*, quadrilatère éclectique, fourmillant de vie, où dégotter un stationnement est une aventure en soi.

Lessard ne s'y laisse pas prendre et gare la voiture un peu en retrait, dans la rue Saint-Antoine Ouest, juste en face de chez *Steve's Music Store* et des bureaux du quotidien *La Presse*. Il coupe à travers la ruelle, près de la *Mission Old Brewery*. Il tend quelques cigarettes à des sans-abri qui attendent la soupe et s'en allume une par la même occasion.

Il traverse la rue Viger en marchant alors que la lumière est rouge, louvoie entre les véhicules ralentis par les interminables travaux d'asphaltage près du Centre des congrès et s'engage dans le boulevard Saint-Laurent. Ce faisant, il pénètre dans le *Chinatown* par l'une des deux portes offertes par la Chine à la ville de Montréal, sorte d'arc de triomphe coiffé d'une simili pagode ornée de sinogrammes.

Le sergent-détective coupe par le stationnement de l'hôpital chinois.

À quelques pas sur sa gauche, il voit la façade d'un restaurant où il emmène parfois les enfants manger des *dimsum* le dimanche, des plats cantonnais servis dans des boîtes vapeur en bambou. Souvent, ils sont les seuls Nord-Américains au milieu d'une centaine de Chinois tassés en rang d'oignon, tandis que les serveurs slaloment entre les allées avec des chariots.

Dépaysement total garanti, à quinze minutes de la maison.

Les bureaux de CLW Solutions se trouvent au coin des rues de La Gauchetière et de Bullion, à côté d'un édifice de céramique blanc aux fenêtres placardées qui fait tache dans le décor.

La façade des bureaux de l'entreprise de Chan Lok Wan est en brique, mais tout aussi douteuse. Mal entretenu, l'immeuble scrofuleux est percé d'une herse, en son centre.

Lessard avise la série de sonnettes et appuie sur celle jouxtant une plaquette frappée de trois simples lettres : « CLW ».

Plusieurs secondes passent sans que son coup d'appel suscite la moindre réaction.

Le sergent-détective sonne de nouveau à plusieurs reprises.

Il entend soudain un vrombissement au-dessus de sa tête. Une caméra de surveillance qu'il n'avait pas remarquée pivote dans sa direction.

Bizarre... Et, surtout, pas très accueillant pour les clients.

Un déclic.

La grille glisse lentement sur elle-même, sans un son.

Lessard s'avance jusqu'à la porte de l'entrée principale, qui s'entrouvre avant qu'il ne frappe sur le battant.

Il pénètre dans une pièce étroite où une femme est assise à un bureau. Elle semble travailler à un ordinateur d'un modèle si ancien que le policier se demande s'il fonctionne encore. Étrange quand même pour une entreprise œuvrant dans le domaine des hautes technologies. Derrière elle, une porte métallique avec une serrure à combinaison.

Outre un téléphone posé sur le bureau, aucun papier, aucun classeur, aucune décoration.

On a déjà vu plus chaleureux, comme endroit...

Il gratifie la femme, une de ces rebelles aux cheveux rouges qui n'a malheureusement pas encore compris qu'elle n'avait plus l'âge de s'accoutrer gothique, de son sourire le plus sirupeux.

– J'aimerais voir monsieur Wan.

– C'est à quel sujet?

– C'est personnel.

– Je suis désolée, mais monsieur Wan est en réunion. Voulez-vous me laisser vos coordonnées, il vous rappellera pour fixer un rendez-vous.

– Attendez, je vais vous montrer ma carte.

Il sort son badge et le lui tend.

– Il y a un problème, enquêteur?

– À vous de me le dire, madame. Vous allez chercher monsieur Wan?

– Donnez-moi une minute.

Elle pianote sur les touches de la serrure, entrouvre la porte juste assez pour y glisser son corps valétudinaire et s'empresse de refermer derrière elle.

Chan Lok Wan, massif, trapu, l'air inquiétant, fait son apparition quelques instants plus tard.

– Bonjour, je m'appelle Victor Lessard, enquêteur au SPVM.

– Oui?

– J'ai quelques questions à vous poser concernant une enquête en cours.

– …

Les deux hommes se toisent, s'affrontent du regard.

Lessard est le premier à baisser les yeux.

– Tout d'abord, pouvez-vous me confirmer que je suis bien dans les bureaux de CLW Solutions?

– Vous y êtes.

– D'accord. Pouvez m'expliquer en quoi consistent vos activités?

– Services informatiques de consultation en gestion documentaire.

– Ce qui veut dire?

– Nous développons un logiciel qui permet à nos clients de gérer leurs archives.

– Et qui sont vos clients, principalement?

– Des entreprises.

– De quel secteur?

– De tous les secteurs.

C'est une façade, pense Lessard. *Tu me mens en pleine face et on le sait tous les deux.*

L'animosité entre les deux hommes est palpable, l'atmosphère est à couper au couteau.

– On a trouvé votre adresse dans le téléphone d'un homme impliqué dans un meurtre et une tentative de meurtre.

– Ah bon? Et comment s'appelle-t-il?

– Il n'a pas encore été identifié. Vous ne voyez pas qui ça pourrait être?

– Ça peut être n'importe qui. C'est un crime de figurer dans le carnet d'adresses d'un criminel?

– Non, pas quand on n'a rien à se reprocher.

– Je n'ai rien à me reprocher.

– Connaissez-vous un certain Aldéric Dorion?

– Non.

La réponse est sortie trop rapidement, sans que Wan prenne le temps de réfléchir, et il la débite trop sèchement pour camoufler son émotion réelle : la surprise.

Tu me mens en pleine face !

Le sergent-détective ne se laisse pas déstabiliser par l'attitude de Wan, il enfile les questions qui lui viennent à l'esprit :

– Et Laila François ?

– Connais pas.

– Vous n'en avez pas entendu parler ? Une jeune fille kidnappée. Ça passe partout à la télé, depuis quelques jours.

– Je n'écoute jamais la télé.

Lessard lui balance également le nom que Félix a écrit sur son ardoise. Les yeux de Wan s'écarquillent, mais il s'obstine à nier.

– Vous ne collaborez pas fort, fort, monsieur Wan.

– Vous trouvez ?

– On peut voir vos bureaux ? demande Lessard en regardant la porte métallique.

– Vous avez un mandat ?

La tension monte encore d'un cran.

– Je peux en obtenir un dans l'heure qui suit.

– Ça m'étonnerait, mais vous reviendrez quand vous en aurez un.

– Vous avez des choses à cacher, monsieur Wan ?

– Au revoir, monsieur Lessard.

Le policier arpente la ruelle crasseuse qui donne sur l'arrière des bureaux de CLW Solutions, cloaque jonché de carcasses de meubles disloqués, de seringues d'occasion, de mégots de cigarette barbouillés de rouge à lèvres et de sacs poubelles éventrés exhalant des miasmes écœurants.

La pluie fait des cercles concentriques à la surface de l'eau jaunie des trous de boue.

Appuyé sur une camionnette blanche qui est garée là, Lessard s'allume une cigarette.

Il fulmine.

Derrière cette porte métallique, cette serrure à combinaison, Chan Lok Wan lui cache quelque chose, il en est plus que convaincu, mais ne peut rien faire sans mandat et n'est pas dans une situation idéale pour en obtenir un.

D'une part, il enquête en marge du SPVM et, d'autre part, même s'il contournait ce problème en confiant à Fernandez le soin de s'en charger, le fait est qu'il ne possède aucun motif valable pour en justifier la demande.

Il compose rageusement le numéro de sa collègue.

– Wan refuse de collaborer, il n'est pas *clean*.

– On demande un mandat?

– J'y ai pensé, mais en réalité on n'a rien contre lui. Il faudrait convaincre le juge et quand tu lui expliqueras que c'est un policier recherché par le SPVM qui a mené l'enquête, ça ne passera pas le test.

– C'est dommage, mais tu as raison.

– Tu as l'adresse et le numéro de téléphone de Cortiula?

Elle les lui donne.

– J'ai aussi trouvé le dossier sur le proxénète assassiné que tu m'as demandé. Ça date de l'année dernière.

– Et? interroge Lessard.

– Luc Régimbald, 54 ans, proxénète notoire, spécialisé dans les garçons mineurs. Un seul coup à la tête. Hémorragie massive. L'arme du crime serait une petite hache. Pas de témoins, sauf Félix, qui n'a jamais été en mesure d'aider les enquêteurs à identifier le meurtrier. Le rapport d'évaluation psychologique confirme en gros ce que t'a appris Chambord: le subconscient de Félix a sublimé l'information pour le protéger du choc. L'hypnose a été envisagée, mais pour le bien de l'enfant, il a été décidé d'attendre que le temps fasse son œuvre.

– C'est bon, Nadja. Tu donneras aussi le nom de Régimbald à Marchand, au cas où. Autre chose?

– Non. Ah, oui! Ça s'est passé dans un parc du quartier Rosemont.

– Tiens, Cortiula habite à Rosemont, non?

– Exact.

– Merci, Nadja.

Lessard raccroche et compose le numéro de Cortiula.

Comme il tombe dans sa boîte vocale, il saute dans la voiture et se dirige à l'adresse qu'il a notée dans son carnet, rue Masson :

David Cortiula.

• • •

– Vous avez des nouvelles de Lessard, Fernandez?

De mauvais poil, le commandant Tanguay est penché sur le bureau de la policière. Bien qu'aux yeux d'une tierce personne elle semble être pleinement en contrôle, Fernandez déglutit avec difficulté.

Tanguay a-t-il surpris sa conversation?

– Moi? Bien sûr que non! Pourquoi vous me demandez ça, commandant?

– J'avais l'impression que Lessard et vous...

– Que...? lance-t-elle en attendant la suite.

– Je... Vous savez que si vous lui donnez un coup de main, même de façon incidente, il y aura des répercussions. Vous le savez ça, Fernandez? Non?

– Qu'est-ce que vous insinuez, commandant? Que je collabore avec Lessard en cachette? réplique la Sud-Américaine, d'un ton agressif.

– Calmez-vous, Nadja. Calmez-vous. Je voulais simplement m'assurer que nous sommes sur la même longueur d'onde.

– Je ne sais pas ce que vous cherchez, commandant, mais lorsque j'aurai des nouvelles de Lessard, vous en serez le premier informé.

– J'y compte bien, Fernandez. J'y compte bien.

Elle retient son souffle jusqu'à ce que Tanguay tourne le coin, au bout du corridor, et se prend la tête entre les mains.

Quelques secondes de plus et elle craquait, elle avouait tout à son supérieur.

33.

David Cortiula habite un immeuble de dix-huit logements boulevard Rosemont, au coin de la rue Charlemagne.

Lessard appuie sur le bouton de son appartement. Comme il n'obtient aucune réponse, il en pousse plusieurs autres, jusqu'à ce qu'un vrombissement sourd lui confirme qu'un autre locataire, sans doute exaspéré par son insistance, se décide à ouvrir la porte d'entrée.

Le policier gravit les marches au pas de course, quatre à quatre.

Sur le troisième palier, il croise une femme en robe de chambre, maquillée à outrance, les seins pendouillant dans l'échancrure de son décolleté.

– C'est toi qui as sonné, chéri?

– Oui, réplique Lessard sans s'arrêter. Police. Rentrez chez vous, madame.

L'appartement de Cortiula se trouve au dernier étage.

Lessard tambourine sur le battant avec force. Alerté par un raclement, il colle l'oreille dessus et entend du bruit à l'intérieur. Sans hésiter, il balance un coup de pied dans la porte et dégaine son pistolet.

Plus coriace qu'escompté, le pêne cède finalement au deuxième coup de boutoir.

Le Glock pointé, la lampe de poche coincée entre les dents, le sergent-détective promène le faisceau dans le noir de la pièce.

Il recommence à respirer lorsque l'auréole lumineuse tombe sur un perroquet qui, juché sur son perchoir, frappe sur un objet en métal avec son bec, reproduisant ainsi le bruit qui l'a amené à déboulonner la porte.

– Alloooo, Daaaaavid, fait le psittacidé. Daaaaavid!

Si Lessard ne se trompe pas, le volatile qui recule sur son perchoir dès qu'il approche la main est un perroquet gris du Gabon. Quelques mois auparavant, il a aidé sa fille Charlotte, qui devait préparer un exposé oral sur le sujet. Il se souvient notamment que leur longévité peut parfois être considérable. La légende veut même que Charlie, un perroquet ayant appartenu à Sir Winston Churchill, soit encore en vie. Charlie, à qui l'ancien premier ministre britannique avait appris à jurer contre Hitler («*Fuck the Nazis*»), aurait dépassé l'âge vénérable de cent cinq ans.

L'appartement se résume à une chambre mal éclairée, où un matelas posé sur le plancher jouxte une table sur laquelle il y a un amoncellement de papiers et de livres ainsi qu'un four à micro-ondes. Le policier promène son regard lentement, s'attarde aux lézardes sillonnant les murs, aux taches de moisissure dans les encoignures. Des vêtements aux étoffes chamarrées jonchent le sol, deux cartons de lait dégagent une senteur âcre et vinaigrée. À sa droite, une télé trône sur un miniréfrigérateur. Sur le balcon arrière, il aperçoit un barbecue rouillé, qui doit servir à Cortiula en toutes saisons. Dans ce qu'il croyait être un placard, il découvre une douche et une cuvette sur laquelle il faut probablement être contorsionniste pour s'asseoir, compte tenu de l'exiguïté des lieux.

Lessard secoue la tête: la désolation.

Des photos punaisées au mur retiennent immédiatement son attention.

Plusieurs clichés montrent en gros plan un jeune homme blond, les yeux fermés, la bouche ouverte. Son visage affiche une expression de félicité béate. En voyant l'ensemble, le policier comprend tout de suite qu'il s'agit de David Cortiula et que les photos ont été prises à diverses époques, alors qu'il chantait dans une chorale.

Lessard poursuit son examen de la murale photographique que Cortiula a composée avec un soin méticuleux, chaque image étant placée à équidistance de l'autre avec une application qui flirte avec la monomanie, surtout si l'on considère le fatras de sa chambre comme représentatif de son degré d'organisation usuel.

Est-il surpris sur toute la ligne lorsqu'il reconnaît, sur une photo de groupe, deux visages qui lui sont maintenant familiers, à jamais gravés dans sa mémoire ?

Il ne saurait l'affirmer avec certitude, mais au moment où il a compris, quelques secondes plus tôt, que Cortiula chantait dans une chorale, un recoin de son cerveau a ménagé la possibilité que ce qu'il voit à l'instant se matérialise : le faciès rubescent de Sandoval et, à sa gauche, celui aux traits pâteux du maire Applebaum, qui apparaissent parmi les autres chanteurs. En effet, on aperçoit Cortiula à la droite de Sandoval, seulement séparés par une choriste aux boucles blondes.

Vêtus de noir, Sandoval, Applebaum et Cortiula ont les yeux rivés sur leurs partitions.

Si sa raison a quelque peu atténué la surprise qu'il a eue en découvrant, par le biais de ce portrait, un lien entre Cortiula et les deux pédophiles, le sergent-détective reste tout simplement tétanisé, ahuri, dans un état qui frôle la catatonie lorsqu'il tombe sur une autre photo, plus ancienne celle-là, en noir et blanc.

Au milieu d'un groupe de choristes, David Cortiula, alors âgé d'une dizaine d'années, chante à côté d'un garçon du même âge, d'origine Asiatique.

Cortiula tient devant eux une partition, sur laquelle les deux enfants suivent.

Les traits de Chan Lok Wan se sont durcis, mais ils n'ont que très peu changé depuis.

On ne peut en dire autant du directeur de la chorale, qui a l'air considérablement plus jeune sur cette photo jaunie que sur celle que Lessard a dérobée dans la maison de l'ancien maire Applebaum.

Pourtant, Aldéric Dorion est facilement reconnaissable.

Non seulement les deux individus qui demeurent introuvables, Cortiula et Dorion, se connaissent, mais chacun d'eux a déjà côtoyé les trois autres.

Lessard reste un instant *groggy*, le regard vide, à envisager les combinaisons possibles.

• • •

– C'est ta faute, Vincenzo! C'est toi qui l'as entraîné là-dedans, j'te déteste!

Moreno encaisse sans broncher les coups que la jeune femme lui porte au thorax, jusqu'à ce que, brisée, elle se mette à sangloter dans ses bras.

Maria, la conjointe de Pasquale, a raison.

Vincenzo et Pasquale Moreno n'ont fait que suivre les traces de leur paternel, Nico, jadis l'un des lieutenants du parrain de la Mafia montréalaise, éliminé au cours d'une purge ayant précédé un changement de garde.

Après la mort de Nico, les deux frères ont disparu à l'étranger quelques années, le temps de laisser passer la tempête. À leur retour, tout en conservant leurs contacts, ils ont réorienté leurs affaires dans le domaine de la sécurité. Outre leurs activités légitimes, les Moreno et les hommes qu'ils emploient proposent sur référence des services interlopes, qui comprennent notamment l'intimidation de témoins, l'espionnage industriel et l'assassinat, en évitant toutefois de s'immiscer dans les guerres fratricides qui secouent parfois le milieu. En bref, une milice privée de mercenaires triés sur le volet, offrant son expertise à des individus ou à des sociétés anonymes qui ne reculent ni devant les moyens à prendre pour parvenir à leurs fins ni devant les honoraires faramineux qu'elle commande.

Il y a quelques semaines, à l'occasion du cinquième anniversaire de son fils, Pasquale a annoncé à Vincenzo qu'il souhaitait se retirer des affaires, se ranger définitivement.

Vincenzo a alors convaincu son frère de travailler sur un dernier dossier, avant de raccrocher. En fait, malgré ses réticences, Pasquale a accepté uniquement pour lui faire plaisir. Et maintenant, il est mort.

– Je te promets de le venger, Maria, dit Vincenzo un trémolo dans la voix.

– Qu'est-ce qui se passe, hein, maman ? demande Sofia, la fille aînée de Pasquale, dont Vincenzo est le parrain.

Il ferme les yeux pour que le cauchemar s'estompe.

• • •

Une fois le choc initial encaissé, Lessard empoche la photo où l'on voit Cortiula chanter avec Sandoval et Applebaum et celle où il s'exécute en compagnie de Chan Lok Wan, sous la direction de Dorion. C'est décidé : il retournera confronter Wan dès qu'il aura terminé sa visite.

Le sergent-détective écume ensuite fiévreusement la paperasse et le monticule de livres qui traîne sur la table.

Fébrile, la tête remplie de questions auxquelles il n'a pas le temps de s'attarder pour le moment, il laisse de côté une pile de partitions et de CD, du chant grégorien, lui semble-t-il, d'après la composition des pochettes.

S'il a estimé relativement normal le fait de trouver des ouvrages sur l'exorcisme chez Aldéric Dorion, il est davantage troublé de mettre la main sur un épais dossier contenant des découpures de journaux sur le diable dans la chambre de Cortiula.

Simple coïncidence ?

Lessard commence à lire, avec l'application d'un déchiffreur de palimpsestes, la photocopie d'un article pris sur le dessus de la pile :

Journal Le Canadien
Lundi, 25 novembre 1892

Parricide rue Sherbrooke : l'œuvre du diable ?
Un reportage de Flavien Vallerand

Maculé de sang et tenant un couteau de cuisine à la main, un garçon de dix ans a été retrouvé samedi dans l'appartement familial de la rue Sherbrooke Est.

Des voisins attirés par des bruits étranges et des odeurs suspectes ont forcé la porte et trouvé les parents du garçon inanimés.

Robert et Lucille Petit, âgés respectivement de 32 et 28 ans, baignaient dans leur sang.

Selon le rapport d'autopsie, ils étaient morts depuis quelques jours quand les voisins ont fait la macabre découverte.

Fait particulièrement sordide, l'enquête montre que le cœur de la mère a été arraché et mis à bouillir sur la cuisinière.

Dans son dos, le perroquet s'agite, roucoule, émet des sons ressemblant à la sirène d'une ambulance, mais Lessard continue, absorbé par sa morbide lecture.

Pour l'instant, la police se perd en conjectures, mais il semble que le garçon ait avoué aux enquêteurs être l'auteur du meurtre de ses parents.

Une amie de la mère a par ailleurs confié au journal, sous le couvert de l'anonymat, que le garçon avait changé depuis quelques mois, qu'il était devenu violent, imprévisible et qu'il injuriait ses parents avec véhémence.

Cette femme affirme même avoir été témoin de situations où l'enfant faisait voler des objets dans la pièce sans les toucher. Selon elle, un prêtre leur a conseillé de faire exorciser l'enfant, mais, apeurés, les parents ont hésité trop longtemps.

Mélangés aux sons produits par le perroquet, Lessard n'a pas entendu les pas. Par contre, le contact du métal d'un canon de pistolet sur sa nuque le fait sursauter.

– Tiens, tiens, Victor Lessard ! Comme on se retrouve !

Cette voix, reconnaissable entre toutes.

• • •

Maria a fini par s'endormir pendant qu'il lui caressait les cheveux, serrant entre ses doigts un cadre contenant une photo récente de Pasquale et des enfants.

Vincenzo Moreno ferme avec précaution la porte de la chambre et descend l'escalier sans bruit. Une de ses sœurs, Bianca, s'occupe des enfants au sous-sol.

Il récupère son casque de moto et son blouson sur la table de la salle à manger, consulte la messagerie de son mobile. L'agent du SIV lui a de nouveau envoyé un texto pour l'enjoindre de retourner fouiller l'appartement de l'homme qu'ils traquent sans succès, depuis maintenant quelques jours : David Cortiula. L'agent du SIV insiste en outre sur le fait que le logement de Cortiula est sans surveillance et qu'ils ne peuvent se permettre de le manquer.

Merde ! Vincenzo a déjà passé l'endroit au crible sans rien trouver de concluant. Que peut-il faire de plus ?

Et ce contrat, qui devait remettre les affaires de la famille sur ses rails après quelques années difficiles, était censé se limiter à une simple opération d'observation, non pas coûter la vie à son jeune frère.

L'image du cadavre de Pasquale le hante.

Son commanditaire pourra bien lui demander ce qu'il veut, mais il est désormais hors de question que Vincenzo consacre une once d'énergie à autre chose qu'à rayer Victor Lessard de la surface du globe.

• • •

Jacinthe Taillon a désarmé le sergent-détective.

Sans le tenir formellement en joue, elle garde son pistolet au poing, l'index crispé sur la détente. Il y a dans ses yeux une lueur oscillant entre le dégoût et la haine.

Le Gnome a insisté pour qu'elle suive la trace de Cortiula, alors qu'elle se serait lancée à la poursuite de Razor. Elle a dû se résigner devant les menaces de Lemaire d'en référer à leur supérieur. Si elle s'attendait à tomber sur Victor Lessard !

Taillon et le sergent-détective se font face pour la première fois depuis son renvoi des crimes majeurs. D'emblée, il tente de calmer le jeu, suggérant à son ex-coéquipière d'enterrer la hache de guerre, comme le feraient deux adultes raisonnables. Un silence de plomb suit, au terme duquel Taillon décoche à celui qu'elle considère comme son ennemi un plein carquois de flèches aussi empoisonnées qu'acerbes, sa responsabilité dans la mort de Picard et de Gosselin, sans être invoquée directement, teintant en filigrane ses propos acrimonieux.

Pendant un moment, Lessard gobe les insultes sans répliquer, mais il ne peut se retenir très longtemps.

– *Fuck*, Jacinthe, tu penses pas que j'ai assez payé pour cette histoire? J'ai porté le chapeau pour tout le monde, même si on sait très bien tous les deux que je n'étais pas le seul en cause!

L'allusion à son éventuelle responsabilité pique Taillon au vif. Elle se lève d'un bond et fond sur lui, promène le canon de son arme sur son front en roulant des yeux exorbités.

– Hostie de pourri! Comment oses-tu?

Les paupières closes, Lessard voit Raymond qui marche sur une grande plage déserte où le soleil se jette dans l'océan.

Souriant, le visage lumineux, ce dernier ne porte plus aucune trace de ses blessures, n'arbore plus ces vilains cernes verdâtres.

Raymond lui tend les bras, l'invite à le rejoindre.

Lessard est soudain envahi par un sentiment de plénitude qu'il n'avait pas ressenti depuis longtemps.

Qu'on en finisse, il est prêt.

La délivrance.

– Vas-y, Taillon. Vas-y.

Combien de temps garde-t-il les yeux fermés?

Il l'ignore. Mais lorsqu'il les rouvre, il constate que Taillon a fondu en pleurs.

Le sergent-détective se pince.

De son vivant, il n'aurait jamais cru la voir manifester la moindre émotion.

Les gros doigts boudinés de Jacinthe Taillon ont rapidement écrasé ses larmes.

Assise sur la table, dont les pattes, sous son poids, se courbent et forment un angle improbable, elle a déposé son arme sur le four à micro-ondes, s'assurant qu'elle demeure à portée de main. Elle ne constitue plus, toutefois, une menace directe.

Lessard est affalé sur le matelas.

– Bon. *Let's cut the crap*. T'es encore dans marde, le SPVM te cherche partout. Qu'est-ce que tu fais ici?

Le sergent-détective sait qu'il n'a rien à gagner en crânant avec Taillon, qui se fera un plaisir de le remettre à ses collègues, ce qui marquera à coup sûr la fin de son enquête. Il sait aussi qu'elle risque de prendre à son compte tous les éléments qu'il a réussi à réunir, mais à ce point il n'a plus guère le choix : il doit mériter sa confiance, espérer qu'ils échangent des informations et qu'elle accepte ensuite de le laisser partir.

Alors, il lui raconte, dans les grandes lignes, les pistes qu'il a suivies depuis la mort des Cook pour parvenir jusqu'à David Cortiula. Taillon écoute d'abord son récit avec mauvaise humeur, puis d'une oreille de plus en plus attentive au fur et à mesure qu'il déballe son sac. Le sergent-détective n'est toutefois pas aussi naïf qu'il tente de le laisser paraître et il se garde quelques atouts dans sa manche : il ne parle pas des photos qu'il a trouvées quelques minutes plus tôt, ni de Chan Lok Wan.

Ça pourrait toujours lui servir de monnaie d'échange si Taillon se montre intraitable et décide de lui mettre des bâtons dans les roues.

– OK, je résume. Si je comprends bien, ton enquête initiale concernait un drame familial. De là, tu as remonté une piste jusqu'à Sherbrooke, où tu crois avoir découvert un réseau de pédophiles.

– C'est exact. Sandoval et l'ancien maire de Sherbrooke, Applebaum.

– Et en périphérie du drame familial et du réseau de pédophiles, il y a un prêtre, que tu as identifié comme étant Aldéric Dorion.

– Je n'ai pas encore établi que Dorion est le prêtre qui a été aperçu dans la cour arrière des Cook, mais il connaissait les deux pédophiles, ça, j'en suis certain.

– Et tu affirmes aussi que ce même Dorion travaillait dans un groupe d'entraide pour jeunes avec Laila François. C'est ça?

– C'est ce qu'Antoine Chambord m'a confirmé, oui.

– Et rappelle-moi encore comment tu es arrivé à Cortiula par la suite…

– Félix, le protégé de Chambord, m'a donné son nom en disant que c'était un ami de Laila, qu'il a le dos barré de cicatrices et qu'elle aurait dû se méfier de lui. Il affirme aussi que Cortiula a déjà tué un homme avec une hache. Comme les Cook ont été massacrés à coups de hache...

Le maxillaire de Taillon est parcouru de légers tressautements, tandis qu'elle réfléchit.

– Et tu penses que c'est ce réseau de pédophiles qui a essayé de t'éliminer à la gare Centrale?

Lessard approuve d'un mouvement de tête.

– Et, plus tard, à la halte routière, ajoute-t-il.

– OK. Si je suis ton raisonnement, Laila François aurait été enlevée par ce réseau.

Le sergent-détective n'a pas oublié ce que lui a dit Antoine Chambord, à savoir que Laila est trop mature physiquement pour intéresser des pédophiles, mais il persiste à croire que la disparition de la jeune fille a un lien avec le réseau auquel appartenaient Sandoval et Applebaum.

– C'est ce que je pense, en effet.

– Un réseau de pédophiles, murmure Taillon, le regard absent. Et quel serait le lien entre les deux gars de Sherbrooke, ton prêtre et Cortiula? Tous des pédophiles?

Et ils chantaient tous dans une chorale, a envie d'ajouter Lessard, même s'il voit le ridicule de la situation.

– Je ne sais pas encore. Mais je sais qu'ils se connaissaient.

Taillon sombre soudain dans un mutisme quasi akinétique.

Lessard comprend qu'elle est en train de peser le pour et le contre, avant de décider si elle doit ouvrir son jeu et lui divulguer, à son tour, les éléments dont elle dispose.

– Nos enquêtes se croisent ici, Jacinthe. Toi, comment es-tu arrivée à Cortiula? risque-t-il.

Son ex-coéquipière le regarde, mais est-ce qu'elle le voit?

Une scène d'épouvante semble défiler dans ses pupilles dilatées.

Puis, tout à coup, elle reprend contact avec la réalité.

– Je ne vois pas pourquoi je te parlerais de ça!

Elle fixe le mur derrière Lessard avec attention, comme si sa prochaine réplique allait y apparaître.

• • •

Une flèche jaune file entre les voitures et les gerbes d'eau de l'autoroute Ville-Marie.

Sur sa Ducati 749, Vincenzo Moreno se dirige vers l'appartement de David Cortiula.

Noah a cependant dû user de toute sa persuasion pour que Vincenzo se concentre sur l'objectif. En effet, il lui a fallu bonifier substantiellement ses honoraires afin que celui-ci consente à laisser temporairement de côté la vendetta personnelle qu'il voue à Victor Lessard.

Son mobile bourdonne à plusieurs reprises contre sa cuisse pendant qu'il roule.

Quelqu'un essaie de le joindre avec insistance.

Vincenzo stationne la moto devant l'immeuble de Cortiula et retire son casque. En consultant son afficheur, il constate que Civardi, l'homme qu'il a posté pour surveiller l'immeuble de la rue de La Gauchetière, l'a appelé trois fois.

Il compose le numéro de son complice.

– Oui, Marco.

– Cortiula est passé ici.

– Il est encore là?

– Non, il est ressorti presque aussitôt. Je suis en train de le suivre présentement.

– En auto?

– Non, à pied. Il marche boulevard Saint-Laurent.

– Ne le perds surtout pas, j'arrive.

Fébrile, Moreno laisse un message sur la boîte vocale de l'agent du SIV.

– C'est Vincenzo, *padre*. Rappelez-moi, on a retrouvé Cortiula.

Dans un rugissement de cylindres et de pistons, il lance sa monture dans la rue, sans même jeter un regard à la fenêtre de l'appartement de Cortiula, là où, une seconde plus tôt, le visage de Lessard se découpait dans le cadre.

• • •

– J'ai interrogé Mélanie Fleury, la meilleure amie de Laila, finit par dire Taillon. C'est elle qui m'a parlé de David. Selon elle, Laila essaie de le coucher dans son lit depuis longtemps, mais l'autre ne mord pas.

– Il est gai? demande le sergent-détective.

– Apparemment, non. C'est pour ça que ton histoire de pédophiles me laisse perplexe. Si Cortiula avait voulu se taper Laila François, il n'aurait eu qu'à se servir: elle lui en a offert l'occasion à plusieurs reprises.

– S'il n'a pas voulu la toucher, c'est peut-être justement parce qu'il est pédophile et qu'il ne ressent aucune attirance pour elle, continue Lessard.

– Si c'est le cas, alors pourquoi serait-il impliqué dans son enlèvement?

– Peut-être qu'il a des goûts particuliers en matière sexuelle… des goûts qu'il ne pensait pas pouvoir assouvir pleinement avec son consentement…

– Écoute, la fille fait de la *porn* sur webcam et couche régulièrement avec sa meilleure amie. Si Cortiula a des fantasmes olé-olé, je suis sûre qu'elle aurait pu l'accommoder. En plus, tu sais comme moi que les pédophiles ont une attirance sexuelle pour les enfants prépubères ou en début de puberté. Laila François ne *fitte* pas du tout là-dedans.

– Tu es la deuxième personne à me faire cette remarque, aujourd'hui. Pour ma part, la seule certitude que j'ai, c'est que Sandoval et Applebaum étaient des pédophiles et qu'ils appartenaient à un réseau. En suivant leur piste, je suis d'abord tombé sur Dorion et ensuite sur Cortiula. Quel est le rôle de ces derniers dans tout ça, sont-ils étrangers au réseau de pédophiles ou y participent-ils et, le cas échéant, à quel titre? Je l'ignore pour l'instant. Ce que je sais, par contre, c'est qu'ils ont tous les deux côtoyé la fille sur laquelle tu enquêtes présentement et qu'elle, on l'a enlevée.

– Je ne rejette pas l'idée que Cortiula ou Dorion aient été impliqués dans l'enlèvement de Laila, mais j'ai l'impression qu'il y a autre chose.

– Tu as des suspects? demande le sergent-détective.

Taillon regarde Lessard, incertaine de la direction qu'elle désire donner à la conversation.

– Arrête d'hésiter, Jacinthe! Au point où on est rendus!

La femme soupire.

– À vrai dire, j'en ai deux. Le premier, c'est Steve Côté, un petit caïd qui travaille pour le souteneur de Laila et qui la harcelait sur Internet.

– Tu n'as pas l'air de croire que c'est lui, lance Lessard en observant le langage corporel de Taillon.

– Non. Je pense que Côté est juste amoureux d'elle, mais à sa façon.

– Qui est l'autre?

– Pascal Pierre, le beau-père de Laila. Un pasteur, un *preacher* charismatique. Une espèce d'illuminé. Je suis à peu près certaine qu'il a abusé d'elle quand elle était enfant. Elle a disparu de la carte pendant quelques années. On croit qu'elle a cherché à le fuir et qu'il a retrouvé sa trace récemment.

– Un pasteur? fait Lessard. Il porte la soutane?

– Je sais à quoi tu penses, mais non. Il exerce son ministère dans une communauté qui a toutes les caractéristiques d'une secte: la Traversée des soleils.

– Une sorte de Moïse Thériault?

– Si on veut.

Sur la table, à côté de son arme de service, le mobile de Taillon fait des cabrioles.

– Oui, Gilles. (...) Tu en es certain, c'est béton? (...) Non, emmène-le-moi au poste, j'arrive. (...) Oui. Tu le mets en isolement, qu'il ne parle à personne, même pas à son avocat, OK?

Elle regarde Lessard.

– Le Gnome? l'interroge-t-il.

– Oui. On a le témoignage d'une des membres de la secte qui confirme nos soupçons. Laila a bel et bien été abusée par son beau-père, jusqu'à ce qu'elle s'enfuie de la secte. Cette personne confirme aussi que Pascal Pierre a passé les deux derniers mois à Montréal à essayer de la retrouver.

– Ce genre de type m'écœure.

– Attends ! On le tient par les couilles ! La secte possède une camionnette blanche.

Sur son BlackBerry, Lessard a lu en diagonale le rapport d'enquête sur l'enlèvement. Sur le coup, il n'a pas accordé d'attention particulière au véhicule en cause. Alors, pourquoi tique-t-il en entendant Taillon parler de la camionnette ?

– La camionnette blanche, c'est le véhicule présumé du kidnappeur, c'est ça ?

– Oui. Pourquoi ?

Il lui semble pendant un instant que son esprit est secoué de contractions, qu'il est sur le point d'accoucher, mais le bébé est mort-né, puisque le policier ne parvient pas à préciser l'impression qui, l'espace de quelques secondes, l'a assailli.

– Non, répond-il, songeur. Pour rien, juste pour être sûr.

La tête de Lessard tourne, un mal de cœur, trop de questions.

– Tu t'en vas l'interroger ? avance-t-il.

– Oui, Gilles est en route pour l'arrêter.

Taillon compose un numéro sur son mobile.

– Oui, passez-moi Tanguay.

Voilà le moment que Lessard redoute depuis le début, là où le doigt d'honneur de Taillon le mettra définitivement sur la touche.

– Attends, Jacinthe, fais pas ça !

L'arrogance a repris possession des traits mous de Taillon.

– Je vais me gêner !

– Laisse-moi continuer mon enquête de mon côté. (La femme secoue la tête en signe de dénégation.) Attends ! Réfléchis deux minutes, c'est autant à ton avantage qu'au mien ! À moins que je sois complètement dans l'erreur, nos deux histoires sont reliées. On ne sait pas encore comment, mais tu es aussi convaincue que moi, je le vois dans tes yeux.

– Tu perds ton temps, Lessard.

– Jacinthe, on se bute à des gens qui prennent tous les moyens pour arriver à leurs fins, dit le sergent-détective, parlant aussi vite qu'il en est capable. Laisse-moi essayer de retrouver Dorion et Cortiula, pour voir s'ils sont impliqués dans une affaire ou dans l'autre. Si jamais tu te trompes et que Pascal Pierre n'a pas enlevé sa belle-fille, peut-être que, moi, de mon côté, j'aurai découvert une nouvelle piste?

– Et, si c'est le cas, qu'est-ce qui me garantit que tu partageras l'information? J'te connais, Lessard, t'es un *loose canon*!

– Pour une fois, va falloir que tu me fasses confiance, Jacinthe.

– La dernière fois que je t'ai fait confiance, ç'a coûté la vie à Picard et à Gosselin.

– Oublie pas qu'ils étaient mes amis aussi!

Le sergent-détective plante son regard dans celui de son ancienne coéquipière, qui fouille le fond de son âme.

À l'autre bout du fil, Tanguay vient de prendre l'appel.

– Oui, un instant, commandant, fait Taillon.

Elle plaque la main sur le combiné. L'indécision se lit sur son visage.

– On est tous les deux dans le même tunnel, Jacinthe, chacun à notre bout. On va finir par se rejoindre si on continue à avancer, c'est inévitable.

Lessard soutient le regard de celle qui a son sort entre ses mains. Son bras le torture: il avale deux comprimés contre la douleur avec sa salive.

– Commandant? Oui, désolée de vous faire attendre. Je voulais simplement savoir si vous avez du nouveau à rapporter de votre côté au sujet de Laila François?

Alors qu'elle termine la conversation avec Tanguay, Taillon lui rend son pistolet.

Lessard ferme les yeux, soulagé.

L'image d'une camionnette blanche passe dans sa tête.

• • •

Au coin de la 6e Avenue et de la rue Masson, Vincenzo rejoint l'agent du SIV sur le trottoir, en face de l'église Saint-Esprit. Les deux hommes ne perdent pas de salive en palabres:

– Il s'est arrêté manger un *smoked meat* chez Schwartz's. Après, il a pris le métro et l'autobus pour venir jusqu'ici. L'homme que j'avais posté rue de La Gauchetière et moi l'avons suivi tout ce temps, en nous relayant. Il n'a rien remarqué.

– Où est-il présentement?

– À l'intérieur.

– Il ne faut pas le perdre, cette fois, Vincenzo.

– Impossible, *padre*. J'ai deux hommes sur place. Avec moi ici, toutes les issues sont surveillées.

– Parfait. Que personne n'intervienne avant que j'en donne le signal.

– Bien, *padre*.

L'agent du SIV se hâte vers l'une des trois portes de la façade.

De style gothique, l'unique clocher de l'église se dresse au centre des nuages qui continuent de déverser, sous forme liquide, leur lot de misère sur Montréal.

• • •

En se rendant aux bureaux de CLW Solutions, Lessard ne sait plus très bien où il en est.

Sa rencontre avec Jacinthe Taillon l'a déstabilisé, ses idées sont confuses, papillonnent dans tous les sens sans qu'il parvienne à cueillir les fleurs sur lesquelles elles se posent.

Richard Sandoval et Jean-Guy Applebaum.

Aldéric Dorion. Chan Lok Wan. David Cortiula.

Quel lien les unit?

Pour l'instant, le seul dénominateur commun que le policier possède est la certitude qu'ils ont tous fait partie d'une chorale, à un moment ou à un autre.

Une photo de Sandoval et d'Applebaum avec Dorion à Sherbrooke le confirme.

Une deuxième photo, qui date d'au moins vingt ans, montre de la même manière Wan et Cortiula avec Dorion.

La présence de Dorion est-elle le lien, le pivot central?

Que sait-il de plus?

Le pedigree des deux premiers est indiscutable: pédophiles, violeurs, kidnappeurs et meurtriers. À cet égard, il n'y a aucun doute, les images de Sandrine Pedneault-King qui hantent encore sa mémoire sont là pour le prouver.

En prime, ils faisaient partie d'un réseau.

Les trois autres?

Pour l'instant, Lessard tient pour acquis qu'ils font aussi partie du réseau ou, du moins, qu'ils y sont reliés.

Est-ce bien le cas?

Il ne sait pas, il ne sait plus.

S'il faut en croire Taillon et même Chambord, l'enlèvement de Laila François ne cadre pas dans le portrait, car elle ne correspond pas au profil de la victime potentielle de pédophiles.

Que les voix dans sa tête se taisent!

Ses doigts se promènent sur sa barbe dure, s'attardent sur les poches ornant ses yeux. Le manque de sommeil le rattrape, la fatigue l'engourdit, ses idées sombrent dans la vase, les trous de sa mémoire deviennent des puits.

Et John Cook et sa femme... dans quelle case les placer?

Outre l'éventuelle présence d'un prêtre dans la cour arrière de la maison le soir des meurtres, prêtre qu'il a supposé être Dorion sans pouvoir le confirmer, il n'a rien pour les relier aux autres.

Il prend une note mentale: demander à Fernandez de vérifier si John Cook chantait dans une chorale. C'est le seul lien prouvé entre les deux violeurs de Sherbrooke, Dorion, Wan et Cortiula.

Bon. Quoi d'autre?

David Cortiula. Qui est-il?

Et que penser des livres et des documents sur l'exorcisme découverts dans son appartement et dans celui de Dorion?

A-t-il affaire à des pédophiles, à une congrégation religieuse qui essaie d'étouffer un scandale sexuel ou à des satanistes? Aucune de ces réponses? Toutes ces réponses? Où se cache la réalité?

Dorion et Cortiula sont introuvables.

Ne reste qu'à se concentrer sur Chan Lok Wan.

Son estomac gargouille. Il a faim.

Ça, c'est la réalité.

Lessard a repéré un stationnement dans la rue de Bullion, un peu au nord des bureaux de CWL Solutions, où il gare la voiture. Même s'il marche en évitant les flaques, l'eau a encore fini par s'infiltrer dans ses espadrilles. Sans qu'il comprenne pourquoi, le contact entre ses neurones se fait au moment où il s'allume une clope.

L'image floue qui refusait de remonter à la surface lui apparaît alors clairement.

À moins qu'il ne devienne sénile, il a aperçu une camionnette blanche dans la ruelle, derrière l'immeuble qui abrite les bureaux de Chan Lok Wan, quelques heures plus tôt.

À bout de souffle, il arrive dans la ruelle. La camionnette n'a pas bougé.

Après deux tentatives infructueuses, il réussit à joindre Fernandez.

– Quel est le véhicule recherché en relation avec l'enlèvement de Laila?

– Une camionnette blanche.

– Je suis présentement accoté à une camionnette blanche, dans la ruelle derrière l'édifice où logent les bureaux de Chan Lok Wan.

– *Fuck!*

Lessard lui dicte le numéro de la plaque d'immatriculation.

– Dis-moi si, par hasard, elle ne serait pas plaquée au nom de CWL Solutions ou au nom de Wan.

– Donne-moi une seconde, je fais la recherche immédiatement.

L'attente ne dure qu'une minute, mais une minute infinie, pendant laquelle seul le son des touches du clavier enfoncées à toute vitesse par Fernandez meuble le silence.

– Elle est au nom de CLW Solutions. Ça ne veut pas dire pour autant que c'est cette camionnette qu'on a aperçue le soir de l'enlèvement.

– ...

– Qu'est-ce que tu comptes faire? Victor? Victor?

34.

Dans le réduit qui jouxte la salle d'interrogatoire où ils détiennent Pascal Pierre, le Gnome et Jacinthe Taillon sont en pourparlers. Une grosse veine saille sur le front de Lemaire.

– Laisse-moi y aller seule, Gilles.

– Qu'est-ce que tu vas faire?

– Qu'est-ce que tu crois? Je vais le brasser un peu.

– Jacinthe! On n'a pas besoin de ça, pas maintenant. On attend que son avocat arrive!

– Écoute, mon homme! Laila François est peut-être en train de crever quelque part. Le rapport de Vadnais et le témoin qu'il a déniché sont en béton.

– Justement! On le tient! C'est pour ça que je ne pense pas que ce soit une raison pour faire n'importe quoi, Jacinthe.

– Arrête de chier dans tes culottes! Il nous faut des résultats! Et vite!

Lemaire fixe le bout de ses chaussures.

– Je vais aller prendre une marche. Je reviens dans cinq minutes. Mais je t'avertis, Jacinthe: si ça vire mal, tu t'arrangeras avec les conséquences. Je ne pourrai rien pour toi.

Taillon s'apprête à entrer dans la salle d'interrogatoire.

– N'oublie pas de fermer la caméra, Jacinthe.

Jacinthe Taillon fait irruption dans la pièce. Pascal Pierre la toise, soutient son regard. Toute trace d'aménité, tout faux-semblant a disparu de son visage. Taillon éteint le signal vidéo avec discrétion.

– On pourrait tous les deux s'éviter un moment désagréable. Dis-moi où elle est.

– Je connais mes droits, je ne parlerai qu'en présence de mon avocat.

– Tu regardes trop la télé américaine, mon coco. J'ai le droit de continuer à te poser des questions en attendant l'arrivée de ton avocat, même si tu as invoqué le droit au silence.

– Peu importe, je n'ai rien à dire.

– OK. Tu veux la jouer comme ça? Parfait. (Elle s'approche jusqu'à ce que leurs visages soient à quelques centimètres l'un de l'autre.) J'ai un dossier épais comme le pouce qui détaille les sévices sexuels que tu as infligés à Laila François. Les premiers attouchements remontent au temps où elle avait huit ans. Espèce d'ordure!

Pascal Pierre lève les yeux au ciel en hochant la tête.

– N'importe quoi! C'est ridicule. Je n'ai jamais touché Laila, ni d'autres enfants mineurs.

– Ce n'est pourtant pas ce que certains de tes fidèles racontent.

– Qui raconte ça, parmi mes fidèles? Je vous mets au défi de trouver une seule personne parmi eux pour prouver vos allégations, dit-il avec arrogance.

– Tes fidèles actuels, peut-être, et c'est normal: tu les tiens sous ta coupe, ils ont peur de toi, peur des représailles. Mais as-tu pensé à tes anciens fidèles? Peut-être qu'il y en a parmi eux qui sont prêts à briser la loi du silence, à révéler à la face du monde quel monstre tu es.

– Qui? (Un éclair traverse soudain le regard du pasteur: le doute.) C'est bien évident, on essaie de salir ma réputation.

– T'es plus sûr là, hein, mon coco?! J'ai ce qu'il faut pour te faire passer un bout de temps en dedans. Viols, agressions sexuelles sur des mineurs, voies de fait armés et j'en passe.

– Pfff! vous bluffez!

– Ah oui? Et si je te parle d'Olga Svensson, ça te dit quelque chose? Tu crois pas qu'elle en sait assez pour te la mettre dans le cul, non?

Les yeux agrandis par la peur, le pasteur est pris d'une soudaine quinte de toux.

Taillon l'agrippe fermement à la gorge et serre. La douleur est trop vive pour que Pascal Pierre essaie de se débattre.

– Où est Laila ? Parle !

Taillon est hors d'elle ; de l'écume lui colore les coins de la bouche.

– Je... Arrê...

– Où est-elle ? Parle !

Le Gnome, que Taillon n'a pas entendu entrer, doit s'y prendre à deux mains pour briser l'étreinte.

– Arrête ! Lâche-le, Jacinthe, tu vas le tuer !

• • •

Le canon du Glock vacille à deux mètres du visage de Chan Lok Wan.

Le sergent-détective n'a pas perdu de temps à parlementer.

Même petite mascarade qu'à sa première visite, sauf que lorsque Wan a succédé à son adjointe dans la réception exiguë, Lessard a dégainé.

Wan ne semble pas s'émouvoir outre mesure d'avoir un engin de mort prêt à lui dessiner un troisième œil au milieu du front.

– Tu m'as dit que tu ne connaissais ni Aldéric Dorion ni David Cortiula.

– Je ne les connais pas.

Le policier envoie valser sur le bureau qui les sépare la photographie qu'il a prise chez Cortiula, celle où on voit Wan, bien que nettement plus jeune, en compagnie de Dorion et de l'autre.

– Ce n'est pas moi sur la photo.

– Écoute-moi ! crie Lessard, le visage cramoisi de colère. On sait tous les deux que c'est toi ! Et aussi que c'est toi qui as enlevé Laila François !

– Qui ? roucoule Wan en souriant avec arrogance.

Le mobile de Lessard sonne; celui-ci baisse les yeux une seconde, une seconde de trop.

D'un geste vif, l'Asiatique lui saisit le poignet et le tord. L'arme tourbillonne dans le vide et s'écrase sur le sol. Déjà privé d'un bras, le policier se retrouve, en un éclair, à genoux devant Wan, qui lui serre la gorge à deux mains pour l'étouffer.

Un voile noir commence à descendre dans son champ de vision. Il lève les yeux vers son agresseur, il ne veut pas finir ainsi.

Wan a la mort et le meurtre dans le regard.

Un mécanisme que les biologistes ont défini comme l'instinct de survie s'enclenche, bloque toutes les douleurs, canalise son attention et décuple ses forces: à l'aide de son bras gauche, il récupère, dans l'étui fixé à sa cheville, le couteau de commando qu'il a emprunté à Ted.

Le premier coup ne fait pas broncher Wan, ne semble produire aucun effet sur lui. Tout au plus porte-t-il une main à sa gorge, tout en maintenant, de l'autre, la pression sur celle de Lessard, qu'il comprime avec la puissance d'un gorille.

Au bord de l'asphyxie, le policier trouve la force de frapper de nouveau.

À bout, il abandonne le couteau dans la plaie.

Il n'y aura pas de troisième coup.

• • •

Le Gnome et la grosse Taillon reprennent leur souffle dans le réduit. Les yeux de la policière sont encore exorbités de rage.

– Qu'est-ce qui t'a pris, Jacinthe? As-tu perdu la tête? Tu allais le tuer!

– C'est pas lui...

– Quoi? réplique Lemaire en desserrant le nœud de sa cravate.

– Cet homme est un violeur, un pédophile et bien d'autres choses encore, mais il n'a pas enlevé Laila François.

– Attends!? Tu me balances ça comme une évidence... Comment le sais-tu?

– Il y avait de la peur dans son regard quand j'ai mentionné le témoignage que nous avons recueilli. Mais quand j'ai commencé à l'étouffer et à lui demander où était Laila, la peur s'est transformée en panique. La panique de celui qui veut donner la bonne réponse pour sauver sa peau, mais qui ne la connaît pas.

– Toi, pis tes *feelings*! dit Lemaire.

– C'est pas une intuition! C'est pas lui! (Silence.) On a retrouvé Razor?

– Non, pas encore.

En quittant Lessard, Taillon était certaine qu'elle tenait le kidnappeur de Laila en la personne de Pascal Pierre. Maintenant qu'elle sait que ce n'est pas le cas, elle se demande où la piste de Cortiula a mené le sergent-détective.

Sûrement pas dans un bourbier pire que le sien!

• • •

Tout a basculé en quelques secondes.

Lessard met un moment à reprendre ses sens et à comprendre la raison pour laquelle il a perdu temporairement la vue: des goutelettes de sang lui ont giclé dans les yeux.

Il essuie tout avec les pans de sa chemise.

Sur sa droite, le regard encore embué, il voit les jambes de Chan Lok Wan qui sont secouées de convulsions. Il ramasse ses forces et se contraint à se lever. Il chancelle, prend appui sur le bureau, trébuche et tombe sur les genoux, près du visage de l'homme.

Il remarque alors le couteau fiché dans la gorge de son agresseur et les deux plaies par lesquelles ne cessent de se déverser des flots d'hémoglobine.

Le policier sait dès lors que Wan est en bout de course.

Le Chinois émet une série de hoquets; une rigole de sang, sombre comme du pétrole, lui coule des narines et de la commissure des lèvres.

Lessard le regarde crever la bouche ouverte, impuissant.

– T'avais pas le choix, Victor. C'était toi ou lui.

Raymond est penché sur Wan, qu'il observe comme une curiosité.

L'adjointe de l'Asiatique déboule à la réception et se met à hurler. Maculé de sang, Lessard l'abandonne derrière lui et se lance dans le corridor, l'arme au poing.

Il n'a qu'une idée en tête : Laila François est dans ce trou à rats et il va la trouver.

Devant la quantité de portes capitonnées, il a un mouvement de recul.

Au moins une dizaine.

Des cellules. Elle n'est pas la seule !

Il n'aurait pas cru que le réseau de pédophiles qu'il traque serait d'une telle envergure.

Les deux premières sont vides.

Dans la troisième, alors qu'il s'attend à trouver Laila ou un autre enfant séquestré, il tombe nez à nez avec un vieil homme enchaîné, qui le regarde d'un œil dubitatif.

Qu'est-ce qui se passe ?!

Son cœur tape dans ses tempes, à lui en éclater le cerveau.

• • •

J'ai entendu des cris valser dans l'air, puis un grand brouhaha.

Le poing fermé, je tiens fermement la pointe de ma boucle de ceinture entre l'index et le majeur, tandis que mon autre main fouette l'espace autour de moi avec la lanière de cuir.

Je suis sur mes pieds, prête à me jeter sur LUI.

La lumière jaune qui jaillit par la porte entrebâillée brûle mes yeux depuis trop longtemps confinés à l'obscurité.

Je fais un bond en arrière, mais je m'apprête à fondre sur ma proie avec violence pour lui arracher sa vie lambeau par lambeau lorsqu'une silhouette se découpe dans le cadre.

Je baisse les bras d'instinct.

Bien que je voie à peine devant moi, je sais que ce n'est pas LUI.

De plus, mon cerveau a détecté la menace, avant que je réalise à proprement parler que la silhouette pointe un pistolet dans ma direction.

Le faisceau d'une lampe de poche me force à fermer les yeux.

Une voix d'homme tonne :

– Laila ?

• • •

Un fouillis indescriptible, le chaos.

– Je m'appelle Victor Lessard. Je suis policier. Ça va, tu n'es pas blessée ?

Quand il en a obtenu confirmation de sa bouche, il enferme dans une seule geôle, malgré leurs véhémentes protestations, les deux hommes et la femme qu'il a découverts dans trois autres cellules. Quelle scène étrange : décharnée, les poils du pubis grisonnants, la femme était nue dans une cage à peine assez grande pour qu'elle puisse s'y tenir accroupie.

– Tu sais qui t'a enlevée ? Tu as vu ton agresseur ? demande le policier en entraînant la jeune fille dans le couloir. C'était un Asiatique ?

Laila ne semble pas avoir souffert outre mesure de sa captivité.

– Je ne sais pas, je n'ai rien vu, explique-t-elle avec calme, la main sur les yeux pour les protéger de la lumière.

Il songe à lui montrer le corps de Wan pour qu'elle l'identifie, puis se ravise. Elle en a assez enduré comme ça.

– Tu as été maltraitée ? Abusée ?

– À part vous, personne n'a franchi la porte de ma cellule depuis mon réveil.

Lessard la dévisage. Qu'est-ce que cette histoire sans queue ni tête ?

– Personne ?

– Et j'ai été nourrie.

Le policier ne comprend pas ce qui se passe : quand il a vu les cellules, il a cru toucher au but, il a pensé avec une pointe de soulagement qu'il s'apprêtait à extirper plusieurs enfants des griffes du réseau de pédophiles qu'il traque, mais voilà que, outre Laila, il a plutôt délivré trois adultes qui non seulement le lui reprochent, mais affirment, en plus, avoir été enfermés de leur plein gré.

– Tu as de la famille, quelqu'un que tu voudrais prévenir?

Le visage sanguinaire de Pascal Pierre retourne tout au fond de sa mémoire. Elle s'est trompée.

– Non, je n'ai pas de famille. Juste mon amie, Mélanie.

Gardant la jeune fille près de lui, il essaie de questionner l'adjointe de Wan pour démêler l'imbroglio, mais c'est peine perdue, la gothique est affalée dans un coin, le regard vitreux, en état de choc.

Cette fois il est à bout, vidé.

Chan Lok Wan était-il à la tête du réseau de pédophiles?

Commandait-il ceux qui ont attenté à sa vie?

Lessard ne peut l'affirmer avec certitude, mais quoi qu'il en soit, ce sera à d'autres de faire la lumière là-dessus, car il plaque tout et affrontera la tempête.

En sortant son mobile pour appeler du renfort, il soupire et pense aux interrogatoires sans fin, aux sanctions disciplinaires et à toute la paperasse qui l'attend.

Il termine son appel au 9-1-1 lorsque Fernandez arrive, à bout de souffle, l'arme au poing.

– Nadja?! Qu'est-ce que tu fais là?

La collègue de Lessard n'a pas perdu de temps à essayer de deviner ses intentions. Quand il a coupé la communication, elle est accourue, sans réfléchir.

– C'est elle? demande Fernandez en regardant Laila François.

Cette dernière reste en retrait derrière le sergent-détective, sécurisée par sa présence.

– C'est elle. Tu as vu, à l'entrée?

– Oui, répond Fernandez en passant sa main sur la joue de son collègue, une caresse si douce que, cette fois, il saura y répondre. Ça va, toi?

Le cœur de Lessard cesse de battre, les contours des sons s'effacent, les paroles de Fernandez fuient dans l'espace. Il se penche vers elle avec une seule idée en tête: déposer un baiser infini sur son cou et la serrer dans ses bras d'une étreinte immortelle.

Au lieu de ça, il se redresse et s'entend dire d'un ton factuel:

– Ça va. Mais cette fois j'abandonne, Nadja. Je vais me livrer, comme tu le voulais. Je pensais être sur les traces d'un réseau, mais je n'en suis plus certain. Il y avait trois adultes dans des cellules, mais ils prétendent qu'ils étaient enfermés de leur plein gré. Je ne comprends pas, je ne suis plus sûr de rien. Je croyais traquer des pédophiles, pas des sadomasochistes.

Fernandez l'écoute à peine, elle semble en proie à un violent combat intérieur.

– Je... As-tu déjà appelé le 9-1-1?

– C'est fait. Qu'est-ce qu'il y a, Nadja?

– Il s'est passé quelque chose, Victor. Je pense que, si tu le savais, tu préférerais partir avant l'arrivée des renforts, dit-elle, comme à contrecœur.

– Quoi? Que s'est-il passé?

– Pas maintenant. Pars avant qu'ils arrivent. Je m'occupe du reste ici.

– Ça va t'attirer des ennuis si tu me laisses partir, Nadja. Explique-moi.

– Plus tard. Pars, Victor!

– *Fuck*, dis-moi ce qui se passe! Tu n'as pas arrêté de me demander de tout laisser tomber et, maintenant que je veux le faire, tu insistes pour que je me sauve.

– Prends tes messages sur ton mobile et rappelle-moi après. Vas-y! Maintenant!

– Ça va aller? fait le policier avec douceur en se tournant vers Laila.

Oui, assure cette dernière par un battement de paupières.

– Téléphone à Jacinthe Taillon, lance le sergent-détective à Fernandez en remontant le corridor au pas de course. Tu peux lui faire confiance.

Les gratte-ciel illuminent la nuit d'encre.

Montréal est nue et trempée, et le faisceau des lampadaires est haché par la pluie drue.

Hagard, il marche jusqu'à la voiture, l'esprit dépeuplé.

Un piéton change de trottoir en fixant le sol après avoir vu le sang sur ses vêtements.

Lessard s'effondre sur la banquette et s'allume une cigarette en tremblant.

La nausée le gagne.

Pour la deuxième fois en quelques heures, j'ai semé la mort.

Les larmes explosent sur ses joues.

Un zombi, il roule au hasard.

Comme le lui a enjoint Fernandez, il s'arrête pour prendre ses messages, au coin des rues Rachel et de la Roche, devant la façade du restaurant *Le Poisson rouge*. Dans le rétroviseur, à travers les gouttelettes de pluie qui glissent sur la lunette arrière, il aperçoit la cime des arbres du parc La Fontaine déchirant le ciel gris de leurs linéaments désarticulés, là où il venait parfois patiner, l'hiver, avec les enfants et Marie, en des jours plus heureux. L'habitacle de la voiture lui semble se comprimer sur lui.

Il a un autre coup de cafard et doit se forcer à agir.

Vous avez trois nouveaux messages vocaux. Premier nouveau message:

« Vic, la ligne a coupé avant que j'aie le temps de te dire… En fouillant le passé de Dorion, Sirois a découvert quelque chose sur Cortiula. Rappelle-moi, s'il te plaît, c'est important. »

Deuxième nouveau message:

« Lessard, c'est Marchand. On n'a pas fini nos investigations, mais je voulais te dire qu'aucun des noms que Fernandez m'a donnés n'apparaît parmi ceux des utilisateurs du site Web. Donne-moi un coup de fil quand tu as deux minutes. »

Troisième nouveau message:

« Victor, je suis en route pour te rejoindre, rappelle-moi dès que tu prends ce message! (Voix paniquée.) Je... Ils ont trouvé le corps de Viviane Gray chez toi. Il y a une arme avec tes empreintes près du corps! »

LE BAISER DES ÉCLOPÉS

Qui pourrait m'aider?
Qui pourrait sauver mon âme?
Je m'en fous, je voudrais te donner un baiser

Indochine, *Le baiser*

Montréal
18 mai

Je suis le plus mauvais frère de la planète.

Et je le dis en toute connaissance de cause.

Je viens de raccrocher le téléphone : ma sœur, Valérie.

Morte d'inquiétude à mon sujet.

Ma sœur avec qui j'étais censé aller souper ; ma sœur qui a appris par le bulletin télévisé que j'étais en cavale ; ma sœur à qui je n'ai donné aucun signe de vie pendant ma traque ; ma sœur à qui je viens de refuser qu'elle passe à l'hôpital sous un fallacieux prétexte ; ma sœur, débordant d'empathie, à qui j'ai eu de la difficulté à dire trois phrases durant l'appel, mentant au surplus sur mon état de santé réel.

Et je ne parlerai même pas du fait que je n'ai tenu aucune des promesses que j'avais jadis faites à mon petit frère Raymond.

Je n'arriverai peut-être jamais à me comprendre, mais je suis sûr d'une chose : l'amour que je leur porte n'a rien à y voir.

J'aurais dû me douter que ma carrière finirait en queue de poisson. Les *Blues Brothers* sont revenus à la charge, ils sont dans ma chambre depuis trente minutes. En alternance, ils essaient de m'intimider et de m'amadouer pour que je leur dise ce qu'ils croient que je devrais leur avouer.

Aussi subtils que des madriers, ces deux-là.

Ils ne lâcheront pas avant de m'avoir épinglé à leur tableau de chasse.

J'ai une tête d'orignal, moi?

– OK, Lessard, on reprend ça depuis le début, brame le gros Masse.

– Aucun problème, les gars, moi j'ai tout mon temps.

Lachaîne approche son visage charnu et luisant près du lit.

– Arrête de faire le fendant, Lessard. Je pense pas que tu réalises à quel point t'es dans la merde. Explique-nous encore comment ça s'est passé quand tu as descendu Chan Lok Wan.

Ai-je besoin de préciser que je soupire bruyamment en levant les yeux au ciel?

– Tout ce que tu veux, Lachaîne, mais ne t'approche pas trop. C'est vraiment pénible, ton haleine.

– Mon hostie de trou de cul…

Rouge de colère, Lachaîne fait un pas dans ma direction, mais son collègue le retient.

– Concentre-toi sur la question, Lessard, lance Masse.

– Je vous l'ai déjà dit, les gars, c'était un cas de légitime défense.

Et je leur raconte de nouveau en détail ce qui est arrivé: encore et encore.

Lents, mal embouchés, de mauvaise foi les *Blues Brothers*?

Toutes ces réponses à la fois.

En fait, au plan de la bêtise, ils déclinent un *credo* semblable à celui de Buzz l'Éclair:

« Vers l'infini et plus loin encore. »

Quand elle est venue, Simone a parlé avec le chirurgien qui m'a opéré et elle m'a beaucoup rassuré à l'égard des risques d'amputation éventuels. D'après elle, le doc est simplement mauvais psychologue, « ce qui est trop souvent le cas », a-t-elle affirmé, et il voulait juste me signifier que même si on devait en arriver là, ce ne serait pas catastrophique. Elle m'a aussi confirmé que les prothèses sont maintenant très performantes, me citant en exemple le sprinter africain Oscar Pistorius.

Ma blessure au bras?

Tout va bien, tout est parfait, merci madame la marquise!

Le commandant Tanguay m'a également rendu visite.

Contrairement à ce que j'avais redouté, la rencontre s'est avérée plutôt cordiale. J'ai essayé de prendre l'entière responsabilité des événements sur mes épaules, pour éviter d'impliquer Fernandez, pour m'assurer qu'elle porterait le plus petit chapeau possible. Il m'a arrêté d'un geste de la main, en déclarant que j'étais prévisible.

Mais il a aussi dit une chose qui m'a drôlement surpris: qu'il aurait dû mieux m'encadrer.

Il avait l'air si sincère en me souhaitant prompt rétablissement que je l'ai cru.

Ou presque.

Ils commencent à me taper sérieusement sur les nerfs, ces deux cons avec leur interrogatoire.

– Si Chan Lok Wan n'était pas armé, comment se fait-il que vous ayez dégainé votre pistolet, Lessard? Vous menaçait-il?

– J'ai déjà répondu à cette question-là des dizaines de fois!

– C'est pas notre faute si ta version change à toutes les fois, mon homme! tonne Masse.

– Fais répéter sans cesse le même message à une personne, c'est possible qu'elle n'utilise pas toujours les mêmes phrases!

– OK, tu veux pas nous aider, on va passer à un autre sujet d'abord. Parle-nous de Viviane Gray. Pourquoi a-t-on retrouvé son corps chez toi si, comme tu l'affirmes, ce n'est pas toi qui l'as tuée?

Du mouvement dans le corridor, la porte qui ouvre.

En béquilles, Taillon s'avance dans ma chambre.

Pour une surprise, c'en est une de taille, sans mauvais jeu de mots.

– Vous deux, laissez-le tranquille et décâlicez, dit-elle, en leur jetant un regard sans équivoque.

– Mêle-toi de tes affaires, Taillon. C'est pas ta place icitte, lui balance Lachaîne, l'intellectuel des deux.

Un deuxième visiteur entre dans la pièce.

Je me fige, le visage grave : Paul Delaney, le patron de la Section des crimes majeurs.

Je ne connais pas Delaney personnellement, puisque j'avais déjà été rétrogradé quand il est arrivé à la Section. Mais il est, sans contredit, l'un des hommes forts du SPVM. On le dit très proche du chef et du maire.

Qu'est-ce qu'il fabrique ici ?

– Masse, Lachaîne, suivez-moi, j'ai à vous parler, lance Delaney d'un ton qui n'admet aucune réplique.

Les deux butors m'assassinent du regard tandis que, de mon lit, je leur fais mon air le plus condescendant.

– Ça va, la jambe ? s'enquiert mon ancienne coéquipière.

– *Top shape!* Et la tienne ? que je lui réponds en pointant son plâtre du doigt.

– Comme une neuve !

– Qu'est-ce qui se passe, Jacinthe ? Qu'est-ce que tu fais ici avec Delaney ?

– On a une proposition à te faire…, susurre-t-elle, un sourire énigmatique figé sur son visage mou. Je vais laisser Paul t'en parler.

35.

Montréal
Huit jours plus tôt, le 10 mai

Après avoir consulté l'historique des appels, Lessard constate que les deux messages de Fernandez ont été laissés à dix minutes d'intervalle. Passé la stupeur et l'effarement, l'indignation et une rage sourde s'emparent de lui alors qu'il compose le numéro de sa collègue. Ce n'est plus une simple enquête qu'il mène. Cette affaire a maintenant pris un tour personnel et il est plus que jamais décidé à se rendre jusqu'au bout.

Peu importe ce que cela implique!

– Tu ne vas quand même pas croire que c'est moi qui l'ai tuée! Tu sais comme moi que rien n'est plus facile que de planter les empreintes de quelqu'un sur une arme qu'il n'a jamais touchée!

– Oui? Un instant, commandant, je vous entends très mal…

Fernandez parle à quelqu'un d'autre. Il comprend qu'elle se retire à l'écart afin de pouvoir discuter à son aise. Une trentaine de secondes s'écoulent.

– Vic? Excuse-moi, je n'étais pas seule.

– Je n'ai rien à voir dans la mort de Viviane Gray, Nadja.

– Qu'est-ce que tu crois, que je t'aurais laissé partir si j'avais eu le moindre doute?

– Merde, qu'est-ce qui s'est passé?!

– Tanguay a reçu un appel anonyme, il y a une heure. Il a envoyé une équipe chez toi pour vérifier.

– Qui?

– C'est Garneau et Pearson qui ont découvert le corps. Adams est là aussi, avec son assistant. Je l'ai appris par Pearson, juste avant que j'arrive ici. Tanguay soupçonne qu'on collabore, alors il ne m'a pas impliquée.

– C'est un coup monté, Nadja. Adams va vite se rendre compte qu'elle n'a pas été tuée chez moi.

– Même si les apparences sont contre toi, personne ne pense que tu es coupable.

– Et Tanguay?

– Tu sais comme il est binaire. Et la hiérarchie lui met de la pression.

– *Fuck*, mais c'est quoi, cette histoire de fous?!

– Je n'en ai aucune idée, mais j'ai vraiment peur pour toi, Victor.

– Ne t'inquiète pas. Et, surtout, merci de m'avoir laissé partir.

– Ne me remercie pas. Remercie plutôt Sirois. C'est lui qui m'a convaincue que tu m'en voudrais jusque sur ton lit de mort si j'agissais autrement. Si je m'étais écoutée, je t'aurais ramené au poste.

– Il a eu raison. Qu'est-ce que tu as dit pour expliquer la situation?

– Que tu m'as appelée en renfort sans me donner de détails et que tu t'es éclipsé pendant que je surveillais les trois détenus.

– Tu les as trouvés?

– Oui.

– Qu'est-ce qu'ils faisaient là?

– Je ne suis pas certaine. C'est le bordel ici. Le commandant du poste 21 est en route. Je n'ai pas encore réussi à joindre Taillon.

– Et Laila?

– Je lui ai parlé avant que les autres arrivent. Tu peux compter sur sa discrétion.

– Tu lui fais confiance?

– Tu l'as sauvée, Victor. Écoute, on me fait signe, je vais devoir filer. Tu as de quoi noter?

Le téléphone sur mains-libres, il griffonne de la main gauche le numéro dans son calepin.

– C'est le numéro de Carol Langelier, un enquêteur retraité de la SQ qui travaillait à l'époque à Val-d'Or. Donne-lui un coup de fil, il a révélé à Sirois des choses intéressantes au sujet de Wan, Dorion et Cortiula.

– Qu'est-ce que Sirois a trouvé, Nadja?

– Oui, commandant? Pas de problème. Je vous rappelle dès que nous avons du nouveau.

Silence sur la ligne.

Elle a raccroché.

Pendant que Lessard était en conversation avec Fernandez, Sirois a laissé un message dans sa boîte vocale. Il lui propose son aide, allant même jusqu'à lui suggérer un lieu de rencontre pour discuter de l'affaire et voir comment il peut l'assister pour la suite.

Le sergent-détective hésite un instant à le contacter, puis décide de s'en abstenir.

Il connaît Sirois et son tempérament fougueux; son jeune collègue lui remémore le policier qu'il était à ses débuts au SPVM. Lui demander de vérifier quelques informations derrière la scène est une chose, mais il sait que, dès lors que Sirois sera impliqué sur le terrain, il n'y aura pas de retour en arrière possible.

Et il a peur de mêler son confrère à cette farandole funeste, il craint les représailles qui ne manqueront pas d'être exercées à son encontre si on découvre son rôle dans cette mauvaise tragédie grecque. Fernandez est déjà mouillée jusqu'au cou dans ses histoires et il le regrette. S'il avait pu prévoir que son enquête prendrait de telles proportions, il se serait bien gardé de l'y entraîner.

Une fois sa décision arrêtée, Lessard songe à marcher jusqu'à l'avenue du Mont-Royal pour passer son prochain appel. Les vitres de l'auto sont embuées et l'air vicié et humide de l'habitacle lui glace les os. Il retire les clés du contact et boutonne son manteau, puis il se ravise. Sortir et remonter la rue de la Roche lui semble brusquement au-dessus de ses forces. D'autant qu'il sera plus à son aise pour parler dans le silence lugubre de la voiture, plutôt qu'au milieu des éclats de voix tonitruants des cafés trop bondés de l'avenue du Mont-Royal.

– Tu devrais sortir, Victor. Voir du monde te ferait du bien, avance Raymond, étendu sur la banquette arrière, les mains croisées derrière la nuque.

– Peut-être, répond le policier, embourbé dans ses pensées.

En fait, socialiser est la dernière chose dont il a envie. Il met le moteur en marche, actionne la chaufferette et compose le numéro de téléphone que Fernandez lui a donné.

– Carol Langelier.

– Victor Lessard, du SPVM. Mon collègue Sirois, m'a suggéré de vous rappeler au sujet de David Cortiula et d'Aldéric Dorion.

– Salut, Lessard. Non, non, non, Sirois m'avait prévenu de ton appel. On peut s'tutoyer?

– Absolument.

– Cortiula est le sujet du jour à ce qu'y semble? Ah! ah! ah!

L'homme est âgé, le sergent-détective ne peut se résoudre à le tutoyer.

– À vous de me dire pourquoi, je n'ai pas réussi à parler à Sirois de vive voix.

– Non, non, non, pas de problème, je te raconte en gros c'que j'lui ai dit: j'commence par t'parler de son enfance, ça t'permettra de comprendre le personnage, parce qu'il s'agit d'un hostie d'personnage, j'te l'dis.

Langelier a le débit lourd et traînant de ceux qui commencent à boire dès le début de la matinée. Lessard sent qu'il en a pour plus longtemps qu'il ne le voudrait à l'écouter. Encore heureux qu'il ne l'ait pas devant lui avec son haleine qu'il devine fétide et avinée.

– Cortiula a passé son enfance à Val-d'Or. Sa mère était danseuse nue dans les bars du coin. Le père, y travaillait comme bûcheron dans un camp, au nord de la ville. J'ai oublié l'nom d'la compagnie forestière pour laquelle y travaillait. *Anyway*, j'te l'mentionne comme ça, même si y a pas été ben, ben impliqué dans l'éducation de son fils.

En bon Canadien français, j'te dirais ça d'même: le père, y revenait à 'maison quelques semaines par année pour boire sa paye et s'tremper l'pinceau.

Langelier éclate de rire, visiblement fier de son effet.

– Ah! ah! ah! J'espère que j'te choque pas?

– Pas du tout.

– Non, non, non, mais j'te l'dis! Dès que l'père était en ville, comment j'te dirais ben ça? Y fallait intervenir souvent dans c'temps-là. Le bonhomme était toujours soûl et battait sa femme. Et pis elle, je me souviens d'elle…

La voix de Langelier est cassée par une quinte de toux de gros fumeur, laquelle dure plusieurs secondes.

– Un hostie d'beau brin d'femme, ça, j'peux t'l'dire pour l'avoir vue toute nue souvent… Une paire de boules, mon homme, une paire de boules! Qu'est-ce tu veux, dans c'temps-là, y avait pas grand-chose à faire pour un divorcé de cinquante-cinq ans. Alors, moé pis mon *partner*, on allait aux danseuses plus souvent qu'autrement. C'tait l'bon temps, y t'avait aussi les Indiennes qui étaient belles pis chaudes en câlice… En tout cas, je m'écarte.

Lessard hoche la tête. Langelier part dans toutes les directions.

– Comme j'te disais, c'te femme-là était d'une beauté à couper le souffle, mais elle t'avait aussi un hostie d'caractère de cochon. Une vraie folle! Quand on allait chez eux, on les trouvait souvent en sang, elle pis le bonhomme. Hostie, j'me souviens qu'une fois elle lui avait crissé un coup de fer à repasser dans l'front. Le bonhomme, y t'avait une hostie d'tête de citrouille quand on est arrivés. Ah! ah! ah! Est bonne, celle-là! Une tête de citrouille.

– Et David?

– Non, non, non, j'y arrive. Chaque fois qu'on intervenait là, le p'tit était en train de jouer dans un coin avec ses bébelles, pogné au milieu de la chicane. Remarque bien, ç'avait pas l'air de ben, ben le déranger, y s'occupait même pas d'nous autres. Sauf que c't'une drôle de façon d'élever un enfant, j'pense qu'on pourrait dire ça d'même. Mais y t'avait des crisse de yeux perçants, ce p'tit-là. J'te jure que quand y t'enlignait pis qu'y t'regardait dans 'yeux, y pouvait voir au fond de ta tête. Hostie, j'te l'dis drette de même, en bon Canadien français, c't'enfant-là faisait peur. Y a même du monde qui disait qu'y avait des pouvoirs.

– Des pouvoirs?

– Non, non, non, mais c'est des câlice d'histoires à ma grand-mère, mais quand même.

Lessard comprend, par la force des choses, que son interlocuteur maîtrise à la perfection l'art de ponctuer le début de ses phrases par une répétition de l'adverbe marquant la négative, peu importe le contexte.

– Il réussissait bien à l'école?

– Non, non, non, à l'école, c'est ça qui est fou, c'tait une crisse de bolle. Avec des «A» partout pis des affaires de même. Non, non, non, j'te l'dis, mon petit homme, c'tait un smatte, c't'enfant-là. Bizarre, avec un père pis une mère de même, mais c'est ça quand même! Fait que les curés y avaient remarqué ça, pis y l'ont pris en d'sous d'leu' robe quand sa mère est morte, les curés. Ah! ah! ah! Stie qu'est bonne, hein? En d'sous d'leu' robe!

Lessard n'est pas particulièrement féru d'histoire, mais il sait, pour être lui-même passé dans le système, que les orphelinats dirigés par les congrégations religieuses n'existent plus au Québec depuis le début des années 1960. À la place, l'État a créé un réseau de centres jeunesse. Cortiula est donc trop jeune pour avoir connu l'orphelinat.

– Il n'a pas été recueilli par un centre jeunesse quand sa mère est morte?

– Non, non, non, c'est ça! Le père, y voulait pas s'en occuper pis y avait pas d'autre famille, fait que le centre jeunesse l'a ramassé, pis y l'ont mis dans un foyer de groupe, pis toute.

Ça n'existait pas dans son temps, mais Lessard sait que les foyers de groupe sont des groupes de plus ou moins dix jeunes qui vivent ensemble sous le même toit, encadrés et supervisés par des éducateurs.

Cependant, passé un certain âge, c'est la famille d'accueil. Est-ce dix ou douze ans? Il ne se souvient plus.

– Mais vous disiez tantôt qu'il avait été pris en charge par les prêtres...

– Non, non, non, mais m'a te l'dire drette de même: par rapport à son potentiel, les curés du séminaire y ont vu qu'y avait quelq'chose à faire avec lui. C'est des smattes aussi, les curés, hein? Ça fait que le p'tit, y t'a eu une tabarnac d'éducation, on comprend ben, tout payé par les curés! Y avaient d'l'argent dans c'temps-là! Jamais j'croirai qu'y voulaient faire un curé avec lui aussi, dans leur usine à tapettes! Ah! ah! ah!

– Ce que vous dites, c'est que les prêtres lui ont permis de faire sa scolarité au séminaire gratuitement, plutôt que d'aller à l'école publique. C'est ça?

– Non, non, non, c'est ca! Y ont tout payé, pis y l'ont éduqué, pis toute. Pis y t'avait un gros talent en musique aussi, c'te p'tit gars-là. Mon *partner*, y l'appelait «le p'tit Mozart». C'est parce qu'y chantait dans chorale. Une crisse de voix! Quand j'allais à messe pis que j'l'entendais, y me faisait dresser les poils ben drette sué' bras.

– Parlez-moi de la mort de sa mère.

– Non, non, non, mais c'est vrai. Un jour, on a eu un appel. Ça faisait trois jours que le p'tit, y était pas allé à l'école, pis le directeur nous a appelés. Fait que, moé pis mon *partner*, on se présente là-bas, pis on sonne, pis on cogne. Pas d'réponse. Ça fait que mon *partner* a donné une couple de coups de pied dans porte, pis on est entrés. J'm'en souviens comme si c'tait hier. C'tait un mercredi soir. On l'a trouvée dans salle de bains. Était tout nue, mais là, tabarnac, c'tait pas beau à voir! A s'tait ouvert les poignets avec des lames de rasoir. Ça faisait quatre ou cinq jours qu'était morte. Y avait des mouches plein la maison. Pis ça sentait la fin du monde là-dedans.

Les jambes griffées par un trait de lumière filtrant des rideaux, pâle dans sa robe fleurie, l'image du corps de sa mère passe subrepticement devant les yeux de Lessard.

– T'es-tu toujours là, mon p'tit homme?

– Oui, excusez-moi. Et David?

– Quand on est arrivés, le p'tit nous a regardés, moé pis mon *partner*, avec ses yeux de chat, on aurait dit qu'y s'en câlissait que sa mère soit morte, on aurait presque dit qu'y riait. Fait qu'y nous a regardés de même une dizaine de secondes, pis y est retourné jouer dans sa chambre, comme si de rien n'était.

– Il y a eu une autopsie?

– Non, non, non. J'te l'dis, le légiste est venu, pis y l'ont emmenée. La grosse affaire. On a eu le rapport trois jours après: avant de s'couper les poignets, a s'tait bourrée de pilules.

– Et le père?

– Lui? Le grand pas bon? Y était dans l'bois quand c't'arrivé. Moé pis mon *partner*, on a pris sa déposition, pis vérifié ses alibis, au cas où. Mais y avait pas de doute, y était bel et bien dans l'bois avec une dizaine d'autres gars. Y est r'venu pour les funérailles, pis y est r'parti dans l'bois tout de suite après. Y s'est jamais occupé d'son fils. C't'à partir de là que le petit est allé vivre au centre d'accueil.

– Qu'est devenu le père?

– Y s'est tué dans un accident d'auto quelques années après. Y a frappé un orignal.

Lessard a sous-estimé Langelier. Même s'il s'exprime comme un charretier, l'homme est un ex-flic, après tout. Ce que Lessard a d'abord pris pour des digressions commence à prendre forme; un portrait d'ensemble émerge peu à peu.

– Quel âge avait David quand sa mère est morte?

– En 1984? Y devait avoir six ou sept ans.

– Et il a été pris en charge par un centre jeunesse à partir de ce moment-là?

– Non, non, non, y restait là-bas, pis toute.

– Et il a commencé à faire sa scolarité au séminaire?

– Pas tout d'suite. Ça, c't'arrivé après la tentative de suicide du p'tit Carbonneau.

Lessard ferme les yeux, il laisse aller Langelier, il a renoncé à essayer d'orienter la conversation pour suivre sa propre logique. De toute façon, il sent qu'il approche du but.

– Le p'tit Carbonneau?

– Y étaient trois chums qui chantaient dans chorale. David, le p'tit Carbonneau, pis un Chinetoque.

– Chan Lok Wan?

– Non, non, non, une affaire de même! La mère du p'tit Carbonneau avait décidé d'les garder les trois à coucher un soir. Les p'tits gars étaient ben chums à l'école. C't'ait pendant la semaine où les enfants ont pas d'école.

– La semaine de relâche.

– Non, non, non, c'est ça! Pis en tout cas, le soir les trois enfants sont couchés. Pis à 3 h du matin, la mère s'réveille, parce que son p'tit, le p'tit Carbonneau, câlice, c'était quoi déjà, son p'tit nom? En tout cas, le p'tit hurlait au meurtre. La mère arrive dans chambre. Le p'tit Carbonneau a une baïonnette d'plantée dans bedaine. Un souvenir de guerre du grand-père, à ce qu'y paraît. Non, non, non, eille, chose, la madame capotait en tabarnac! Ça fait qu'elle appelle l'ambulance, pis toute. Pis moé pis mon *partner*, on s'fait réveiller en pleine nuit pour aller sur place. Quand on est arrivés, on a fait le saut en crisse! Le p'tit Carbonneau était en sang pis en douleur, avec les ambulanciers autour de lui, pis la mère criait, accusait David pis toute. Non, non, non, m'en vas te l'dire drette de même, ça passait par là!

– La mère accusait David? Qu'est-ce qui s'était passé? C'est Cortiula qui avait planté la lame dans le ventre du garçon?

– Non, non, non. C'est le p'tit Carbonneau lui-même qui s'tait rentré la baïonnette, mais il a dit à sa mère que c'est David pis l'pâté chinois qui l'ont influencé, qui l'ont poussé à l'faire. Ah! ah! ah! L'pâté chinois!

– Ensuite?

– Moé pis mon *partner*, on les a interrogés tous les deux. Qu'est-ce tu veux faire? Câlice, deux p'tits gars de c't'âge-là, c'est niaiseux.

– Ils ont avoué?

– Non, non, non, ils ont dit que c'était pas vrai… Y disaient qu'ils jouaient avec la baïonnette, que c'tait un accident, pis que la femme était une crisse de folle. Mais la madame était choquée ben dur, a l'a pris un avocat, pis toute.

– Elle a poursuivi les enfants? Ils étaient mineurs!

– Non, non, non, elle a voulu poursuivre le centre jeunesse, parce que c'étaient eux qui s'occupaient de David et du pâté chinois.

– Et le procès? La mère du jeune Carbonneau a gagné?

– Y a jamais eu de procès, tu sais ben, mon p'tit homme. Les avocats du centre jeunesse ont parlé avec l'avocat de la Carbonneau. Pis le curé aussi a parlé avec la madame et ils se sont arrangés. La s'maine d'après, elle s'promenait dans toute la ville avec un manteau de fourrure flambant neu'. Ah, était ben fière!

– Le curé, c'était Aldéric Dorion?

– On pourrait dire que c'est vraiment lui qui avait pris le p'tit David sous son aisselle. Ah! ah! ah! Sous son aisselle! Non, non, non, mais Dorion, y se torchait pas l'cul avec d'la gazette, c'lui-là! C'est vrai, y s'pensait plus fin que tout l'monde.

Les paupières closes, les souvenirs de Val-d'Or, où Lessard a séjourné quelques jours dans une vie antérieure, lui reviennent en mémoire: les vieux édentés qui fument des cigarettes sur le bord de la 3e Avenue, cette façon de stationner les voitures en diagonale de chaque côté de la rue, les enfants qui traînent en gang dans les dépanneurs…

– Et Carbonneau, il s'en est tiré?

– Non, non, non, mais c'est devenu un important! Y travaille en Afrique asteure, pour aider les pauvres rapport à la nourriture pis toute.

– Donc, il n'y a pas eu de suite à cette histoire?

– Non, non, non, mon p'tit homme. Mais les deux jeunes ont continué de faire des niaiseries.

– Cortiula et Wan?

– Non, non, non, y ont continué, mais le curé a tout caché. Rapport au fait qu'ils étudiaient avec lui, il s'est arrangé pour que les deux jeunes aient pas de problème.

– Attendez, Wan étudiait aussi au séminaire?

– T'as ben compris, mon p'tit homme.

Amis depuis l'enfance, David Cortiula et Chan Lok Wan étaient devenus les protégés d'Aldéric Dorion après la tentative de suicide du jeune Carbonneau.

Étrange, rumine Lessard.

– Vous dites qu'après, ils ont continué à faire des niaiseries. Quel genre de niaiseries?

– M'en vas te le dire en bon Canadien français: c'tait deux crisse de bizarres, ces deux-là! Mais c'tait surtout le p'tit David qui faisait du trouble. Comment d'fois c't'arrivé qu'on a reçu des plaintes pour violation de domicile?

– Il volait?

– Non, non, non, il s'introduisait dans les maisons pendant que le monde dormait.

– Et il faisait quoi? Du vandalisme?

– Non, non, non, mais ça, mon p'tit homme, tout le monde avait sa théorie à lui là-dessus. Les gens se réveillaient et il était assis dans chambre. Et il les r'gardait avec ses yeux bizarres.

– Il regardait les gens dormir?!

– Drette ça, mon p'tit homme. Et le monde en avait peur comme d'la peste. Y en a même qui disaient que c'tait le p'tit qui avait poussé sa mère à se tuer. Mais le curé était toujours là pour prendre sa défense. Dorion, y disait tout l'temps que c'tait pas la faute du p'tit par rapport au fait qu'y avait pas eu d'vie normale pis toute. Et que c'tait normal qu'y soit bizarre. Et faut dire qu'en vieillissant, y est devenu de plus en plus bizarre.

– Bizarre dans quel sens?

– Ah, ça, mon p'tit homme, y a eu ben des rumeurs là-dessus en ville. Y s'est passé ben des affaires, ben des catastrophes en peu de temps. Chaque fois qu'y se passait quelque chose, tout le monde avait pris l'habitude de mettre ça sur le dos du p'tit.

– Par exemple?

– Une nuit, y a un cultivateur qui s'est fait décapiter dix chèvres. Le lendemain, moé pis mon *partner*, on a dû intervenir, parce qu'y avait des hommes devant l'presbytère qui voulaient que les curés leur livrent le p'tit.

– Avec quel type d'arme les chèvres ont-elles été tuées?

– Non, non, non, ça, on l'a jamais su avec certitude, mon p'tit homme. Mais si tu m'demandes de faire un *guess*, moi j'dirais une hache ou une machette.

– Avez-vous déjà trouvé David en possession d'une hache?

– Non, non, non, le jeune. Mais oublie jamais que son père était bûcheron. Alors, le monde, y font un plus un, pis y regardent pas plus loin qu'ça.

Lessard se défend de tomber dans le même panneau, mais il ne peut s'empêcher de penser à l'arme du crime retrouvée sur les lieux de la tuerie de la rue Bessborough.

– Vous avez déjà arrêté Cortiula ou Wan pour une quelconque infraction?

– Non, non, non, mon p'tit homme. Si y faisaient des mauvais coups, y faisaient ça en d'sous d'la couverte. Pis comme j'te dis, même si les curés s'arrangeaient toujours pour les sortir du trou, personne a jamais pu rien prouver. On les a jamais pognés à faire de quoi de croche. Même dans le cas du p'tit Carbonneau, ça reste que c'est le p'tit Carbonneau lui-même qui s'est rentré la baïonnette. Y a personne qui l'a fait à sa place.

– Je comprends. Que s'est-il passé ensuite avec Cortiula et Wan?

– Non, non, non, rien.

– Qu'est-ce que vous voulez dire?

– Drette ça. Une semaine après que les hommes ont venu pour les chercher, y sont partis. C't'à-dire que personne les a vus partir mais, du jour au lendemain, y étaient pu là.

– Partis?!

– Non, non, non, t'as ben compris, mon p'tit homme, à cause que j'crairais ben que les gens arrêtaient pas d'parler que le p'tit portait malheur.

– Ils sont allés où?

– Ah, ça, mon p'tit homme... Moé pis mon *partner*, on a été voir la DPJ et le centre jeunesse. Ils ont dit que tout était correct, que les jeunes avaient été changés de ville et que c'tait confidentiel, rapport à leur sécurité.

– Et Dorion?
– Non, non, non, parti lui aussi.
– Parti où?
– Ah, ça, j'crairais ben, mon p'tit homme, que même les autres curés le savaient pas.
– Vous me dites qu'Aldéric Dorion est parti de Val-d'Or en même temps que David Cortiula et Chan Lok Wan?
– Non, non, non, c'est drette ça! Fait qu'on les a jamais revus. Et c'est là que tout l'monde dans le coin a recommencé à mieux respirer. La bonne humeur est revenue drette d'un coup! Le monde, y était fou comme des balais. Ah, oui, tabarnac! C'est ben juste s'y ont pas faite une fête. Ça prend toujours un bouc à misère quand ça va mal!
– Un bouc émissaire.
– Non, non, non, c'est ça que j'te dis, mon p'tit homme.
– Et les deux enfants chantaient dans la chorale avec Dorion?
– Non, non, non, c'est ben ça, mon p'tit homme. J'me souviens pas d'la voix du pâté chinois, mais le p'tit Mozart, comme l'appelait mon *partner*, lui, y chantait en crisse!
– Et votre coéquipier, est-ce possible de lui parler?
– Louis? Non, non, non, mon *boy*, y s'est tiré une balle dans bouche quand Margot est partie avec l'autre, le conducteur de locomotive. Y a resté trois ans dans l'coma avant d'mourir. C'tait un crisse de *tough*, ça, Louis.

Lessard fouille dans les recoins de son cerveau.

Il a l'impression de ne plus avoir de questions à poser, mais redoute qu'elles ne se mettent à affluer en bloc aussitôt qu'il aura raccroché.

• • •

L'agent du SIV jette un coup d'œil vers le transept.

Quelques vieux éparpillés sur les bancs de bois dur, la tête inclinée vers le sol, se recueillent en silence. L'homme en soutane sourit: il pourra exécuter la suite de son plan et compléter le dossier qu'il prépare à l'intention du pape rouge par un dernier enregistrement vidéo.

Les pièces ont enfin cessé de flotter au-dessus de l'échiquier.

Tout tombe en place.

La répétition de la chorale commence.

Timbre étincelant, un *falsetto* cristallin s'élève dans la nef, plane au-dessus du maelström sourd des autres voix, se love aux notes profondes, martelées par les grandes orgues.

Happé par le cantique, les basses fréquences lui résonnant dans la cage thoracique, Noah ferme les yeux.

Cette voix...

Cette voix est une épiphanie, une orchidée parmi les orties.

L'agent du SIV ne voit pas la chorale, qui se trouve sur le balcon, mais il n'en a point besoin, car cette voix il la reconnaîtrait entre toutes.

C'est celle du jeune garçon que lui a présenté Aldéric Dorion, un jour d'avril 1985 : David Cortiula.

36.

Circle around the park
Joining hands in silence
Watch the evil black the sky
The storm has ripped the shelter
Of illusion from our brow
This power is no mystery to us now.

Jeff Buckley, *The sky is a Landfill*

Besoin vital de quitter l'atmosphère oppressante de l'auto.

Le col de son pardessus relevé, la manche droite qui, vide, bat au vent, Lessard traverse la rue Rachel et s'avance dans le parc La Fontaine. Les silhouettes fantomatiques des arbres ballottés par la bourrasque se dressent dans la nuit noire, tendent les bras pour étreindre et siphonner cette pluie que le ciel leur verse sur la tête sans avertir.

Le policier tente de se changer les idées, mais des particules de sa conversation avec Langelier circulent dans son cerveau où elles se décomposent, explosent et se fissurent.

Il marche, le regard vague ; des images surgissent, s'estompent, se distordent devant ses yeux. Pourquoi est-il incapable de se fixer sur un point particulier, de stopper le vortex qui s'est emparé de son esprit ?

Bien que le siège soit détrempé, il s'assoit sur un banc. La sensation désagréable de l'eau qui pénètre à rebours les fibres de son pantalon le ramène à la réalité.

Pour essayer d'y voir plus clair, il sort son calepin et se force à revenir à la base, à se remémorer les principales pièces du puzzle. Il s'exécute de la main gauche, mais les lettres sont plus lisibles qu'il l'aurait cru :

- ➪ Assassinat des Cook.
- ➪ Sandoval et Applebaum : Réseau de pédophiles. Échange de fichiers via site Web.
- ➪ Lien entre pédophiles et Dorion ? Prêtres pédophiles ? Liens entre pédophiles et Cortiula ? Wan ?
- ➪ Organisation structurée ; Re : Meurtre de V. Gray et tentative meurtre halte routière.

C'est ensuite qu'il s'y perd.

Wan et Cortiula se connaissent depuis l'enfance. Protégés par Dorion, ils ont été chassés de Val-d'Or par des habitants convaincus qu'ils étaient responsables de tous les maux qui les accablaient. Lessard note deux questions qui l'embêtent :

- ➪ Pour aller où ? Cortiula et Wan ont-ils suivi Dorion à Sherbrooke ?

Il semble que ce soit le cas de Cortiula, si le policier se fie aux photos qu'il a trouvées chez lui, celles où on le voit chanter avec Applebaum et Sandoval. Mais, pour bien comprendre, il faudrait retracer le parcours du trio durant les vingt dernières années.

Et Cortiula, figure énigmatique, qui est resté plusieurs jours avec le cadavre de sa mère. Cortiula, avec ses yeux de chat qui paraissait se moquer de la situation.

Qu'avait dit Langelier à cet égard?

«Y avait des mouches plein la maison.»

- ➪ Lien avec mouches ; Re : Meurtres Cook et Sandoval ? ? ?

– Ça va, Victor? lance une voix, pendant que le sergent-détective achève de griffonner.

Son frère est assis sur une des balustrades qui ceinturent la piste cyclable. Lessard se masse les tempes un instant, puis le regarde.

– Je n'arrive pas à comprendre, Raymond.

La cigarette qu'il a posée sur le banc, à côté de lui, se consume sans qu'il y prête attention, il est trop absorbé, trop occupé à réfléchir.

Que sait-il avec certitude?

Je ne sais plus rien.

Il se secoue, crispe les doigts sur le stylo, essaie de mettre encore un peu d'ordre dans son réservoir à idées:

➪ Wan est mort. Wan a enlevé Laila François.

Pourquoi?

Voilà un mystère auquel Lessard espère que Fernandez et Taillon trouveront bientôt une réponse. Sa main tressaute sur le papier:

➪ Où sont Dorion et Cortiula ? En fuite ? Disparus ?

Ils n'ont peut-être rien à se reprocher, mais il importe de les retrouver et de les questionner. À moins qu'ils n'aient déjà été éliminés, eux aussi. Le policier se perd dans ses pensées. Tout à coup, il retrouve l'élément qu'il cherchait. Les documents qu'il a découverts chez Dorion et Cortiula méritent qu'on s'y attarde:

➪ Articles diable Cortiula ; plaquette exorcisme Dorion ?
➪ Cortiula développe culte Satan à Val-d'Or ?

Est-ce que Lessard a rêvé ou Langelier a laissé sous-entendre que le garçon était doté de «pouvoirs»?

Il fait la moue: pas son fort, ces histoires de pouvoirs.

Quoi qu'il en soit, il a assez d'expérience pour savoir que certaines personnes sont sensibles à ce genre de déviances et qu'elles sont parfois prêtes à aller loin dans leur poursuite d'une réalité alternative.

Parfois trop loin.

Enfin, il y a ce lieu étrange où Chan Lok Wan a séquestré Laila, sorte de monde endogé. Lessard y a trouvé des adultes qui affirmaient y être de leur plein gré.

Que fabriquait-on dans ce souterrain? Qui étaient ces gens?
Il note quelques hypothèses:

⇨ Pédophiles ? Sadomasochistes ? Satanistes ? Une secte ?

Une secte…
Il réfléchit à la question quelques instants. C'est une idée intéressante qui lui a effleuré l'esprit au début, quand ses collègues et lui ont commencé à enquêter sur les Cook. Taillon n'a-t-elle pas mentionné que le beau-père de Laila François était à la tête d'une secte?
Quel en est le nom déjà?
«Les Traversées du soleil», ou quelque chose du genre.
Wan, Cortiula et Dorion faisaient-ils partie de cette secte?
Vouaient-ils un culte à Satan?

• • •

Après avoir fait une scène horrifique à un Gilles Lemaire ahuri, Jacinthe Taillon est sortie en claquant la porte de la salle de conférences si fort qu'elle a rameuté plusieurs de leurs collègues travaillant sur le même étage.
Elle se fiche bien des protestations du Gnome.
Si les membres de leur équipe sont trop incompétents pour retracer Razor, elle s'en chargera elle-même. Une photo du petit truand sur le siège du passager, elle écume maintenant, au volant de sa voiture, les rues du quartier où se trouve le repaire des Red Blood Spillers.
Plus tôt dans sa carrière, elle n'aurait pas eu cette patience.
Elle serait entrée dans l'immeuble l'arme au poing. Agir d'abord, réfléchir ensuite. Elle a appris à la dure que, à la différence des motards ou du crime organisé, il n'y a pas de code avec les gangs de rue. Mieux vaut tirer le premier, sinon vous risquez de ressembler à un gruyère avant même d'avoir eu la chance de dégainer.
Rien ne va; cette enquête dérape.
Elle prend l'appel en maugréant; elle est d'une humeur massacrante.

– Salut, je suis Nadja Fernandez. C'est Lessard qui m'a suggéré de te téléphoner.

– Ça peut attendre? répond Taillon. Vraiment pas un bon moment!

– À toi de voir. Je suis avec Laila François en ce moment.

• • •

D'autres éléments refont surface au fur et à mesure que Lessard se laisse submerger par le déluge d'idées. Qu'avait dit Viviane Gray à propos de Cook?

Qu'il était persuadé que quelqu'un s'introduisait chez lui pendant son sommeil.

Et Langelier?

N'avait-il pas été appelé à intervenir à plusieurs reprises parce que David se glissait dans des domiciles pour en observer les occupants dans leur sommeil?

Qu'est-ce que ça veut dire? Il lui manque au moins un lien pour rendre le tout cohérent, c'est à peu près la seule chose dont il est absolument sûr. Une pièce importante du puzzle demeure introuvable.

Pendant un instant, il se demande si la connexion entre Applebaum, Sandoval, Wan et Cortiula ne serait pas qu'ils ont été abusés sexuellement par des religieux alors qu'ils faisaient partie d'une chorale.

Dans le cas de Wan et Cortiula, l'explication pourrait s'avérer plausible, puisqu'ils se sont retrouvés sous la supervision de Dorion.

Pour leur part, Applebaum et Sandoval auraient-ils été abusés avant de devenir eux-mêmes pédophiles? Pour répondre à la question, il faudrait déterminer à quel moment ils ont joint les rangs d'une chorale.

Étaient-ils en âge d'être abusés ou adultes?

À cet égard, le sergent-détective sait d'expérience que plusieurs personnes qui s'inscrivent dans une chorale le font sur le tard, simplement pour le plaisir de chanter. Sa sœur, Valérie, vocalise d'ailleurs dans la chorale de sa paroisse depuis qu'elle est séparée.

Un autre élément lui revient en mémoire, une chose qu'il a oublié de faire vérifier par Fernandez.

Parmi tous les individus qu'il a trouvés sur le chemin de son enquête, si on excepte Dorion, qui en dirigeait une, seul John Cook ne semblait pas faire partie d'une chorale.

Il n'a pas envie de parler à ses collègues en ce moment, de peur d'interrompre le flot de ses pensées, mais il tape gauchement un texto cryptique à leur intention :

Cook chanteur chorale ?/Applebaum, Sandoval dans chorale enfants ?/Parcours Cortiula, Wan, Dorion après départ V. Or ?/ C, W et D dans secte P. Pierre ?/Secte sataniste ?

– Qu'est-ce qui te pousse à continuer, Victor?

Le policier regarde les branches d'un arbre ployer sous une rafale.

– (Silence.) Ton visage… Chaque fois, il se superpose à celui des victimes que je croise. Tant qu'il sera là, je vais continuer.

– Tu ne pourras jamais l'effacer, Victor. On n'efface pas le passé.

Le garçon vient poser sa tête sur les genoux de son frère, qui caresse ses cheveux.

– Je suis si fatigué, Raymond. Si fatigué, murmure Lessard, les yeux inondés de larmes.

– Pourquoi tu ne laisses pas tout tomber? Rentre avec moi à la maison, maman va nous préparer à souper.

Le vent souffle.

Lessard se tasse sur lui-même et frissonne de froid et de peur. Il frissonne parce que son fils et sa fille sont là, dehors, sans défense face à cette bête sanguinaire et sans pitié qu'est le cœur des hommes ; il frissonne parce qu'il réalise l'inégalité du combat qu'il mène, seul contre une force qui le dépasse ; il frissonne parce que, dans la nuit, dans les ténèbres, des hommes rôdent, à l'affût, prêts à tout pour protéger un secret qui lui échappe ; il frissonne parce que sacrifier au passage quelques vies humaines ne les arrêtera pas.

Dans quel guêpier a-t-il mis les pieds?

Malgré ses shorts et son gilet, Raymond n'a pas froid.

On ne frissonne plus sur le boulevard des allongés.

Lessard reprend contact avec la réalité.

Le parc est désert à cette heure et avec ce temps fâché. Pas même un ver de terre qui abandonne derrière lui une traînée baveuse sur l'asphalte.

Toujours entre ses doigts, le mégot éteint va valser entre les brindilles mouillées.

Les yeux au ciel, la tête dans les mains, un grand cri blanc reste coincé dans sa gorge.

Il marche sur le fil du rasoir, au bord du précipice.

Un chien aux poils jaunes, squelettique, s'avance vers lui.

Le visage émacié, il semble promener son spleen en laisse, son affliction affleure dans ses pupilles mordorées. Lessard reconnaît le chien qu'il a croisé rue Notre-Dame, alors qu'il se rendait chez Ted. À ce point, il ne s'étonne pas outre mesure du fait que l'animal déambule aux quatre coins de la ville.

Le bâtard s'approche jusqu'à renifler le bout de ses doigts.

Lessard a une peur panique des chiens depuis qu'il a été mordu dans l'enfance.

Pourtant, cette fois, il caresse la bête comme un vieux compagnon d'infortune. Le cabot finit par se coucher aux pieds du policier, qui s'allume une cigarette.

– Tu fumes trop, Victor, dit Raymond, assis à côté de lui sur le banc, les pieds ballottant dans le vide.

– Quoi, je te donne le mauvais exemple? répond Lessard avec un rictus mélancolique.

La nuit devient tout à coup plus opaque. Au centre du parc, la ville qui fornique en périphérie avec ses mille tentacules et ses nids à débauche n'existe plus. À part les gouttes de pluie qui ricochent sur les feuilles et le vent qui chuchote à son oreille, aucun son ne parvient jusqu'à lui.

Un sentiment trouble le submerge alors, la solitude l'étreint sur son sein, lui tend ses mamelles flaccides et gercées de vieille pute sardanapalesque, lui offre son lait incomestible, tourné en vinaigre. La gorge nouée, il a brusquement l'impression d'être le dernier habitant de la Terre.

Même si la présence de Raymond le réconforte, l'aide à tenir le coup, l'envie de parler avec quelqu'un d'autre que ce simulacre de frère l'avale et le recrache, jusqu'à ce qu'il y cède.

– Victor?

– Salut, Élaine. Je voulais simplement m'assurer que tout va bien.

– Oui. L'enquêteur Sirois a été super gentil. Il est reparti il y a environ une heure. J'ai dit à mes parents que c'était un ami, pour ne pas les inquiéter. Et toi, ça va?

– Ça va, ment-il sans conviction.

– Écoute, Victor, je ne sais pas ce qui se passe, mais j'ai peur.

– Ne t'en fais pas. Ce sera bientôt fini. (Silence.) D'une façon ou d'une autre.

Devant ses yeux, les gouttelettes de pluie se transforment en mouches.

– Qu'est-ce que tu veux dire?

– Peu importe. C'est bientôt fini, je te le promets.

– Ça va, toi? Tu es sûr? s'enquiert Élaine Segato.

– Oui, oui.

Un déluge de mouches danse dans son regard, et les bribes d'une discussion qu'ils ont eue voltigent dans l'air.

– Tu as une piste?

Il ne va quand même pas lui avouer qu'il ne sait plus où, ni quoi chercher.

– Ça se précise. Dis-moi, y a un truc dont tu m'as parlé...

– Oui?

– Si ma mémoire est bonne, tu mentionnais le quatrième fléau ou quelque chose du genre.

– Oui, je me souviens.

– Le quatrième fléau, est-ce que ça collerait avec une secte de satanistes?

– Qu'est-ce que tu veux dire?

Lessard tente de clarifier sa pensée, mais l'idée, confuse, reste accrochée aux confins de son cerveau.

– Comment dire?... Est-ce que ça *fitterait* avec des satanistes de mettre en scène des meurtres, en essayant de reproduire une invasion de mouches inspirée du quatrième fléau?

– Je crois que je saisis, mais il n'y a aucun rapport. Le quatrième fléau ne concerne pas le démon. C'est seulement la malédiction de Dieu qui menace de s'abattre sous la forme d'une invasion de mouches.

– Ah, bon. Je comprends.

– Mais, par contre, s'il est question de satanistes, il y a un lien à faire beaucoup plus évident avec les mouches.

– Lequel?

– Baal-zebûb. Le roi des mouches.

– Pardon?

– Dans les mondes philistin et phénicien, *Baal* signifie «maître» ou «propriétaire». *Zebûb* ou *Zoubeb* signifie «mouche». Dans les Évangiles, *Baal-zebûb* ou *Belzébuth* est repris pour désigner Satan, «le prince des démons».

Belzébuth, le roi des mouches.

En raccrochant, Lessard a promis à Élaine de la rappeler le lendemain mais, hanté par de noires pensées, il met le canon de son pistolet dans sa bouche.

Depuis qu'il s'est convaincu que Cook n'a pas tué sa femme et ses enfants, une idée, qu'il repousse sans cesse du pied dans la vase de son esprit, remonte constamment à la surface.

Et si son père n'était pas le bourreau qu'il croyait? Si quelqu'un d'autre avait commis les meurtres à sa place?

Et moi, je l'ai achevé sans même lui donner la chance de s'expliquer. Si seulement...

– Arrête de te tourmenter, Victor. J'étais là. C'est papa qui nous a tués.

– (Silence.) Je ne sais plus très bien où j'en suis, Raymond.

– Range ça, Victor. Et viens.

Son doigt reste longtemps figé sur la détente, puis il marche jusqu'au bassin, où affleure la fontaine. Comme il a vu cent fois des sans-abri le faire en plein jour, il fait une toilette de fortune pour se débarrasser du sang de Chan Lok Wan qui le souille encore.

Il retourne à la voiture en tenant son frère par la main.

37.

La plus grande ruse du démon est
de faire croire qu'il n'existe pas.

Charles Baudelaire

Montréal
11 mai

Le soleil décline rapidement sur les dunes désertiques.

Il court comme un halluciné. Sa tunique souillée entrave ses mouvements, de l'écume blanchâtre colore sa barbe hirsute. Sauf pour un nuage noir et opaque, le ciel est vierge, immaculé.

Ce nuage revêt un aspect singulier.

Il mesure près de cent mètres de longueur et avance à trois mètres du sol. Sa forme et sa densité fluctuant sans cesse, il semble le poursuivre. Il sait de quoi il retourne: un essaim, composé de millions de mouches qui se déplacent en formation, le traque. Il tente de les distancer, mais il n'est pas dupe: il court depuis déjà trois kilomètres et l'écart entre les insectes et lui demeure le même, invariable.

Il comprend que, dès qu'il s'arrêtera, la nuée le rejoindra.

Il ne s'en sortira pas.

Déjà, il faiblit. L'acide lactique ankylose ses jambes, l'air aride lui assèche la gorge et le vent chaud lui balaie du sable dans les yeux.

Tout à coup, il se fige.

Face à lui vient d'apparaître un autre homme, qu'il ne connaît pas. D'où arrive l'étranger? Il n'était pas là l'instant d'avant et il n'y avait rien en vue, pas une habitation, pas un arbre, pas même un amas rocheux où il aurait pu se dissimuler.

Surpris, il sent ses forces l'abandonner brusquement. Il s'écroule sur le sol. L'étranger lui parle, mais il ne comprend pas la langue dans laquelle il s'exprime.

Il lui viendra peut-être en aide?

Le nuage fond sur lui.

Il perçoit la masse compacte des mouches qui l'enlace, se love contre son corps, le faisant tournoyer sur lui-même, l'aspirant vers le centre de l'essaim. Il hurle, ses bras fouettent l'air, ses mains tentent de s'accrocher à n'importe quoi, ses oreilles boivent le son écœurant du battement des ailes.

Les mouches entrent par ses narines, par ses oreilles et par sa bouche. Elles se forent un passage à travers le larynx, la trachée et, bientôt, envahissent ses poumons et son estomac.

L'oxygène commence à lui faire défaut. Des convulsions l'agitent. Son visage devient rouge, puis il prend une teinte bleutée. Avant de mourir étouffé, il a un dernier regard pour l'étranger, qui a maintenant le front ceint d'un bandeau de feu.

Les lèvres entrouvertes, l'étranger l'observe en silence.

Par milliers, les mouches sortent de la bouche de Belzébuth pour fondre sur Lessard.

Le policier se réveille en sursaut, tousse et crache pour expulser les mouches qu'il a avalées.

Puis il se rend compte qu'il n'a rien avalé du tout.

Quel cauchemar horrifiant!

La douleur qui lui fend le bras et vrille entre ses omoplates est telle qu'il a l'impression qu'on lui assène des coups de poignard. La fatigue l'a happé brutalement, derrière le volant, alors qu'il était sur le point de démarrer pour rentrer au motel et profiter du confort relatif de sa chambre.

C'est dans un sommeil de plomb, mais agité, qu'il a glissé quand les bras de Morphée se sont refermés sur lui.

Malgré la pluie, la nuit a été douce, de telle sorte qu'il n'a même pas eu froid.

Un coup d'œil à sa montre lui apprend qu'il est 7 h.

Cette fois, reflux gastro-œsophagien ou pas, Lessard s'octroie le droit de boire un café.

Les jambes vacillantes, il sort de l'auto avec peine et avale, dans le sillage d'une longue rasade de Pepto-Bismol, une poignée de pilules contre la douleur, l'infection et le reflux.

Le sang sur ses vêtements a séché, mais reste repérable. Le policier enfile le ciré jaune qu'il avait récupéré dans la Corolla pour le mettre dans la voiture du tueur.

Il le boutonne jusqu'au col et se regarde dans le reflet de la vitre.

Le contraste entre le jaune du ciré, le rouge de la casquette des Canadiens et le noir de la monture de ses lunettes lui donne un air déjanté. Sans compter son bras en écharpe et le pansement sur son arcade. Ce qui, se dit-il, est encore la meilleure façon de passer inaperçu sur le Plateau-Mont-Royal, le paradis des granos au look décalé.

Il reste bien quelques taches de sang visibles sur son jean, mais le denim est foncé et elles passeront facilement pour des traces d'encre ou d'huile à moteur.

En remontant la rue sous la pluie, il lui semble avoir les idées plus claires que la veille.

D'abord, il prendra ses messages et reparlera à Fernandez ou à Sirois pour faire le point sur les questions qu'il leur a textées. Ensuite, il a l'intention de donner un coup de fil à René Trudeau, prêtre et coauteur de la plaquette qu'il a prise chez Dorion.

L'hypothèse qu'il a émise concernant un lien potentiel entre la secte de Pascal Pierre et les satanistes l'intrigue et il sent qu'il est important de chercher davantage dans cette direction.

Mais, avant tout, opération caféine.

• • •

Les yeux piquant de fatigue après cette longue nuit blanche, Jacinthe Taillon ne compte plus le nombre de cafés qu'elle s'est enfilés dans les dernières heures.

L'interrogatoire de Laila François n'a rien donné.

La petite n'a pas été maltraitée, mais elle ne sait pas qui l'a enlevée, ni pourquoi. En vérité, elle était certaine que Pascal Pierre était son tortionnaire. Tant l'interrogatoire du gourou que les premières constatations, faites depuis son arrivée dans les bureaux de Chan Lok Wan, suggèrent que l'Asiatique est le ravisseur de la jeune fille.

Laila est partie il y a déjà plusieurs heures en compagnie du Gnome et d'un intervenant de la DPJ, laissant Taillon seule dans les bureaux de CLW Solutions avec les techniciens en scène de crime.

Si Laila François n'est au courant de rien, il en va autrement de Nadja Fernandez.

Taillon est persuadée que la jeune femme a aidé Lessard dans sa cavale et qu'elle connaît un bout de l'histoire, mais elle n'a pas insisté outre mesure. C'est à son ancien coéquipier qu'elle veut parler sans intermédiaire, mais ce sale bâtard ne la rappelle pas !

Ça ne l'étonne pas, même si elle est sûre que Fernandez lui a fait le message. Taillon sait que Lessard et elle se ressemblent : ils préfèrent travailler en solo, détestent avoir des comptes à rendre et sont réticents à partager les informations.

N'empêche qu'en ce moment, malgré toute la haine qu'il continue de lui inspirer, elle aimerait qu'il la contacte, car elle a la conviction qu'il possède un morceau du casse-tête. Pour la énième fois, elle rembobine le même segment de l'enregistrement de l'interrogatoire de Josée Labrie, alias « la Gothique », qu'elle a mené tambour battant après son arrivée, tandis que le Gnome questionnait les trois personnes que Lessard a trouvées dans les autres cellules :

Q : C'était quoi, la nature de vos activités avec Chan Lok Wan? Depuis combien de temps travailliez-vous ensemble?
R : Ça faisait sept ans. En gros, on recevait du monde, des professionnels pour la plupart. Selon leurs croyances, ils venaient pour subir un châtiment corporel, des coups de fouet par exemple, ou encore pour vivre une période de détention.
Q : Pourquoi?
R : Pour expier leurs fautes, leurs péchés, des trucs du genre.
Q : Et vous? Que faisiez-vous?
R : Je suis infirmière diplômée : j'étais chargée de m'assurer que les blessures infligées par Chan à nos clients étaient correctement soignées, désinfectées, etc. C'est moi aussi qui préparais les repas pour les clients qui restaient en captivité plus longtemps. Ce genre de choses...
Q : Wan était un bourreau...
R : Si on veut, oui. Chaque client le chargeait de lui administrer la punition qu'il désirait obtenir.
Q : Il se spécialisait aussi dans les enlèvements?
R : Non, dans le cas de Laila François, c'était différent.
Q : Pourquoi Wan l'a-t-il enlevée?
R : Parce que son ami le lui avait demandé.
Q : Vous parlez de David Cortiula, c'est ça?
R : Oui. En tout cas, c'est ce que Chan m'a dit.
Q : Et Cortiula… Il venait souvent ici?
R : Ça dépend des périodes, mais plusieurs fois par année.
Q : Il recevait des châtiments corporels?
R : David a tellement reçu de coups de fouet qu'il a le dos comme une courtepointe.
Q : Pourquoi voulait-il que Wan enlève Laila?
R : Chan m'a dit que c'était pour la protéger.
Q : La protéger?! La protéger de qui, la protéger de quoi?
R : Je ne sais pas. Chan était secret.
Q : Vous devez bien avoir une idée, madame Labrie?
R : Je n'en suis pas sûre, mais je pense qu'il a dit que David voulait la protéger d'un prêtre qui cherchait à le piéger.

Malgré la caféine, sa fatigue ne passe pas, ralentit ses gestes et son esprit : Taillon relève la tête avec peine, les écrans de surveillance sont toujours allumés sur des cellules vides.

Les trois personnes que Lessard a enfermées dans la même geôle, dont un avocat en droit des technologies de l'information, ont toutes corroboré dans les grandes lignes ce que la Gothique lui a appris : elles étaient là de leur plein gré, pour subir une punition qu'elles avaient elles-mêmes planifiée et dont elles avaient confié l'exécution à Chan Lok Wan, moyennant rétribution.

Taillon est trop épuisée pour avoir une opinion sur la question, mais ce n'est pas la première fois qu'elle s'en fait la remarque : elle a l'impression de vivre dans un monde de fous.

La chaise craque lorsqu'elle se relève. Il y a deux classeurs contre le mur.

Elle entend bien en examiner le contenu et, s'il le faut, fouiller l'endroit pièce par pièce. Quelque chose lui échappe dans toute cette histoire, l'empêche de comprendre pourquoi Cortiula avait demandé à Chan d'enlever Laila François.

« David voulait la protéger d'un prêtre. »

Lessard, lui aussi, avait parlé d'un prêtre, non?

A-t-il retrouvé Cortiula? se questionne-t-elle.

• • •

Avec son enfilade de bars, de cafés et de boutiques de vêtements branchés, Lessard a toujours vu l'avenue du Mont-Royal comme une passerelle imaginaire reliant la montagne et le Stade olympique.

Il entre au St-Viateur Bagel.

Fixés au mur, des haut-parleurs répandent *So What*, de Miles Davis.

Un des premiers clients de la journée, il s'installe à une table du fond et commande deux bagels avec fromage à la crème et un café.

La douleur, qui déchire son bras, lui arrache une grimace amère quand il s'assoit. En diagonale, il parcourt le petit livre sur l'exorcisme :

Introduction

Cette plaquette se veut un guide pratique à l'intention des prêtres confrontés à des cas de possession réels ou présumés.

[...]

L'entité censée provoquer la possession est l'esprit du Mal, désigné sous le nom du «diable» ou, en fonction des systèmes de croyance dont ils sont issus, «Satan», «Belzébuth et «Lucifer».

[...]

Tout en manifestant une grande prudence, l'Église ne peut cependant pas exclure l'emprise du démon sur certaines personnes.

[...]

Dans sa forme primaire, l'exorcisme est pratiqué lors de la célébration du baptême. L'exorcisme canonique solennel, le «grand exorcisme», ne peut être pratiqué que par un prêtre exorciste et avec la permission de l'évêque.

Absorbé par sa lecture, Lessard se brûle la langue en prenant une gorgée d'un café noir.

– Ayoye! lance-t-il tout haut en portant la main à sa bouche.

Une cliente assise à une table voisine lui jette un regard amusé. Il lui offre un sourire contrit et continue à tourner les pages au hasard.

Rituel

Le nouveau rituel intègre l'évolution de la médecine et de la psychiatrie. Ce document de 70 pages, conforme aux décrets du concile Vatican II, remplace les formules et les prières du chapitre XII du Rituel romain.

[...]

Le rite comprend, entre autres, une aspersion d'eau bénite, diverses prières, l'imposition des mains, la présentation d'un crucifix au possédé et une formule impérative («*Vade retro, Satanas*») qui s'adresse directement au diable et lui ordonne de s'en aller.

La maladie mentale par opposition à la possession véritable

[...]

On ne peut procéder à l'exorcisme qu'après une enquête diligente – dans le respect du secret confessionnel – et la consultation de spécialistes en psychiatrie. Il faut en effet prémunir contre elles-mêmes les personnes atteintes d'un trouble de la personnalité qui pourrait les porter à croire qu'elles sont la proie du démon. Il ne faut en aucun cas confondre paranoïa, schizophrénie ou attaques psychotiques avec attaques diaboliques. [...] Il ne s'agit pas de refuser une aide spirituelle aux fidèles qui en ont besoin, mais il importe de comprendre que l'exorcisme doit demeurer une solution de dernier recours qui n'a pas à être pratiquée *a priori*, et certainement pas à tout prix.

[...]

Comme nous l'avons vu plus haut, le rituel de l'exorcisme ne s'impose qu'en cas de possession diabolique véritable, quand le démon s'empare non pas d'une âme, mais d'un corps qu'il peut manipuler à sa guise. Dans ces cas, l'exorcisme ne sera effectué que si la personne présente les signes typiques de possession : manifestation d'une force supérieure à ses capacités ; compréhension d'une langue inconnue ; dévoilement de faits lointains ou cachés et aversion virulente pour tous les signes religieux et le nom de Jésus.

Lessard trouve les coordonnées des auteurs du texte à la dernière page de la plaquette. Le numéro de Dorion correspond à celui du mobile sur lequel il a tenté en vain de le joindre. Il espère avoir plus de veine en composant celui de Trudeau, quoiqu'il ne se fasse pas d'illusion. L'ouvrage datant de 2002, il risque de se buter à un message préenregistré, du genre « il n'y a plus d'abonné au numéro que vous avez composé ».

Jour de chance, semble-t-il, puisqu'il tombe sur sa boîte vocale.

Il laisse un message.

Aussitôt qu'il dépose son BlackBerry, l'appareil se met à vibrer sur la table.

Rapide, le père Trudeau !

– Papa?

– Ah, salut, Martin.

– Je viens de passer à l'appartement. Il y a tes collègues partout ici et le corps d'une femme assassinée, s'étrangle le rejeton du policier. Ils ont pas voulu me laisser entrer.

– *Fuck*, Martin! Je t'avais dit pas avant la semaine prochaine!

Quelques têtes se tournent en sa direction, il baisse le ton.

– Qu'est-ce que tu faisais là?

– J'avais plus de linge propre.

– T'es encore à l'appartement, là?

– Non, dans un café rue Sherbrooke.

– Ils t'ont demandé si tu m'avais vu récemment?

– Oui, Pearson me l'a demandé.

– Qu'est-ce que tu as répondu?

– Qu'on s'est chicanés et que je ne t'ai pas vu depuis une couple de jours.

– Lui as-tu donné mon nouveau numéro de BlackBerry?

– Voyons donc, pour qui tu me prends, p'pa? J'ai rien dit.

Lessard pousse un soupir de soulagement. Pour une fois, il trouve utile d'avoir un fils qui a l'expérience de la rue.

– Qu'est-ce qui se passe, p'pa? Je viens de lire le journal. On te cherche. As-tu besoin d'aide?

– Moins tu en sauras, mieux ce sera, Martin. Traîne pas dans le coin, va chez ta mère, mon gars, tranche le policier d'un ton sans appel. Et tu ne donnes mon numéro à personne. OK? Personne!

– Promis, p'pa, répond le fils, surpris par la fermeté de son père.

Lessard raccroche et, en hochant la tête, se pince l'arête du nez entre le pouce et l'index.

Depuis que Martin est né, c'est à tout coup la même chose: son fils est toujours là où il ne l'attend pas!

La serveuse blonde, dont le corps compact se trémousse dans une jupe moulante, vient réchauffer son café. À peine une minute plus tard, alors qu'il se prépare à demander l'addition, son mobile se met à tressauter dans sa poche.

– Lessard…
– Bonjour, ici René Trudeau.
– Père René Trudeau?
– Euh… oui, moi-même.
– Bonjour, mon père. Comme je vous l'ai dit dans mon message, mon nom est Victor Lessard, je suis enquêteur au SPVM.
– Oui, c'est pour ça que je vous ai rappelé tout de suite. Ce n'est pas tous les jours que je fais affaire avec la police.
– Je comprends. Merci de votre promptitude.
– Pas de quoi. N'êtes-vous pas cet enquêteur dont les médias ont rapporté la disparition?
Merde! Ça devait arriver tôt ou tard.
– Je… Oui, vous avez raison. (Le cerveau de Lessard roule à toute vitesse pour trouver une explication plausible.) En fait, c'est une histoire assez complexe. Tout ce que je peux vous dire, c'est que je suis en infiltration et qu'il était nécessaire, pour que ma couverture soit crédible, de faire croire à certaines personnes que j'avais disparu de la circulation. Si vous le voulez, vous pouvez vérifier avec mon agent de liaison, Nadja Fernandez, et me rappeler par la suite. Vous pouvez la rejoindre au 51…
– Pas la peine, enquêteur, je vous crois sur parole. Simple curiosité de ma part. Que puis-je faire pour vous?
Le sergent-détective n'a pas le temps de s'envaser dans de longs palabres. Il attaque de front:
– En fait, j'ai trouvé votre nom et vos coordonnées dans une plaquette sur l'exorcisme que vous avez publiée avec un confrère. Ça vous dit quelque chose?
– Mon Dieu! s'exclame le prêtre d'un ton surpris. Oui, ça fait quelques années. Vous l'avez lue?
– Oui, je l'ai sous les yeux en ce moment.
– C'est pour ça que vous me téléphonez?
– En partie, oui. Vous allez trouver ça bizarre, mais j'enquête présentement sur une série de meurtres ainsi que sur un enlèvement, et certaines indications m'amènent à me demander si je ne serais pas tombé sur une secte de satanistes.

– Je ne trouve pas ça bizarre du tout, c'est mon rayon. Comme prêtre exorciste, le diable est l'un de mes domaines d'expertise.

Ne sachant pas comment formuler sa question sans offenser son interlocuteur, Lessard balbutie quelques mots sans suite logique, puis se reprend :

– Excusez-moi, mon père, mais je croyais que ces histoires d'exorcisme, c'était dépassé, que ça n'existait qu'au cinéma. Il y a donc encore des prêtres exorcistes de nos jours ?

Un grand éclat de rire, franc et jovial, ponctue sa remarque.

– Je comprends votre scepticisme, enquêteur, mais vous seriez surpris de voir à quelle fréquence nous sommes appelés à intervenir.

– Vous voulez dire que vous pratiquez régulièrement des exorcismes ?

– Écoutez, on ne part pas en guerre chaque matin contre le Malin et on ne croise pas chaque semaine des personnes dont la tête pivote à trois cent soixante degrés devant un crucifix. Les cas réels de possession sont rares, mais à notre époque, où l'ésotéro-occultisme suscite beaucoup d'intérêt, en particulier chez les jeunes, nous sommes confrontés à une recrudescence des demandes d'exorcismes. D'ailleurs, il y a deux ans, à la demande du pape, trois mille nouveaux exorcistes ont été formés.

– Je ne suis pas très pratiquant, mais j'avoue que ça m'étonne, dit le policier, stupéfait. Il y a donc des prêtres exorcistes au Québec ?

– Tout à fait. Vous savez, enquêteur, l'exorcisme vise à expulser les démons ou à libérer de l'emprise démoniaque, par l'autorité spirituelle que Jésus a confiée à son Église. Canoniquement, ce sont les évêques qui, à titre de successeurs des apôtres, reçoivent de l'Église l'autorité de pratiquer des exorcismes. Le plus souvent, ils délèguent cette autorité à des prêtres subalternes, comme moi : les prêtres exorcistes. Par ailleurs, si vous croyez avoir affaire à un groupe de satanistes, ce ne sont pas des gens qui veulent se libérer de l'emprise de forces occultes, comme ceux qui nous approchent pour être exorcisés, c'est plutôt l'inverse.

– Que voulez-vous dire?

– Il y a, en gros, deux types de satanistes: ceux qui adorent Satan et qui pratiquent des rituels au sein d'Églises organisées. La plupart du temps, ces groupes ne sont pas identifiables dans leur vie privée normale, ils pratiquent leur «religion» de manière occulte.

Lessard pense à Pascal Pierre et à sa secte. Il a hâte de voir si Fernandez a trouvé quelque chose à cet égard.

– L'autre type, c'est ce qu'on appelle le satanisme syncrétique des jeunes, continue Trudeau.

– C'est-à-dire?

– Essentiellement, une combinaison de doctrines et de religions qui n'ont pas vraiment de lien entre elles. Vous savez, beaucoup de satanistes débutants sont des gens qui font une crise d'identité. Du fait de leur incapacité à bâtir leur propre vie, ils s'en remettent à des «forces supérieures», ils sont à la recherche d'une sécurité, d'une identité, ils ont le goût de l'aventure. Il s'agit donc d'un satanisme «maison»: un vaste mélange de pratiques magiques et occultes les plus variées. Quoi qu'il en soit, dans les deux cas, les satanistes invoquent le Malin et cherchent à s'en imprégner, plutôt qu'à s'en départir comme les gens qui nous sollicitent pour être exorcisés.

– Je comprends. Et les exorcismes que vous pratiquez, ça se passe comme dans les films?

– Non, répond le prêtre en riant. Le rite comprend, entre autres, une aspersion d'eau bénite, diverses prières, l'imposition des mains, la présentation d'un crucifix au possédé et une formule impérative qui s'adresse directement au diable et lui ordonne de s'en aller. Ce rite est rarement utilisé. En trente ans, j'en ai pratiqué moins d'une douzaine. En fin de compte, nous combattons souvent davantage les angoisses que Satan. Vous savez, enquêteur, mon ministère en est un d'écoute. La plupart des gens qui viennent me voir vivent un mal-être, portent de lourdes souffrances. Et, dans la majorité des cas, ils ont déposé leur fardeau en me parlant. Les autorités ecclésiastiques préfèrent créer des structures d'écoute et offrir un soutien psychologique aux personnes en difficulté. Le rituel de l'exorcisme ne s'impose qu'en cas de possession diabolique véritable.

– Justement, comment être certain qu'il ne s'agit pas de schizophrénie?

– C'est le défi, évidemment. Ne pas confondre maladie mentale et possession véritable. Je vous dirais que ça vient avec l'expérience. Les prêtres exorcistes se retrouvent chaque année en congrès et s'entourent d'une équipe multidisciplinaire, à qui ils présentent les cas qu'ils suspectent. Mon équipe, qui se réunit toutes les six semaines, est constituée de prêtres exorcistes, d'un laïc spécialiste de l'écoute et de deux psychiatres.

Le fait que Trudeau mentionne l'examen périodique des cas suspectés donne une idée à Lessard.

– Je sais que vous êtes lié par le secret confessionnel mais, sans rien me révéler sur sa démarche, pouvez-vous me dire si un certain David Cortiula ferait par hasard partie des cas que vous avez déjà traités ou des cas sous étude? Je vous pose la question parce que j'ai trouvé, dans son appartement, plusieurs articles de journaux et des documents sur le diable. Il semble avoir un vif intérêt pour la question, sinon une fascination.

– Cortiula?... Laissez-moi réfléchir... Non, malheureusement, ça ne me dit rien. Vous savez, pour une demande d'exorcisme, il faut s'adresser à son diocèse. Il y a un prêtre exorciste nommé par diocèse, en l'occurrence moi pour l'archidiocèse de Québec. S'il avait déposé une demande, j'en aurais été informé parce que nous constituons systématiquement un dossier.

Le secret confessionnel ne semble pas embêter Trudeau, qui répond la même chose lorsque Lessard mentionne le nom de Chan Lok Wan.

– Autre chose, enquêteur. En soi, le fait qu'il collectionne des articles sur le diable ne veut pas dire pour autant que vous êtes en présence d'un sataniste, poursuit le prêtre. Croyez-moi, quantité de gens sains et équilibrés sont intéressés par ce sujet simplement parce que c'est un univers fascinant.

Le policier a soudain une illumination.

– Vous avez dit que vous êtes le prêtre exorciste pour l'archidiocèse de Québec, non?

– C'est exact.

– Cortiula vit à Montréal.

– Dans ce cas, on l'aurait référé au prêtre exorciste de l'archidiocèse de Montréal.

– Qui est-il?

– Un de mes anciens professeurs et un des meilleurs de la profession : Aldéric Dorion.

38.

There's a killer on the road
His brain is squirmin' like a toad

The Doors, *Riders of the storm*

En fouillant la pièce qui servait de bureau à Chan Lok Wan, Taillon a trouvé un DVD dans une poubelle. Elle ne s'y serait pas intéressée outre mesure s'il n'y avait pas eu le nom d'Aldéric Dorion tracé dessus à l'encre indélébile.

Sans trop réfléchir, elle a inséré le disque dans un lecteur branché à l'un des téléviseurs et, après avoir appuyé sur plusieurs boutons, elle a réussi à obtenir son et images.

Le visage d'un vieillard en soutane surgit à l'écran. En surimpression, elle voit apparaître la date. La vidéo a été réalisée il y a quelques jours :

> Mon nom est Aldéric Dorion.
>
> Je suis prêtre dans la paroisse Côte-des-Neiges et prêtre exorciste de l'archidiocèse de Montréal. J'ai confié à Chan Lok Wan le soin de remettre cet enregistrement et mes archives aux autorités et aux médias, dans l'éventualité où il m'arriverait quelque chose.
>
> Je vais droit au but : le 24 décembre 1983, le pape a adressé une directive confidentielle à l'ensemble des membres du clergé : cardinaux, archevêques, évêques, prêtres, diacres, moines et moniales. Cette directive les enjoignait de surveiller et de rapporter, au prêtre exorciste de leur diocèse, toute activité reliée ou soupçonnée d'être reliée à des cas d'envoûtement ou

de possession par le diable. Ainsi, des dossiers secrets ont été constitués à l'insu des citoyens de plusieurs paroisses. Chaque cas d'envoûtement présumé et chaque exorcisme complété a été répertorié et rapporté à Rome.

Au moment de l'adoption de la directive, j'exerçais depuis peu dans une paroisse de Val-d'Or.

À la suite d'un incident violent dans lequel ils ont été impliqués en mars 1985, j'ai été appelé à m'intéresser au cas de deux enfants vivant dans un centre jeunesse et placés dans le même foyer de groupe : David Cortiula et Chan Lok Wan.

Qu'il me suffise de dire ici que les deux garçons avaient incité un de leurs camarades de classe à se suicider à l'aide d'une baïonnette.

Après l'incident, on m'a demandé de les rencontrer à titre de personne-ressource. À la lumière des faits, de certains signes présents et des réponses aux questions posées, j'en suis venu à soupçonner des cas de possession. Une forte présomption dans le cas de David, une plus faible dans celui de Chan. Dans le cadre de nos rencontres, j'ai par ailleurs établi que, depuis la petite enfance, David avait développé une habileté pour lire les gens et deviner leurs pensées profondes, presque un don de télépathie.

Conformément à la directive, j'ai rapporté ces deux cas au prêtre exorciste du diocèse. Quelques semaines ont passé, sans que personne ne donne suite à mon rapport.

J'ai vite oublié cette histoire, d'autant que j'appréciais beaucoup les garçons qui chantaient tous les deux, depuis quelques années, dans la chorale que je dirigeais avec l'aide d'une professeure de chant.

En avril 1985, j'ai reçu la visite impromptue du nonce apostolique du Canada de l'époque, Alessandro Bartolozzi, qui se fait aussi appeler Noah.

Noah m'a longuement interrogé au sujet de David et a insisté pour le rencontrer. Il a aussi consulté mes notes. Avant de repartir, il m'a enjoint de continuer à lui rapporter tout développement digne d'intérêt et m'a suggéré de prendre gratuitement les garçons au séminaire, pour qu'ils y terminent leur scolarité. Dans leur intérêt, le centre jeunesse qui les hébergeait a accepté mon offre.

Aussi, je me suis arrangé avec la direction du séminaire pour leur être assigné comme tuteur pour la durée de leur cursus.

De 1985 jusqu'au début de l'année 1989, hormis quelques incidents mineurs, le cheminement des garçons s'est avéré normal. David réussissait avec brio, tandis que Chan se maintenait dans la moyenne forte.

À ce point, j'étais convaincu que les enfants avaient été pris en charge à temps et que j'avais posé un diagnostic trop hâtif en soupçonnant des cas de possession. Cependant, au début de l'année 1989, une série d'actes violents et de phénomènes mystérieux ont ébranlé la ville.

D'abord étonnée par le contenu du DVD, Taillon revient à elle, met l'enregistrement sur pause et sort son calepin de notes. En quelques phrases, elle résume ce qu'elle vient d'entendre, avant d'appuyer sur la touche «*Play*» pour reprendre la lecture:

Parmi ceux-ci, je mentionne quelques cas de sacrifices d'animaux et une série d'accidents étranges, ressemblant à des actes délibérés. Dans deux de ces accidents, des gens ont failli mourir. J'ai documenté ces événements en détail dans mes archives.

Durant cette période, David a perpétré un grand nombre d'introductions par effraction dans des maisons du voisinage. Même s'il ne causait aucun dommage – il se contentait d'observer les gens pendant leur sommeil –, ce comportement étrange a rapidement semé l'émoi parmi la population.

Ceci entraînant cela, on s'est mis à pointer du doigt les deux garçons et à les tenir responsables de tous les maux affectant la région, notamment de la série d'accidents et de sacrifices d'animaux.

Par la suite, la situation a vite dégénéré, à tel point que la sécurité des deux garçons est devenue précaire. De concert avec la DPJ et le centre jeunesse, nous avons, par conséquent, organisé leur déménagement à Sherbrooke. Étant donné le fort lien d'amitié qui les unissait, ils ont été transférés dans le même foyer de groupe.

J'ai moi-même demandé à l'archidiocèse mon transfert à Sherbrooke, car je voulais continuer à suivre le parcours des garçons. Peu après mon arrivée, ayant complété la formation requise, je suis devenu prêtre exorciste pour le diocèse de Sherbrooke. À ce titre, le cas de David me fascinait.

J'ai continué de les voir régulièrement, car ils chantaient dans la chorale de l'église où j'officiais. Bientôt, j'en ai été nommé le directeur.

• • •

Le café est bondé.

Le bruit des conversations tourbillonne dans l'air, les borborygmes se répercutent sur les murs et criblent les oreilles du policier d'éclats de verre, les visages anonymes se distendent en formes effrayantes, puis coulent comme des masques de cire.

Lessard ferme les yeux.

L'espace d'un instant, il lui a semblé apercevoir dans la foule une face fangeuse et cauchemardesque, cerclée d'un bandeau de feu.

Au bord de la syncope, il paye l'addition et quitte le vacarme.

La pluie froide lui pique les joues et le sergent-détective reprend peu à peu ses sens.

La discussion avec Trudeau l'a laissé perplexe.

D'une part, ce dernier lui a appris que Dorion est le prêtre exorciste du diocèse de Montréal mais, pas plus que lui, Trudeau ne sait où le trouver, si ce n'est en le contactant aux numéros où Lessard a déjà tenté de le joindre.

D'autre part, Trudeau lui a expliqué que les articles et les documents découverts chez Cortiula ne prouvent rien en soi : sans pour autant être des satanistes, plusieurs personnes ont un intérêt, voire même une fascination, pour tout ce qui touche au diable.

Lessard a demandé à Trudeau de vérifier auprès de l'archidiocèse de Montréal si Cortiula a déposé récemment une demande d'exorcisme, mais il est sceptique. Étant donné que Dorion et lui se connaissent depuis plus de vingt ans, Cortiula aurait eu la possibilité de le faire bien avant.

Pour Lessard, la question demeure entière: pourquoi Cortiula conserve-t-il cette impressionnante collection de documents sur le diable? Simple intérêt personnel n'ayant aucun rapport avec les affaires sur lesquelles il enquête?

Dans le cas contraire, il en revient à la même hypothèse. La seule explication qui lui semble logique est que Cortiula soit membre d'une secte d'adorateurs de Satan.

Ce qui entraîne une question additionnelle: Dorion en fait-il aussi partie?

Quand Lessard a suggéré l'idée que Dorion pourrait être un sataniste, Trudeau s'est mis à rire et a affirmé qu'il y avait autant de probabilités qu'Aldéric Dorion soit un sataniste que de voir la Régie des installations olympiques doter le stade d'un toit rétractable.

Il est dans un cul-de-sac.

Il le sait et pourtant, il s'entête à se torturer le cerveau.

• • •

Après avoir verrouillé la porte de sa chambre, l'agent du SIV tire la valise métallique qu'il garde sous son lit, sort son MacBook Pro et commence à composer un courriel. À mesure que les lettres s'alignent dans la fenêtre de l'interface sécurisée qu'il utilise pour communiquer avec Rome, les idées affluent en bloc, le forçant à s'interrompre quelques instants pour prendre des notes à part, sur un bout de papier.

Oublie-t-il quelque chose?

Un des hommes de Moreno est chargé de faire disparaître le corps de Dorion. Le cœur du vieux prêtre n'a pas tenu le coup, ce qui simplifie les choses. Vincenzo et deux de ses molosses procèdent à la filature de David et s'assurent qu'ils ne perdent pas sa trace de nouveau.

La caméra et le matériel audiovisuel l'attendent dans la camionnette.

Ses doigts recommencent à s'activer sur le clavier.

Avant de l'encrypter et d'appuyer sur le bouton «*Send*», il relit les dernières lignes du courriel destiné au pape rouge:

«Ce soir, nous aurons accumulé les preuves dont nous avions besoin. Tout sera consumé.

Milites Christi sono al vostro servizio»

• • •

Lessard marche sur l'avenue du Mont-Royal, son regard erre sur les vitrines bigarrées.

Depuis la veille, Fernandez a laissé plusieurs messages dans sa boîte vocale, mais il n'a pas eu la force de la rappeler avant.

– Salut, Nadja. T'as eu des ennuis à cause de moi?

– Non, t'avais vu juste. Taillon a été correcte. Elle s'est arrangée pour que personne ne pose de questions sur la raison de ma présence sur les lieux. Par contre, elle n'a pas trop l'air de te porter dans son cœur.

– Ça, c'est une longue histoire. Tu as réussi à savoir ce que les trois personnes qui étaient dans les cellules faisaient là? C'étaient des sadomasochistes?

– Je ne sais pas. Après m'avoir interrogée pour connaître ma version des faits, Taillon m'a fait comprendre que j'avais intérêt à déguerpir si je ne voulais pas avoir de problèmes.

– Qu'est-ce qu'elle t'a demandé?

– La routine. En passant, je n'ai rien dit, mais elle a compris que je te donne un coup de main en cachette. Comme je le disais dans un de mes messages, elle insiste pour tu la rappelles. Tu veux son numéro?

– Non, je l'ai. T'as eu mon texto?

– Oui. Concernant Pascal Pierre et sa secte, encore là, Taillon garde ses cartes près d'elle, pour l'instant. Je sais qu'elle a interrogé le pasteur et qu'il demeure incarcéré, mais rien n'a filtré, je n'en sais pas plus pour l'instant. Mais dis-moi, pourquoi crois-tu que le trio de Val-d'Or fait partie de sa secte?

– C'est juste une hypothèse parmi d'autres. À vrai dire, je suis perdu, Nadja. J'ai le duo de pédophiles d'un bord, les trois *amigos* de Val-d'Or de l'autre, puis Laila François et Pascal Pierre en périphérie. Sans compter le réseau de pédophiles et ces trois personnes retrouvées avec Laila, ces sadomasochistes dont je ne sais rien. J'essaie de trouver le point d'ancrage entre ces différents blocs, mais je n'y arrive pas et c'est en train de me rendre fou.

– Tu t'en demandes beaucoup, Victor. Même une armée d'enquêteurs n'en viendrait pas à bout sans difficulté. Et toi, tu es seul.

La solitude le ronge, l'envie de lui proposer de le rejoindre est si forte qu'il se mord la lèvre inférieure au sang. Qu'importe, il résiste.

– Je peux me tromper, finit-il par déclarer après un silence, mais mon instinct me dit qu'il faut d'abord que je réussisse à déterminer quel lien unissait Wan, Dorion et Cortiula à Laila François. J'ai trouvé une bibliothèque pleine de documents sur l'exorcisme chez Dorion et des ouvrages portant sur le diable chez Cortiula. Et j'ai appris que Dorion est le prêtre exorciste du diocèse de Montréal. Alors, je me disais que s'ils faisaient partie de la secte de Pascal Pierre, il s'agissait peut-être d'une secte d'adorateurs de Satan. On vient cependant de me confirmer qu'il est quasi impossible que Dorion soit un sataniste.

– À cet égard, je crois que je peux t'aider. J'ai fait quelques téléphones et j'ai joint un type avec qui j'ai déjà été en contact dans le passé chez Info-Secte. D'après ce qu'il m'a dit, la Traversée des soleils ne ressemble en rien à une secte de satanistes. Ce serait plutôt un calque des sectes polygames qu'on peut trouver ailleurs au Canada et aux États-Unis, ce qui aurait permis à Pascal Pierre de se constituer un harem de plus de dix femmes.

Lessard parque l'information dans un coin de son cerveau, il y réfléchira davantage plus tard, mais l'hypothèse d'une secte de satanistes ne semble pas tenir la route.

– Autre chose, enchaîne Fernandez, Sirois est toujours en train de faire des vérifications pour retracer le parcours des trois *amigos*. À l'heure actuelle, tout ce que je peux te confirmer, c'est que Cortiula a vécu à Sherbrooke à la même époque que Dorion. Pour Wan, je ne sais pas encore. Sirois s'occupe aussi de vérifier à quel moment Sandoval et Applebaum ont commencé à chanter dans une chorale.

– Nadja, à partir de maintenant, essaie d'impliquer Sirois le moins possible dans cette histoire, OK? Je ne veux pas qu'il s'attire des problèmes à cause de moi. Déjà que je m'en veux de t'avoir mêlée à tout ça…

– Arrête! J'ai fait ce que j'avais à faire, personne ne m'a forcée. Mais je comprends… Je vais faire attention. Cela dit, tu le connais, c'est un mini Lessard.

– Dis-moi pas ça, tu me fais sentir coupable!

Lessard a travaillé étroitement avec Sirois au cours de la dernière année. Songeant à ses méthodes non orthodoxes et parfois en marge de la déontologie, il espère ne pas avoir eu une influence trop négative sur le comportement de son jeune collègue.

– Quoi d'autre? demande-t-il, désireux de changer de sujet.

– J'ai aussi vérifié si Cook chantait dans une chorale.

– Et?

– Tu avais raison. Il chantait dans la chorale de l'église Saint-Esprit.

– C'est dans NDG, ça?

– Non, c'est dans Rosemont, leur ancien quartier.

Le sergent-détective se souvient que les Cook ont emménagé à NDG quelques mois avant le carnage.

– Est-ce que je me trompe où ils habitaient dans le même coin que Cortiula, avant de déménager?

– À Rosemont? J'avais pas pensé à ça, mais tu as raison.

Une décharge électrique le traverse. Il n'y a pas prêté attention outre-mesure, mais si Cortiula chantait dans la même chorale qu'Applebaum et Sandoval à Sherbrooke, se pourrait-il que…

– Câlice, Nadja! Est-ce que Cook et Cortiula chantaient dans la même chorale?!

– Pourquoi, c'est important?

– Peut-être.
– Je vérifie et je te rappelle.

Sandoval et Cortiula avaient chanté dans la même chorale. Si c'était aussi le cas pour Cook et Cortiula, qu'est-ce que ça impliquait, que devait-il en conclure?

Que Cortiula connaissait les deux hommes, à coup sûr.

Mais encore?

Lessard sent qu'il y a plus, les battements saccadés de son cœur lui confirment que quelque chose lui échappe. D'instinct, il devine qu'il approche du but, que la solution est tout près.

Il s'allume une cigarette.

Les volutes de fumée bleue roulent dans l'habitacle de la voiture, qu'il vient de réintégrer.

Il ferme les yeux et laisse son cerveau malaxer l'information. Sa conversation avec Viviane Gray rejoue dans sa mémoire: Cook avait confié à la psychologue qu'il se sentait épié durant son sommeil; il en était perturbé au point de douter qu'il s'agissait vraiment d'un rêve.

Fast forward dans ses souvenirs jusqu'à sa discussion avec Carol Langelier.

Selon le vieux policier, Cortiula avait été surpris à plusieurs reprises dans le domicile de citoyens de Val-d'Or, qu'il regardait dormir.

Se pourrait-il que, devenu adulte, Cortiula ait conservé cette étrange habitude? Se pourrait-il qu'il se soit introduit de nuit chez John Cook et qu'il l'ait observé dans son sommeil? Aurait-il fait la même chose dans le cas de Sandoval?

Le cas échéant, dans quel but?

Comme il est convaincu que Cook et Sandoval ont été assassinés, Lessard ne voit qu'une possibilité: si Cortiula s'est en effet glissé chez eux, c'était dans le but de faire la reconnaissance des lieux pour ensuite revenir les éliminer.

Le policier est convaincu de la logique de ses déductions, mais il n'a rien de tangible pour les étayer. De plus, il n'est pas en mesure d'identifier le motif pour lequel Cortiula aurait tué les deux hommes, ni pourquoi une organisation structurée semble prête à tout pour empêcher la police de percer le mystère. Lessard ne connaît pas les réponses, mais il n'a pas non plus l'impression de faire fausse route.

Par la vitre de la voiture, qu'il vient d'ouvrir, la brume qui enveloppe ses pensées se dissipe avec la fumée de sa cigarette : il entrevoit tout à coup une hypothèse toute simple qui, à présent qu'il la tient, lui brûle les doigts.

Cortiula choisissait ses victimes parmi les chanteurs de la chorale.

• • •

Tétanisée, Taillon ne peut détacher les yeux de l'écran où, derrière ses épaisses lunettes, le vieux prêtre fixe directement l'objectif et poursuit son récit avec aplomb :

> J'ai continué à faire parvenir des rapports ponctuels à Noah, qui est venu rencontrer David de nouveau, début 1990. J'ai compris à ce moment que c'était lui qui l'intéressait, pas Chan.
>
> À l'âge de douze ans, les garçons ont été séparés et placés dans des familles d'accueil. Malgré cette séparation et le fait qu'ils étudiaient dans des écoles différentes, ils sont demeurés en contact.
>
> Lorsque la directive a été révoquée par le pape, vers la fin de 1992, j'ai cessé mes rapports, mais j'ai néanmoins continué à m'intéresser à eux. D'ailleurs, David et Chan ont continué à chanter dans la chorale durant leur adolescence. Ni l'un ni l'autre n'étaient très liants, mais nous entretenions de bons rapports et j'étais heureux de constater qu'ils semblaient s'en sortir.
>
> Pour ma part, je me suis investi dans de nouvelles fonctions. À part nos pratiques de chorale, mes contacts avec eux sont devenus, au fil des ans, de plus en plus sporadiques.
>
> Chan a abandonné ses études en 2000 et il est parti vivre à Montréal. Nous nous étions perdus de vue l'année précédente, à l'occasion de son départ de la chorale.
>
> J'ai compris, deux ans après le départ de Chan, que quelque chose clochait avec David. À l'époque, il habitait seul, après avoir coupé les ponts avec sa famille d'accueil.

Tout s'est effondré en l'espace de quelques semaines. David a abandonné ses cours de philosophie à l'université, il s'est mis à avoir un comportement étrange et à tenir des propos menaçants, voire injurieux.

Après plusieurs années où tout avait semblé se dérouler normalement, la face cachée de son âme, que j'avais entrevue alors qu'il était enfant, a refait surface et, avec elle, mes inquiétudes d'antan.

J'ai d'abord espéré qu'il faisait une dépression ou même qu'il était schizophrène. Je l'ai fait voir par les psychiatres avec qui je travaillais lorsque j'avais à évaluer des cas d'envoûtement, mais le problème ne semblait pas être de nature psychologique.

Pour être prêtre exorciste, il faut croire au diable. Mais on dirait que, dans le cas de David, je me refusais à voir la réalité, peut-être parce que je savais qu'il y avait quelque chose de bon en lui.

Durant quelques années, les périodes de crise et d'accalmie se sont succédé. Il a obtenu quelques petits boulots ici et là pour payer son loyer et il s'est même inscrit à des cours d'hypnose à l'École de formation professionnelle en hypnose du Québec. Il a été renvoyé de l'EFPHQ après quelques semaines, en raison d'écarts de conduite.

Taillon n'a pas bougé d'un cil, elle est toujours subjuguée par l'enregistrement, mais une question l'obsède à en gâcher la qualité de son écoute :

Pourquoi donc le DVD s'est-il retrouvé à la poubelle ?

La descente vers le fond s'est poursuivie, jusqu'au jour où David a été arrêté pour violation de domicile chez un antiquaire de Sherbrooke. Aucune accusation n'a été portée contre lui mais, une semaine plus tard, l'antiquaire a fait une tentative de suicide et a sombré dans un état neurovégétatif dont il n'est jamais sorti. Malgré toute l'affection que j'avais pour lui, en raison de ce qui s'était passé en mars 1985, j'ai alors commencé à soupçonner David d'avoir, en quelque sorte, guidé la main de l'antiquaire. Surtout que nous connaissions tous les deux très bien l'homme, qui faisait partie de notre chorale et ne semblait pas dépressif.

Aussi brusquement qu'elle s'était détériorée, la situation est rentrée dans l'ordre après cet épisode et David est redevenu lui-même. Il a repris ses activités et s'est même réinscrit à l'université.

Tout a semblé aller pour le mieux jusqu'en 2006, où il a fait une nouvelle crise. Cette rechute a coïncidé avec le suicide de Richard Sandoval, qui a entraîné son épouse dans son geste désespéré. Je n'ai pas pu m'empêcher de voir un curieux hasard dans le fait que Sandoval faisait lui aussi partie de notre chorale.

Mais on voit parfois seulement ce qu'on veut bien voir. Avec le recul, je me dis que j'aurais dû confronter David et lui demander s'il était responsable de la tentative de suicide de l'antiquaire et de la mort de Sandoval et de sa femme, mais je ne l'ai pas fait.

Au contraire, j'ai cru à ce moment pouvoir tout réparer moi-même, en jouant à l'apprenti sorcier: j'ai proposé à David de l'exorciser. Même si j'avais l'expérience et les qualifications requises, j'ai négligé certaines des précautions les plus élémentaires: j'étais impliqué sur le plan émotif, je m'étais mal préparé et j'aurais dû demander à un collègue de m'assister. En bref, la séance a été un échec. Pour la première fois de ma carrière, j'ai eu peur. Pour la première fois durant un exorcisme, j'ai été incapable de faire reculer la force qui avait investi le corps de David. Parce qu'à ce moment-là, j'étais convaincu d'une chose: David était possédé par un démon.

À la suite de cette séance, notre relation s'est détériorée, si bien que David a rompu tout contact avec moi. Mais, quand j'ai appris qu'il avait déménagé à Montréal, j'ai aussitôt demandé et obtenu mon transfert à Côte-des-Neiges. Je ne pouvais me résoudre à me détacher de lui, son cas m'obsédait.

De fil en aiguille, j'ai renoué avec Chan Lok Wan. Par son entremise, j'ai continué à avoir des nouvelles de David, qui semblait avoir repris une vie normale. Il travaillait comme livreur dans un dépanneur. Il chantait aussi dans une chorale du quartier Rosemont. Je l'observais de loin, respectant sa volonté de ne pas me voir.

• • •

Pressé de rentrer à sa chambre de motel, Lessard roule en zigzaguant entre les flaques du boulevard Saint-Jacques. Chauffé à blanc, il se range sur l'accotement et prend l'appel de Fernandez :

– Je ne sais pas comment tu as fait, mais tu as visé juste. Cortiula et Cook chantaient dans la même chorale, celle de l'église Saint-Esprit.

– Bingo !

– Pourquoi est-ce si important, Vic ?

– Je peux me tromper, mais je pense que Cortiula a tué les Cook et les Sandoval. Et qu'il choisissait ses victimes parmi ceux qui chantaient avec lui dans la chorale.

– Mon Dieu ! Qu'est-ce qui te fait penser ça ?

– Ce serait trop long à t'expliquer maintenant, Nadja, mais il faut retrouver ce petit salaud au plus vite.

– Je veux bien, mais comment ?

– As-tu la liste des membres de la chorale avec toi ?

– Oui, je l'ai sous les yeux. Pourquoi ?

– Une simple intuition. Passe tous les noms dans la banque de données et vérifie si l'une de ces personnes n'aurait pas déposé une plainte pour invasion de domicile ou quelque chose du genre récemment.

– Mais, pourq...

– Nadja, fais ce que je te demande, OK ? On discutera plus tard.

– OK. Ça va me prendre plus ou moins une heure. Je te rappelle.

Lessard tourne dans le stationnement du motel.

Il a faim, il a froid et il est crevé.

La douleur qui lui enveloppe le bras est si lancinante qu'elle le fige.

– Tu devrais prendre les pilules que Simone t'a prescrites, suggère Raymond.

Après avoir garé le véhicule, suivant la recommandation de son frère, il avale deux anti-inflammatoires.

Une longue douche chaude effacera les souillures de la journée, après quoi il enfilera des vêtements propres, parmi ceux que Simone a eu la gentillesse de lui apporter et se rendra dans l'un des *fast-foods* du coin s'acheter quelque chose à manger.

Il s'extirpe à grand-peine de la voiture et marche, perclus de courbatures, jusqu'à la porte de sa chambre. La clé s'enfonce difficilement dans la serrure, qui refuse d'obtempérer.

Il est pourtant certain d'avoir la bonne clé.

Au moment où il se penche pour vérifier si quelque chose obstrue le mécanisme, son crâne explose.

• • •

Plus le vieil homme parle, plus Jacinthe Taillon est absorbée et fascinée par son récit, impressionnée par sa mémoire phénoménale. Aldéric Dorion ne lit pas, il livre un témoignage détaillé à la caméra, comme s'il revivait en direct les événements qu'il relate :

> Au milieu des années 2000, j'ai découvert que les *Milites Christi*, une branche radicale et secrète de la *Propaganda Fide* – l'organe relevant de la Curie responsable de l'évangélisation des peuples –, avaient décidé, devant l'érosion de la foi dans les territoires catholiques, de remettre en vigueur la directive de 1983, sans consulter le Saint-Père. De plus, la nouvelle directive permettait à la *Propaganda Fide* d'étendre ses activités aux territoires catholiques en perte de vitesse et de charger les agents du SIV d'enquêter sur des cas possibles d'envoûtement. J'ai appris, par la même occasion, que Noah était membre des services secrets du Vatican, le SIV, et qu'il appartenait aux *Milites Christi*.
>
> Cependant, je ne comprenais pas pourquoi la *Propaganda Fide* s'intéressait aux cas d'envoûtement. C'est lui qui m'a apporté la réponse quelques mois plus tard, quand il est venu solliciter mon aide pour approcher David. Ainsi, cette fois, il ne s'agissait pas d'exorciser ceux qu'on croyait possédés, mais de les observer, de les filmer et de constituer des dossiers.
>
> Dans quel but?
>
> Celui de prouver l'existence du diable et, par conséquent, celle de Dieu.

Quand j'ai demandé pourquoi à Noah, il m'a répondu que Rome était dans l'apostasie, qu'elle avait perdu la foi. Plusieurs membres importants de la Curie se questionnaient sur leur foi ou, pire, quittaient carrément l'Église. Tout ce qui pourrait aider à consolider la foi, à démontrer l'existence de Dieu serait bienvenu. Par exemple, de nouvelles expertises avaient été commandées sur le Saint Suaire. Selon Noah, ces gens-là attendaient un signe et étaient même prêts à prouver l'existence de Dieu par la négative, c'est-à-dire en établissant celle de son plus vieil ennemi : Satan. Car, pour un catholique animé par la foi, si le diable existe, une seule force peut y faire contrepoids : Dieu.

L'aveu que m'a alors fait Noah m'a sidéré : depuis plusieurs années, David Cortiula était soupçonné d'être un des rares véritables cas de possession à l'échelle mondiale.

David était leur élu.

Ils l'avaient surveillé et laissé en dormance toutes ces années pour lui permettre de se développer. Noah, chargé d'enquêter et de réunir des preuves, avait, pendant tout ce temps, continué à venir en secret au Canada pour observer David à distance.

Selon lui, David obéissait à des pulsions irrésistibles qui s'emparaient de son corps et le forçaient à passer à l'acte. Son *modus operandi* était simple : il choisissait ses victimes parmi les autres chanteurs de chorale. Durant quelques semaines voire quelques mois, il s'introduisait dans la résidence de sa prochaine victime pendant son sommeil pour l'envoûter et la pousser ensuite à s'enlever la vie.

Selon Noah, David ne tuait pas de ses propres mains, sauf en une occasion où, pour protéger un enfant qui était abusé par un proxénète, il avait explosé le crâne de l'agresseur d'un coup de hachette.

Taillon stoppe le DVD et griffonne ce qu'elle vient d'entendre. Elle écoute à plusieurs reprises le passage où Dorion affirme que Cortiula est un tueur, pour être certaine de bien avoir tout saisi, puis elle remet le lecteur en marche.

Je me suis opposé avec véhémence à tout cela : on ne pouvait permettre, en toute connaissance de cause, que David tue des innocents. J'ai voulu faire avorter le projet, mais je me suis heurté à un mur. J'avais oublié que Noah appartenait à un groupe d'hommes restreint, mais très influent, qui ne reculerait devant aucun moyen pour parvenir à ses fins. Au Moyen Âge, le croisé était considéré comme un chevalier du Christ, un *Miles Christi*. Ceux qui répondaient à l'appel de la croisade étaient convaincus que Dieu leur avait assigné une tâche unique: libérer les lieux saints et purifier le monde du mal afin de préparer son retour.

Les membres du groupuscule dont je vous parle sont des intégristes, ils se voient comme les nouveaux chevaliers du Christ, dont ils ont adopté le nom pour désigner leur organisation. Il n'y a que leur but qui diffère, par rapport à leurs prédécesseurs du Moyen Âge: ils ont juré de restaurer la foi chez les catholiques par tous les moyens. Au même titre que les croisés, faire couler le sang ne les arrête pas, car s'ils tuent, ils le font au nom du Christ. À leurs yeux, leur cause est légitime. Seul l'objectif ultime compte. En ce sens, ils ne sont pas différents des intégristes islamistes qui pratiquent le terrorisme.

Noah avait besoin de mon aide pour gagner la confiance de David, s'approcher de lui et réunir des preuves pour constituer un dossier convaincant. À mots à peine couverts, il m'a fait comprendre que si je lui refusais mon assistance, il s'en prendrait à moi.

J'ai donc renoué avec David il y a quelques mois, par l'entremise de Chan. David a semblé apprécier que nous reprenions contact. Il m'a même présenté une de ses amies, Laila François, avec qui j'ai accepté de travailler dans un groupe d'aide à des jeunes toxicomanes de la rue.

Ces derniers temps, les demandes de Noah sont devenues de plus en plus pressantes. De mon côté, je me rendais compte que David avait réussi à se rebâtir une vie. Il semblait être dans une bonne période.

Par-dessus tout, je savais très bien ce que Noah avait en tête pour lui. Je n'excusais pas les gestes qu'il avait pu poser, mais je ne voulais pas qu'il devienne une bête de cirque.

J'ai donc choisi de cesser de collaborer avec Noah.

Même si David a commis tous ces crimes, je suis incapable de ne pas lui donner une dernière chance. J'ai décidé de le faire évaluer à nouveau par les psychiatres et les intervenants qui font partie de mon équipe. Seulement, cette fois-ci, si un nouvel exorcisme s'avère nécessaire, j'en confierai l'exécution à des collègues.

Je sais que ma décision ne sera pas sans conséquence. Noah et les *Milites Christi* sont prêts à tout pour faire triompher leurs idées. Cet enregistrement est donc une précaution essentielle.

Il y a quelques jours, David a été impliqué dans un drame familial, qui s'est produit à Notre-Dame-de-Grâce. Ni Chan ni moi n'avons eu de ses nouvelles depuis. Noah était sur place et il a filmé la scène pour recueillir des preuves, mais après, David a disparu.

Chan a accepté de m'aider à convaincre David de se faire traiter de son plein gré, mais à la condition de ne pas y mêler la police. Cependant, s'il m'arrive quelque chose avant que ce soit possible, Chan m'a promis de remettre cet enregistrement aux autorités.

Je me rends bien compte, en prononçant ces paroles, qu'il s'agit d'un pari fou et que la logique voudrait que David soit jugé pour ses crimes. Je ne cherche pas à excuser ce qu'il a fait, mais il est prisonnier d'une pulsion à laquelle il ne peut pas résister. Je sais aussi que j'ai été implicitement complice de ses crimes pendant des années. Je ne demande pas aux familles des victimes de comprendre mes motivations, mais seulement de me pardonner. Je suis un vieil homme, j'ai honte de ma faiblesse.

Soudain, Taillon stoppe le DVD, note rapidement le nom et les coordonnées mentionnés par Dorion à l'écran et s'éloigne en courant.

• • •

Fernandez se fige : Lessard avait raison.

En passant les noms des membres de la chorale de l'église Saint-Esprit dans la base de données du CRPQ[8], elle a retracé un appel, passé le 7 mars, à 2 h 43, par un certain Jérôme Baetz, de Saint-Sauveur, dans les Laurentides, à la Sûreté du Québec.

[8] Centre de renseignements policiers du Québec.

D'après les renseignements disponibles à l'écran, elle apprend que Baetz, cinquante-deux ans, a affirmé aux patrouilleurs dépêchés sur les lieux s'être brusquement réveillé à 2 h 30, parce qu'il sentait une présence dans sa chambre.

Pris de panique, Baetz s'est mis à crier.

Selon lui, l'intrus aurait fui par la porte-fenêtre, à l'arrière.

Les patrouilleurs n'ont remarqué aucune trace d'effraction. Ils ont toutefois trouvé des empreintes de pas dans la neige, près de la sortie. Le rapport mentionne aussi que Baetz, qui soignait une blessure au dos, avait fait usage de puissants anti-inflammatoires pour chasser la douleur et qu'il avait avalé des somnifères. Si les policiers ont jugé opportun de noter ce détail, c'est qu'ils se sont interrogés sur la véracité des affirmations de l'homme.

Fernandez constate, après quelques recherches additionnelles que, outre l'adresse à Saint-Sauveur, le chanteur de chorale est domicilié avenue Bourbonnière, à Rosemont.

Saint-Sauveur est probablement une résidence secondaire ou un chalet.

Elle laisse un message dans la boîte vocale de Lessard, lui enjoignant de la rappeler.

• • •

Taillon file sur l'autoroute 15.

En se frayant un chemin à travers la circulation, elle comprend que si elle a trouvé le disque dans une poubelle, ça ne peut être que parce que Chan Lok Wan n'a jamais eu l'intention de rendre l'enregistrement de Dorion public.

Elle compose le numéro de la Gothique, à qui elle a intimé l'ordre de se tenir à sa disposition dans l'éventualité où elle aurait d'autres questions.

La voix de Josée Labrie est encore engourdie de sommeil.

Taillon lui parle de la vidéo et lui résume son contenu dans les grandes lignes, lui demande si elle en connaissait l'existence.

– Non, je n'étais pas au courant.

– Quel genre de relation Wan entretenait-il avec Dorion?

– C'était difficile de savoir avec Chan, mais il l'aimait bien, je crois.

– Selon vous, pourquoi avait-il jeté le DVD de Dorion à la poubelle alors?

– (Long silence.) Chan détestait la police. Je peux me tromper, mais je crois que le fait de rendre l'enregistrement public, donc de livrer David à la police, aurait été pour lui une trahison. Et je suis certaine d'une chose: il n'aurait jamais trahi David, qu'il considérait comme un frère.

La policière réfléchit.

Était-il possible que Wan ait accepté le DVD de Dorion uniquement pour ne pas lui faire de peine, en sachant qu'il ne tiendrait jamais sa promesse si ce que redoutait le vieil homme se concrétisait?

– Il fallait connaître Chan, la vie qu'il avait choisie, pour comprendre qui il était, ajoute Labrie. N'oubliez pas qu'il recevait les confidences de plein de personnes avec un lourd bagage. Si, comme vous le dites, David était un meurtrier, Chan ne l'aurait pas jugé pour autant.

– En plus, ils se connaissaient depuis l'enfance, alors Chan devait être au courant depuis longtemps.

– En plus, approuve la Gothique.

– Vous croyez que Chan aurait pu être complice des meurtres commis par David?

– Il aurait pu être au courant, ça oui. En plus de lui infliger les châtiments corporels que David lui demandait, Chan était un peu comme un confesseur pour lui. Mais complice? Honnêtement, j'en doute.

Taillon appuie sur l'accélérateur, elle espère arriver à temps. Les trente dernières secondes du DVD ne cessent de rejouer en boucle dans sa tête:

> Si cet enregistrement est livré aux autorités et que je ne suis pas dans l'erreur, la prochaine victime de David Cortiula chante aussi dans la chorale de l'église Saint-Esprit.

Sa mort aura lieu le 11 mai au 6445, chemin du Lac Millette, à Saint-Sauveur.

La victime est un homme nommé Jérôme Baetz.

666.

Celui qui ne croit pas au démon
ne croit pas à l'Évangile.

Jean-Paul II

Un goût métallique dans la bouche, des pointes lancinantes qui vrillent sa tête fracassée, comme cerclée d'une couronne de fer, l'envie de vomir, les yeux trop grands pour ses orbites, Lessard reprend conscience dans l'obscurité, couché sur le côté, les mains entravées dans le dos et les jambes saucissonnées. Et cette douleur qui mord son bras le rend fou.

Il met quelques minutes à reprendre ses esprits, à réaliser qu'il est non seulement cagoulé, mais enfermé dans le coffre d'une voiture en marche.

Les pneus crissent sur l'asphalte mouillé, le vent froid s'engouffre par les interstices du coffre et siffle dans ses oreilles ; coûte que coûte surmonter la panique qui s'empare de sa raison, l'impression morbide d'être enfoui sous plusieurs mètres de neige ; s'arracher aux heurts, aux cahots et aux secousses violentes qui le projettent contre les parois du coffre, le laissent pantois, le souffle court ; résister à l'angoisse de mourir par suffocation qui lui griffe le visage ; et, à chaque seconde qui bascule comme un siècle, continuer à espérer revoir la lumière du jour.

Mais pour y trouver quoi?

La gueule menaçante d'un canon pointée sur son occiput?

Quoi qu'il arrive, regarder la mort en face, sans montrer sa peur.

La voiture stoppe, le coffre pivote sur ses gonds en grinçant.

Un halo filtre à travers les fibres de la cagoule; des mains l'empoignent sans ménagement.

On libère ses jambes, on le force à se lever et à marcher d'un pas rapide.

Il bute contre des obstacles invisibles, se cogne à des parois insoupçonnées et tombe sur les rotules. Des éclats de rire derrière lui, sur sa droite. On le remet sur pied, il résiste, s'arrête, essaie de s'orienter, mais il n'y voit rien.

On le pousse en avant, on lui enfonce le canon d'une arme dans les côtes avec rudesse.

La bile lui reflue brusquement dans la gorge.

Il a complètement perdu le contrôle de la situation. Des images de ses pires cauchemars remontent en bloc à la surface. Les visages ensanglantés de Picard et de Gosselin dansent dans ses neurones. Il ne veut pas finir comme eux, torturés à mort par des barbares sanguinaires assoiffés de sang frais et d'hémoglobine.

Non, pas comme ça!

Il veut partir en beauté, en luttant pour sa vie, il veut sentir son cœur palpiter une dernière fois au bout de ses doigts avant de se taire pour de bon, avant de livrer son dernier battement.

Il espère qu'on lui en donnera la possibilité.

Est-il déjà à bout de course?

Son esprit tourne à vide: tant de choses restent à faire, tant de choses restent à vivre.

Il pense à ses enfants: Martin et Charlotte.

Leur manquera-t-il seulement? Il n'en est pas vraiment convaincu. Pourtant, à l'aube de la mort, au moment du jugement dernier, un homme aimerait pouvoir partir en ayant l'impression d'avoir marqué sinon son temps, du moins les gens de son entourage.

Marie et Véronique assisteront-elles à son enterrement?

Et Fernandez? A-t-elle des sentiments pour lui?

Le cas échéant, sa mort sera-t-elle un choc? Jamais il n'a été aussi certain qu'en ce moment d'être passé à côté de quelque chose avec elle.

Des larmes de rage lui montent aux yeux.

Pas maintenant. Pas ici. Pas comme ça.

Il n'est pas prêt.

– Assis, dit une voix tranchante.

– Va chier.

Douleur foudroyante dans les côtes. Un coup de crosse.

On le pousse sur une chaise.

– Assez, Vincenzo, ton tour viendra! Enlève-lui la cagoule.

Lumière trop vive qui pique les yeux, qui brûle les rétines.

Lorsqu'il s'accoutume à la clarté, il a un mouvement de recul: dans la lumière crue d'un plafonnier, un prêtre et un colosse se tiennent devant lui. Ce dernier lui lance un regard oblique, en pointant un pistolet sur sa tête.

Lessard s'aperçoit immédiatement que les deux hommes portent des gants de latex: pas bon signe, ça.

Aussi, il a tôt fait de comprendre que le prêtre n'est pas Aldéric Dorion.

Les jambes prises d'un tremblement qu'il a du mal à contrôler, il remarque à peine la pièce quelconque: zéro fenêtre, fauteuil de cuir trois places, murs chocolat, télé plasma et chaîne de son pour cinéma maison alignés contre un des murs.

Toujours les bras emberlificotés derrière le dos, il est assis sur une chaise droite, au centre de la pièce. Sa blessure le torture.

Où est-il?

Vraiment, il n'en a aucune espèce d'idée. La pièce pourrait appartenir à n'importe quel obscur bungalow de la banlieue de Montréal.

– Merci d'avoir accepté mon invitation, monsieur Lessard.

L'ecclésiastique l'observe des pieds à la tête, comme pour prendre la mesure de celui qui a employé les derniers jours à lui pourrir la vie, à lui mettre des bâtons dans les roues. Au regard que lui jette l'autre homme, le plus jeune des deux, celui qui ne desserre pas les dents, Lessard sait qu'il est foutu. Mais c'est plus fort que lui, quand il a peur, il crâne.

– Désolé, mais j'ai déjà un rendez-vous.

– Je crains que vous n'y arriviez en retard, dit le prêtre.

– Si on allait droit au but? Où est Cortiula? lance le sergent-détective.

– Ne vous inquiétez pas pour David, il est là, tout près.

– En train de charcuter sa prochaine victime?

– Vous êtes un excellent policier, un homme comme ceux dont j'aime m'entourer. Cependant, cette fois, vous avez mis les pieds dans une histoire qui vous dépasse. Vous auriez dû lâcher prise quand je vous en ai offert la possibilité.

De nouvelles connexions s'établissent dans son cerveau. Ce prêtre était-il l'interlocuteur anonyme avec lequel il a échangé un texto après avoir échappé au tueur, à la halte routière?

– Au fait, comment m'avez-vous retrouvé? s'enquiert Lessard.

– Un de mes hommes vous suit depuis que vous êtes sorti de chez Chan Lok Wan. Beau boulot en passant. Vous ne lui avez laissé aucune chance.

Le policier secoue la tête de dépit.

– Qu'est-ce que vous croyez? Vous ne vous en tirerez pas aussi facilement. Vous avez mis le corps de Viviane Gray chez moi, mais, tôt ou tard, l'Identification judiciaire déterminera qu'elle a été tuée à la gare.

– Aucune importance, répond Noah, balayant l'argument du revers de la main. Avec votre suspension et votre état dépressif, votre suicide viendra brouiller les pistes et rendre cette affaire encore plus incompréhensible. De toute façon, quand ils finiront par retrouver votre cadavre, plus rien de tout ça n'aura d'importance.

La rage submerge Lessard ; il se tortille sur sa chaise. Gagner du temps à tout prix, faire parler l'homme en soutane jusqu'à ce qu'il puisse trouver une façon de s'en sortir.

– Pourquoi toute cette mascarade autour de Cortiula, pourquoi protéger ainsi un tueur sans envergure ?

– C'est là que vous faites erreur. David est tout sauf un tueur sans envergure.

Lessard n'a plus rien à perdre. Il lance sa ligne avec tous les appâts qu'il possède et l'eau stagnante qui croupit dans le fond de la chaloupe avec.

– Je me reprends : c'est un vulgaire tueur, doublé d'un pédophile et d'un adorateur de Satan.

– Je vous ai peut-être surestimé, après tout, dit Noah, absorbé dans ses réflexions. J'ai pensé que vous retirer de la circulation devenait impératif pour éviter que vous ne contrecarriez nos plans de nouveau, mais je vous croyais plus proche du but. Vous n'avez rien compris.

– Parfait ! Dans ce cas, vous ne verrez pas d'objection à ce que je vous fausse compagnie, réplique Lessard en faisant mine de se lever.

Moreno le repousse brutalement sur sa chaise.

– Désolé, fait l'agent du SIV d'un ton gonflé de fausse empathie.

Lessard cesse de faire le baveux. Il plante son regard dans celui de Noah.

– Je ne veux pas partir comme ça, sans comprendre.

Le sergent-détective perçoit l'hésitation de l'ecclésiastique. Ce dernier jauge s'il est opportun ou non de lui faire des confidences. Il doit juger qu'il ne court aucun risque, puisqu'il acquiesce de la tête, ce qui confirme à Lessard qu'il ne s'en sortira pas vivant.

– Je surveille David depuis qu'il a sept ans. Il n'a rien d'un pédophile ni d'un adorateur de Satan. David est habité par une force qui le contrôle à son insu. Il a un don.

Le policier repense à sa discussion avec René Trudeau, le prêtre exorciste du diocèse de Québec, et aux documents trouvés dans la chambre de Cortiula.

– Est-ce un cas de possession? Allez-vous l'exorciser?

– Vous faites erreur, encore une fois. Pendant toutes ces années, j'ai vu grandir la force qui est en lui. Je n'ai aucune intention de l'exorciser alors qu'elle arrive à maturité.

– Vous estimez qu'il est possédé par le diable, non?

– Vous avez une vision tellement manichéenne de la chose! Le Bien, le Mal. Dieu, Satan. Cette division de puissance est récente dans l'histoire des croyances. Saviez-vous que, dans les cultes plus primitifs, Dieu et Satan ne faisaient qu'un? Satan n'était que la colère de Dieu, son côté sombre. C'est la tradition judéo-chrétienne qui a établi Satan comme une entité distincte de Dieu, celle qui est à l'origine du mal dans le monde. Une vision nécessaire pour convaincre les masses, mais assez caricaturale, si vous voulez mon avis.

Lessard ne sait pas ce qu'il doit comprendre de ce prêchi-prêcha. Pour lui, la question se pose plus simplement:

– Pourquoi laisser Cortiula tuer à sa guise?

– Vous avez le nez tellement collé sur l'arbre que vous perdez la forêt de vue. David a le pouvoir de raviver la foi des catholiques.

– L'Église est plus en difficulté que je le pensais, si un tueur psychopathe a ce pouvoir.

– La foi s'effrite, même les plus fervents croyants réclament des preuves de l'existence de Dieu. Appelez-la comme vous voulez, mais David a cette entité en lui. Bonne ou mauvaise, elle est ce qui nous rapproche le plus d'une preuve tangible de son existence depuis la mort du Christ.

– Et ça justifie que vous le laissiez tuer impunément et que vous assassiniez ceux qui se mettent en travers de votre chemin?

– Vous savez, monsieur Lessard, pour un catholique, la mort est une délivrance, le passage vers la vie éternelle. Ne l'oubliez jamais: la mort mérite d'être vécue.

– C'est ainsi que vous excusez le fait qu'il tue des innocents?!

– Je n'essaie pas de vous convaincre, mais vous comprendriez si vous l'aviez vu à l'œuvre.

– Et Aldéric Dorion, il avait compris, lui?

Si Noah s'étonne du nombre de pistes que le sergent-détective a débusquées en si peu de temps, il ne laisse rien transparaître.

– C'est lui qui a été le premier témoin du don de David, alors qu'il n'était encore qu'un enfant, c'est lui qui l'a découvert en quelque sorte.

– Et où est-il maintenant? demande Lessard.

– Dorion? Hors d'état de nuire, lance le prêtre d'un ton qui ne présage rien de bon pour le vieil homme.

– Pourquoi?

– Disons que nous avons eu nos divergences d'opinions. (Silence. L'homme en soutane regarde sa montre.) David a disparu après la mort des Cook. Entre autres choses, j'ai demandé à Dorion de m'aider à le localiser, mais il a refusé.

Un déluge de questions se bouscule dans la tête du sergent-détective. Mais, par-dessus tout, il faut continuer à faire parler l'autre, gagner du temps, en espérant qu'un miracle se produise.

– Dans la cour arrière des Cook, c'était vous avec une hache à la main?

Le prêtre sourit. Lessard le surprend de nouveau.

– Quelqu'un m'a vu? Cook a brisé l'envoûtement quelques secondes et s'est enfui avec la hache vers la remise. Je l'ai ramenée dans la maison après que David eut rétabli son emprise sur lui.

Une image passe en accéléré devant les yeux de Lessard: après avoir trouvé refuge dans la remise, se sachant perdu, Cook s'empresse de griffonner un message à l'intention de sa maîtresse: «*It's not me, Viviane.*»

– Et pourquoi avoir tué Viviane Gray?

– Je ne voulais pas courir le risque qu'elle vous mette sur une piste.

– C'est vous qui avez frappé Cook à l'épaule?

– Non. Quand l'autre a échappé à son emprise, David a paniqué quelques secondes.

Lessard saisit le sens des paroles que vient de prononcer Noah à retardement.

– Vous parlez d'envoûtement… Est-ce que David hypnotise ses victimes? Est-ce pour ça qu'il s'introduisait chez elles la nuit?

– Vous êtes perspicace, Lessard. David a un don, c'est dans son regard. Il peut lire en vous des pensées que vous ne voulez même pas admettre. Il incite ses victimes à la violence par cette seule force, sans avoir à lever la main sur eux. Je vous l'ai dit tout à l'heure, vous comprendriez si vous l'aviez vu à l'œuvre.

– Est-ce ainsi qu'il s'y est pris pour tuer Sandoval?

– Oui.

– A-t-il tué Sandoval parce qu'il était un pédophile?

Regardant encore sa montre, le prêtre semble surpris de la question du sergent-détective, mais il n'a pas l'air de vouloir approfondir.

– Je ne sais pas à quoi vous faites référence, mais ça n'a rien à voir. David est mû par une pulsion incontrôlable, pas par des considérations morales. La seule raison pour laquelle Sandoval est mort, c'est qu'il faisait partie de la même chorale que lui. David choisit toutes ses victimes de cette manière. (Noah claque des mains.) Vous m'excuserez, je dois vous laisser. Mais, avant de mettre un terme à cette conversation, j'aimerais vous poser une question.

– Si vous y tenez, dit le policier, qui espère encore gagner du temps.

– Êtes-vous croyant, Lessard? Avez-vous la foi?

Il réfléchit quelques secondes.

– Je l'ai eue quand j'étais jeune. Je suis devenu athée à la fin de l'adolescence, après mes cours de philo au cégep. Mais je continue d'adhérer aux valeurs de Jésus, c'est la base de la vie en société.

– Vous savez, le Québec n'est pas le seul endroit au monde à avoir jeté la religion par la fenêtre. Nous sommes à une époque où, en Occident, les gens ne croient plus en rien, sauf en eux-mêmes. Nous avons tué Dieu et l'avons remplacé par des millions de petits empereurs égocentriques, bêtes et narcissiques, qui n'ont de cesse de faire le tour de leur propre nombril. Qu'est-ce que nous avons gagné? Je vous le demande. Aussi, je vous pose une dernière question: au moment fatidique, tout à l'heure, aurez-vous le moindre doute lorsque Vincenzo appuiera sur la détente? Êtes-vous en mesure d'affirmer avec certitude qu'à l'ultime seconde vous ne remettrez pas votre sort entre les mains de Dieu?

Au point où il en est, Lessard n'a d'autre idée que celle de donner une réponse honnête.

– Je ne sais pas, fait-il avec franchise.

– Alors, vous pouvez comprendre mon combat. Si je pouvais vous apporter la preuve de son existence, l'heure de votre mort ne vous semblerait-elle pas plus acceptable?

– Ainsi, la fin justifie les moyens? lance le policier.

– Mais qu'est-ce qui justifie la fin, Lessard? (Silence.) Comme le disait Camus: les moyens.

L'homme à la soutane se dirige vers la porte.

Le sergent-détective songe à lui demander de garder Élaine Segato en dehors de l'histoire, mais il comprend l'inutilité de la requête avant de la formuler. Élaine n'était qu'une façon détournée de l'atteindre lui, de le forcer à abandonner la partie. Elle ne risque plus rien depuis qu'il est entre les mains de ses tourmenteurs.

– Et maintenant, enquêteur, je vous laisse aux bons soins de monsieur Moreno. Désolé que ça se termine ainsi pour vous.

Lessard a conscience que le dernier grain du sablier vient de tomber dans l'entonnoir.

Sa date de péremption est passée, il vient d'atteindre la fin de sa durée de vie utile. Ne lui reste tout juste que le temps de tenter un dernier coup d'épée dans l'eau: la provocation.

– L'homme que j'ai tué dans le bois...

Noah se retourne, tandis que les yeux de Moreno brillent d'un éclat mauvais.

– ... il a pleuré comme une fillette avant de crever.

D'un coup de crosse, l'homme de main lui ouvre l'arcade sourcilière, la même qu'il s'était déjà meurtrie en poursuivant Pierre Deschênes, le collègue de Cook.

Moreno lève son pistolet pour frapper Lessard de nouveau, mais la voix calme de Noah lui fait suspendre son geste.

– Vincenzo. N'oublie pas que ça doit passer pour un suicide. Ça ne marchera pas s'il est plein d'ecchymoses.

Des larmes de rage roulent sur les joues de l'exécuteur.

– C'est mon frère qu'il a tué, *padre*.

– Je sais. (Silence.) Ne me déçois pas, Vincenzo.

• • •

Par la fenêtre de son bureau, le cardinal Charles Millot scrute la rue en contrebas, suit des yeux le pinceau des phares d'une voiture qui file devant le 1000 rue de La Gauchetière, discerne malgré la pénombre un parapluie jaune remontant vers le Marriott Château Champlain.

Le chef de la sécurité de l'archevêché vient de partir.

La chemise cartonnée contenant le rapport que lui a remis Bournival sur les activités occultes conduites par l'agent du SIV gît sur sa table de travail.

Les yeux remplis de larmes, Millot n'arrive pas à décrisper les mâchoires.

Pour la première fois, il réalise l'ampleur de la machination ourdie par l'agent du SIV, pour la première fois, il comprend qu'il n'avait entrevu que la pointe de l'iceberg et que la situation est plus grave que ce qu'il aurait pu imaginer dans ses pires cauchemars.

Sa conscience est souillée, son âme, à jamais profanée.

Comment pourra-t-il se pardonner d'avoir laissé libre cours à cette barbarie?

Le rapport à la main, il approche un fauteuil près du foyer où crépitent quelques bûches.

Les papiers forment une boule de feu dans l'âtre.

• • •

La pièce où les deux guignols le séquestraient est maintenant derrière eux.

Moreno le pousse dans un corridor fade qui a jadis dû être peint en blanc.

Ils franchissent une porte.

Le canon du pistolet de l'homme de main toujours enfoncé dans les reins, Lessard s'engage dans la cage d'escalier menant à la cave, d'où monte une odeur de pisse qui prend aux narines.

Ils sont dans une maison ; ça, il en est certain.

En posant le pied sur la première marche, même à deux doigts de la fin, il ne peut empêcher son esprit de continuer à tourner à vide, d'échafauder des théories, d'essayer de comprendre : pour avoir déjà eu recours aux services d'un hypnotiseur dans le cadre d'une enquête, il sait que ces gens sont capables de choses étonnantes.

Au point d'inciter quelqu'un à commettre des meurtres? se questionne cependant Lessard.

Puis il repense à son propre scepticisme lorsqu'il s'était rendu au spectacle d'un fascinateur en compagnie de ses enfants. Il n'y croyait pas, jusqu'à ce que sa fille monte sur scène et, après être tombée sous son joug, lui obéisse au doigt et à l'œil, riant et pleurant sur commande, par la simple force de suggestion de l'homme. Ce qui avait le plus marqué le policier, c'est la surprise et l'incompréhension qu'il avait lues dans les yeux de Charlotte, d'ordinaire si cartésienne, lorsqu'elle avait regagné son siège.

Il était sorti du spectacle convaincu.

Lessard a déjà descendu plusieurs marches lorsque, d'abord confusément, puis de plus en plus clairement, il voit un sombre tableau prendre forme.

Au départ, l'affaire Cook devait être simple : un drame familial.

Puis, certains éléments déterrés dans le cadre de son enquête l'ont amené à soupçonner la participation d'une tierce personne : au début le billet trouvé dans la remise qui semblait disculper John Cook, après, le témoignage de Faizan qui plaçait un prêtre sur la scène du crime, enfin, cette inexplicable présence de mouches, à propos desquelles il avait fini par conclure, au fil de ses discussions avec Élaine, qu'elles avaient peut-être été introduites sur les lieux des meurtres.

L'assassinat de Viviane Gray sous son nez n'a fait que renforcer sa conviction : quelqu'un d'autre, quelqu'un de l'extérieur était impliqué.

Il a ensuite remonté la piste des mouches jusqu'à Sherbrooke, où il a découvert les atrocités commises par Sandoval et Applebaum, et établi un lien entre ces derniers et Aldéric Dorion, qu'il a cru, à tort, être le prêtre qu'avait aperçu Faizan dans la cour des Cook. La conversation qu'il vient d'avoir avec l'ecclésiastique qui l'a enlevé confirme qu'il était dans l'erreur.

De fil en aiguille, il a soupçonné que les deux pédophiles avaient échangé des fichiers de pornographie juvénile sur un site Web. De là à conclure qu'il était en présence d'un réseau, il n'y avait qu'un pas qu'il a franchi allègrement.

Le reste n'a été qu'une enfilade insensée d'événements, un kaléidoscope de pistes remontées tambour battant qui lui flanquent le vertige : tentative de meurtre à la halte routière ; documents sur l'exorcisme trouvés chez Dorion ; mise au jour, par Fernandez, d'un lien entre celui-ci et Laila au sein d'un groupe d'aide à des jeunes toxicomanes ; révélations de Félix sur le meurtre d'un proxénète par Cortiula ; découverte d'articles sur le diable et de photos de Cortiula chantant dans une chorale avec Wan, Dorion, Applebaum et Sandoval ; divulgation, par Taillon, de ce qu'elle savait sur Pascal Pierre et sa secte ; découverte de la camionnette blanche et mort de Chan Lok Wan ; libération de Laila François ; dévoilement par Langelier, l'ex-flic de Val-d'Or, des liens entre Cortiula, Wan et Dorion et leur déménagement à Sherbrooke ; conversation téléphonique avec René Trudeau qui lui apprend que Dorion est le prêtre exorciste de l'archidiocèse de Montréal.

Puis ce coup sur la tête et cette rencontre impromptue avec l'ecclésiastique.

Tout ça pour se retrouver face à sa propre mort, le ramener au cœur de son propre drame.

Dans les faits, il est mort depuis 1976, il aurait dû partir avec Raymond.

S'il lui reste un souhait, face à cette mort inéluctable, c'est de la regarder en face.

Si seulement Raymond pouvait venir lui tenir la main au dernier instant.

Au milieu de l'escalier, Lessard plisse les yeux pour essayer de distinguer la pièce dans la pénombre, mais c'est peine perdue, l'endroit n'est éclairé que par une ampoule qui l'aveugle.

Il ne s'en soucie guère parce que, pour la première fois depuis le début de l'enquête, il voit la situation avec la clarté d'une illumination.

David Cortiula était donc l'âme noire tapie dans les ténèbres des affaires Cook et Sandoval.

Mais, s'il a compris les propos de l'ecclésiastique, à l'exception de la blessure infligée à l'épaule de Cook, Cortiula n'aurait pas manié les armes utilisées pour commettre les crimes. Bien que ce soit difficile à admettre, Cook et Sandoval auraient perpétré ces actes de barbarie alors qu'ils étaient sous son emprise, ce qui, dans une certaine mesure, explique les conclusions des rapports d'autopsies. De plus, la discussion qu'a eue Lessard avec Langelier tend à corroborer les affirmations du prêtre : en 1985, Cortiula avait convaincu le petit Carbonneau de se poignarder avec une baïonnette. Par chance, le gamin avait survécu. L'ecclésiastique affirme en outre que les victimes doivent leur triste sort au simple fait qu'ils faisaient partie de la même chorale que Cortiula.

Plus qu'une marche avant de mettre le pied dans la cave, là où tout basculera dans le silence infini. La tête lui tourne, les idées se chevauchent dans son esprit, jusqu'à former un magma, une boue mazoutée impossible à déchiffrer. Entêté, il essaie de se souvenir des questions qui demeurent en suspens.

Dans quelques instants, il le sait, il sera trop tard.

Le brouillard se dissipe tout à coup : s'il est l'œuvre de Cortiula, le meurtre du proxénète qui avait agressé Félix ne cadre pas avec le reste. Pourquoi David aurait-il changé de *modus operandi*? La seule explication qui lui vient à l'esprit est que, cette fois-là, le meurtre n'avait pas été planifié, Cortiula avait dû réagir sur-le-champ.

Autre inconnue: Lessard ne comprend toujours pas les motifs de l'enlèvement de Laila François, mais il est résigné à mourir sans connaître cette partie de l'énigme.

Alors qu'il pose le pied droit dans la cave, il sourit, car il a la nette impression que toutes les pièces sont finalement tombées en place.

Tout lui semble soudain si simple.

Cortiula choisissait ses victimes au hasard parmi les chanteurs de chorale qu'il côtoyait.

Lessard avait cherché à établir des liens qui, en fait, n'existaient pas. David n'avait certainement jamais entendu parler du réseau de pédophiles auquel appartenaient Sandoval et Applebaum. Dorion ne savait sûrement pas non plus que Sandoval et Applebaum étaient des pédophiles; c'était plutôt en sa qualité de directeur de chorale qu'il les avait connus. De la même manière, John Cook ne s'était sans doute jamais livré à des actes de pédophilie. En enquêtant sur la mort d'une des victimes de Cortiula, en l'occurrence Sandoval, Lessard avait déterré sans le savoir une affaire distincte et il s'était lancé sur la piste de ces pédophiles. Le paradoxe n'est quand même pas anodin: Sandoval, le meurtrier de Sandrine Pedneault-King, avait lui-même été victime d'un meurtre.

Le reste de l'histoire lui semble clair.

L'ecclésiastique et ses tueurs. Et son baratin sur la foi des catholiques.

Et quoi encore?

Au moment où il pose le pied sur le sol terreux de la cave, il se propulse de tout son poids vers l'arrière, dans l'espoir de faire tomber Moreno et de lui faire lâcher son pistolet.

C'est fini, il le sait, mais il ne partira pas sans un dernier baroud d'honneur.

La tête de Lessard a frappé Moreno au thorax, le déséquilibrant un instant, mais celui-ci a réussi à se redresser. En deux enjambées, l'homme de main de Noah rejoint le sergent-détective et le tire par les cheveux de toutes ses forces pour le ramener jusqu'à lui.

Distordu par la haine, son visage flotte à quelques centimètres au-dessus de celui du policier.

Ce dernier se cambre : une douleur rouge foncé lui arrache des hurlements corrosifs.

– Là, c'est toi qui couines comme un porc, rugit Moreno.

Dopé par l'incendie qui ravage son cuir chevelu, Lessard trouve la force d'en rajouter :

– Ton frère a crevé en me suppliant ! Un hostie de chieux !

Moreno éructe un aboiement sauvage, un cri d'animal blessé.

Et les coups commencent à pleuvoir au visage du policier.

À travers les gerbes de blé animées par le vent, Lessard voit Raymond qui court vers lui, les bras tendus, la figure baignée de soleil :

– Viens, Victor. On s'en va !

Comme si la chose était possible, le sourire qui se dessine sur les lèvres crevées du sergent-détective mettent Moreno encore davantage hors de lui.

À bout de forces, Lessard ne peut empêcher l'homme de main de le traîner, puis de le lâcher dans le coin sud-est de la cave. Chaque fibre de son corps le fait souffrir, mais il trouve délicieusement bon de se sentir aussi en vie à quelques instants de faire le grand saut. Du sang pâteux lui coule dans les orbites, mais pas assez pour l'empêcher de se figer devant ce qu'il voit.

Une femme corpulente est affalée dans un coin, les yeux épouvantés, le visage tuméfié, les mains attachées derrière le dos, un morceau de *duct tape* sur la bouche.

– *Fuck !* Jacinthe ? Qu'est-ce que tu fais là ?

• • •

Le cardinal Charles Millot marche sur les pavés luisants de bruine de la rue Saint-Paul, ralentit, la main en visière, pour regarder la coupole argentée du vieux marché Bonsecours, puis descend la rue du même nom et se dirige vers les quais.

Le cardinal Charles Millot s'arrête devant la Tour de l'Horloge, dont la blancheur tranche dans l'encre de la nuit, observe sur sa gauche le métal verdâtre du pont Jacques-Cartier, grave sur ses rétines tout ce dont ses yeux peuvent s'empiffrer.

Le cardinal Charles Millot note que l'horloge marque 23 h puis, le souffle court, il enjambe le parapet à l'avant de la Tour et, sous les yeux de personne, plonge dans les eaux froides du fleuve Saint-Laurent.

Le cardinal Charles Millot ne sait pas nager.

Les pans de sa robe noire flottent quelques instants à la surface.

Et laissent place à des cercles concentriques.

• • •

L'homme de main les a installés face à face.

Un morceau d'adhésif a aussi réduit Lessard au silence.

À la seconde où Moreno commence à libérer son bras droit, le sergent-détective comprend ses intentions : il va lui mettre une arme dans le poing et le forcer à faire feu sur Taillon ; après, il l'obligera à se tirer une balle dans la tête.

Leurs collègues retrouveront un jour leurs corps et se perdront en conjectures. Meurtre suivi d'un suicide. Y avait-il un lien avec les enquêtes en cours? Lessard était dépressif. Le commandant Tanguay l'avait mis en congé de maladie. Et le cadavre de Viviane Gray avait été trouvé chez lui.

Un fouillis inextricable que même Fernandez aurait peine à expliquer.

Lessard entend résister jusqu'au bout, mais quand Moreno le poussera à la limite et que la douleur deviendra insupportable...

Taillon le dévisage. Elle sait aussi ce qui se prépare.

D'un simple regard, elle lui fait comprendre qu'elle ne lui en veut plus.

Le sergent-détective se dit qu'il est désormais en mesure de répondre à la question de l'ecclésiastique: à quelques secondes de la mort, il ne ressent pas le besoin de remettre son sort entre les mains de Dieu.

Une décharge électrique le foudroie tout à coup: ayant rouvert les points de suture pratiqués par Simone, Moreno fouille dans les chairs de son bras avec les doigts; la douleur est si insoutenable qu'un cri reste coincé dans sa gorge.

Puis tout se passe très vite. Une voix familière retentit:

– Police! Lâche ton arme!

Moreno se retourne vers l'escalier en une fraction de seconde.

Deux détonations leur broient les tympans; deux bandes jaunes embrasent la pénombre.

Fernandez et Moreno s'écroulent de façon parfaitement synchronisée.

Par chance, Moreno avait dénoué son bras blessé.

Malgré la douleur atroce qui le cisaille à chaque geste, Lessard réussit, petit à petit, nœud après nœud, à se désentraver. Dès que son bras gauche est libre, il retire le ruban adhésif que l'autre lui avait collé sur la bouche. Les jambes molles, un œil fermé et le visage couvert de coupures et d'ecchymoses, il se traîne avec peine jusqu'à Fernandez.

Accotée contre le mur de ciment, la figure crispée, elle le regarde, les yeux béants.

Une fleur rouge grandit sur son épaule.

– Nadja, parle-moi, murmure Lessard en appuyant sur la plaie de sa collègue avec un bout de tissu qu'il a arraché à sa chemise.

– J'ai mal, Vic. C'est fou comme j'ai mal.

– Ça va aller, Nadja. Ça va aller. Reste avec moi.

– Comme tu ne répondais pas au téléphone, j'ai pris une chance. Je me suis dit que je te trouverais peut-être ici. (Silence.) Comment as-tu su pour Jérôme Baetz?

– Garde tes forces, Nadja. On parlera plus tard.

Elle reprend son souffle.

– Les renforts sont en route. J'ai compris qu'il y avait un problème quand j'ai vu le sang dans la voiture de Taillon.

Un bourdonnement sourd auquel il n'avait pas prêté attention jusqu'ici emplit l'espace, grandit, se dilate jusqu'à devenir omniprésent.

Une première mouche passe devant ses yeux en slalomant dans l'air, puis une autre.

Bientôt, c'est un essaim complet qui voltige dans la pièce.

La vie d'un homme se joue là-haut, le sergent-détective n'a pas besoin qu'on lui fasse un dessin pour le comprendre. Alors, pas question qu'il reste planté à rien faire.

– Tiens ça, dit-il à Fernandez en plaçant la main de sa collègue sur la compresse.

Il se relève et titube jusqu'à Taillon, la détache et lui enlève le bout d'adhésif qui l'empêche de parler.

– J'ai une jambe cassée, précise-t-elle.

Lessard l'empoigne sous les aisselles et tire de toutes ses forces vers l'arrière. Son bras droit étant hors d'usage, il ne réussit à la déplacer que de quelques poussières. De la main gauche, il saisit le revers du manteau du pachyderme. Les pieds campés sur le sol, les genoux fléchis, il exerce une traction pour la ramener vers lui.

Centimètre par centimètre, il traîne Taillon sur le plancher de ciment, avec l'abnégation et la patience d'une fourmi qui rapporte un butin surdimensionné à la fourmilière. Le visage couvert de sueur, les veines du cou tendues, il entreprend de contourner le corps de l'homme de main, lequel baigne par terre dans son sang, les yeux révulsés.

La balle lui a traversé la gorge.

Moreno relève la tête et, à travers un brouillard, aperçoit Lessard à quelques centimètres devant lui, qui s'échine sur son fardeau. En voyant les deux policiers, il ne peut s'empêcher de penser que Noah a commis une erreur en ordonnant à Civardi et à Salvatore de partir, sous prétexte qu'il ne fallait en aucun cas perturber David. Certes, l'agent du SIV a fait un compromis en permettant à Vincenzo de rester, voulant éviter de perdre encore la trace de Cortiula, comme après le carnage de la rue Bessborough, mais ce n'était pas suffisant. Ses hommes auraient gardé la route, il n'aurait pas été surpris de la sorte. Le mourant esquisse un dernier sourire amer : au moins, là où il s'en va, Maria ne pourra plus lui reprocher la mort de Pasquale.

Lessard entend distinctement l'homme de main exhaler un râle ultime, juste au moment où les pieds de Taillon passent à la hauteur de sa tête.

Le sergent-détective persiste, s'entête, tombe, s'arrête, reprend son souffle. Peu à peu, il arrache les cent kilos de Taillon à son inertie, jusqu'à ce que, plusieurs centaines de secondes et de calories brulées plus tard, il ait couvert la distance.

Ils se regardent tous les trois ; les mots sont superflus.

Lessard réussit à redresser Taillon pour qu'elle puisse atteindre l'épaule de Fernandez et appuyer sur la compresse.

Il se remet sur pied et prend le pistolet de Fernandez, qui est resté sur le sol, à côté d'elle. Il se penche vers la jeune femme, caresse son visage cireux.

– Vas-y, Lessard, s'emporte Taillon. Ça va aller ici. Vas-y, mon homme ! Maintenant !

Fernandez acquiesce d'un signe de tête.

Devant lui, Raymond monte l'escalier, lui ouvre le chemin.

Il débouche à l'étage et marque un temps d'arrêt.

Le spectacle est à la fois grandiose et affolant : des milliers de mouches volent dans la pièce de façon désordonnée, se heurtent aux parois, repartent en direction opposée, butent contre les meubles, virevoltent dans tous les sens, tourbillonnent. Il doit constamment battre l'air devant son visage pour les éloigner de ses yeux et de ses oreilles. Le bruissement des ailes lui semble amplifié au point de devenir un vacarme assourdissant.

Lessard repense aux paroles d'Élaine Segato.

Belzébuth. Le roi des mouches.

Raymond est déjà au bout du couloir et lui fait signe de la main :

– Par ici, Victor. Vite !

Le policier pousse la porte devant laquelle son frère s'est arrêté et entre, le pistolet pointé en avant.

Une vision d'apocalypse.

Est-ce son imagination ou la température baisse de quelques degrés lorsqu'il franchit le seuil? Quoi qu'il en soit, il enregistre très vite les détails de la scène: l'ecclésiastique reste en retrait dans un coin, derrière une caméra vidéo.

Au centre de la pièce, un homme nu est assis sur une chaise tandis qu'un jeune homme aux cheveux blonds comme de la paille, aux traits angéliques, lui parle à l'oreille. L'homme tient un couteau dans sa main droite et s'entaille la cuisse gauche à intervalles réguliers.

Une grosse flaque de sang roule sous sa chaise.

Lessard n'a aucune peine à reconnaître David Cortiula et suppose que celui qui est sous son joug est l'homme auquel sa collègue a fait allusion: Jérôme Baetz. Ni l'un ni l'autre n'ont semblé remarquer sa présence.

Inerte et flasque, le bras estropié du policier pend le long de son corps. Rouverte par les doigts de Moreno, la plaie saigne abondamment, l'hémorragie l'affaiblit, des points noirs dansent dans ses pupilles.

Les contours de la pièce rapetissent, deviennent opaques et flous, découpent un cercle de trente centimètres au centre duquel s'anime le visage de Cortiula.

Ce dernier choisit ce moment pour redresser la tête et lui décocher un sourire aveuglant.

Bleus comme un ciel d'automne, ses yeux n'expriment aucune surprise, ils sont étrangement vides et, brusquement, Lessard s'y sent basculer. Des mots aussi inconnus qu'oppressants bouillonnent dans sa tête, une scène sale, abjecte et immonde jaillit dans ses pensées, l'obnubile, sans qu'il soit en mesure de la chasser: assise sur le canapé où elle est morte, sa mère a relevé sa robe fleurie sur ses cuisses, dévoilant son sexe ouvert, d'où gicle en continu un flux de sang. Accroupi devant elle, Raymond lape avidement le liquide qui roule sur ses jambes nues.

– Attention, Victor!

Le cri d'alarme de son frère a ramené l'attention de Lessard sur ce qui se passe dans la pièce. Cortiula se redresse et marche dans sa direction; ses yeux se transforment en braises rougeoyantes, dont le policier est incapable de se détacher. Le pistolet qui oscille au bout de son bras gauche devient de plus en plus lourd, jusqu'à ce qu'il reprenne sa place le long de son corps.

Une hache apparaît dans la main gantée de latex de Cortiula, en même temps qu'un rictus sadique.

Lessard est conscient du danger, mais il reste pétrifié, incapable de bouger.

– Tire, Victor. Fais-le pour maman.

Le regard ivre de cruauté, le jeune homme blond est à moins d'un mètre quand il plante la hache dans la jambe du sergent-détective. À l'instant où le métal tranchant ouvre sa cuisse, Lessard voit le visage de Cortiula se brouiller et une image familière s'y substituer. Cette vision arrache son bras à l'inertie qui le paralyse, son Glock fend les molécules d'air, son index effleure la détente.

La détonation lui semble lointaine, assourdie, presque cotonneuse.

Un cercle rouge apparaît sur le front de Cortiula. Un cercle parfait.

Le *roi des mouches* tombe, son corps est aspiré vers le sol.

Lessard est déjà par terre. Sa jambe a cédé.

La pièce vacille autour de lui.

Avant de perdre connaissance, il remarque qu'il reste très peu de mouches dans la chambre.

Raymond s'approche, lui sourit.

– Tu as réussi, Victor. Tu l'as eu cette fois.

Le policier essaie d'expliquer à son frère qu'il est parvenu à se soustraire à l'emprise de Cortiula lorsque le visage de leur père a emprunté les traits déformés du tueur.

Le visage du diable.

Lessard est entraîné vers le fond, sous la surface des choses.

POST-MORTEM

Lessard reprend conscience dans une civière, un spaghetti de fils et de tubes enroulés autour du bras. À travers les vapeurs éthérées et le brouillard, tout semble bouger au ralenti.

Pour la première fois depuis longtemps, il se sent en communion avec tout ce qui l'entoure. Il remarque, sur sa droite, la silhouette massive du mont Saint-Sauveur baignée dans la lumière des gyrophares.

Il lève les yeux au ciel, où le vent chasse les nuages à haute vitesse.

Au-dessus de lui, la bourrasque s'engouffre dans le feuillage d'un arbre ; les gouttelettes de pluie oblongues glissent sur la peau tendre des feuilles, puis tombent en cascade sur son visage pour le purifier.

Il relève la tête : des ambulanciers s'affairent autour de lui et une armée de policiers fourmille.

C'est alors qu'il la voit.

Le bras en écharpe, elle est assise à l'arrière d'une autre ambulance. On panse son épaule, tandis qu'elle s'entretient avec Sirois et Pearson, en grimaçant de temps à autre.

La civière bouge, il sent qu'on l'entraîne dans la direction opposée à la sienne.

Il voudrait l'appeler, attirer son attention, mais sa bouche est pâteuse, sa langue, empesée ; il est incapable d'articuler autre chose qu'un râle guttural.

Elle relève la tête; leurs regards se croisent et restent soudés.

Dès lors, il sait.

Fernandez s'excuse auprès de ses collègues.

Elle s'arrache aux mains de l'infirmier qui est à terminer son bandage.

Celui-ci se lance à ses trousses.

Elle avance d'abord vers lui d'un pas normal, puis, voyant qu'on s'apprête à hisser sa civière à l'intérieur de l'ambulance, elle se hâte, faisant fi de la douleur qui l'afflige.

Il ouvre les yeux au moment où elle se penche vers lui.

Elle pose ses lèvres en sucre sur les siennes, les écarte doucement avec sa langue.

Un frisson parcourt l'échine de Lessard.

Le baiser des éclopés.

L'infirmier a rattrapé Fernandez et l'entraîne vers le véhicule où se trouve son matériel médical. Avant qu'elle ne tourne les talons, ils se dévorent des yeux, sans qu'une parole soit échangée.

Lessard la regarde s'éloigner en se disant qu'il est le plus chanceux des hommes: il a vu la mort en face, lui a balancé un «meilleure chance la prochaine fois» retentissant et une fée est descendue du ciel pour mélanger sa salive à la sienne.

Les ambulanciers vont refermer les portes lorsque Raymond se pointe dans l'encoignure.

– Salut, Victor, dit le gamin, le visage rongé par un sourire électrique.

– Salut, Raymond, murmure Lessard, qui redevient grave.

– Je voulais te dire au revoir, Victor. Tu vas me manquer.

– Tu pars, Raymond?

– Oui. Je vais rejoindre maman et Guy.

Des larmes jaillissent sur les joues graveleuses du policier.

– Prends soin de toi, Raymond. Je t'aime.

– Je t'aime aussi, Victor. Et je suis très fier de toi: papa ne t'embêtera plus maintenant.

Le jeune garçon file en trottinant, son corps disparaît bientôt, happé par les tentacules de la nuit.

À quelques reprises, les deux ambulanciers se sont lancé des regards perplexes en voyant leur patient s'adresser à un interlocuteur invisible avant de perdre connaissance.

CANTATE EN *JE* MINEUR

LES MEMBRES DE LA CHORALE :

Laila François :

Le soir de ma libération, Gilles Lemaire, le coéquipier de Jacinthe Taillon, m'a emmenée chez lui, où j'ai mangé en compagnie de sa femme et de ses sept enfants.

Dans les jours suivants, tout le monde a été très gentil avec moi, les policiers, les intervenants des services sociaux et même Nigel Williams qui, à la demande de Mélanie, a réglé ma dette à l'endroit de Razor, sans rien me demander en retour.

Je sais que je dois une fière chandelle à Victor Lessard, celui qui m'a retrouvée.

Je suis allée le visiter une fois à l'hôpital pour le remercier et nous nous sommes aperçus en jasant que je connais son fils, Martin, qui fait de la sonorisation avec des amis musiciens.

Je vais d'ailleurs probablement travailler avec lui dans les prochaines semaines pour enregistrer un démo de certaines de mes compositions.

Pour l'instant, je n'ai pas l'intention d'abandonner la webcam. J'ai besoin d'argent pour vivre et, en attendant de trouver autre chose, ça me convient et ça ne me gêne pas du tout de m'exhiber toute nue devant la caméra.

Mélanie doit venir me rejoindre tout à l'heure.

On fera une séance en couple, puis on ira se promener et flâner dans l'avenue du Mont-Royal. On s'arrêtera peut-être dans quelques boutiques. J'aimerais bien m'acheter une nouvelle paire de chaussures. Et après, on passera saluer monsieur Antoine et Félix.

Je ne sais pas trop quoi penser des événements qui ont conduit à mon enlèvement et à ma libération subséquente, mais j'ai refusé toutes les demandes d'entrevue à ce sujet.

David et Chan Lok Wan ne sont plus là pour expliquer les raisons pour lesquelles le premier avait demandé au second de me kidnapper. Jacinthe Taillon prétend que David voulait me protéger, éviter que des gens s'en prennent à moi pour l'atteindre lui, comme ils l'ont fait avec Aldéric Dorion.

Peu importe.

Tout ce que je sais, c'est que, d'après Jacinthe, ni l'un ni l'autre ne me voulaient du mal.

Toutes ces morts me peinent, en particulier celle du père Dorion. C'est David qui me l'avait présenté. C'était un vieux monsieur adorable.

Cependant, j'éprouve des sentiments partagés à l'égard de la mort de David.

Même devant l'évidence, il m'a fallu un certain temps pour accepter l'idée qu'il était à l'origine de tous ces meurtres. Comment le garçon à qui j'avais confié des choses aussi sacrées sur mon passé et les abus répétés de Pascal Pierre avait-il pu me tromper à ce point sur sa vraie nature?

Encore aujourd'hui, je persiste à croire que, parfois, tout n'est pas blanc ou noir.

Je sais que les côtés lumineux que j'ai entrevus chez David existaient, qu'il n'était pas qu'un monstre, le tueur en série que les journaux décrivent maintenant.

Cependant, je ne peux pas non plus mentir et prétendre que sa mort m'est insoutenable.

Je l'aimais bien, il m'attirait, mais je vais survivre : j'ai depuis longtemps appris à me battre.

C'est d'ailleurs le plus bel héritage qu'IL m'a laissé en abusant de moi : ce qu'IL m'a forcée à vivre m'a montré qu'il faut relever la tête et ne jamais abandonner.

Parlant de cette charogne, Jacinthe Taillon m'a dit qu'IL avait été arrêté, qu'il y aura un procès et qu'il serait important que j'y témoigne.

Je le ferai avec plaisir.
Pour qu'on se souvienne et qu'IL ne recommence jamais.

Quoi qu'il m'arrive, je continuerai d'avancer la tête haute jusqu'à mon dernier souffle. Et tous les Pascal Pierre du monde n'y pourront rien.
Je mourrai à cent ans, à Milan.

Jacinthe Taillon :
J'ai eu peur de mourir dans la cave de Jérôme Baetz. Lui aussi a eu peur de mourir.
Il a été vraiment chanceux que Lessard arrive à temps pour mettre une balle entre les deux yeux de Cortiula.
J'avoue que ce qui s'est passé m'a forcée à changer mon fusil d'épaule à propos de Lessard. J'ai été injuste avec lui.
Et je l'ai été pendant plusieurs années.
Ça n'a pas été facile, mais je me suis excusée.

À nous deux, Lessard et moi avons réussi à pas mal compléter le casse-tête.
Je dois dire que c'est lui qui a le plus de mérite : en quelques jours, il a permis de démanteler un réseau de pédophiles, a retrouvé Laila François et a stoppé David Cortiula, un des tueurs les plus sadiques que j'aie vus dans ma carrière.
Paul Delaney lui a fait une proposition à l'hôpital. Une bonne proposition pour lui. J'espère qu'il l'acceptera. Évidemment, ça dépendra aussi de l'état de sa jambe.

J'aurais dû appeler du renfort avant de débouler chez Baetz.
J'ai cette mauvaise habitude de penser que je suis toujours en mesure de tout régler moi-même. Quand je suis arrivée, j'ai été prise par surprise par Moreno, qui surveillait le chemin d'accès depuis la maison. Il m'a torturée pour me faire cracher ce que je savais.
Le coup de masse sur ma jambe gauche a fait des ravages, mais ça va mieux maintenant. Les médecins me retireront le plâtre dans quelques semaines.

Le Gnome doit venir me chercher dans quelques minutes.

C'est lui qui s'est occupé de finaliser l'enquête sur l'enlèvement de la petite. Nous devons assister à une réunion avec l'état-major et les représentants de l'archidiocèse. M'est d'avis que très peu de la vérité relative à cette histoire filtrera dans les médias. À plus forte raison après le suicide de l'archevêque Charles Millot.

Pascal Pierre a été remis en liberté provisoire.

J'ai un dossier solide pour le coincer.

Je le tiens par les couilles, l'enfant de chienne.

Victor Lessard:

Dans quelques minutes, je pourrai sortir pour la première fois depuis les événements ayant mené à la mort de David Cortiula. Et depuis la visite de Delaney et de Taillon, les *Blues Brothers* m'ont laissé tranquille. Ces quelques jours en paix m'ont aidé à récupérer.

En prime, Taillon et moi nous sommes réconciliés.

Il était temps.

Il y a quelques jours, Marie est passée avec les enfants. Je la regardais à un moment donné, pendant qu'elle tapait un texto sur son mobile.

J'ai failli lui dire: «Maudit que t'es belle, Marie.»

Pas parce que j'ai encore des sentiments amoureux pour elle, notre divorce est maintenant bien consommé, mais seulement parce que c'est la pure vérité. Quand elle ne s'efforce pas de jouer à la femme d'affaires sérieuse, ce qu'elle fait trop souvent, je retrouve parfois la même expression sur son visage que celle qui m'a fait tomber follement amoureux d'elle alors que nous n'étions que des enfants.

Un amour qui m'a donné la chance de vivre, en m'empêchant de recevoir une balle comme ma mère et mes frères. Alors, quand je la regarde, je n'arrive pas toujours à faire abstraction de l'importance qu'elle a eue dans ma vie.

Martin et Charlotte ont été égaux à eux-mêmes: ils n'ont pas cessé de s'asticoter de toute la visite. Martin a repris ses droits dans mon appartement, qui a été nettoyé de fond en comble par une entreprise spécialisée, une fois terminées les analyses de l'Identification judiciaire. Je lui ai d'ailleurs demandé de jeter mon vieux *Lazy Boy*. À mon retour, je me promets de dormir enfin dans mon lit.

Martin m'a parlé de ses projets d'enregistrement avec Laila François, qu'il côtoyait parfois, sans vraiment la connaître, à la roulotte. Évidemment, mon cher fils n'écoute jamais les nouvelles, sinon il aurait su, bien avant que je la retrouve, que Laila avait été enlevée. Pas qu'il aurait pu m'aider dans mon enquête, mais ça m'enrage qu'un grand dadais de dix-huit ans ne comprenne rien de ce qui se passe dans le monde et qu'il ne suive jamais l'actualité !

Quoi qu'il en soit, Laila est une gentille fille que j'ai eu la chance de rencontrer pendant quelques minutes.

Outre Laila, Marie et les enfants, j'ai eu tout plein d'autres belles visites.

Simone Fortin est venue avec Laurent et sa petite Mathilde ; Antoine Chambord avec son petit Félix. Élaine Segato est aussi passée me faire un coucou et m'a apporté plein de revues. Il y a même Albert Corneau qui s'est pointé avec un énorme bouquet de fleurs. Ted n'était pas en mesure de se déplacer, mais nous avons convenu de nous revoir autour d'un souper dans un proche avenir, dès que mon état le permettra.

Et puis, il y a ma sœur, ma douce Valérie, qui a fait fi de mon interdiction et qui m'a tenu compagnie plusieurs après-midi. Elle m'a changé les idées et m'a parfois fait rire aux éclats. Elle m'a aussi tendu l'épaule quand je n'ai pu retenir mes larmes.

J'ai une chance immense d'être entouré de toutes ces personnes lumineuses.

Ayant appris que nous sommes dans le même hôpital, poussé dans une chaise roulante par une de mes infirmières tortionnaires, je suis allé rendre visite à Faizan aux soins intensifs. Le petit l'a échappé belle, il s'en sortira sans séquelles.

Son courage m'impressionne et me donne la force de continuer.

Sur le plan professionnel, je ne sais pas encore très bien ce que l'avenir me réserve.

La semaine prochaine, je dois rencontrer Tanguay. À la suite de ses analyses, l'Identification judiciaire a démontré hors de tout doute que je n'avais rien à voir dans le meurtre de Viviane Gray. De toute façon, personne ne croyait vraiment que c'était moi qui l'avais tuée. Par contre, j'ai semé la mort à tout vent pendant ma traque et il est évident que ce genre de choses laisse des traces dans un dossier. Par contre, un tas de circonstances atténuantes font pencher la balance de mon côté. De plus, l'état-major fera tout pour qu'on ne parle pas trop de cette histoire, vu l'implication de certains membres du clergé.

Et puis, ne suis-je pas arrivé à temps pour sauver Jérôme Baetz d'une fin atroce?

L'ecclésiastique a disparu.

Qu'est-ce que je peux dire de plus?

J'ai perdu connaissance après avoir reçu le coup de hache sur la cuisse. Ensuite, le trou noir, je ne me souviens plus de rien jusqu'au moment où je me suis réveillé dehors, dans une civière. J'ai appris que les renforts n'ont trouvé aucune trace de lui ni de son matériel audiovisuel. Comme je suis le seul à avoir vu son visage, j'ai collaboré avec le dessinateur pour élaborer un portrait-robot qui a été transmis à Interpol.

Je ne me fais pas trop d'illusions.

Ce genre de type est comme un chat : il retombe toujours sur ses pattes.

Il va se faire oublier quelque temps et ressurgir ailleurs sous une nouvelle identité.

Les salauds de son espèce s'en tirent presque à tout coup.

J'ai parlé avec Sylvain Marchand à quelques reprises du meurtre de Sandrine Pedneault-King et du réseau de pédophiles auquel appartenaient Richard Sandoval et Jean-

Guy Applebaum. La fouille de la pièce où les deux monstres ont séquestré, violé et tué la petite, ainsi que les indices qu'on y a trouvés ont amené Marchand et ses collègues à conclure avec certitude que personne d'autre n'avait participé aux atrocités commises contre la petite.

Cependant, ces mêmes renseignements leur ont permis de procéder à dix-sept arrestations et de démanteler le réseau de pédophiles qui se servait, comme plaque tournante, du site Web que j'avais découvert en visitant le musée des horreurs de Sandoval et d'Applebaum.

Rien pour atténuer le chagrin de sa famille, le corps de Sandrine n'a toujours pas, à ce jour, été retrouvé. Mais à mon avis, ça ne saurait tarder. Inutile de dire que les médias se sont emparés de l'affaire et que les chaînes d'information continue ne cessent d'en parler depuis plusieurs jours.

En ce qui me concerne, cette histoire est terminée.

À Marchand et son équipe d'aller au fond des choses.

Pascal Pierre a été libéré sous caution.

J'ai appris que, quelques heures après, le pasteur a été agressé dans le stationnement d'un centre commercial. Deux hommes cagoulés l'ont assailli et lui ont administré un narcotique. À son réveil, sans blessure apparente, mais en proie à de violentes douleurs, le gourou s'est présenté aux urgences d'un hôpital.

Les médecins ont mis quelques heures à lui retirer par colonoscopie un concombre qu'on lui avait introduit par l'anus.

L'incident n'est pas sans rappeler celui dont a été victime Robert Kennedy dans les années 1960, alors qu'il travaillait à l'adoption de mesures qui déplaisaient à la Mafia de l'époque.

On avait laissé un avertissement non équivoque à Kennedy: la prochaine fois, au lieu d'un concombre, c'est un melon qu'on lui visserait dans le cul.

Je ne sais pas si Pascal Pierre a reçu le même genre de mise en garde, mais je ne peux m'empêcher de penser que Jacinthe Taillon n'est pas complètement étrangère à cette histoire.

Et David Cortiula, dans tout ça?

Bien que l'homme ne soit plus là pour répondre aux interrogations, j'ai reconstitué le casse-tête du mieux que j'ai pu. À cet égard, le DVD enregistré par Dorion, que Taillon m'a fait visionner, a été très instructif.

Pour moi, Cortiula n'était rien d'autre qu'un tueur en série. En effet, je ne crois pas une seule seconde que ce petit salaud possédait un don, comme l'a prétendu l'ecclésiastique.

Tout au plus, suis-je prêt à concéder qu'il était doté d'aptitudes particulières pour l'hypnose, un certain pouvoir de suggestion. Et, même là, j'ai mes doutes. Surtout depuis que j'ai parlé au spécialiste de l'hypnose avec qui j'avais déjà travaillé par le passé.

Même s'il a admis que ce n'était pas impossible, ce dernier m'a donné à entendre que de pousser, sous hypnose, quelqu'un à se suicider ou à commettre un meurtre, reste peu probable.

Je ne sais pas pour vous, mais si j'ai à choisir entre le diable et l'hypnose pour expliquer les meurtres enfantés par Cortiula, je noircis à coup sûr la case de la dernière option. Le cerveau humain est une mécanique complexe et fascinante, exploité à moins de dix pour cent de sa capacité. Cortiula avait-il franchi ce seuil et maîtrisé des facultés inaccessibles à d'autres?

Quoi qu'il en soit, je pose la question : est-il bien nécessaire de chercher aussi loin?

Comme il portait des gants, qui sait dans quelle mesure David ne maniait pas l'arme du crime, lors des meurtres? N'avait-il pas tué le proxénète d'un coup de hachette et frappé lui-même John Cook à l'épaule? Qui sait, en outre, s'il ne recevait pas l'aide de l'ecclésiastique et de sa puissante organisation pour maquiller les scènes de crime? Ces derniers n'avaient-ils pas accès à des moyens considérables, étant même allés jusqu'à planter le corps de Viviane Gray chez moi et des empreintes sur une arme que je n'avais jamais touchée de ma vie? D'ailleurs, n'avait-on pas retrouvé celles d'Elizabeth Munson sur l'arme du crime? Avait-elle réellement tenu la hache, ou y avait-on greffé ses empreintes pour faire croire qu'elle avait atteint son mari à l'épaule?

La seule façon d'en avoir le cœur net serait de mettre la main sur les enregistrements de l'ecclésiastique. Malheureusement, ils sont aussi introuvables que leur auteur.

Chose certaine, l'autopsie a confirmé que David s'imposait régulièrement des séances de flagellation, punition qui lui était administrée par son ami, Chan Lok Wan. En effet, conformément au témoignage de Félix et de la Gothique, le dos de Cortiula était un lacis de marques, de sillons et de cicatrices, notamment dus à des coups de fouet, nombreux et fréquents.

D'autres éléments de l'affaire me laissent encore perplexe à ce jour: par exemple, faut-il voir une signification dans le fait que, sous l'emprise de Cortiula, Cook s'est arraché la langue et Sandoval, les yeux? À mon avis, rien ne permet de conclure dans un sens ou dans l'autre.

Cortiula a aussi emporté ce secret dans sa tombe.

Quoi? Les mouches?

J'ai eu pas mal de temps pour réfléchir à cette question sur mon lit d'hôpital. Pour moi, il ne fait aucun doute qu'il s'agit d'une mise en scène.

D'une part, quand elle est venue me rendre visite, Élaine Segato m'a confirmé de nouveau qu'il est relativement simple et peu coûteux d'élever une grande quantité de mouches avec des moyens rudimentaires.

D'autre part, peu après la mort de Cortiula, Pearson et l'Identification judiciaire ont perquisitionné son appartement et mis la main sur le titre de propriété d'un terrain boisé qu'il avait acheté dans les Laurentides, cinq ans auparavant. Il n'y avait pas d'habitation sur le terrain mais, au détour d'un sentier, dissimulée au fond des bois, les policiers sont tombés sur une cabane infestée de mouches. À l'intérieur, des bacs en plastique contenaient encore des restes de viande et des mouches vivantes ont été découvertes dans un frigo fonctionnant au propane.

Les premières analyses, effectuées sur place, ont démontré que Cortiula a utilisé l'endroit pour élever des mouches. Devant l'abondance de nourriture, celles-ci n'ont cessé de se multiplier. Les traces de pneus, relevées à proximité du sentier, correspondent à celles d'un vieux camion lui appartenant et qui a été trouvé tout près de la maison de Jérôme Baetz. Le roi des mouches avait placé de grands filets, confectionnés avec de la toile moustiquaire, dans la résidence de Baetz et dans son camion. Il semble qu'il s'en servait pour transporter les insectes sur les lieux de ses crimes.

Je me suis souvenu aussi des paroles de l'ex-flic de Val-d'Or, Carol Langelier.

Cortiula était resté plusieurs jours enfermé dans la maison avec le cadavre de sa mère, à un point tel qu'à l'arrivée des policiers, il y avait des mouches partout. Je ne suis pas psychiatre, mais il m'apparaît évident qu'un tel événement, vécu durant l'enfance, laisse de profonds stigmates.

Par conséquent, relâcher les mouches dans la maison des victimes devait avoir, pour lui, une signification qui remontait aux jours passés à veiller la dépouille de sa mère.

Un médecin m'a prescrit des antidépresseurs.

J'avoue que les derniers jours m'ont fait le plus grand bien et que je me sens dans un meilleur état aujourd'hui que je l'étais au cœur de la tourmente.

Et, surtout, il y a le fait de recevoir mon congé de l'hôpital qui emballe mon cœur jusqu'à l'ivresse.

Une infirmière entre et m'aide à enfiler mes vêtements.

Je n'ai parlé de mes hallucinations à personne. Je n'en ai plus eu depuis le soir où j'ai tué Cortiula. J'imagine que je devrais voir ça comme un bon signe.

Mais une chose demeure : Raymond me manque.

J'ai remercié l'infirmière et nous l'avons laissée derrière nous, dans la chambre qu'elle préparait pour un nouveau patient.

Nous avons arpenté les corridors en silence.

Nous sortons dans l'air opalin, comme deux éclaboussures sur le sol.

Il y a le soleil qui crache ses rayons sur les immeubles et le capot des voitures.

Il y a les oiseaux qui chantent une cantate en *je* mineur à notre intention.

Il y a Nadja Fernandez qui pousse mon fauteuil roulant, qui me murmure quelque chose à l'oreille.

Il y a mon cœur qui s'emballe et qui se promet, dès que ma jambe le permettra, de l'emmener en balade au clair de lune sous la croix du Mont-Royal.

Et il y a un tapis d'étoiles dans mes yeux.

Félix :

Cher stupide journal,

C'est juste pour te dire que les au revoir les plus courts sont toujours meilleurs que les adieux les plus longs. Et qu'aujourd'hui, je fais comme les joueurs de OK qui accrochent leurs patins avec un clou, sauf que moi c'est ma plume que je cloue au mur. C'est vrai que depuis que j'ai retrouvé la jasette, c'est drôlement moins coton que de trimballer mon ardoise et, qu'en plus, ça fait sourire monsieur Antoine. Et ça, c'est bien, parce qu'il lui reste peut-être pas beaucoup d'années à sourire, à monsieur Antoine, avant d'aller pleurer dans l'éternel.

Je voudrais juste ajouter une chose, cher stupide journal : je sais que le type qui m'a sauvé en hachant la tête du patron et qui a fait pique-niquer Laila est mort. Par l'habitude, je dis toujours le « type », mais son identité vraie, son nom de scène, c'est David, je le sais parce que j'avais déjà entendu Laila causer de lui au vieux curé.

Dans les jours après la Grande Fracture, il y a un shérif qui m'avait montré des portraits de robots pour identifier le suspecté. Je n'ai jamais rien dit, je n'allais pas enfoncer David alors qu'il m'avait sauvé la peau, même s'il avait plus de cicatrices que de dos.

Rapport au fait qu'il faut se mêler des siens, je n'ai jamais parlé de ses oignons avec Laila quand je l'ai vue traîner près de la roulotte avec David. La Grande Fracture était déjà loin derrière et, en plus, David avait été plutôt chouette de hacher le patron.

Je sais ce que tu penses, cher stupide journal: qu'à cause de la Grande Fracture et aussi que parce qu'il avait plus de cicatrices dans le dos que Jay Sue avant qu'on le cloue sur son étoile, j'aurais dû prophétiser que David était moins catholique que le pape.

Mais sache tout d'abord, cher stupide journal, que je m'appelle Félix, et non pas Jean-le-Baptisé, et que je veux pas finir comme lui, la tête tranchée sur un plateau, pour faire plaisir à une princesse, comme Rachel Boutin dans ma classe. En plus, comme le disait le crisse lui-même, que celui qui n'a jamais pêché la première pierre me la jette.

Ce qui fait que, cher stupide journal, la dernière page se tourne, notre histoire s'achève ici.

Mais surtout, ne te fais pas de bible, les zécrits ne meurent jamais.

MERCI

À mon éditrice, Ingrid Remazeilles, pour m'avoir imposé des délais de livraison stricts tout en me laissant une totale liberté sur le plan créatif, sans jamais regarder par-dessus mon épaule. C'est un plaisir sans cesse renouvelé de travailler avec toi, EHP !

À Alain Delorme, président de Goélette, et à toute l'équipe pour votre confiance, votre soutien et votre dévouement. Clin d'œil particulier à Émilie et à Katia qui ont gardé le cap même dans les heures les plus sombres, alors que le diable corrompait les documents...

À mon attachée de presse, Judith Landry, pour la superbe campagne de presse lors de la publication de *Il ne faut pas parler dans l'ascenseur*.

À Patricia Juste et Geneviève Rouleau, à la révision, de m'avoir prêté leur talent avec générosité.

À Geneviève Gonthier, policière au SPVM, pour ses précieux conseils sur les «affaires de police» et, de la même manière, à Marjolaine Giroux, entomologiste à l'Insectarium, pour ses renseignements sur les mouches. Comme tout roman, celui-ci prend, au service de l'intrigue, des libertés avec la réalité. Il serait trop fastidieux de les énumérer ici, mais qu'il me suffise de dire que ces entorses ou inexactitudes ne relèvent ni de Geneviève ni de Marjolaine, mais uniquement de moi.

À ma grande fille Gabrielle, qui, autour d'un repas, alors qu'elle s'amusait avec les mots, a créé sans bien en mesurer la portée, cette phrase extraordinaire, qu'elle a bien voulu me prêter : *Je mourrai à cent ans, à Milan*. C'est ce que je te souhaite, ma belle.

À mon fils, Antoine, qui me laisse parfois le battre au hockey sur la PS3 (même si je ne cesse de lui répéter qu'il joue comme une chocotte).

À mon ami Marc Bernard qui, par une belle soirée d'été, a bien voulu me suivre dans mes délires, et même me relancer, alors que je lui exposais les prémices de ce roman.

À ma famille d'être toujours là.

À mes amis pour la même raison.

À Geneviève, mon amour, pour ta patience, ton empathie, tes encouragements, ton écoute... Pour tout ça, pour bien plus encore, mais aussi pour rien! Pour toi...

À la ville de Montréal d'être à la fois si laide et si belle, si parfaitement imparfaite.

À Sigur Rós, Alexandre Désilets, Vitalic, Karkwa, Arcade Fire, Jeff Buckley (the Master), David Guetta, Charlie Winston, Hôtel Morphée, Death Cab for Cutie, Portishead, Indochine, Jérôme Minière, TV on the Radio, Malajube et Kate Havnevik pour les *moods* et l'inspiration.

Aux Canadiens de Montréal, de me faire vibrer (parfois) et de me permettre de tirer la pipe à mes amis sur Facebook (hein, Élise, la vilaine de service!).

Au Second Cup de la rue Monkland, qui est devenu mon repaire pour une bonne part de l'écriture de ce roman.

À ce jeune Martin Michaud d'avoir eu, il y a près de quinze ans, ce rêve un peu fou de devenir écrivain.

À Victor Lessard pour les nuits d'insomnie.

À PROPOS DE

IL NE FAUT PAS PARLER DANS L'ASCENSEUR

Prix Coup de cœur du Club du polar de Saint-Pacôme 2010

Finaliste au Prix Saint-Pacôme du roman policier 2010

Finaliste – Grands Prix littéraires Archambault – Prix de la relève 2010

Découvertes littéraires de l'année 2010, Journal La Presse

Première sélection, prix Polar international du festival de Cognac, France 2011

« L'histoire est racontée en tranches courtes, au style rapide (le classique puzzle de 1000 morceaux) qui nous obligent à tourner les pages, jusque trop tard le soir. »

Benoît Aubin, JOURNAL DE MONTRÉAL

« Cette grande première est une réussite, de la première page à la dernière! [...] Ce sont trois histoires et de nombreux destins qui s'entremêlent dans ce suspense captivant et remarquable... »

Cynthia Dubé, LE JOURNAL DE SHERBROOKE

À PROPOS DE

LA CHORALE DU DIABLE

Prix Saint-Pacôme du roman policier 2011

Arthur-Ellis Award 2012

Top 10 des meilleurs livres québécois de l'année 2011, Journal La Presse

« Un roman policier à la hauteur des meilleurs romans policiers écrits par les meilleurs auteurs à travers le monde. »

PREMIÈRE CHAÎNE, SRC

« Avis aux écrivains désireux de faire leur marque dans le polar [...] : voilà l'exemple (presque) parfait pour atteindre la notoriété souhaitée. [...] Du vrai travail de pro. »

Norbert Spehner, REVUE ALIBIS

« Martin Michaud, la nouvelle star du roman policier québécois. »

PREMIÈRE CHAÎNE RADIO CANADA

À PROPOS DE

JE ME SOUVIENS

Prix Saint-Pacôme du roman policier 2013
(Martin Michaud est le premier écrivain
à remporter cette distinction à deux reprises.)

Finaliste au Prix Tenebris 2013

Finaliste au Prix Arthur-Ellis 2013

Top 50 des livres de l'année 2012, Journal La Presse

« Pourquoi se contenter d'auteurs scandinaves quand on a sous la main celui qu'on qualifie à juste titre de nouveau maître du polar québécois? »

Martine Desjardins, L'ACTUALITÉ

« Martin Michaud a défrayé la chronique en devenant l'un des auteurs les plus populaires du Québec, mais aussi l'un des meilleurs écrivains de polars. »

Sophie Ginoux, CIBL FM

À PROPOS DE

VIOLENCE À L'ORIGINE

Prix Tenebris 2015, meilleur vendeur

« Fidèle à son habitude, [Martin Michaud] propose une enquête puissante, lugubre à souhait, où la psychologie des personnages est explorée avec autant de minutie que de virtuosité. »

Marie-France Bornais, JOURNAL DE QUÉBEC

« Le nouveau coup de maître de Martin Michaud. »

Samuel Lachapelle, HUFFINGTON POST

« L'incontournable Martin Michaud est ce qui se fait mieux en termes de polars au Québec. »

Stéphane Berthomet, RDI WEEK-END

« On aime ce livre pour l'écriture. On ne s'y ennuie jamais. C'est vivant, dynamique, impressionnant, bouleversant. Michaud met en scène des personnages qui évoluent dans la plus pure actualité montréalaise »

Michèle Bourgon, ROGERS TÉLÉ

À PROPOS DE

JE ME SOUVIENS

Prix Saint-Pacôme du roman policier 2013
(Martin Michaud est le premier écrivain
à remporter cette distinction à deux reprises.)

Finaliste au Prix Tenebris 2013

Finaliste au Prix Arthur-Ellis 2013

Top 50 des livres de l'année 2012, Journal La Presse

« Pourquoi se contenter d'auteurs scandinaves quand on a sous la main celui qu'on qualifie à juste titre de nouveau maître du polar québécois? »

Martine Desjardins, L'ACTUALITÉ

« Martin Michaud a défrayé la chronique en devenant l'un des auteurs les plus populaires du Québec, mais aussi l'un des meilleurs écrivains de polars. »

Sophie Ginoux, CIBL FM

À PROPOS DE

VIOLENCE À L'ORIGINE

Prix Tenebris 2015, meilleur vendeur

« Fidèle à son habitude, [Martin Michaud] propose une enquête puissante, lugubre à souhait, où la psychologie des personnages est explorée avec autant de minutie que de virtuosité. »

Marie-France Bornais, JOURNAL DE QUÉBEC

« Le nouveau coup de maître de Martin Michaud. »

Samuel Lachapelle, HUFFINGTON POST

« L'incontournable Martin Michaud est ce qui se fait mieux en termes de polars au Québec. »

Stéphane Berthomet, RDI WEEK-END

« On aime ce livre pour l'écriture. On ne s'y ennuie jamais. C'est vivant, dynamique, impressionnant, bouleversant. Michaud met en scène des personnages qui évoluent dans la plus pure actualité montréalaise »

Michèle Bourgon, ROGERS TÉLÉ